Pour vous, chère Claudia, ces images de ma

LE JUGEMENT
DERNIER

Jeunesse sous le miroir de Venise et de Tintoret

Avec ma gratitude,

amitié,

Camille

DU MÊME AUTEUR

RETOUR A CIRGUE, *roman* (Seuil, 1953), Prix du Renouveau.

LE BLÉ SAUVAGE, *roman* (Seuil, 1955).

IRLANDE, collection « Petite Planète » (Seuil, 1955).

CHOPIN, collection « Solfèges » (Seuil, 1957).

LES ABOIS, *roman* (Seuil, 1957).

L'ETÉ DES SOLITUDES, *roman* (Seuil, 1960).

LA MAISON VERTE, *nouvelles* (Seuil, 1966).

LE LAC, *roman* (Seuil, 1966), Plume d'Or du *Figaro littéraire*.

LES GARDIENS, *théâtre* (Seuil, 1969).

SÉLINONTE OU LA CHAMBRE IMPÉRIALE, *Prix Médicis* (Seuil, 1970).

SENTIER D'HERMÈS. Dessins d'Alfred Manessier (Galanis, 1971).

L'ENFANT DANS LA CITÉ DES OMBRES (Grasset, 1973).

LA FÉERIE ET LE ROYAUME, lithographies originales de Marc Chagall (Mourlot).

LA CONSTELLATION DES LÉVRIERS, *roman* (Seuil, 1975).

RENCONTRE (collection Idée fixe, Julliard, 1979).

TEMPO, *roman* (Julliard, 1977), *Grand Prix du roman de l'Académie française.*

LE SOLEIL SUR LA RADE (Julliard, 1979).

L'EMPIRE SARKIS (Julliard, 1981), *Prix Chateaubriand 1981.*

LE DIEU CRÉTOIS (A. Balland, 1982), *L'instant romanesque.*

CAMILLE BOURNIQUEL

LE JUGEMENT DERNIER

roman

JULLIARD
8, rue Garancière
PARIS

© Julliard 1983.
ISBN : 2-260-OO341-9

A Galia Solovieva Barbisan
Iaroslavl' 1904 — Venezia 1982

I

A l'intention de M. Marc Challange

J'ai dit à ma vieille Toinon de remonter dans sa chambre et de n'en redescendre sous aucun prétexte avant demain midi. D'ici là tout sera consommé, on sera venu me chercher. Je ne veux pas qu'elle soit dans l'appartement, tournant dans sa cuisine, quand ils se présenteront. Je ne veux pas qu'elle assiste. Son patron qu'on emmène, tout ce monde sur lequel elle veille depuis si longtemps s'écroulant sous ses yeux, livré au saccage, à la dispersion... à son âge cela pourrait lui être fatal.

Il y a dix-sept ans, voyez-vous, qu'elle s'occupe de mon ménage, courses, cuisine, repassage ; dix-sept ans qu'elle passe sans rien déranger au milieu de cet amoncellement de livres, de papiers divers, de coupures de journaux, de dessins d'atelier, de tableaux non accrochés et d'estampes. Tout est encore en place. La horde n'est pas encore passée. De tout ce minutieux déballage où seuls des gens de mon espèce peuvent retrouver ce qu'ils cherchent, il ne restera rien probablement. La mise à sac. L'autodafé.

Je ne veux pas que cela ait lieu devant elle : qu'elle voie ! Cela risquerait de lui gâter cette paix des cieux à quoi elle croit comme personne et que je voudrais bien être en mesure de lui garantir.

Quand vous êtes venu, voici quelques mois, prendre les premières feuilles de ce manuscrit afin de les faire taper — un étrange travail entre nous ! —, Toinon n'était pas ici. Très probablement chez un commerçant, dans une file d'attente. Sans doute avez-vous pensé que le vieil homme venu vous ouvrir vivait seul au milieu de tous ces bouquins.

Qui m'eût dit, en 39, quand la guerre a éclaté, que si quelque chose peut être sauvé de tout cela, de toute une vie vécue d'une certaine façon et en s'opposant à ce qu'il a toujours été nécessaire de vaincre, ce sera peut-être grâce à votre extrême jeunesse ? Qui m'eût dit que si ces lignes parviennent à vous atteindre — les dernières sans doute — ce sera par elle, grâce au stratagème de Toinon ?... Par elle restée en marge de toute aventure intellectuelle, des luttes que j'ai pu mener, et qui ne s'est jamais demandé pourquoi j'avais quitté l'Italie ni ne s'est posé la moindre question à mon sujet.

Elle et moi sommes convenus d'une cache. Quand je les entendrai monter tout à l'heure, je glisserai ces pages dans une enveloppe un peu épaisse et irai introduire celle-ci dans le vide-ordures. Ma dernière boîte aux lettres. C'est Toinon, qui en a eu l'idée. Demain matin, même s'ils sont encore dans l'appartement et n'ont pas fini de tout retourner, elle récupérera l'enveloppe en bas dans le cagibi au fond de la cour, parmi les déchets ménagers de l'immeuble. Curieux, n'est-ce pas, de devoir recourir à ce moyen. Plus rien ne me relie désormais au monde extérieur que ce tuyau de descente traversant les étages. A qui téléphonerais-je sans mettre mon correspondant en danger ?

Toinon a votre adresse. Vous la verrez donc quand, sans sortir de sa réserve, elle vous remettra en main propre l'enveloppe en question. Vous serez sans doute étonné par la personne que vous aurez devant vous. Une telle transparence ! Et à travers ce qu'elle fait ou dit, ou s'interdit d'exprimer, ce reflet des choses simples et qu'on ne remarque pas en général. Quelque chose aussi de fin, d'élaboré en profondeur, dans la matière même, qui m'a toujours fait penser à Chardin, à Cézanne !...

Alors, me direz-vous, pourquoi ces surnoms, ces diminutifs déroulés autour d'elle comme une variation, selon mes humeurs et selon les jours ? Toinon, Toinetta, Antonia, Tonina... Des noms de comédie légère, et, en la circonstance, nullement accordés à la scène qui va se jouer ici d'un moment à l'autre et à laquelle, je l'ai déjà dit, je ne veux pas qu'elle soit associée.

Quand, au lendemain de la Marche sur Rome, j'ai fui la puanteur fasciste — l'emploi de l'huile de ricin contre certains opposants en était bien le signe — et suis venu installer ici mes quartiers — dans cette bagarre gigantesque amorcée par Mussolini je ne me tenais pas pour battu — ... quand je l'ai prise à mon service, elle n'était déjà plus, tant s'en faut, une soubrette. Placée auparavant chez un organiste, titulaire à Saint-Nicolas-des-Champs, professeur à la *Schola Cantorum.* Cela m'amusait d'autant plus de l'appeler ainsi et de goldoniser, si j'ose dire, cette Antoinette du Poitou et du pays d'Albret. Non pour me moquer d'elle ou par manque d'estime, mais parce que lesdits diminutifs établissaient un contraste si évident avec ce qu'elle est en réalité que je pouvais sans mauvaise intention lui prêter ce masque et sans non plus qu'elle en prenne ombrage.

Toinon lui est resté. Même chez les commerçants, et bien sûr parmi mes collègues, les amis avec lesquels je suis encore en contact. La voix assourdie et flûtée de Paulhan chaque fois que je passe le voir : « Avant tout, donnez-moi des nouvelles de Toinon ! »

Je dirai qu'elle a comme rebaptisé son surnom, lui a donné une autre consonance. Eclaire-t-il, entre nous, depuis le début, un bizarre malentendu ou au contraire une connivence ? Peut-être, à cette heure où tout s'achève, se brise, lui délivre-t-il une sorte de sauf-conduit qui la maintient en marge du drame et qui lui permettra de surmonter son chagrin, l'effondrement, la disparition de son domaine, et de se présenter à vous, apparemment inchangée.

Ce masque, si c'en est un, il m'importe plus que jamais qu'elle le conserve. Je ne voudrais, pour rien au monde, la voir perdre le contrôle d'elle-même — ce calme qui la définit à mes yeux bien au-delà de mes plaisanteries — ... la voir trembler, cacher une partie de son visage avec un coin de son tablier, comme ont dû toujours faire les femmes de son terroir quand le malheur venait s'abattre sur la maison, quand la fureur des temps se déployait tout autour, ravageant les hameaux et les fermes isolés, dragonnades et toutes ces terreurs, blanches ou noires... La suite, nous y voilà ! J'y suis préparé. Eût-il mieux valu croupir au *confino*, à Lipari ou ailleurs, me desséchant lentement au soleil des Météores, échanger ma tranquillité contre je ne sais quel aplatissement ?... Tout a une fin et même cette sorte d'attente. Je ne crois pas, étant resté ici à ma table, être passé à côté de mon destin.

Sans doute, avec votre cœur intact, ce refus d'empocher la monnaie de singe d'une défaite, en auriez-vous décidé autrement. A vingt-quatre, vingt-cinq ans — je ne vous ai pas demandé votre âge — on voit les événements de façon différente. Croyez-le cependant, je ne suis ni un naïf, ni un aveugle, ni quelqu'un qui cherchait à se faire oublier. J'ai toujours mesuré les haines soulevées contre moi. En Italie, dénoncé comme un ennemi déclaré du régime, un dangereux propagandiste, un tempérament subversif qu'il eût été bon de réduire au silence et d'éliminer. Avoir pris la nationalité française, avoir sans relâche contré par l'écrit et par la parole l'impérialisme mussolinien, milité avec Elie Faure et Cassou en faveur des républicains espagnols, me fichait sur leurs listes noires. Ici même, en France, les fascistes ont toujours eu assez d'agents à leur solde mais surtout de sympathisants gracieux pour que l'opération pût être menée sur place. Je pouvais être assassiné comme les frères Rosselli, assommé sur le boulevard Arago en rentrant la nuit chez moi, ou atteint dans un défilé, un meeting, sans que la police y voie autre chose qu'une balle perdue, l'acte isolé d'un contre-manifestant ayant tiré en l'air pour créer la panique. Des amis s'en sont inquiétés. Léon Blum lui-même, si exposé lui aussi comme la suite l'a prouvé. Peut-être ai-je profité d'une protection discrète. Même quand je me rendais à mes cours ou à la Mazarine.

Mais, en 40, l'arrivée des Allemands a donné à cette liquidation des opposants une efficacité autrement expéditive que les vociférations italiennes. Dans la mesure où les Allemands se sont toujours défiés, même depuis le début, de leurs alliés italiens, leur intérêt était de décapiter une résistance dont on me tenait pour une des têtes. C'était bien ne grandir et gonfler mon action... La menace néanmoins était là présente, bloquant massivement les issues. Avec, en plus, dans l'appareil de la surveillance et de la répression, tout un côté encore occulte, à la limite du supportable, laissant en suspens la sentence.

Pourquoi être resté ?... Je me suis souvent étonné d'apprendre — à l'intérieur du réseau que nous nous efforcions de mettre sur pied — que Breton et d'autres, avant de s'embarquer pour l'Amérique du Nord ou du Sud et d'aller travailler là-bas dans quelque université ou à la bibliothèque du Congrès, avaient confié à des amis sûrs, souvent vivant en province, leurs Braque, leurs Picasso, leurs Douanier Rousseau, leurs statues nègres, leurs masques aztèques. Décision où l'on voit autant une panique qu'une confiance totale en un avenir où tout sera restitué, remis à sa place.

Je suis loin d'avoir de tels trésors. Plutôt ce genre de choses qu'une vie comme la mienne — disons d'écrivain d'art, en assouplissant la formule au maximum — finit toujours par amasser. Comment aimer sans vouloir posséder ? Et, une fois qu'on possède, comment ne pas vouloir protéger ?... Objets certes, mais aussi et surtout travaux en cours, études non publiées... Vous voyez, j'y viens peu à peu. C'est en partie cela qui m'a interdit de préférer ma sécurité, ma préservation physique, en disparaissant et en mettant la clé sous la porte. Comme je l'ai fait déjà. Dans les heures les plus malsaines de la prise de pouvoir par les chemises noires et des manifestations « spontanées » des valeureux *arditi* et des squadristes. J'ai dû quitter Padoue où j'enseignais et tout abandonner. Cette fois je n'ai pas voulu recommencer. C'est l'impossibilité matérielle de transporter tout cela — gazogène ou vélotaxi, voyez un peu ! — et de le mettre en lieu sûr, l'impossibilité morale aussi de m'en séparer qui m'ont empêché de leur filer sous le nez. D'essayer du moins — comme ce cher Joyce tâtonnant au bord des ténèbres — d'intéresser les Suisses à mon sort et d'aller me réfugier à Zurich ou à Berne. Ou encore de répondre à l'offre que m'avait faite avant-guerre Amoroso Lima d'aller enseigner dans son pays où vit depuis des années, comme vous le savez, Bernanos. Le grand

13

Bernanos, le grand accusateur, le grand dénonciateur des *Cimetières sous la lune.*

Je ne dis pas que cela eût été facile, ni même réalisable. Au moins aurais-je pu m'y efforcer. D'autres l'ont fait et ont réussi. J'aurais sans doute, encore récemment, trouvé des filières, des aides inattendues — et même du côté d'Italiens haut placés, lucides, conscients, constatant les premiers signes de rupture, d'effondrement, en Grèce, en Tripolitaine, l'incroyable délire mussolinien avec la déclaration de guerre aux U.S.A... Et peut-être même aurais-je trouvé cette aide au sommet de cet édifice menacé et malsain chez l'architecte lui-même soucieux de jouer la clémence d'Auguste.

Je suis resté. Peut-être n'avais-je pas cette vocation d'émigrant qui rend interchangeables les patries. Peut-être, à la différence d'Unamuno, étais-je incapable de rassembler cette expérience dans un *Romancero de l'Exil ?*... En fait, sur ce sol, au milieu d'amis exposés aux mêmes dangers que moi, je ne me suis jamais considéré comme un exilé. Et une fois pour toutes, j'ai pensé que ce qui m'y attachait devait être définitif.

On ne venait pas m'arrêter. Tant d'autres, avec qui je renouais des contacts, vivaient désormais sous la même menace qu'on finissait par s'en accommoder comme de quelque chose de naturel, d'inéluctable. Le monde se recomposait ainsi. Une petite marge, mais suffisante. Une petite plage à l'abri du typhon, du volcan, des Canaques !... Autour de moi, le décor habituel restait inchangé.

Pourtant, je n'aurai réussi à rien sauver. Ni moi ni non plus tous ces objets qui sans doute eussent mérité un autre sort que cette destruction à terme. Ceux-ci m'ont néanmoins aidé, en lisière de ce monde livré à la persécution, aux idéologies primaires, à maintenir jusqu'à l'extrême limite ce barrage d'illusions, de savoir, de valeurs qu'on voudrait éternelles, d'intérêts sublimés, alors que le drame qui me cernait depuis tant d'années, la sentence prête à tomber auraient dû m'engager à chercher ailleurs une retraite moins exposée. Une planque, pour parler comme certains de mes collègues reverdis tout à coup dans ce drôle de jeu, ce coude à

14

coude de la clandestinité, pour eux tout nouveau, et qui les amène à utiliser un vocabulaire dont ils n'avaient jamais eu l'emploi.

Une planque, oui, ou quelque autre activité qui, par sa nature même, m'eût entraîné loin d'ici, mis hors d'atteinte. N'était-ce pas le moment de réinventer les catacombes, de m'intéresser aux cavernes, à l'art pariétal ? En opérant des relevés au sein d'une équipe, j'aurais peut-être trouvé un abri sûr au fond des grottes.

. Pendant plus d'un an et demi, je me suis immobilisé là sur place, dans une attitude, non pas de défi, mais d'expectative. Le pays digérait son soulagement d'être sorti de la guerre, les regards tournés vers Vichy et le garant de cet ordre qui masque toute problématique derrière toutes les vénérabilités, feuilles de chêne, rochets d'hermine et bénédictions épiscopales. Ordre dont nous sommes quelques-uns à savoir ce qu'il tait.

Il n'aura pas fallu beaucoup de temps pour que certains songent à confronter leurs points de vue et à dessiner une action souterraine. Les uns par dévotion à un idéal, les autres pour reprendre la lutte ou par esprit partisan. Singulier branle-bas, certains disparaissaient tout à coup, effaçant leurs empreintes. Je suis demeuré à ma table, au milieu de mes livres. Aux mêmes heures on pouvait me voir longer les grilles du Luxembourg, me promener sur les quais. Etonnés que je pusse encore circuler librement, d'anciens étudiants, quelques auditeurs plus âgés, venaient parfois me saluer.

Il y avait là, pour quelqu'un qui, l'âge venant, se savait plus symbolique qu'efficace sur le plan de l'action, une attitude finalement défendable. J'y ai peut-être mis un peu d'orgueil. Quoique sans illusion, gardant le sens des proportions, je veux dire me rendant compte que ce défi resterait sans écho et n'était pas de nature à inquiéter l'occupant.

Je n'avais plus mes cours depuis la rentrée de 40. Ni à l'Institut d'Art ni à l'Ecole du Louvre. Vous en avez suivi certains, avant-guerre, m'avez-vous dit. A l'Ecole du Louvre, je pense. Sans doute parce qu'on y voyait de charmantes jeunes femmes s'appliquant à prendre des notes entre deux rendez-vous et que l'assistance était à coup sûr plus jeune et plus renouvelée qu'aux Annales.

Pour se débarrasser de moi, Vichy avait saisi le prétexte de la limite d'âge. Sanction administrative ou mise à la retraite d'office. Mais s'en tiendraient-ils là ? Qui eût pu le penser ? Quelqu'un n'aurait-il pas envie de faire du zèle en m'expédiant ici ou là ? D'autres coups n'allaient-ils pas s'abattre sur moi ? Ma naturalisation, que valait-elle en considération de mon mauvais esprit et du peu qu'il y avait à attendre de moi côté collaboration, renouveau national ? N'allais-je pas être *dénaturalisé ?* Pareille chose n'avait jamais dû se passer.

Cocasse ou troublant, on a dû me retirer une ou deux décorations. J'étais un étranger, au statut mal défini, résidant pour lors en zone occupée. Situation qui me laissait à découvert, incapable de donner une signature, sujet à toutes les assignations.

J'ai quand même profité d'un sursis. Peut-être l'ai-je dû au fait d'être là et d'avoir attendu qu'ils se décident. Ne plus avoir ces cours me laissait du temps. Vous savez, du moins en partie, à quoi je l'ai occupé. Je n'allais pas changer mes habitudes de travail. Sauf que j'étais libre d'écrire ce que je voulais et de reprendre des textes écrits à diverses époques, ayant trait au même sujet, diverses ébauches d'un ouvrage que je pensais cette fois pouvoir terminer. Du moins pouvais-je l'envisager. Ultime illusion. Ultime sauvegarde. J'y ai passé mes meilleures heures, oubliant le risque que je prenais au lieu d'envisager une autre solution.

Ces textes, vous les connaissez. Mieux placé que personne pour savoir de quoi il s'agit. Le hasard a voulu que, vous trouvant dans la librairie de la rue de l'Odéon, mon nom vous ait accroché. Ce nom vous disait quelque chose. La bonne Adrienne, enveloppée dans sa bure, demandait à une personne qui se trouvait là également si celle-ci connaîtrait quelqu'un pouvant dactylographier un manuscrit. Mille cinq cents feuillets environ, sans compter les suites. Un manuscrit de Ghiberti, d'Elio Ghiberti. A vrai dire, un grimoire pour qui n'avait pas l'habitude de décrypter mon écriture. La personne à qui je m'étais adressé jusque-là pour ce genre de travail venait d'être frappée d'hémiplégie.

Vous avez attendu que l'habituée à qui Monnier avait transmis cette demande ait quitté la librairie pour vous avancer et vous proposer. C'était assez surprenant de la part d'un homme, même en ces temps de vaches maigres. Et plus encore de la part d'un garçon pas trop élimé, marchant encore dans du cuir, et qui ne paraissait pas affamé. Adrienne vous voyait venir assez régulièrement, feuilleter les livres étalés sur ses tables et repartir, comme beaucoup d'autres, n'ayant acheté qu'une fois sur trois, mais heureux néanmoins d'avoir flairé le vent des nouveautés. Elle vous a tout de suite mis les points sur les i, ainsi qu'elle me l'a raconté elle-même. Il s'agissait d'un travail long, minutieux, probablement harassant, que seule une secrétaire de métier était à même de mener à son terme.

Comme vous insistiez, et tout en vous répétant que très probablement ça ne marcherait pas, que c'était trop gros pour vous, elle vous a quand même mis sur les rails et donné mon adresse. Vous êtes venu quelques jours après. Annoncé par elle qui, dans son billet, me glissait une phrase sur votre père, autrefois assez bon client mais qu'elle n'avait pas revu depuis des années : d'opinions politiques nettement opposées aux miennes, m'a-t-elle précisé.

Avouez qu'il y avait de quoi être surpris de vous voir venir chez moi, même si dans le passé — affirmation invérifiable et secondaire — vous aviez assisté à certains de mes cours. Je vous ai fait un peu parler. Il était parfaitement évident que vous n'aviez jamais tapé à la machine le moindre manuscrit et que vous n'aviez pas envie de vous y mettre. Avec moi vous avez joué franc jeu et non pas essayé de m'embobiner comme vous l'aviez fait probablement avec Adrienne pour arriver à vos fins. Vous connaissiez quelqu'un que ce travail pouvait *arranger*. Vous avez peut-être ajouté *sauver*. Une amie, une camarade à vous. Et là, tout à trac, après une seconde d'hésitation, en me regardant dans les yeux : « ... juive ! ... elle a perdu son emploi... qu'elle n'avait obtenu qu'en attendant... elle se cache. » A moi de comprendre et de compléter. Vous aviez saisi cette occasion de lui rendre service. Va pour Ghiberti !

Je voyais. Je voyais très bien. C'était assez stupéfiant — mais vous rendiez-vous bien compte ? — que le fils d'un petit industriel français vivant en Italie, fricotant là-bas dans les milieux d'affaires, ayant probablement à l'époque aidé le régime à tourner l'effet des sanctions, vînt me demander à moi du travail. Moi, que la presse collabo continuait de clouer au pilori. Votre franchise allait de pair avec une totale inconscience. A moins que...

De toute façon, même si je mettais de côté votre père, les sympathies mussoliniennes qui avaient dû sonner haut autour de vous, votre offre était peu digne d'être prise en considération. Techniquement, elle n'offrait aucune garantie. De plus, quel écrivain ira confier un texte dont il n'existe pas de double, aucune copie manuscrite, et qui représente pour lui l'expérience de toute une vie en même temps qu'une sorte de testament esthétique, qui ira confier cela à deux inconnus ? Un garçon qui se présente seul mais qui a néanmoins l'honnêteté d'avouer qu'il n'effectuera pas le travail, qu'il le repassera à quelqu'un d'autre. Et cette autre, une malheureuse se terrant quelque part, vivant dans l'angoisse et la privation, et dont on pouvait à bon droit s'étonner qu'avant de trouver un refuge dans une soupente ou un placard, elle eût pris soin d'avoir sous la main du papier machine en quantité suffisante, tout un matériel de dactylo, une Remington à grand chariot en état de marche.

Je me demande, cher Marc, si ce n'est pas ce que tout cela pouvait avoir d'invraisemblable, d'inhabituel, et même de peu crédible, qui m'a retenu de vous renvoyer sur-le-champ. Vous n'ignoriez certainement pas ce que je représentais pour certains. Et des deux côtés, dans les deux camps. Parce que vous saviez que j'étais exposé, que je pouvais être arrêté, vous aviez sans doute tablé sur le fait que cette situation créait une sorte de lien entre moi et votre amie. Une sorte de communauté entre celui à qui vous vous adressiez — ce personnage en instance au milieu de tous ces bouquins — et cette jeune fille cherchant à se faire oublier dans les profondeurs d'un Paris qui ne ressemble plus à celui que j'ai connu en 1925, terre d'asile offerte aux réfugiés.

Vous avez saisi au vol chez Adrienne Monnier l'occasion de lui rendre ce service. Lequel passait nécessairement par moi. En fait, c'est à moi que vous alliez peut-être rendre service... Je ne m'en suis pas aperçu sur le moment.

Nous pouvions au moins tenter un essai. Je vous ai donné les premières pages — une trentaine — en vous disant : « Cette personne aura un mal de chien à s'y retrouver... si elle y arrive... »

Vous êtes revenu à quelques jours de là. Un matin. Et c'est encore moi qui vous ai ouvert. Vous sembliez assuré du résultat. J'ai chaussé mes lunettes, examiné le texte tapé en trois exemplaires. Frappe correcte. Régulière. Bonne machine. Bon clavier. Lecture correcte. Aucune faute. En somme pas d'observation. Je désirais seulement des marges plus larges. Pour les interlignes ça allait, ainsi que pour les espacements que je réclame en général.

Je vous ai réglé ce travail — un peu au-delà des conventions habituelles — et vous ai remis cette fois environ deux cents feuillets. Vous êtes revenu — sans jamais tomber sur Toinon — et nous avons procédé de la même façon. Je ne pouvais que me montrer satisfait de la qualité et de la régularité du travail effectué par votre amie. Je me gardais de vous interroger à son sujet. Je finissais par connaître un peu de vous-même et de votre vie. Vous étiez allé, avant-guerre, plusieurs fois en Italie. Votre père y demeurait alors en permanence. Pour ses affaires, avez-vous seulement indiqué. Je n'ai pas insisté. D'autant que la façon dont vous avez présenté les choses éclairait une nette divergence d'opinion entre vous. « Il pensait que l'Italie avait fait un bond fantastique en avant... » A la façon dont vous le disiez, il était évident que ce n'était pas là votre avis. « Il est mort à Rome en 40. »

Nous en sommes restés là. Il ne m'appartenait pas de vous interroger davantage. De la même façon, une autre fois, tandis que nous procédions à un autre échange, j'ai su que votre mère était remariée et vivait en Bretagne, que vous habitiez avec votre grand-mère rue Cardinet une ruine gothique inchauffable où il pleuvait à l'intérieur.

Pourquoi ne vous le dirais-je pas, je vous voyais arriver avec plaisir et je trouvais que vous donniez bonne et belle apparence au hasard singulier qui vous avait conduit jusqu'à moi.

Avec plaisir parce que le manuscrit tapé commençait à prendre forme et à se détacher des Limbes. Mais aussi parce que vos réponses à mes questions donnaient un contour à cette jeunesse que la cessation de mes cours avait éloignée de moi, et, j'en étais désormais persuadé, de façon définitive.

Soudain, à l'intérieur de notre groupe, plusieurs amis ont été arrêtés. Je pouvais l'être. D'où venait le renseignement, la chose ne pouvait être mise en doute. Je me suis demandé s'il n'y avait pas pour vous un risque à venir apporter boulevard Arago le reste des feuillets tapés. En principe Toinon devait vous guetter, prendre ceux-ci, vous remettre l'argent et vous empêcher de monter. Mais vous vous êtes présenté deux jours avant celui où je vous attendais.

J'avais maintenant trois exemplaires. Je ne sais quelle idée m'a traversé l'esprit : j'étais en pleine improvisation. La chance qui vous avait conduit là vous désignait. En fait, ce que je vous ai demandé aurait pu vous avertir de la menace qui pesait sur moi, à savoir de ramener chez vous un des trois jeux complet et de ne me le rapporter que lorsque je vous ferais signe et vous le redemanderais.

C'était là un risque. Une bouteille à la mer. Je ne crois pas m'être trompé sur le sens des courants.

Les choses se précisent, semble-t-il. Je viens d'aller regarder. Ils ont bouclé l'impasse du côté du boulevard. Il doit y avoir des gens en bas dans l'entrée. Egalement sur le palier, derrière la porte. Pas le premier venu, Ghiberti ! Non un pauvre youtre en lévite. Un tzigane tremblant de froid. Un nom qui mérite, au nombre des prises, de faire la une entre les communiqués ! Pas une descente à la sauvette. Un vrai déploiement.

D'une minute à l'autre, une voiture — pas un camion

bâché ou le traditionnel panier à salade — viendra se ranger le long du trottoir. Je sais parfaitement comment ils procèdent. Ils n'auront même pas besoin de me dire de les suivre. Nous nous connaissons depuis si longtemps. J'ai si souvent essayé d'imaginer la scène.

J'y suis préparé, et de toute façon la vraie tragédie c'est eux qui la vivent, c'est eux qui en sont les acteurs, appliqués à faire cela.

Là où ils vont me parquer, en attendant d'autres départs, je suis certain de retrouver quelques visages, sans doute changés, mais sur lesquels il me sera possible de mettre aussitôt un nom. D'anciens camarades, longtemps associés dans le même combat. Et parmi eux, de braves gens qu'un événement particulier, un drame dont ils ont été les témoins ont éveillés tout à coup à la conscience, avertis de ce mal qui s'est mis à ronger l'Europe. De jeunes militants livrés par la police. Et d'autres, combien d'autres — parmi lesquels je ne saurais me ranger —, que rien ne désignait pour l'hécatombe.

Il y a des lieux dans le monde où l'on est assuré de ne jamais être seul et unique : là où des hommes souffrent, attendent, ont été marqués dans leur chair, subissent un châtiment qu'ils n'ont pas mérité.

Si je vous écris tout ceci, si je parle avec vous c'est un peu pour vous dire ce que j'ai voulu mettre dans ces pages. Et ce n'est pas tellement simple.

Pour ce qui est de cette lettre, je vous ai révélé par quel subterfuge ce message pourra vous atteindre sans vous compromettre ni éveiller de soupçons. Toinon sait où vous trouver et si l'enveloppe vous semble un peu maculée n'ayez garde qu'au contenu : je crains qu'il ne vous mette sur le dos une responsabilité dont je suis loin de mesurer moi-même les conséquences et les bouleversements que celle-ci risque d'apporter dans votre vie.

Au moins vous dois-je, en manière d'excuse, cette explication. Quand vous êtes venu ici la dernière fois et que je vous ai confié ce cahier je ne pouvais vous dire, de façon nette, que je désirais que vous conserviez jusqu'à la fin de la guerre ces pages que vous aurez contribué à sauver, si elles doivent l'être. Ce qui n'est sans doute pas l'essentiel en regard de l'enjeu global.

Pour moi, croyez-le bien, tout continue. Et les épreuves que nous aurons traversées n'auront été qu'une phase. A mes yeux, vous-même êtes le signe de cette continuité. Ne pensez pas à moi comme à quelqu'un d'abattu ou pris au piège mais comme à un homme sûr de sa lignée et de son combat. Ne voyez là nulle éloquence : rien n'est perdu... au plus, risqué !

Je viens d'aller jeter un coup d'œil. Ils ne se décident toujours pas. Parlons donc de ce livre. Abandonné et repris, je pourrais presque dire depuis que je suis en âge de voir et de regarder un tableau. Des morceaux séparés, écrits à des époques de ma vie très différentes, et dans lesquels les événements semblent parfois se refléter directement dans les œuvres. Procédé discutable, estimeront les spécialistes. Le lien est devenu de plus en plus subjectif. En tant qu'ouvrage sur Tintoret, c'est là un travail qui n'a pas été mené à son terme et a peu de rapport avec les exigences de la critique actuelle.

Au départ, avant de quitter l'Italie, je songeais à œuvrer différemment. Par la suite, le ton personnel a prévalu. S'est instaurée une sorte de confrontation, d'affrontement, de dialogue avec l'œuvre : je n'ai plus cessé de l'interroger, d'exiger d'elle des réponses, des indications, et parfois de voir s'y dessiner quelques intuitions fulgurantes.

Je ne crois pas que cela me vaudra beaucoup d'approbation du côté de mes pairs qui jugeront qu'étant donné la connaissance que j'ai du sujet j'aurais mieux fait de pousser plus avant la recherche. Reste que cette façon de l'aborder en fait sans doute apparaître d'autres aspects.

Si vous sortez intact de cette guerre — et bien sûr tout ce que je vais dire concerne un avenir dont nous ne pouvons rien présager, vous et moi — peut-être aurez-vous à cœur d'ouvrir cette réflexion au lecteur en la lui rendant accessible. A vous de voir comment.

Je ne pense pas que, pour l'instant, vous ayez eu le temps

de vous y plonger et d'aller au-delà de la première phrase. Ce coup d'envoi semble vous avoir accroché.

Je ne vous dirai pas que j'en suis fier. Il faut se méfier de ces sortes de débuts. Peut-être l'aurais-je supprimé si j'avais eu la possibilité de prendre le recul nécessaire : si la phrase reste ce sera de par la volonté de ces messieurs qui doivent en bas dans l'entrée attendre le moment de venir me cueillir.

Cette première ligne, ce coup d'envoi — en fait un coup de semonce avant le grand branle-bas — me ramène à une époque assez lointaine de ma vie où rien de ce que le monde vit en ce moment n'était prévisible.

« Inscrite au livre des eaux, Venise commence par une apocalypse. »

Voilà la phrase. Et moi j'entends le grand Berenson me glisser en aparté : « La sourdine, Elio, la sourdine ! » Lui, peu suspect de cette sorte de transe. (En fait un nouveau genre de discours en train de naître !) *Apocalypse !* Entendons-nous bien sur le mot : révélation d'un monde, visions désormais enchaînées l'une à l'autre et qui sont le tissu de la destinée de Venise jusqu'à une complète immobilisation dans le mythe.

Mais aussi : la légende avant l'histoire. La fin et le commencement indiscernables.

Qu'est-ce qui m'a pris d'amorcer de la sorte, d'appâter un lecteur combien imprévisible lui aussi, alors que se diluaient dans les profondeurs de l'été parisien les échos de la Revue nègre ?

Oui, qu'est-ce qui m'a poussé à plaquer ce premier accord ? Celui-ci entraînant à la suite une miraculeuse et dramatique rhapsodie.

J'ai dû écrire cela en 1926 ou 1927. Rien n'aurait pu laisser supposer au réfugié que j'étais que je n'avais pas trouvé un havre feutré dans ce quartier du Val de Grâce. Rien ne semblait pouvoir inquiéter les démocraties et on notait à peine les dissonances, les différences de timbre. Qu'est-ce qui aurait pu laisser imaginer ce flot noir montant à l'assaut des levées et cette marée sanglante recouvrant peu à peu nos pays ?

Inscrite au livre des eaux... Je ne le verrai pas imprimé.

23

Vous en avez reçu le choc, m'avez-vous dit. Celui des commencements absolus. Giraudoux, dans votre génération, aura mis cela à la mode. D'ici à la fin de la guerre, peut-être aurez-vous le temps, l'envie d'aller jusqu'au bout de l'ouvrage.

Vous le lirez d'une seule traite. Et cette lecture ouvrira une deuxième — je ne dis pas *seconde* — phase dans nos rapports.

Vous verrez donc qu'il s'agit moins d'une étude sur le peintre en question — il y a cela néanmoins, et après tout c'est mon métier ! — que de ce qu'on pourrait appeler, j'ai été tenté de le faire, le *Journal d'une passion*. Si l'ouvrage paraît, peut-être les éditeurs opteront-ils pour ce sous-titre.

Car c'en fut une, croyez-le. Je ne trouve pas d'autre mot. Une passion absolue, qui m'a soutenu et brûlé, ravi et parfois jeté dans des abîmes, avant même que je me sois éveillé aux problèmes de l'art et de la peinture.

Une enfance et une enfance vénitienne ! L'étonnement qu'a toujours provoqué chez moi la démesure de Robusti, une sorte de trivialité servant chez lui de support et de cadre à l'épiphanie, et surtout... surtout sa façon de jeter ses créatures dans le vide, de les suivre dans leur chute ou leur ascension, de les accompagner, autant amusé que fasciné, autant persuadé que sceptique, tout au long de cette trajectoire et sur les chemins de l'impossible.

Un enfant à Venise. Ne pas s'emballer sur le privilège. Pour toute famille — on ne parlait plus de la peste mais il devait bien en rester quelques miasmes — un brave homme d'oncle, linotypiste à San Lazzaro chez les pères arméniens.

Excusez-moi de vous donner ces détails mais je suis bien obligé de passer par eux pour fonder dans ses commencements ladite passion. Pour alléger l'oncle Ghiberti de mon entretien et d'une surveillance qu'il ne pouvait exercer alors qu'il travaillait dans l'île et devait s'y rendre chaque matin, les pères, faveur exceptionnelle, voulurent bien m'admettre dans leur collège à Venise même, dans cet incomparable Ca'Zenobio, rio del Carmine. Bien propre, cet ancien palais des Nobles, avec les stucs de sa salle des miroirs, son pavillon de style palladien au fond d'une cour où nous jouions au ballon pendant d'interminables soirées pour calmer les

24

pulsions d'une puberté trop précoce... bien propre, dis-je, à me familiariser avec les architectures visionnaires entrevues sous des ciels zébrés d'éclairs comme on en peut voir chez l'incroyable metteur en images déjà repéré par moi à l'époque.

Autant dire que j'ai toujours eu sous les yeux les toiles en question. Peu préoccupé au début de faire un choix. Nous laissait-on assez de liberté pour que je puisse satisfaire cette passion naissante sans être obligé de sauter le mur ? Seulement en franchissant quelques ponts et en combinant mes sorties avec les heures d'ouverture des édifices, religieux ou pas, où je pouvais me livrer à cette contemplation. Ainsi, souple et ailé, m'est-il arrivé de me glisser dans le dos d'un gardien de San Rocco ou de franchir les tourniquets de l'Accademia en me mêlant à une file de visiteurs. Ces images me poursuivaient. Intérêt précédant de loin toute prise de conscience plastique. Je crois que cette curiosité dévorante, cet attrait spontané — en marge de l'édification qu'auraient dû provoquer chez moi ces représentations — répondaient à un besoin d'information et d'ouverture miraculeuse que le décor posé autour de moi — le palais des Nobles, la ville elle-même — ne satisfaisait qu'en partie. J'y voyais des lions, des chameaux, des dragons, des chimères, une permanente féerie, un inquiétant carnaval où les acteurs se transformaient soudain en suppliciés, en bienheureux, en tortionnaires, en forçats délivrés par des anges. J'en recevais un ébranlement qui me mettait tantôt aux portes du mystère, tantôt en contact avec la réalité même. Le soir, je m'éloignais du collège arménien, et soudain, des bas-côtés d'une nef, dans le rougeoiement des lampes, je voyais se détacher des ténèbres ces étranges compositions.

Dans l'île de Saint-Lazare, où il m'est arrivé parfois d'assister à certains offices, devant le rideau tiré de l'iconostase, les jeunes chantres avec leur collier de barbe, leurs lourdes paupières orientales, l'inquiétante douceur du profil, me semblaient de la même famille que ces apôtres que le peintre semble avoir racolés sur le quai des Esclavons et que, sur sa toile, seule une même auréole détache de la nuit, ou encore que ces jeunes élus recevant dans des mains devenues transparentes la lumière de la manne.

Pour me résumer, cette imagerie, disséminée dans divers quartiers de Venise, et surgissant à l'improviste, je n'avais aucun mal à en lier les thèmes, à en reconnaître les schémas compositionnels, les détails, l'écriture. Un théâtre accessible en toute saison, une ménagerie, un cabinet des mirages où je pouvais à volonté me perdre et me retrouver. Tout cela reste lié autant aux dimensions imaginaires de l'adolescence qu'aux découvertes que chaque jour m'apportait.

Bien sûr, par la suite, j'ai vu tout autre chose dans ces toiles. Mais, d'une certaine façon, dans les rapports que j'ai maintenus avec elles, il reste quelque chose de la découverte que j'ai faite là, de cette approche par la fascination et les énigmes. Cette passion — puisque j'emploie ce mot — a ses racines dans une approche impétueuse d'un univers de signes dont tout aurait dû me séparer et auquel, normalement, je n'aurais pas dû avoir accès.

Je n'ai fait à personne cette confidence mais, ce dont j'ai le plus souffert en quittant Padoue et l'Italie mussolinienne — qui n'avait pas grand-chose à voir avec tout ce que je viens d'évoquer —, cela a été de penser que, pour un temps probablement assez long, j'allais être privé de ce contact. Forcé de vivre ailleurs. Très loin du périmètre où Tintoret a passé sa vie. Padoue, Mantoue marquant l'extrême limite des déplacements qu'on peut certifier.

C'est cette séparation, justifiable sur le plan de la morale et de l'idéologie, mais douloureuse, croyez-le — même dans un Paris où toutes les formes de création semblaient s'être donné rendez-vous —, c'est cette coupure, presque physique, qui a nourri en moi cette passion. Un peu, comme pour Joyce, le fantôme dublinois, le spectre lointain des fondations danoises flottant au fond de la baie et approfondissant le mirage. A cette différence près que ce dernier, quoi qu'il ait pu nous dire, nous raconter, chez Adrienne, chez Jolas ou Bradley, aurait pu rentrer librement dans son pays alors que l'accès du mien m'était interdit.

Je puis vous le dire, cher Marc — quel prénom... dans cette combinaison de hasards et de signes qui nous a amenés l'un vers l'autre —, pendant ces dix-sept années d'espérances toujours reportées, de combat, et plus encore depuis que la guerre a commencé et que l'occupation m'a fixé à Paris, l'espérance finale, l'image clé, la grande épiphanie de la Libération n'ont eu pour moi d'autre symbole, d'autre point de convergence que la possibilité de revoir ces œuvres. Toutes, et les plus aimées. *Le Christ devant Pilate. La Crucifixion. Le Saraceno.* Les deux *Maries* de San Rocco, prises toutes deux dans le tissu halluciné de l'églogue végétale. Et plus encore, ô miracle ! par la possibilité de voir de nouveau s'ouvrir, se déployer, dans une sombre et victorieuse palpitation, l'immense *Paradis* du palais Ducal.

J'ai passionnément attendu ce moment. Il y a peu de chance pour qu'il me soit donné de le vivre. Vous irez donc là-bas à ma place. J'envie le regard que vous porterez sur ces œuvres. Vous souvenant peut-être, devant certaines, de ce que j'ai écrit. Alors que moi je n'aurai plus pour les voir et en être touché le regard des vivants. Donc, de ce fait, il est possible, indifférent à ce qui m'a si longtemps incité et guidé.

Quel peut être le regard sur de telles images d'un être qui a connu l'illumination de l'Au-Delà ? Si du moins on l'admet. C'est une question que je ne me suis jamais posée, ayant toujours séparé l'intention apologétique de cette construction imaginaire par laquelle l'artiste suggère l'inimaginable avec les moyens qui lui sont propres, limités et illimités.

Pour moi, l'hypothèse visuelle me suffisait entièrement, me disant que la peinture se suffit à elle-même et que — même si les gens du concile de Trente ont cru le contraire — elle n'a jamais été que secondairement un art de persuader.

Le jour n'est pas encore levé. C'est à peine si une ligne de grisaille frange le sommet des toits. Tous dorment encore dans la maison, sauf en haut la pauvre Toinon qui cette fois aura eu une raison valable de ne pas trouver le sommeil.

Une voiture vient d'entrer dans l'impasse et de se ranger devant la porte ; personne n'en est encore descendu. On pourrait penser qu'ils attendent le matin, comme la loi l'exigeait autrefois pour certaines perquisitions. A moins qu'ils ne veuillent donner plus de publicité à tout ceci.

Je continue donc. Quoique, pour l'essentiel, je pense vous avoir tout dit. J'y ai passé une partie de la nuit. Cela m'aidant à rester sur mon terrain et à chasser le reste de ma pensée.

Parler avec vous de ce qui me tient à cœur, de ce qui a compté pour moi plus que tout, a sans doute contribué à consolider notre rapport et à nous éclairer l'un sur l'autre.

Vous irez donc à Venise. J'ignore quand, dans quelle condition, sous quels auspices. Et si Venise existera encore, si elle n'aura pas disparu sous les eaux ou sous les bombes.

N'importe... Quand vous irez à Venise je vous demande d'aller à la Madonna dell'Orto et d'examiner en détail cette étrange et surprenante composition — d'une confondante verticalité —, je veux parler du *Jugement dernier*... Oui, cher Marc, quand vous irez à Venise...

II

Opération *Dragoon. Août 1944*

Pendant tous ces mois-là — Guisa s'étonnerait par la suite qu'il ait pu passer tout ce temps en Afrique sans jamais y croiser Rommel ou Montgomery — ç'avait été le seul problème qui les agitait et non ce qui se passait à Alger. Où allait-on les envoyer?

A Oran, à Malte, en Sicile, principal sujet de discussion pendant que les gars se rôtissaient sur les plages ou tournaient en rond sur eux-mêmes dans leurs cantonnements en regardant la pluie tomber. Où donc les suprêmes stratèges, à qui ce choix-là incombait, Maitland Wilson à leur tête, allaient-ils tout à coup les expédier? Ils ne seraient avertis qu'au dernier moment, et sur les bâtiments d'escadre les enveloppes scellées *Top Secret* ne seraient ouvertes qu'alors que ceux-ci auraient déjà pris la mer.

La plupart penchaient pour les Balkans, se voyaient déjà sur le Danube, au Prater, au cœur de la Bohême, et pour finir, à Berlin. Pas besoin des Russes. Mais, en dehors des hypothèses farfelues, qui eût pu penser au Lavandou, au Trayas, au val d'Esquières, au Dramond...? Si même ces noms avaient eu une chance de dire quelque chose à des garçons venus de si loin. Après les durs combats autour de Cassino, l'hiver fangeux des Abruzzes et le gel soudain des opérations au-dessus de Rome, qui eût pu imaginer — à moins d'être dans le secret des dieux — que, cinquante-sept jours après le débarquement en Normandie, le second mors de la tenaille allait s'enfoncer entre les Maures et l'Estérel et que l'épicentre de l'opération projetée allait être la Nartuby, la vallée de l'Argens séparant les deux massifs ?

Lui, Marc, moins que tout autre, parce que la topographie de la région ne lui semblait pas répondre à un pareil déploiement de forces, mais surtout parce que trop de souvenirs personnels l'attachaient à celle-ci pour l'inscrire de gaieté de cœur des destructions prévisibles. Ces chers Anglais ou Américains, dans ces occasions-là, n'y allaient pas de main morte. Ces paysages semblaient plus que tout autre — la Grèce ou la Slovénie — refuser ce genre de cataclysme. Un frère de son père avait été notaire à Trans. Marc avait passé des étés entre le Haut-Var et la côte, descendu le Verdon en canot, campé au Tholonet... Il connaissait si bien les criques et le dessin du littoral — entre les points que, dans le code de l'opération, une fantaisie assez déroutante avait choisi de nommer *Camel Red* et *Camel Green* — qu'il eût pu aussi bien la dessiner de mémoire. Cela avait dû se savoir en dehors de sa section et se répercuter jusqu'aux renseignements.

Pour le moment, le projet les laissait sur la touche, rongés moins par l'impatience d'être de nouveau dans l'action que de savoir où celle-ci serait engagée. Entreprise qui, envisagée en termes sportifs, marquerait le début du dernier round. Tous avaient envie d'en terminer et de rentrer chez eux.

Sa connaissance du coin l'a-t-elle vraiment désigné ?... Sans que lui aient été accordés la permission de prendre congé des copains et même le temps de boucler son paquetage, il avait été enlevé, retiré de son unité, expédié directo à Naples en avion. Là, aussitôt, chambré par les Ricains, à Castel Nuovo, sans aucune possibilité de contact avec l'extérieur, le plan et les objectifs de l'opération Dragoon lui avaient été mis sous les yeux. On lui demandait d'interpréter dans le détail les photos aériennes projetées sur écran afin que se familiarisent avec cet arrière-pays, avec le réseau des communications, le relief, les accidents de terrain, ces autres gars, gradés ou pas, la plupart des armoires, avec lesquels il allait être parachuté dans une première vague. Celle-ci destinée à paralyser l'ennemi au-delà des défenses côtières. Une grande première assurément. Ç'avait quand même été un choc.

Groupés autour de lui, les types, astiqués et rasés de près, respirant à n'y pas croire le propre et la santé, s'appliquaient avec une évidente bonne volonté, sans cesser de mastiquer, à piger ses explications, pour eux bizarrement entortillées, autant du fait du relief que d'un vocabulaire vieillot, hésitant et le plus souvent inadéquat. Amusés par cet accent flûté, cette curieuse façon de ces Français qui ont appris l'anglais au lycée d'efféminer celui-ci : un anglais dont les sources, parfaitement idéales, seraient Oxford ou Stratford et jamais le Bronx ou le Middle West.

Pour ces géants, incroyablement détendus, ce genre d'opération aéroportée, c'était de la routine. Mais pour lui, dont les classes étaient plutôt celle de l'infanterie de 40 et une résistance victorieuse aux Italiens dans la bataille de Nice, les choses se présentaient différemment. C'était la première fois qu'il aurait à sauter dans le vide et il n'en éprouvait aucune satisfaction particulière. Pas de temps pour lui donner une formation, même accélérée, ni le moindre avant-goût de la chose dans un secteur moins exposé. Pas de temps pour ceux qui l'interrogeaient de s'intéresser à ses états d'âme.

Il ne comprenait qu'à moitié les consignes qui lui étaient octroyées à la hâte et dans un jargon difficilement saisissable. Il lui eût fallu plus de temps pour se familiariser avec tout cela. Pour se sentir rassuré sur ses capacités. Pleinement à la hauteur de l'événement.

Une fois dans le zinc, engoncé, saucissonné, avec tout cet attirail, et en plus un gilet gonflable, sa Mae West — pour le cas où le vent les repousserait vers la mer —, saurait-il effectuer à temps ces mouvements, exécuter à l'instant les ordres ainsi aboyés : « *Stand up !... Hock up !... Position at the door !* » Et finalement ce « *Go !* » fatidique devant le trou noir ouvert dans la carlingue. Il les récapitulait comme un acteur pas sûr de son texte et de ses positions. Pas certain de ne pas oublier quelque chose d'essentiel — de s'accrocher ! — et de ne pas semer la pagaille. Il n'avait jamais pensé que ce retour au pays pût s'effectuer ainsi : dans une sorte de dépaysement linguistique, moral... d'une façon pour laquelle l'entraînement suivi au sol depuis qu'il était en Afrique du Nord n'allait lui être d'aucune utilité. Il lui restait seulement à espérer que dans les dernières minutes tout se déroulerait dans une sorte d'état second, les automatismes prenant le dessus. Ou encore que ce départ à l'arraché était grandement facilité par une utile poussée du sergent minutant le largage.

Pratiquement mis au secret pendant les cinq jours à Castel Nuovo — pas question d'aller muser dans les rues de Naples, de s'y faire dépouiller ou d'y attraper une chaude-pisse —, il avait donc eu tout le temps d'envisager la question sous tous ses aspects. L'énormité de ce à quoi il allait participer, le fait d'être un des premiers informés, la joie de se retrouver en France, d'assister au reflux des Allemands... Mais, à côté de cette excitation, et sans qu'il pût rien faire pour masquer cette défaillance, un recul certain devant ce baptême du vide imposé sans préparation.

Il lui arrive d'y repenser et de s'interroger. Eût-il été préférable pour lui de débarquer en *surf-boat* dans une de ces criques qu'il s'appliquait à décrire aux gars qui, dans ce lâcher, allaient être ses compagnons ? Ou bien au volant d'une jeep amenée par un *landing-ship* ouvrant directement ses portes sur une de ces plages où il avait joué autrefois puis s'était exposé au soleil quand cette mode avait commencé de se répandre ? Eût-il préféré toucher le sol sur un de ces planeurs Waco et Horsa remorqués par les C-47, dont beaucoup, après avoir fauché les cimes des arbres, capoteraient à l'arrivée, ou s'empaleraient sur des pylônes, des piquets reliés à des charges d'explosifs ?... Glissade hasardeuse, voire mortelle. Pourtant, parce qu'il avait fait autrefois du vol à voile dans un club à la Belle-Epine puis à Buc avec le camarade Stavro — dans quel coin de Bosnie se battait-il encore celui-là ? —, l'idée de « casser du bois » à l'arrivée lui causait un moindre malaise que cette suspension solitaire dans le ciel nocturne et cette lente descente vers le cercle des incendies allumés sur le littoral et les crêtes par les vagues de bombardiers et les gros tubes de la marine.

Le choix lui échappait. Il eût été ridicule d'élever une quelconque protestation. C'est bien ce qu'il avait voulu, accepté d'avance après son maquis des Cévennes, et l'internement dans un camp en Espagne, en cherchant à rejoindre Alger et à être présent là où commencerait la phase décisive.

Pouvait-on rêver mieux ? Il allait se trouver dans le fer de lance de l'opération. En fait, celle-ci était engagée depuis plusieurs heures. Les flottes alliées avaient déjà atteint, à la hauteur de la Corse, leurs points de rassemblement. Ce plan dont il prenait maintenant la mesure lui paraissait si gigantesque, dépassait tellement tout ce qu'il avait pu imaginer en juin 40 dans une casemate creusée dans la roche à quelques centaines de mètres de la frontière italienne, puis dans les Cévennes, dans son maquis si dépourvu de moyens offensifs, que ce qu'ils avaient fait là sur le terrain lui semblait presque dérisoire, perdu dans le passé, et ne paraissait pas faire partie de la même guerre que l'opération à laquelle il se trouvait tout à coup associé.

Il allait vivre l'expérience la plus extraordinaire qu'il fût donné de vivre à ce moment à un Français engagé dans les Forces libres. Pourtant l'atmosphère n'était pas celle qu'il eût désirée. Il eût aimé pouvoir partager, confronter avec d'autres ses sentiments, ses réactions. D'autres ayant, comme lui, connu 40, les dénonciations, tout ce replâtrage famille-patrie, les premières déportations... Il eût aimé sentir ces cœurs battre à l'unisson au moment où tout cela allait s'effacer, rejoindre les vieilles sanies du passé, être lavé dans le sang nouveau de la victoire attendue. D'un mot, il eût aimé se trouver là avec des garçons ayant partagé les mêmes épreuves depuis quatre ans, connu les mêmes déchirements. Ceux avec qui il allait être largué, entre Lorgues et Le Muy, La Motte, les Arcs et les Issambres, donnaient plutôt l'image d'une certitude un peu apathique, presque enfantine chez certains, naturelle à coup sûr chez des jeunes qui ont toujours eu sous les yeux un monde jamais remis en question. Il ne comprenait à peu près rien à leur slang, aux signaux et aux cris qu'ils échangeaient. La plupart — il s'en rendait compte par les questions que certains lui posaient et arrivaient à formuler — n'ayant qu'une idée déformée par d'ahurissants préjugés de cette Europe dont ils ne connaissaient que les ruines, la crasse, la misère physique, l'abaissement moral, mais pour laquelle on exigeait cependant qu'ils risquent leur vie ou leur intégrité physique. Y songeaient-ils en fait ? Pas plus qu'un gars engagé dans n'importe quelle compétition.

Ils étaient surtout occupés de ce qu'ils auraient à faire une fois arrivés au sol. Si du moins les frisés ne les tiraient pas à vue pendant la descente. Quant à Marc, s'il réussissait à garder le contact avec le groupe, sa mission serait, après avoir reconnu le coin, de les guider vers les endroits indiqués sur les cartes qu'ils portaient autour du cou imprimées sur des foulards.

Extraordinaire moment, dans ce C-47, dont il s'étonne pourtant qu'il ne lui ait laissé que des images aussi imprécises. Pour tout le trajet, entre Naples et la Provence, celle d'un tunnel étroit et mal éclairé, le long duquel les gars se sont laissés glisser avec leur barda et, ainsi empêtrés, ont l'air de dormir. Guerriers d'Ossian dans une toile qu'il a vue autrefois, cliché spectral, englouti dans une sorte de sape. Torpeur entretenue par la vibration de la coque. Vision comme occultée et non pas celle de la fantastique armada qu'ils sont en train de survoler. Un couloir obscur où l'air semble se raréfier, s'épaissir autour des lèvres gonflées, des paupières alourdies par le sommeil refusé, et non pas, dans sa démesure mythique, déployé sur toute la surface marine, traçant d'écume aux abords de la côte, cet immense catalogue de vaisseaux digne de quelque récitation homérique. Mais qui songe à Homère parmi ces garçons, coincés entre leur harnais et une érection matinale ? Les Folke-Wulf à croix noire ne les avaient pas attaqués. Le jour n'était pas encore levé. Mais, même volant à basse altitude, le brouillard qui baignait le littoral varois en ce matin du 15 août n'eût permis ni à Marc ni aux autres d'apercevoir quoi que ce fût.

En fait, ce couloir où les hommes se tenaient maintenant debout alors que la lampe rouge venait de s'allumer, ce couloir s'ouvrait, dans le flanc du Dakota, sur une immensité noire avec tout au fond des profils de collines. Les choses se sont passées ensuite trop vite pour que sa mémoire les capte et les ordonne. Aucune image pour la descente, non plus que pour l'arrivée au sol, le dégagement du harnais et des courroies. Marc Challange ne s'est pas agenouillé pour porter une motte de terre à ses lèvres. Peut-être a-t-il fait comme pas mal d'autres, et s'est-il contenté de pisser, prenant possession du sol retrouvé, en lâchant son eau sur son terrain. Derrière ce soulagement physique, ce qui primait tout le reste c'était moins le prodige d'être revenu là que de s'y retrouver avec bras et jambes, des vertèbres intactes.

Grâce à un poste d'essence à l'embranchement de la route des Arcs sur la nationale il a pu reconnaître l'endroit. Il devait être cinq heures ; les Douglas-Dakota continuaient par nappes, longues giclées séminales, d'ensemencer la nuit. Il avait du mal à se persuader que quelques minutes plus tôt il se balançait sous une de ces corolles dont la descente s'achevait dans les vignes, sur un platane ou sur des hangars. La brume était toujours aussi dense. A la place des arpents cultivés entre les lignes de cyprès et de roseaux, on ne se fût pas étonné d'apercevoir des rizières.

Une épaisse poussière, la fumée des incendies, peut-être quelques écrans fumigènes rendaient l'air épais. A distance il lui semble que le brouillard s'est maintenu une partie de la matinée et même de la journée, du moins tant qu'il a continué de circuler, de se dépatouiller et de ne pas rester en rade. Portant la même tenue que les autres — ce qui l'eût sauvé momentanément s'il avait été fait prisonnier — il commençait à percer leur jargon. A croire que ce parachutage lui avait tout à coup ouvert l'esprit et les oreilles et que, dans la frénésie du moment — il leur importait peu qu'il fût français ou autre chose —, les distances s'effaçaient. On l'utilisait à plein. Poteau indicateur laissé à un embranchement et ensuite éclaireur en tête d'une quinzaine de louveteaux. Ou encore installé d'office dans quelque engin mécanique pour orienter le conducteur.

Ainsi s'est-il retrouvé, en fin de matinée, sur le tansad d'une moto conduite par un rouquin au visage encore frotté de suie. Comme par hasard, un certain Blackwell — c'est à cause du masque qu'il se souvient du nom —, hilare, un peu allumé et qui avait l'air de prendre l'affaire comme une partie de rigolade. Ce Blackwell avait l'ordre de rejoindre au plus vite le château de Sainte-Roseline où devait se trouver un Q.G. opérationnel et où on donnait les premiers soins aux soldats qui s'étaient mal reçus à l'arrivée, avaient été mitraillés ou blessés par un éclatement. Pas facile de se frayer un chemin au milieu de tous ces véhicules sur la nationale, et ensuite, sur ces chemins qui ne cessent de tourner, au milieu de tous ces obstacles, planeurs piqués dans tous les sens, caisses de munitions, engins divers.

Le Blackwell avait des freinages ultra-courts, gueulait à tue-tête en redressant, tout en zébrant à grands traits ce qui restait du macadam après quatre années d'incurie vicinale. Sa préoccupation dominante n'était certainement pas la sécurité du passager. Peut-être l'avait-il oublié ? Ont-ils dérapé sur du gravillon, sur une plaque d'huile s'échappant d'un jerrican ?... La roue avant a heurté un muret qui a bloqué l'engin, lequel s'est redressé à la verticale, envoyant valdinguer pardessus les balisiers et les ceps le Blackwell. Marc ne l'a pas revu. Tué net sur le coup. Il garde l'image d'un grand gosse brailleur se faisant un cinéma d'enfer sur sa moto et qui se serait peint le visage pour jouer aux Sioux.

Quant à lui, sa cheville restée coincée entre le bloc-moteur et le muret l'a empêché de partir en fusée et d'aller se fracasser plus loin. Pourquoi s'être fait du souci pour ce saut en parachute alors que l'équipée s'est terminée par ce soleil ?... Le cavalier qui ne parvient pas à franchir la barre et qui s'effondre devant l'obstacle !

Quand il a repris connaissance, ç'a été sous la toile d'une antenne médicale, dans l'enceinte d'une coopérative vinicole de la plaine de Lorgues où l'odeur des chais se mêlait à celle de l'éther. L'impression de tourner autour du petit cimetière de Trans où reposait depuis peu sa grand-mère. Le brouillard du matin il l'avait maintenant dans la tête. A vrai dire, depuis Oran et son enlèvement par les Ricains — Oran où son *Journal* de Gide devait toujours l'attendre dans sa cantine —, les événements s'enchaînaient en dehors de toute prévision. Encore sous commotion, il avait l'impression de faire un drôle de rêve rempli d'éléments du passé et dont il n'était pas du tout sûr de pouvoir s'éveiller. Il entendait qu'il était question de sa chance. Celle qu'il avait ou bien celle qu'il avait eue ? Un doute planait, mais tous revenaient là-dessus. Le major, des infirmières rieuses et bavardes, aussi excitées que si elles roulaient des permanentes dans un salon de coiffure, un certain abbé Redon qui lui donnait des nouvelles de son oncle de Trans, pour lors en traitement à Gréoult. Rien de bien clair. Une cheville broyée, le poids de l'ankylose remontant au genou, durcissant les muscles du mollet et de la cuisse, cette douleur à l'aine, assez insupportable parfois... Il faudrait que Draguignan ou Toulon soient libérés pour qu'une radiographie puisse être faite et pour qu'on voie l'état de la fracture.

Sans oser poser la question, il s'est demandé au début si on n'allait pas lui couper le pied, et plus tard, si on lui rendrait, avec l'articulation de la cheville, une marche normale. Pourrait-il de nouveau chausser des patins, enfiler un étrier, se tenir sur des skis, inviter une fille à danser ?... Ceux qui le félicitaient de s'en être tiré à si bon compte pensaient-ils à l'accident ou bien au fait que, pour lui, la guerre était terminée ? Une ou plusieurs interventions étaient à prévoir pour remettre tout ça en place et retrouver cette précieuse souplesse. Une longue rééducation. Le motocross du sergent Blackwell du 509e Bataillon américain aéroporté l'avait confiné définitivement dans les réserves et risquait d'avoir fait de lui, si la chose ne s'arrangeait qu'à moitié, un type qui traînerait la patte toute sa vie, un éclopé de plus dans ce qui allait être bientôt l'après-guerre.

Pas de quoi s'enthousiasmer et sonner les cloches de la victoire. Dépité et inquiet comme si, avec la possibilité de pousser plus loin, quelque chose à quoi il estimait avoir droit — à titre personnel et collectif — lui passait sous le nez.

Ce n'était pas ainsi qu'il avait rêvé cette grande croisade libératrice. Sa déconvenue a été à la mesure du souci qu'il pouvait avoir, quant aux séquelles, après tous ces tripatouillages de sa cheville. Bien sûr il n'était pour rien dans cette immobilisation, néanmoins irritante, dérisoire — finir la guerre à Draguignan ! —, alors que les autres — ceux avec lesquels il avait été lâché comme un nuage insecticide au-dessus du vignoble varois — allaient continuer vers le nord, remonter au-delà de Lyon, opérer peut-être la jonction avec des éléments avancés de l'autre débarquement, celui de Normandie.

Il se revoit, à Draguignan cette fois, rongeant son frein

dans une chambre étouffante, la jambe dans une gouttière pendue au plafond, se désespérant de rater ce moment, ce flash prodigieux — la rencontre Dragoon Overlord —, la fusion des deux cataclysmes, des deux typhons libérateurs.

Le bruit des combats s'était éloigné, mais dans les villages libérés l'existence n'avait pas retrouvé son rythme. La nuit, un lourd silence pesait sur la ville comme si le couvre-feu était encore imposé.

L'abbé Redon est revenu le voir. Genre félibre local dont les nostalgies, pour peu qu'on le poussât dans ce sens, se tournaient plutôt vers Siegmaringen. Sans doute perturbé par les règlements de compte, les violences d'une épuration sauvage qui, dans le vide qui s'était creusé, échappait pour le moment à tout contrôle. La liste dressée par lui ne cessait de s'allonger. Il citait quelques cas assez révoltants, affirmant que certaines prisons, Fort-Carré, à Antibes, notamment, étaient aux mains de gens qui n'avaient d'autre comportement que celui de tortionnaires et exerçaient en toute impunité leurs phantasmes sadiques à l'encontre des malheureux parqués là.

Ce discours tendait-il à faire naître des doutes dans l'esprit des soldats que l'abbé venait ainsi visiter? Ou bien correspondait-il à une réalité encore indiscernable? Des plaintes, en tout cas, durent mettre fin à ce ministère. On ne revit plus l'abbé. Ce dernier, alors que Marc assez irrité par ses accusations refusait d'entendre celles-ci, avait quand même réussi à lui transmettre un message qui ne pouvait que l'atteindre au vif. Son oncle, bien connu pour ses sympathies pétainistes, avait préféré quitter la région et aller se refaire ailleurs un blason. Et comme à cette nouvelle Marc n'avait pas réagi, assez perfidement l'abbé avait soupiré : « Mon pauvre enfant, je me demande ce que votre père aurait dit devant tout ce que nous voyons là ! » Marc préférait ne pas tourner ses pensées de ce côté. En choisissant la résistance et le maquis, il avait opté pour une famille, une solidarité, il n'entendait pas laisser ces collabos pleurnichards, et lourds d'insinuations malsaines, gâter l'image qu'il désirait en garder. Si ces salauds payaient, c'était justice.

Pas le moindre bouquin à se mettre sous la dent, en revanche des cigarettes, du chocolat, du chewing-gum à foison. Il passait des heures à observer les feuilles de platane dans le cadre de la fenêtre ouverte en permanence en espérant que l'une d'elles allait se mettre à bouger annonçant la fin de cette canicule tardive.

Seul mouvement à l'intérieur de l'hôpital, le passage des infirmières dont il avait appris à reconnaître de loin les rires, les voix, les intonations. Elles arrivaient chaque fois avec les nouvelles ; celles-ci ravivant sa frustration, le sentiment qu'il avait d'être resté sur le bas-côté alors que les autres, après avoir ici même cueilli et piqué au passage un général à croix de fer avec tout son état-major, poursuivaient vers le nord la remontée.

Et ce n'est pas l'épisode, assez banal, de la garde de nuit venant le rejoindre entre deux rondes à l'étage, qui aurait pu endormir ses regrets, ses instincts justiciers tendus vers une nécessaire épuration.

Episode néanmoins bien accueilli dans cette phase d'esseulement et de tension, figurant dans un sens assez prosaïque, voire cocasse, le repos du guerrier, et répondant plutôt à des pulsions localisables, à cette immobilité forcée mais finalement érotisante, qu'à l'intérêt limité qu'en d'autres circonstances eût éveillé chez lui ce genre de fille.

Brave au demeurant. Seulement entrevue dans la mesure où il ne pouvait être question d'allumer. Compatissante et experte. Sans doute troublée — alors qu'elle n'avait jamais passé le bassin qu'à des vieillards — par l'arrivée soudaine, après un prélude fantastiquement orchestré, de tous ces hommes jeunes, diversement atteints, mais à portée, et une fois sortis de l'état de choc, incroyablement disponibles.

S'est-elle allumée sur un mot à double sens, un geste qu'il a pu avoir ? Il est peu probable que son invalidation partielle lui ait laissé l'initiative et une marge de manœuvre suffisante pour engager ce à quoi ils avaient l'intention d'arriver l'un et l'autre. Synchronisation qui ne devait pas mettre en péril les suspensions aériennes de la prothèse. Là encore — mais c'est la règle dans un hôpital — il ne pouvait que s'en remettre. Si les traits de sa partenaire ne se sont pas imprimés en lui de façon durable, en revanche l'adresse de celle-ci à cet exercice, compte tenu des contraintes en question, prouvait une technique jointe à une naïveté si touchante qu'il eût été impossible de se moquer et de lâcher une remarque désobligeante. C'était la première fois depuis Oran qu'il couchait, mais cette fois en « handicapé », plutôt chevauché que chevauchant, et avec une cavalière, sachant où prendre ses appuis, qui le montait en amazone.

Il serait faux pour lui de prétendre qu'il n'a jamais éprouvé du plaisir à la voir arriver, de regret à la voir repartir, une sorte de sentiment un peu trouble à l'idée que ce qu'elle faisait pour lui elle pouvait le faire pour d'autres. Pour pas mal d'autres.

Il ne l'a jamais vue en plein jour. Ces visites nocturnes s'inscrivent dans le cadre de son immobilisation forcée et d'un moment de sa vie où, objectivement, il n'avait rien d'autre à attendre et à espérer sinon que ses os se ressoudent et que l'articulation retrouve son jeu.

Si le hasard qui l'a remisé là ne lui a pas permis d'être un héros, le rayant en quelque sorte des effectifs, quelques heures après le début de cette vaste opération, il se dit à présent que c'est sans doute à cet accident qu'il doit d'être encore là et pas plus amoché qu'il ne l'est.

De la façon dont les choses avaient commencé pour lui ce 15 août 1944, aux premières heures et aux avant-postes, dans une troupe américaine d'élite et un bataillon de choc, jusqu'où cette chance qui l'a maintenu sur la moto en coinçant son pied contre une restanque, jusqu'où cette chance l'aurait-elle accompagné ? Cent fois, avant de voir Strasbourg libéré et d'assister à l'écroulement du Walhalla, il aurait pu être arrêté, finir de façon aussi stupide que ce Blackwell après un dernier looping.

S'il a eu une chance à ce moment, c'est de s'être retrouvé dans cet hôpital et d'avoir eu affaire à un vrai chirurgien et non pas à un carabin hésitant, un morticole galonné plafonnant au niveau de la gratte et des gonorrhées. Un vrai spécialiste de l'ostéoplastie qui, quand il a quitté l'hôpital, a écarté ses remerciements en disant : « Remerciez plutôt la pénicilline ! »

III

Marc avait bien essayé de refiler à quelqu'un d'autre chez Campra la mise en ordre du manuscrit et la fabrication du livre, mais le vieux lion ne l'entendait pas de cette oreille et n'allait certes pas prendre en considération les raisons que Marc, un de ses employés, pouvait avoir de ne pas aller faire un tour en Italie et de porter jusqu'au bout la responsabilité d'une affaire qui risquait de faire un certain bruit dans l'édition.

Les choses étaient simples : ou bien il acceptait ou bien il renonçait — se dérobait à cette désignation posthume — et n'avait plus qu'à chercher ailleurs une autre place. Il y avait pensé un moment. Si Guisa n'avait pas été dans sa vie, s'il ne l'avait pas tenue si à l'écart de tout ce qui pour lui était lié à la mort de son père — à Rome, sept ans plus tôt —, peut-être aurait-il préféré avoir à chercher une autre situation, pas obligatoirement chez un éditeur, plutôt que d'avoir à remuer tout cela et se trouver de ce fait en porte à faux.

Campra désirait aller vite et frapper fort. Il avait engagé Janet Seymour qui était peut-être une vedette dans le domaine du reportage-photos mais assurément pas dans celui de la reproduction des tableaux. Peu lui importait. Elle partait le lendemain pour Venise où un vrai spécialiste, Klaus Lehmann, mettrait à sa disposition, en plus de son expérience personnelle, une équipe et le matériel. Et il était entendu que, quelques semaines plus tard, vers le milieu de février, Marc lui aussi se rendrait à Venise pour voir si tout se passait bien et où en était le travail.

Janet aurait mieux fait de rentrer à son hôtel. Mais, en plus du fait que ce genre de soirées un peu survoltées prolongeait pour elle l'atmosphère des premiers mois de la Libération et lui permettait d'entrer en contact avec un tas de gens différents, Malaparte était annoncé ce soir-là. Et même si elle était embarquée dans cette histoire Ghiberti, elle n'entendait pas louper la rencontre. Après tout si elle était à Paris c'était bien pour cela.

En quoi elle différait totalement de Guisa que tout cela assommait. Puisque le métier de Marc l'obligeait à garder le contact avec celles-ci, elle préférait l'y voir aller seul, ou même qu'il y accompagne Janet. Elle rentrait directement du théâtre et ils se retrouvaient un peu plus tard, place des Abbesses, dans le studio où ils habitaient ensemble. Elle n'aimait pas tellement qu'il passe la soirée avec Janet, mais elle était fatiguée d'avoir dansé et elle n'avait pas envie d'aller les retrouver et de traîner ainsi parfois jusqu'au matin. Elle préférait se réveiller dans les bras de Marc après avoir dormi sans l'attendre.

Cette soirée dans l'atelier de l'avenue Ruisdael a sans doute scellé sa participation à la composition du *Tintoret* de Ghiberti. Après quoi il n'était certes plus temps pour lui de se démettre ou de prier Campra de lui trouver un remplaçant — ce qui n'eût pu se faire sans exposer au « satrape » l'origine de ses réticences.

Le fameux atelier au pied de la Butte. Un de ces carrefours nécessaires où les routes de l'intelligentsia ne peuvent que se rencontrer dans la topographie du Paris libéré.

Et déjà chacun était à son poste.

— C'est simple, expliquait Malaparte, pas un n'a été fasciste... Ou bien, s'ils l'admettent, c'est pour tourner la chose à la blague, affirmer qu'aucun d'eux n'a jamais été dupe... que le rêve impérial, eux n'ont jamais marché !

Le cercle a mis un certain temps à se former autour de lui. Mais quand ils seraient là quelques-uns à l'écouter, il était sûr de les tenir un bon moment.

— Que voulez-vous ? a-t-il ajouté, reprenant une formule qu'il a sans doute utilisée : « C'est presque une figure de style de notre part, nous n'achevons jamais les guerres avec qui nous les avons commencées ! »

Et soudain, pour Marc, tout s'est déclenché. Il s'est retrouvé à Venise neuf ans plus tôt. Dans le studio proche du *teatro* Malibran. Chez Giancarlo et Renata. Celui-ci levant de son clavier ses vieilles mains parcheminées et se mettant aussitôt à caqueter, à singer les gens, à aiguiser des mimiques. Puis, ayant dévidé d'une traite les derniers *pettegolezzi* renvoyés ce matin-là d'un bord à l'autre du Grand Canal, coupant court tout à coup et fermant le ban : « *Buffoni !* *Schiaffoni !* » Vieux rictus. Nasarde de macaque descendu d'un plafond baroque... Les mains s'abaissaient de nouveau. Giancarlo recommençait à filer sa *Ballade* ou l'accompagnement de la *Sonate,* entraînant à sa suite un prestigieux archet. A la fois sarcastique et charmé. L'air de penser à autre chose et de se moquer de ces *cretini,* de ces *pagliacci* qui défilaient dans son studio pour y chercher des reflets de la Duse ou de Luisella Baccara, le suppliant en fin de compte de jouer quelque chose pour eux.

La dernière fois, c'était en 1938. Cet air des temps anciens était-il encore respirable ? Marc, à cette époque, avait tout juste vingt ans et, de ce fait, horreur de cette façon de prendre les choses. Passepied ou gigue. Régal des sons coupé de facéties histrioniques alors que, partout ailleurs en Europe, il n'était question que de guerre, de mobilisation générale. Aucun de ses copains n'eût songé à franchir le Brenner ou le tunnel du Simplon quelques mois après le pacte Rome-Berlin et alors qu'au retour la frontière risquait d'être fermée. Son humeur était plutôt accordée au monologue d'Hector dans le ton monocorde de Jouvet — au lycée il le savait déjà par cœur, il le récitait encore au manège à Vincennes entre deux obstacles — qu'accordée à ces grâces, aux perfidies simiesques de Giancarlo renvoyées dans des miroirs de Murano avec tout ce fond de menaces et d'idéologies extravagantes et pestilentielles répercutées au-delà.

Son père... Bertrand Challange... un si bel homme au dire de Renata, l'épouse de Giancarlo, laquelle l'avait connu au temps où Caderno, puis Diaz montaient leurs offensives et réussissaient à rétablir la situation après Caporetto... son père restait inébranlable dans sa confiance dans le régime. De sa part c'était moins une question d'opinion ou de raisonnement que de tempérament.

Bel homme ou pas — c'était à Renata et à d'autres survivantes de la *casetta rossa* de maintenir ce point de vue — ce père, vivant sa chimère à l'écart du reste de la famille, n'était rien de moins qu'un héros de 14-18. En fait il y en avait eu à la pelle. Mais les lendemains de victoire ne valent rien aux héros. Trop champagnisables, pensait Marc qui avait très tôt calculé ses distances et finalement réussi à sauver un lien avec Bertrand en laissant de côté les obstinations et les légèretés du commandant.

Spumante, oui, avec de soudains retours à la réalité, c'était assurément ce qu'on aurait pu dire de ce dernier à qui la guerre avait offert un moyen d'échapper à un cadre de vie qui l'assommait. D'abord officier de liaison auprès du duc d'Aoste, il avait récolté sur l'Isonzo, le Carso et les arrières de Trieste puis sur la Piave, toutes les décorations qu'on pouvait décrocher sur le front italien. Officier d'élite, baroudeur-né — mais dans le style d'alors —, il avait même trouvé le temps de faire un enfant à sa toute jeune femme venue le retrouver dans un hôtel réquisitionné à Brescia. Au cours d'une permission. Le tout sans ralentir la cadence ni renoncer à d'autres aventures qu'il pouvait avoir sur place. *Giovinezza! Giovinezza!* En un temps où les héros n'étaient jamais fatigués ni à court de semence.

Cette victoire, vue du côté italien, dans la mesure où Bertrand avait tout de suite fait siennes les déceptions, les rancunes de ses camarades de combat — futurs *arditi* —, l'avait fort peu satisfait, rendant pour lui peu tolérables les grisailles du retour au foyer. Même si se mêlaient à ces retours quelques échos *Sambre et Meuse* et retombées folkloriques. Que faire de soi-même et par quoi remplacer la grande aventure qui venait de se terminer ? La partie de l'Europe qui ne sombrait pas dans le marasme et la dépression était toute prête à capitaliser les acquis et à s'enfermer dans ses égoïsmes. Le risque était tout tracé. Bertrand ne se voyait pas, dans les années à venir, à chaque commémoration, portant des couronnes à la tête de compagnies de plus en plus décimées, donnant l'accolade à quelques malheureux désarticulés, rafistolés par des prothèses, aérant leurs décorations comme d'autres leurs scalps. Et cela dans cette France mesquine, parlotière, perdue d'illusions, que la restitution de l'Alsace n'avait pas rendue moins chauvine et moins revancharde.

D'autre part, pour quelqu'un comme lui, comment rentrer dans un ordre de vie qu'il n'avait jamais vraiment envisagé, accepter ce fil à la patte prolongeant sur le plan légal et institutionnel ce qui n'avait été pour beaucoup, et peut-être pour lui-même, que l'épisodique et un peu larmoyante fiction des marraines de guerre ?

Marc pensait que Bertrand devait avoir éprouvé une sorte de stupeur devant ce bouclage adhésif, cette mise aux arrêts définitive, en voyant tout cela lui tomber sur le dos. Une entreprise à remettre à flots. Une jeune femme, ni sotte ni laide, tant s'en faut... mais quelle idée avait-il eue de se marier ?... Un gosse. Heureusement un garçon. Mais avait-il vu celui-ci faire ses premiers pas ?... apprendre à parler ?... Sa propre mère enfin qui, habituée à tout mener dans la maison en son absence et à régler les factures impayées, ne se laisserait certainement pas dépouiller de son autorité.

Retrouvant le petit hôtel de la rue Cardinet — lequel aurait pu être sorti de l'imagination de Viollet-le-Duc, mais dont une maladie de la pierre ruinait la façade, rongeait les meneaux et les gables —, retrouvant sa petite fabrique, peintures et vernis, tournant au ralenti aux Andelys, le commandant avait dû se demander ce qu'il avait à faire de ce genre de vie et comment s'en sortir.

Il avait dû s'interroger surtout sur ce qui avait pu l'amener, à la veille de cette guerre, à lier son sort à une femme dont il était à peu près assuré à ce moment de ne rien connaître. Partie elle-même dans une autre direction, celle-ci ne paraissait pas en souffrir, ces distances-là ayant toujours été la règle de leurs rapports. Avait-il jamais détecté cette passion de la scène et des planches ? Celle-ci avait dû se développer chez elle pendant qu'elle était restée seule, l'avait attendu, se demandant s'il reviendrait vivant. Tout comme chez lui, pendant cette même séparation, s'était développé ce goût d'une existence constamment risquée et projetée en avant.

La seule différence, c'est que, chez la mère de Marc, cette passion ne gonflait pas des ambitions démesurées, et encore moins des idéologies fracassantes, mais l'orientait plutôt, sans doute faute de mieux, vers de petits cachets et des tournées de province. Pour le condottiere foulant de nouveau le pavé il y avait là de quoi s'étonner.

Dans une sorte de continuel chassé-croisé ils avaient néanmoins vécu un certain nombre d'années en bonne entente, passant souvent six mois sans se retrouver. A ce rythme et sur ce contrat, Marthe Challange — au théâtre Marthe Mertens — n'ayant jamais cessé de voir dans cet époux romain une sorte de permissionnaire à vie. Et lui, Bertrand, n'étant d'autre part jamais certain de la croiser rue Cardinet.

Ce protocole, ainsi établi depuis le début, Marc n'avait jamais perçu l'écho de la moindre dispute. Ses parents avaient des vies suffisamment distinctes et séparées pour que, se revoyant ainsi ils eussent des choses à se raconter. Deux théâtres en vis-à-vis avec leur figuration et leurs premiers rôles, et pour Marc qui les écoutait, deux monologues. Sortant de Carnot avec ses livres coincés sous le bras et roulés dans un carré de moquette, il avait parfois la surprise d'apercevoir l'un ou l'autre l'attendant sur le trottoir d'en face. N'imaginant pas que les choses auraient pu être différentes. Si elles l'avaient été, l'auraient-elles été en mieux et plus à son avantage ?

Ils s'aimaient bien tous. Dans l'improvisation et le disparate. Les sentiments n'avaient pas le temps de s'user, de tourner. Aucun d'eux n'était jamais très au courant de ce que les trois autres avaient en projet. A lui non plus on ne demandait pas qui il voyait, et, s'il tardait, où il avait été. Même Géraldine, la mère de Bertrand, avait ses écrans. Point fixe, pourtant, assurant une sorte de permanence, elle menait tout mais sans aiguiser de pronostics ni poser de questions. Puisant dans ses propres deniers sans pousser les hauts cris quand le porte-monnaie de la maison était vide. Elle aussi s'évadait. De façon saisonnière. Pour un temps limité. Les vendanges. Les girolles. Les lavandes. Chez son autre fils, habitant entre Trans et Dragui. Dans l'immense maison où Marc venait au début de l'été.

Pour ce qui est de Bertrand, Marc demeure persuadé que celui-ci traînait derrière lui des nostalgies d'épopée à laquelle Fiume — il s'y était trouvé... en qualité de quoi ? — avait offert une sorte de couronnement lyrique, amer et glorieux, face à d'anciens alliés peu compréhensifs, avant tout préoccupés de leurs intérêts. Bertrand n'avait jamais rompu ses liens avec cette Italie frustrée ni sa solidarité combattante avec des compagnons dont il saluait le courage, les sacrifices mal récompensés. Dans les années correspondant à la mise en place du régime ces liens avaient dû se diversifier, quoique dans des directions difficilement appréciables par Marc quand il venait en Italie. Son après-guerre, Bertrand Challange — *il comandante* — l'avait certainement vécu non sans profit au-delà des Alpes. Nullement offusqué par toutes ces gesticulations, ce pathos, sans penser qu'il risquait lui aussi d'être entraîné et de patauger quelque jour dans le sang de la louve. N'a-t-il pas été, continue à se demander Marc, de ces sabordeurs des démocraties, de ces industriels efficaces, parfois véreux, travaillant en sous-main et qui ont aidé l'Italie à tourner l'effet des sanctions ?

Il y vivait pratiquement. Ne retrouvant Paris et les siens que pour quelques heures. Un Paris de tumultes, de violences, de grèves, de ministères foudroyés, où il devait se sentir de plus en plus étranger, alors que la dictature avait arraché l'Italie au chaos.

Marc s'est également toujours demandé si ce père volant n'avait pas à Rome, à Milan ou ailleurs, un double ou un triple ménage. L'écouter chanter les louanges de cette Italie relevée de ses humiliations passées, c'était comprendre qu'il ne pouvait résister au charme des Italiennes. Quels que soient leur niveau social, leur vertu ou le temps qu'elles passaient à leur toilette ! Don Juan n'y va pas autrement... *contadine, cameriere, baronesse*... Mêlant indistinctement leur ambre royal ou leur parfum naturel. Matrones, chevrettes ou diablesses !...

Plus ses affaires en France allaient de travers, plus celles qu'il semblait avoir en Italie paraissaient prospères. Rue Cardinet, le plafond du salon s'écaillait sur un lustre de collégiale ; il pleuvait dans les chambres ; mais la révision complète du toit, comment l'envisager ? « Ouvrez un parapluie ! » leur conseillait-il en riant avant de les quitter. A Rome, en revanche, tout donnait à penser que le commandant n'avait pas à se restreindre, pouvait soigner son image de marque. Ce jeu n'avait jamais cessé.

A distance, Marc admet toutefois que ce cadre un peu branlant cernait un mode d'existence par certains aspects sympathique : libéral à l'extrême en ce qui le concernait. La famille n'a jamais été pour lui un carcan ni une légende oppressive. Sa mère, parfois chez Pitoëff ou Baty. Plus souvent en province. Et, une fois ou deux, au-delà des mers. Il eût pu en souffrir, éprouver des jalousies, privé quant à lui de cette Marthe Mertens dont il lui arrivait de lire le nom sur des affiches. Il l'avait toujours connue entourée de gens de sa profession, d'hommes de tous les profils. Si interchangeables, selon les distributions, qu'elle demeurait libre et unique à ses yeux. Mais il n'a jamais aimé la voir évoluer sur une scène ; lui connaissant des intonations plus naturelles, elle n'y pouvait pour lui que parler faux. Les coulisses l'angoissaient. L'odeur des planches. En fait de théâtre, la maison suffisait.

Il n'a pas le sentiment d'avoir été frustré, même si de tout ça rien n'a survécu, même pas la baraque. Toutes ces allées et venues créaient des ouvertures, agrandissaient le cercle, l'obligeaient à se débrouiller seul, à se faire une vie. Ses études — la guerre ne lui aurait pas permis d'aller très loin de toute façon — ne semblent pas en avoir pâti. Ont-elles été un de ses refuges ? Une liberté parmi toutes les autres ?

Ce qui lui a sans doute permis de se retrouver à tout moment, c'est que, entre des parents à éclipses, une grand-mère qu'il adorait mais qui, en fait de conseils utiles, ne lui a jamais dit que de se couper les ongles ou de changer de chemise, le climat autour de lui est resté le même. Une sorte de stabilité, non seulement dans les rapports maintenus entre eux mais dans le décor lui-même. Un peu délirant.

Gothique, de la cave à l'arête supérieure du comble, ainsi que dans les moindres détails du mobilier, le petit hôtel a toujours continué à se dégrader. Inchauffable déjà. Là encore il eût fallu revoir tout le système — gothiques également les radiateurs. Il s'était installé tout en haut, dans une curieuse pièce mansardée toute en longueur, poutres et tirants ouvragés — le tirant pouvant devenir barre de portique avec agrès, anneaux, corde à nœuds, trapèze —, toute cette charpente compliquée de motifs ornementaux et d'un véritable bestiaire. On n'accédait à ce palier que par un escalier à vis assez périlleux étant donné l'état des bois, dont le modèle semblait avoir été piqué par quelque rosicrucien en folie dans une illustration de Gustave Doré pour *Notre-Dame-de-Paris*. C'était assez extravagant pour qu'on pût oublier à quel point c'était peu habitable. Un décor pour *Nosferatu* ou pour *Fantôme à vendre*. Il en était assez fier. Il soutenait qu'on y avait tourné des films.

En fait d'argent de poche, il était assez démuni. Mais ses autres copains, de famille mieux établie, et plus stable, n'étaient guère mieux lotis. Règle à peu près générale.

Cette vieille coque qui prenait l'eau de toutes parts avait quand même continué à flotter ainsi jusqu'à sa quatorzième année. Soudain, Marthe et Bertrand avaient décidé de se séparer. Ce qui n'avait pas manqué de surprendre autour d'eux, beaucoup les croyant depuis longtemps divorcés. Assez vite — c'était peut-être la raison — sa mère avait annoncé son intention de se remarier. Ce qui, lorsque la chose s'était faite, ne l'avait pas rendue plus rare. Elle revenait déjeuner de temps à autre rue Cardinet. Parfois avec son nouveau mari. Ses rapports avec son ex-belle-mère, avec Géraldine, étaient toujours aussi bons. Bertrand aurait pu arriver lui aussi à l'improviste, assister à l'un de ces repas, sans aucune gêne pour aucun des participants. Des liens aussi souples, aussi peu contraignants ne pouvaient ni se rompre ni amener entre eux la moindre difficulté. A table, tous continuaient de se raconter l'un à l'autre — sauf Marc bien sûr. Dans la conversation jamais un ange ne passait.

34, 36, 38... tous les deux ans désormais, Bertrand lui écrivait de venir le rejoindre — deuxième quinzaine d'août, début septembre — et lui envoyait le prix du billet. Pour quelle raison son père — jusque-là si peu attentif à ce lien —

a-t-il éprouvé soudain le besoin d'avoir son fils auprès de lui et de pouvoir le montrer ? Sentait-il, sans oser se l'avouer, que l'homme qu'il avait tant admiré s'engageait sur une pente dangereuse et commençait à déconner sacrément, ou bien, pour rester confiant et lucide, avait-il besoin de se rattacher aux certitudes de sa jeunesse et trouvait-il chez Marc précisément l'image d'une jeunesse un peu flottante que ne marquait aucun choix ?

Il arrivait à Rome directement avec un bagage réduit. Comme s'il fût descendu à Trans chez son oncle. « Mais tu n'as rien à te mettre ! » constatait son père en le regardant ouvrir son sac. Curieuse la façon de celui-ci de le resaper, lui désignant la penderie : « Choisis ce qui te va. » Incroyable ce qu'il pouvait y avoir là-dedans. Avaient-ils tout à fait la même taille ? Bertrand avait l'air de le penser. Peut-être n'avait-il pas envie de se fendre pour son fils de costumes que celui-ci n'aurait aucune occasion de porter une fois rentré à Paris ? Ou bien pensait-il qu'ils avaient mieux à faire que d'aller perdre leur temps chez un tailleur, dans des boutiques ?... Marc n'aimait pas tellement entrer dans ces vestes, à ce point impeccables qu'il avait l'impression, une fois qu'il les avait sur lui, d'être accroché à un cintre. Il fallait pourtant en passer par là. Le débraillé n'était pas admis. « Comment va ta mère ? » demandait Bertrand, et aussitôt, sans attendre la réponse : « Bon, ne nous attardons pas ! »

Marc passait ainsi de son pigeonnier hugolien à cette ville tantôt assourdissante, couverte de défilés, tantôt assoupie dans la canicule.

D'abord, le premier jour, après ce choix rapide de vêtements dans la penderie présageant un tas de sorties et d'invitations, visite rapide au Colisée et aux Forums, promenade en calèche, ainsi qu'il convenait, via Appia. C'en était terminé pour l'archéologie et les musées. Marc pourrait toujours compléter si l'envie lui en prenait. Pour son édification, sa conquête, le *commandant* avait prévu d'autres circuits. Tout ce qui pouvait affirmer aux yeux du garçon les grandes réalisations urbaines du régime, et à travers d'innombrables symboles l'esprit animant celui-ci. A l'évidence le *commandant* en faisait une question personnelle et se fût étonné d'entendre son fils émettre des doutes. Il se fût étonné tout autant, en passant avec lui via Nomentana, devant la villa Torlonia, de l'entendre demander qui habitait là.

Pendant deux semaines environ, c'étaient la folie, les grandes présentations, le tour complet de la ville. Les milieux les plus fermés, les plus snobs, les mieux situés par rapport à l'Etat fasciste, ou bien résolument en dehors et dans lesquels les gens cultivaient une sorte d'ignorance, d'indifférence intemporelle à tout ce qui pouvait se tramer hors de chez eux. Ce monde préservait une suite d'enclaves maintenant entre elles des contacts mystérieux. Plusieurs cités interdites s'observant les unes les autres avec à leur tête des pouvoirs distincts et impénétrables. Ainsi passait-il plusieurs jours à voyager dans ce sillage, entre le golf, le *circolo della caccia*, et ces invraisemblables palais, en pleins quartiers populaires, cours, jardins, arcades, fraîches grottes à l'entrée desquelles veillent des atlantes.

Marc avait l'impression de traverser ces milieux sans apercevoir entre eux de frontières. Ne sachant jamais vraiment chez qui il était. Ni quels visages se cachaient derrière ces sourires de momies, ces discours lénifiants et balancés, ces persiflages meurtriers. Les contrastes étaient stupéfiants. Epuisant pour lui ce passage intensif d'une langue à une autre — l'italien, le français, l'anglais, plus rarement l'allemand. Lassante parfois cette forme d'intelligence acerbe... Il s'efforçait de comprendre, de suivre ce qui se disait autour de lui de plusieurs côtés sans paraître trop idiot au milieu de pareils virtuoses. Jamais ailleurs un tel effort ne lui était demandé. Le commandant évoluait dans ce discours avec une aisance qui l'associait étroitement à cette dialectique et ces fables. Personne ne semblait voir en lui un étranger. Mais comme on l'accueillait de façon aussi favorable dans des milieux où les opinions étaient diamétralement opposées, cette sorte d'accueil pouvait ne pas signifier grand-chose. Peut-être n'était-ce rien de plus qu'une forme de politesse, de tolérance, de jeu passé dans les usages. Marc n'aurait pu se fonder là-dessus pour avoir une idée de la situation matérielle de son père, de ses relations, du crédit et de la considération qu'il pouvait avoir.

Après une dizaine de jours celui-ci le laissait meubler ses journées à sa guise, aller jouer au tennis si quelqu'un l'invitait ou passer l'après-midi à Ostie. Ils se retrouvaient en principe dans une trattoria près de la place d'Espagne ou dans le Transtevère. Parfois Marc dînait seul et rentrait à pied à l'appartement derrière le Pincio. Il lui est arrivé d'être réveillé en pleine nuit par le téléphone ; la personne qui appelait raccrochait aussitôt. « Une erreur ! ça arrive à chaque instant ! » se contentait de dire Bertrand, lequel n'était pas rentré, quand il apprenait qu'on l'avait appelé vers les trois heures du matin.

Les nouvelles, données par la radio, se révélaient outrageusement déformées. « Qui les écoute ? Qui fait attention à ce qu'ils peuvent raconter ? » Pour Bertrand, cela aussi était un jeu, une forme d'humour local, une façon de ne pas se laisser enfermer dans les faits.

L'humour, en tout cas, n'était pas du côté des uniformes : toutes ces catégories sociales ainsi travesties donnaient aux activités les plus journalières un petit côté parodique. En réalité seuls les officiers allemands — on en voyait de plus en plus... mais comment demander à Bertrand si cela encore faisait partie du jeu — avaient l'air naturel dans leurs tenues.

Les soirées étaient étouffantes. Marc se sentait dépourvu de moyens pour mener son enquête. Les gens qu'il entendait pérorer n'étaient pas ceux qui auraient pu l'éclairer et qui lui auraient permis de se faire une opinion valable sur ce qui se passait en Italie. Il avait le sentiment de buter contre une énigme. La presse bourdonnait de menaces, d'attaques antifrançaises, de furieuses revendications territoriales. Lesquelles se retrouvaient sur les murs. Quasi officiellement placardées, ou parmi d'autres graffiti, dans les couloirs, les latrines publiques. On lui disait que ça n'avait pas d'importance et que les murs de Rome, depuis les temps impériaux, avaient toujours été couverts de graffiti. Un défoulement ! Une vieille habitude !... Où se trouvait la vérité ? Ceux qui prenaient ce genre de manifestations et de provocations tellement à la légère avaient-ils en main les clés d'un avenir qui se présentait plutôt mal ? Que feraient-ils, cantonnés derrière leur fameux bon sens, si les choses tournaient au pire ? Marc s'efforçait de peser le vrai et le faux entre cette agitation entretenue par la propagande et ce scepticisme hautement civilisé, cette façon de détacher de soi l'événement.

Chacun de ses séjours à Rome lui semble avoir correspondu avec un moment de tension particulièrement dramatique où la guerre pouvait éclater d'une minute à l'autre. Il arrivait chaque fois certain de pouvoir noter un changement, une évolution. Aussi bien chez son père que chez ceux qui avaient d'autres sources d'informations que la propagande. Au bout de quelques jours il se rendait compte que chacun restait sur ses positions, que le langage et le comportement étaient restés les même. Ces Italiens des classes supérieures, si intelligents, si déliés, analysant si bien les situations, maniant si bien le raisonnement, vivaient sur une planète à part, sans aucun contact avec le réel, sans aucune idée sur leurs capacités réelles, tant militaires qu'économiques. Abordant tous les sujets avec une confondante liberté, ils lui semblaient en fait aptes à s'accommoder de tout pour peu qu'on les laisse suivre leurs habitudes, leurs penchants, faire des mots, échanger des ragots, dire du mal les uns des autres et surtout qu'on ne les oblige pas à regarder les choses en face. Il aurait pu en vouloir à son père, c'était plutôt à ces gens qu'il voyait avec lui qu'il en voulait. Peut-être parce qu'il se rendait compte à quel point son père leur était attaché, partageait leurs illusions, leurs égoïsmes, participait à leur imposture et avait fait sien ce mode de vie, cette façon de saisir la vie en premier sans trop mesurer les conséquences.

Le séjour se terminait à Venise. Bertrand le reconduisait à la gare. Ils se quittaient sans avoir abordé de front aucun problème ni général ni personnel. Heureux néanmoins de s'être revus. Seul dans le compartiment, Marc se demandait combien de temps son père pourrait continuer à jouer ce jeu-là. Combien de temps il pourrait rester dans ce camp.

Sans doute, jusqu'au dernier moment, a-t-il pensé que les choses s'arrangeraient et que Mussolini, comme tout l'y invitait, serait l'arbitre de la paix. Une carte providentielle qu'il s'est toujours attendu à voir celui-ci jeter sur le tapis. Qui aurait pu affirmer que les choses ne se passeraient pas ainsi ?

1938. Le dernier été. Celui de Munich. La rencontre a bien failli ne pas avoir lieu. Son père a-t-il mesuré le risque de ce voyage ? Finalement, comme les autres fois, il lui a fait parvenir le billet. Apparemment le même homme. Tout juste à certains moments quelques traces de nervosité. Mais cela pouvait venir d'ennuis du côté de sa santé, ou de ses affaires — sujet qu'il n'abordait jamais.

Au bout d'une semaine seulement Marc a parlé de rentrer. Bertrand a annoncé aussitôt qu'il le raccompagnerait en voiture jusqu'à Florence. Après deux ou trois jours passés là pour visiter la ville, ils se quitteraient et Marc continuerait seul par le train.

En général, quand en fin de séjour ils allaient une semaine à Venise, ils voyageaient par le train. C'était la première fois qu'ils faisaient un aussi long trajet en voiture. Ils ne s'étaient jamais trouvés seuls ainsi l'un avec l'autre. Les séjours à Rome, si bousculés, ne leur en avaient jamais donné l'occasion. Décidément, il y avait quelque chose d'un peu différent cette fois du côté paternel. Son père avait-il des ennuis d'ordre financier ou sentimental ? Ou bien commençait-il à se demander si le pays où il avait choisi de vivre ne courait pas un risque mortel en se liant à ce point avec l'Allemagne ? En tout cas, au mois de mai précédent, il n'avait pas voulu être à Rome quand Hitler y avait été accueilli. Pour lui c'était quand même quelque chose de difficile à avaler.

L'étrange, c'est que le voyage en question, cette lente remontée des Apennins, leur ait révélé quelque chose qui n'avait jamais existé dans leurs rapports : une interrogation commune qu'ils n'éprouvaient pas le besoin de formuler. La seule intimité, sans racines, sans lendemain, qu'il y ait jamais eu entre eux.

Bertrand ne paraissait guère pressé. Au lieu de l'abandonner comme prévu à Florence, il lui a proposé de continuer avec lui et de lui montrer des endroits qu'il aimait. Marc s'est demandé à ce moment si son père n'envisageait pas de passer avec lui la frontière et de rentrer en France définitivement. Mais non, telle n'était pas son intention ; il a bifurqué vers Rimini et la plaine côtière de la Romagne. Après avoir traversé Ravenne, puis Chioggia, ils se sont retrouvés à Venise. Pour Bertrand cela revenait à rouvrir un chapitre de son existence qu'il ne pouvait se résoudre à clore définitivement. Si on l'acculait un jour à défendre le choix qu'il avait fait, ce moment de sa vie pourrait encore justifier tout le reste et peut-être de s'être collé un bandeau sur les yeux.

N'allait-il pas vouloir une fois de plus revoir Gorizia, le Carso, des endroits où il s'était battu et avait vu des hommes se sacrifier, s'accrocher au terrain ?

Mais non, ils étaient restés à Venise et c'est là que, comme les fois précédentes, le voyage s'était achevé.

IV

Marc revoit la scène qui s'est déroulée devant lui. L'incident provoqué par la présence de Malaparte. Dans l'atelier de l'avenue Ruisdael débordant sur deux niveaux d'invités, de non-invités, plus tous ceux qui remplissaient l'entrée, les couloirs tapissés de bouquins, et même l'office. Scène assez stupéfiante. Même si l'on tient compte de la surexcitation idéologique des gens ayant perdu l'habitude de l'alcool à plein bord et gratis, d'une certaine irritabilité, des divergences.

Il y avait là quelques Italiens agacés, furieux d'entendre ce Curzio, du haut de son un mètre quatre-vingt-trois, débiter ses sinistres salacités, et plus encore, de le voir là, entouré, écouté, alors qu'eux-mêmes discutaient entre eux dans un coin d'un projet de monument pour les frères Rosselli assassinés en France en 37, dix ans plus tôt, par un commando fasciste.

Il y avait également quelques Yougoslaves. De jeunes titistes tout auréolés de leur victoire. Entourés d'une sympathie générale. Prêts à pousser dans la discussion leurs revendications istriennes que la proximité de la signature du traité avec l'Italie mettait au premier plan.

La discussion eût pu s'échauffer de divers côtés. Mais il y avait trop de monde, les gens étaient trop pressés les uns contre les autres pour que les dialectiques s'aiguisent en forme de poings, deviennent percutantes. Tous ceux qui étaient là étaient trop contents de se laisser étouffer, assourdir, et saluer. Vernissage où personne ne regarderait les

toiles. Entracte où personne ne discuterait de la pièce...
Soirée un peu bousculée, trépidante, l'esbroufe intellectuelle
en plus.

Il en est ainsi depuis le début, pense Marc. Chaque fois
que G... ou quelque autre égérie des nouveaux courants
entrouvre sa porte à ce flot. Ainsi depuis que cette catégorie
de mécènes progressistes a opéré une bienfaisante percée
dans les temps qui ont vu la fin de l'oppression nazie. Paris
serait-il encore capitale sans ce genre de réunions, localisables
à la fois sur la carte de la cité et sur celle de l'opinion ? A tout
prendre cela vaut certainement les petits fours et les dédains
de l'ancienne droite. Et les pince-fesses de la démocratie
chrétienne, cette compétition à l'arraché pour les emplois de
sacristes entre deux coups de goupillon. Rien de tel avenue
Ruisdael. On s'y montre sans y faire son chemin. En marge
de tous les rationnements prolongeant ceux de l'Occupation
et de cette vague épuratrice et moralisante toujours prête à
prendre le relais des vindictes nationalistes d'autrefois fer-
mées sur elles-mêmes, ce qu'on est en droit à présent de
saluer comme une ouverture. Soirées prolongées jusqu'à
l'aube. Il est bon de profiter ainsi d'une liberté si généreuse-
ment abreuvée, sans avoir à se préoccuper du dernier métro.
Cela continuera encore un certain temps : jusqu'à épuisement du stock, jusqu'à ce que le milieu s'invente d'autres
chapelles.

L'intelligentsia remise en selle donnait à plein ce soir-là.
Avec en plus les nouveaux promus. Il y avait là aussi
quelques jeunes artistes qui n'ont pas eu le temps de se faire
une réputation — tout juste un nom autour de Saint-
Germain-des-Prés —, des journalistes écrivant dans des
canards qui n'existaient pas avant-guerre. Enfin tout le reste,
tout ce qu'on trouve dans ce genre de chapelle.

Marc assez vite était allé s'installer dans un coin pas trop
exposé, un angle de la bibliothèque sous la loggia. Et cela,
parce que, s'il reste debout trop longtemps, son pied
recommence à lui faire mal. « *Two years, my boy,* vous en
avez *for two years* avant d'être normal et que tout se remette
en place... » lui a dit le Ricain qui l'a opéré à Draguignan.
Trois ans de cela. Il marche normalement, mais il arrive

qu'une crampe l'arrête sur place, remonte le long du mollet. Il doit s'asseoir, permettre au muscle de se détendre, de s'apaiser.

C'est ce qu'il a fait ce soir-là... Cela lui a permis de prendre un peu de recul, de regarder comme d'un fond de loge tous ces gens s'agiter, s'éperonner, se caresser, se prendre à parti, passer d'un groupe à l'autre comme s'ils changeaient de continent, préférant perdre le fil d'une conversation que de lâcher leur verre. Un verre aussi solidement tenu et levé que la torche d'une statue remontée des abîmes de l'oppression.

Cela fait partie du rituel : coule à flots le whisky qui, pour tous ces intellectuels bien situés dans une nouvelle échelle de valeurs — diaboliquement manichéenne —, a été, depuis le début, depuis l'arrivée des Américains, comme le vin nouveau de la Libération.

Un whisky, à vrai dire, moins frelaté, avenue Ruisdael et dans tous ces centres d'accueil, à toutes ces sources dispensatrices, que la drogue suspecte qu'on se fait refiler ici et là en sous-main.

Janet, elle, était restée dans le courant et il la voyait émerger de temps à autre. Et c'était bien la même, pour le tempérament et le physique, que le spécimen arrivé directement d'Amérique, pouvant traverser un bombardement ou n'importe quelles conditions météorologiques sans s'émouvoir et sans cesser de prendre des photos, la même qu'il avait vue émerger d'un groupe de reporters et de correspondants de guerre, deux ans et demi plus tôt, bardée d'appareils-photos, cheveux au vent, plus américaine que nature, et qui semblait avoir foncé en jeep sur Paris depuis les plages de débarquement.

Ils n'avaient pas perdu l'habitude de se revoir, parfois à l'improviste dans ce genre de réunion, parfois aussi d'y venir ensemble. Au début, il y prenait autant de plaisir qu'elle. Maintenant, c'était plutôt elle qui, lui téléphonant au dernier moment, le remettait dans le circuit.

Il avait beau travailler dans l'édition, donc ne pas être tout à fait un Huron, quand il venait dans ce genre d'endroit, il avait toujours l'impression de n'y connaître personne, de ne pouvoir mettre un nom sur aucun visage. « C'est la règle après les changements de régime... les révolutions... on a connu ça en Russie... » lui expliquait la maîtresse de maison, qui, incroyablement amusée, faisait le tour de l'atelier, s'adressant aux gens pour leur demander qui ils étaient. Le plus étonnant c'est qu'aucun n'en prenait ombrage.

De son poste d'observation Marc était bien placé pour faire le point. Une folie qui retombera vite, qui est en train de retomber, mais dont personne n'est encore complètement rassasié. Une société improvisée qui, après toutes ces déportations, tous ces massacres, hésite encore à se reconnaître, à se nommer, n'a pas eu le temps de choisir son terrain, d'y enfoncer de nouvelles racines. Mais surtout qui n'a pas encore oublié les humiliations, les hantises, les angoisses qu'elle a connues. D'où cette nervosité à peine dissipée par une agitation de surface.

Mais cette fois-là l'homme qui retenait son attention avait un relief plus marginal et plus détaché que tous ces participants anonymes. Tranchant sur eux tous, inscrit dans un orbe distinct.

Même à distance et au-dessus de toutes ces têtes, il était difficile de ne pas le voir, et ensuite de ne pas essayer d'entendre ce qu'il disait. Plein de talent et de mensonges, Malaparte évoluait dans cet espace hostile avec une liberté suicidaire, à la fois disert et impénétrable, caché derrière des mots, des formules brillantes et vides, pris entre le besoin de parader et la crainte d'être rejeté, promenant une sorte de panique, appelant sur lui les suspicions, le mépris, mais en général, une sorte d'étonnement en face du phénomène, en face de son personnage à transformations.

Il avait plusieurs recettes conjuratoires pour s'innocenter, se blanchir, se hisser aux avant-postes, revendiquer pour lui-même la transparence des justes, des grands témoins, des voyants : ses prisons, Lipari, ses titres d'intellectuel résistant. Ou encore, dans un autre registre, ses conversations avec Axel Munthe, les ruines du palais de Tibère et les Faraglioni au clair de lune, la tombe de son lévrier Phœbus I qu'il avait fait élever dans son jardin, ses visites journalières à cette tombe quand il se trouvait dans sa maison, sur son rocher à Capri. L'image, en marge des trop fameuses rencontres avec Pavelić et avec Himmler, n'était-elle pas de nature à lui valoir des sympathies ?

Mais le courant acerbe l'entraînait de nouveau. Il était une vedette, et pour son public devait filer son numéro. Une vedette avec l'auréole empoisonnée des temps maudits, dans un sillage de putréfaction plus imprégnant que tous les Shalimar de ses admiratrices. L'incroyable c'est que l'horreur, ou plutôt un montage de l'horreur, ait pu faire plus pour la vente de ses deux derniers bouquins que ses aphorismes et l'explication de positions que beaucoup continuent à juger contestables. Une visualisation de l'horreur avant tout mise en images : les chevaux du lac Ladoga pris dans la glace, le sac d'yeux sous le bureau du poglavnik de Croatie, les putasseries de Naples... L'histoire de ces cinq années n'étant utilisée que pour fournir des illustrations dérisoires ou atroces à un futur best-seller.

Or là, dans cet atelier où il ne risquait pas de passer inaperçu, de ne pas soulever la tempête, tout en essayant de se fondre, de n'être qu'un invité parmi d'autres, une fois de plus, volontairement, il s'est pris au piège. Se citant lui-même, racontant des choses qu'on a déjà lues sous sa plume, essayant sur une dizaine d'auditeurs subjugués des images, des paradoxes qu'il ne livrera que plus tard, par écrit.

Qui se fût préoccupé sur le moment de savoir s'il a vu réellement des gens se battre pour approcher l'endroit où ont été inhumés les corps du Duce et de Clara Petacci. S'il a vu réellement de ses yeux une matrone hurlante libérer la quéquette de son moutard en criant à celui-ci : « Pisse, mon petit, pisse sur Mussolini ! » ?

Ou encore, dans cet étrange florilège de scènes sans doute jamais vues et de répliques entièrement imaginaires, fixant a contrario le traumatisme d'un certain moment, qui aurait songé à contester ce persiflage d'une vieille huppe aristocratique voulant indiquer le peu d'intérêt qu'avait eu à ses yeux l'arrivée à Rome des Allemands après la fuite du roi et de Badoglio : « Avant, on m'appelait Madame la Comtesse, et maintenant on me dit *Frau Graffin* » ?

Assez vite, bien que fascinés, certains lui ont demandé d'avaliser quelques anecdotes qui leur paraissaient, talent mis à part, être les fruits de proliférantes distorsions, amplifications abusives. Tel ce commerce des momies à Livourne, alors que le savon manquait, celles-ci passées au pressoir pour en extraire des huiles et des baumes, revendus ensuite aux parfumeurs et aux pharmaciens.

On lui demandait de certifier ce genre d'histoires, comme si les entendre de sa bouche les rendait plus vraies, plus crédibles.

Marc écoutait de loin sans parvenir à donner un profil à cet étrange conteur que ce qu'il racontait laissait néanmoins en porte à faux. Le succès que celui-ci y trouve en général ne laissant entrevoir qu'un profil d'archer tirant ses flèches dans le vide.

Celles-ci, ce soir-là, ont dû atteindre des susceptibilités moins faciles à dompter et à tenir sous le charme — toujours si l'on s'en rapporte à ce que lui-même prétend — que Himmler ou tel général américain.

Etait-ce une forme de courage de sa part que de balancer ce genre de fioles nauséabondes dans un de ces salons ? Ou bien Malaparte, entraîné par cette noire faconde, ne se rendait-il même pas compte qu'il s'exprimait devant des compatriotes qui avaient suivi un tout autre chemin et auxquels ces sortes de falsifications, talentueuses ou pas, n'offraient certainement aucun exutoire aux problèmes de l'heure ?

Il est revenu à ce qu'il disait au début. Quand Marc et Janet sont arrivés. Malaparte a répété une formule qui doit lui tenir à cœur et qu'on retrouvera sans doute dans ce qu'il doit écrire en ce moment :

« Ce qui leur importe avant tout, c'est de tourner la page... et que tout rentre, à défaut d'ordre, dans le courant. Maria Goretti devait-elle être béatifiée ? Myriam, la sœur de la Petacci, va-t-elle tourner un film à Hollywood ? *Jésus* battra-t-il *Ambre ?...* Les enfants du Duce ouvrent une auberge à Forgo d'Ischia... Anna-Maria reçoit les clients... Romano joue de l'accordéon Alfieri... Tout a recommencé. Tout est bien, comme le veut le dicton. Le marché noir, oui... mais pas de tickets d'alimentation. Son *mea culpa,* l'Italie le réserve au confessionnal. Pas un n'a été fasciste ! Une génération spontanée de résistants dans la semaine qui a précédé Dongo !... Personne n'est en peine de se sentir vertueux et de bomber de nouveau le torse : tout le monde a toujours eu parmi ses proches quelqu'un qui a souffert sous Ponce Pilate ! »

Avait-il atteint la limite du supportable ?... Un des Italiens, qui s'était détaché de son groupe — celui où il était question du monument pour les frères Rosselli — pour venir écouter la péroraison, s'est alors précipité sur Malaparte et l'a giflé par deux fois. Puis il est resté devant lui, s'attendant certainement à une riposte. L'offensé le dominait nettement par la taille. Tout le monde s'attendait à le voir réagir dans ce sens. Tous les regards étaient tournés de ce côté. Le silence pesait sur les assistants. Un curieux malaise. Comme si quelqu'un dans cet enclos avait enfreint la règle du jeu.

Pas un trait du visage de Malaparte n'a bougé. Rien qui exprimât chez lui la colère ou l'humiliation. Il s'est contenté de regarder l'homme qui venait de le souffleter avec une sorte de curiosité, voire d'intérêt. Il a subi la chose sans esquisser la moindre défense, la moindre riposte, même verbale. Comme s'il s'attendait à cela. Comme si, en lui, quelque chose appelait ce rejet brutal, ce mépris, une haine à laquelle il pensait avoir droit et qui le confirmait dans ses positions.

On pouvait voir là un manque de courage, mais tout autant une étrange domination sur soi-même enfermant l'agresseur dans sa vindicte, l'outrance du geste, et, selon toute probabilité, un pathos idéologique mal digéré.

On pouvait y voir aussi la réaction d'un homme habitué à traverser les situations les plus invraisemblables, exposé souvent dans le passé à de réels dangers. La réaction d'un homme entièrement désabusé qui n'avait pas voulu créer ce genre d'esclandre, mettre la maîtresse de maison devant une situation impossible — en fait la chose ne s'était pas déroulée sous ses yeux et c'est le silence subit dans l'atelier qui l'avait ramenée sur les lieux. Il est certain aussi qu'en grossissant l'affaire, à quelques semaines du traité avec les anciens satellites de l'Allemagne, il eût donné une sorte de démonstration foraine des tensions et des violences qui agitaient l'Italie et qu'il s'offrait le luxe de stigmatiser.

Sur le moment, la maîtresse de maison n'a su quoi dire

pour s'excuser de ce qui venait de se passer chez elle, se demandant peut-être si elle n'avait pas tort d'accueillir indistinctement des gens capables de se livrer à de tels gestes, mais aussi quelqu'un refusant de se défendre pour mieux creuser le fossé entre ses accusateurs et lui. Un an et demi après la capitulation de l'Allemagne, ces sortes de défoulements individuels avaient-ils encore une nécessité ? Après tout il y avait des tribunaux pour juger ceux qui s'étaient compromis et avaient collaboré ! Etait-il bon d'avoir chez soi une société si composite dans ses éléments que personne, à vrai dire, ne pouvait y être considéré comme un intrus, un énergumène ou un agitateur ?

Malaparte a donc gardé ce masque, ce sourire un peu khmer, d'homme revenu de tout et qui ne peut que se situer au-dessus de ce genre d'atteinte. Surtout de la part de quelqu'un dont il se juge en mesure de percer les mécanismes mentaux, l'abécédaire idéologique. Ainsi a-t-il accueilli ladite péripétie comme d'autres qu'il a pu traverser, restées en marge de sa légende. Si l'on prend néanmoins pour argent comptant tout ce qui vient s'ajouter à ses « reportages » — cette fascination macabre devant les terribles réalités qu'il s'est plu à détailler —, ce geste n'était pas de nature à le déstabiliser.

La soirée a donc continué. L'incident n'avait pas laissé de trace. Ou plutôt, par une sorte d'entente entre des bords si opposés, personne ne semblait désireux d'en reparler.

Les Italiens sont repartis les premiers. Mais c'était sans rapport avec ce qui avait eu lieu. Sans doute, à l'autre bout de Paris, allaient-ils finir la nuit dans une réunion toute semblable. Ils se sont retirés, pas le moins du monde gênés, le sourire aux lèvres, apparemment satisfaits, pas du tout comme des justiciers venant de porter la sentence ou d'exécuter un jugement longuement médité.

Malaparte est resté. Et cela aussi devait faire partie de son jeu. Le cercle s'était refermé autour de lui. Debout dans une embrasure, toujours aussi à l'aise et détaché, dominant ceux qui l'écoutaient, il a continué de répondre aux questions.

A un moment Janet, étincelante dans son corsage de lamé,

et accentuant le balancement d'une jupe bruissante, est revenue vers Marc, toujours installé dans son coin, sous la loggia.

— Formidable, tu te rends compte, il m'a promis de se laisser photographier... à Capri, chez lui, dans sa maison. Dès que Tintoret sera terminé...

Ainsi le programme qu'elle avait fixé risquait de se trouver légèrement décalé.

— Je croyais qu'après Venise tu allais au Japon... photographier ces malheureux irradiés... l'empereur, si tu arrives à l'approcher.

— Plus tard, après Capri.

Elle paraissait ravie. Depuis qu'elle était entrée dans Paris — « en même temps qu'Hemingway » — elle allait de découverte en découverte. Le monde était pour elle plein de projets plus excitants les uns que les autres et inépuisable en fait de célébrités à répertorier, à saisir au flash, ou à soumettre au temps de pose.

En veste de *battle-dress,* en anorak, en *duffle-coat,* ou, de façon plus courante, avec un vison dont elle n'avait pas le temps d'enfiler les manches, elle vivait dans une agitation perpétuelle, traversant tous les milieux, de la place des Etats-Unis aux bistrots de Saint-Ouen. Sa seule crainte étant d'être passée à côté d'une personnalité de premier plan sans qu'on l'ait avertie, sans avoir eu le temps de déclencher ou d'engager les pourparlers. D'où la nécessité pour elle d'avoir toujours quelqu'un sous la main pour la prévenir, l'aiguiller, l'amener au bon endroit. Le rôle que Marc s'était attribué au début et qui consistait surtout à ne pas la laisser accumuler des gaffes, confondre entre eux des gens de réputation peut-être égale mais dans des domaines différents, ou encore ennemis jurés — quelqu'un donné pour un grand résistant ou ayant eu des faiblesses avec l'occupant.

Difficile avec elle de discerner la nature de ses emballements ou de l'intérêt qu'elle pouvait manifester à un homme. Trop engagée dans ses projets, trop liée par des contrats, pour se laisser déborder. Trop sentimentale sans doute pour aller jusqu'au bout de ses sentiments. De toute façon une solide camaraderie avait survécu à ce moment de passion un peu trop trépidante pour ne pas refléter les excitations du moment.

Le lien ne s'était pas rompu, même quand il avait rencontré Guisa et avait vu s'ouvrir derrière elle d'autres horizons. Marc se demandait si ce n'était pas cela que Janet, avec son sens des réalités allié à un certain délire, attendait de lui principalement. Moins un parrainage parisien que ce guidage à travers ces fastueuses ou secrètes demeures où le jeu consistait à aller surprendre et étiqueter les illustres et les monstres sacrés. En ajoutant à ceux-là — une nouveauté — des philosophes, des professeurs. A cet égard, Marc travaillant chez un éditeur était tout à fait l'homme du moment, le genre de relais pour cette quête.

En fait, il s'était vite rendu compte que c'était elle qui l'entraînait dans ce genre de safari, que c'était elle qui lui révélait certains milieux, rendait possibles les rencontres les plus étonnantes, multipliait les découvertes. C'était plutôt elle qu'on recevait, elle que l'on invitait.

Qui aurait pu lui résister ? Qui aurait refusé quelque chose à une Américaine aussi bien lancée, ayant ce pouvoir de séduction et le génie de ne pas en user ?... Et aussi portant ce nom de reine décapitée. « Mais attention... », prévenait-elle, et comme si la souche dont elle était issue n'avait rien eu à envier à l'autre « des Seymour du Nebraska » ! N'empêche, à Londres, juste avant-guerre — à l'époque où elle avait réalisé son premier grand coup en photographiant Miss Simpson —, quelqu'un avait dû lui en faire la remarque et lui conseiller de passer de *Jane* à Janet, ce qui écartait l'image du billot.

Elle était donc devenue, la réussite aidant, Janet Seymour. Revenue cette fois en Europe pour y lever ce qui pouvait y rester de célébrités au milieu des décombres. De ce point de vue, Marc avait pu mesurer son étonnement. A la place d'un Paris entièrement pilonné, offrant l'aspect d'un immense marché aux puces, survivant grâce au troc, aux soupes populaires, où les habitants dérouleraient des sacs de couchage dans le métro, les égouts, les catacombes, elle avait eu la surprise de retrouver une ville semblable à celle qu'elle avait visitée autrefois, des couturiers, des restaurants, des antiquaires, un marché noir suprêmement sélectif, des maisons où la cristallerie était intacte, où l'argenterie n'avait pas été déménagée, enfin un tas de gens qui méritaient d'être photographiés et qui tous, Dieu merci, n'avaient pas été expédiés à la chambre à gaz.

C'est son métier, pense Marc, chaque fois qu'il la voit se précipiter sur quelqu'un, s'enthousiasmer devant une réputation — totalement ignorée d'elle la seconde précédente. Janet passait sa vie à se déplacer, à découper l'espace et l'éternité en images fixes, en rencontres sans lendemain. Et comme elle n'avait pas la vocation de se faire entretenir ni par un mari ni par un amant, elle sillonnait le monde — rempli pour elle de copains, de vedettes, de créatures d'exception dont elle parlait sur un ton familier et auxquels la liaient des tas d'anecdotes cocasses ou touchantes — réussissant, au cours de ses battues, à prendre au filet les pires ours, les plus spécieux macaques de la politique, de la science ou des arts, ceux-là mêmes qui avaient toujours obstinément refusé de poser devant un objectif ou de se laisser approcher.

C'est là sa réussite, et il serait déplacé de se demander si, parfois, pour parvenir à ses fins, intéresser un sujet particulièrement coriace, elle n'a pas été finalement prise au piège, obligée de payer en nature. Probablement pas. Il lui suffit de cette confiance qu'elle a en elle-même et dans les forces qui la meuvent. Lesquelles — de Breton à Toscanini, de Chanel à Matisse et à Picasso... — lui ont toujours permis d'obtenir ce qu'elle désirait sur le chapitre du temps de pose.

Elle aura donc sa série Malaparte comme elle a eu sa série MacArthur. Elle le photographiera dans sa maison comme elle a photographié Diego Rivera sur un échafaudage au Mexique peignant une fresque, Jose Clemente Orozco de passage à New York, Malraux en Espagne et Sartre aux Deux-Magots.

D'ici là il y aura eu la série Tintoret. N'était-ce pas un peu lourd, un peu risqué ? Une technique bien compliquée. Réussirait-elle à s'en sortir ?

Elle ne semblait pas s'inquiéter. Les choses tournaient toujours à son avantage. Cette fois une corde de plus à son arc. Elle avait déjà fait un saut à Venise et le contact avec Klaus Lehmann avait été excellent, affirmait-elle. C'était possible après tout. Mais elle eût mieux fait d'aller se reposer ce soir-là.

En vérité l'idée de lui confier ce travail venait de Campra. Les reproductions qu'on lui avait envoyées n'avaient guère satisfait celui-ci. Il voulait quelque chose de neuf, de différent... Ce n'est pas facile quand il s'agit de photographier des chefs-d'œuvre, des toiles souvent en mauvais état. Mais Janet Seymour pouvait amener cette nouveauté, réinventer l'image... C'est du moins ce que pensait Campra qui avait publié deux albums de photographies de Janet.

Il était près de deux heures du matin. Guisa devait être depuis longtemps rentrée du théâtre et devait dormir la joue posée à plat sur le drap... Il y avait toujours autant de monde dans l'atelier. Personne ne semblait avoir envie de s'arracher de là. Marc bavardait avec quelqu'un dans le vestibule d'entrée, quand Malaparte, raccompagné par la maîtresse de maison, est passé devant lui. Soudain se ravisant, l'auteur de *Kaputt* s'est tourné vers lui :

— Marc Challange... on m'a dit que c'est vous qui aviez sauvé le manuscrit d'Elio.

— ... retrouvé simplement, a corrigé Marc.

— J'ai connu Ghiberti... Je l'ai revu ici au début de la guerre... Je l'ai même publié, toujours en 1939, dans ma revue *Prospettive*. Un texte signé de lui sur Monsu Desiderio avec un autre de James Pistor. Elio est mort à Drancy. Pistor a été tué par les Allemands... Je tâcherai de vous faire parvenir ce numéro... au moins une copie de l'article... Une revue... très en avance pour ce temps-là... 39 ! Moravia, Guttuso y ont figuré... une revue résistante...

Le mot est resté en suspens, et de nouveau, comme par un soupirail, se sont échappées des émanations de cachot, de lieux nauséabonds où des gens sont parqués et attendent. Etrange chez cet homme ce besoin d'étaler l'abomination et la honte, et en même temps, de s'innocenter, de déboucher sur la blancheur immaculée et le sacrifice. Ce besoin de maintenir le contact tantôt avec les bourreaux, tantôt avec les victimes.

— Challange !

Il a redit le nom. Son regard est devenu insistant, comme si celui-ci éveillait chez lui un souvenir précis. Marc a baissé les yeux. Cette terrifiante mémoire reconstituant le réel à volonté et nichée là dans cette tête n'allait-elle pas ressortir la fiche *Challange Bertrand*, officier de liaison sur le front italien en 1917, 1918, et la suite? Sur le point de repasser cette porte, ce Malaparte n'allait-il pas prétendre qu'il avait aussi connu le commandant?...

Existe-t-il quelqu'un que Malaparte n'ait pas rencontré et sur le dos de qui il ne soit en mesure de brocher une anecdote troublante, des détails scabreux inédits dont personne ne pourra par la suite savoir s'il les a inventés ou s'ils correspondent à la vérité?

C'était possible, après tout, qu'ils se fussent vus à Rome ou ailleurs. Repris par cet irrépressible instinct qui le pousse vers le macabre, la profanation, là, sur le pas de la porte, avant de disparaître sur un dernier effet, n'allait-il pas révéler à Marc quelque détail atroce ou honteux, quelque chose que ce dernier avait ignoré, des raisons pouvant expliquer pourquoi son père s'est tué?

Malaparte a laissé tomber. Peut-être n'avait-il rien à révéler sur quoi greffer une formule accusatrice ou absolutoire? Peut-être le cas lui semblait-il trop minime?... Et puis, sans doute, ne tenait-il pas à se faire un ennemi d'un garçon — on ne pouvait pas dire tel père tel fils! — qui avait combattu dans le maquis, avait été interné en Espagne, blessé en Provence. S'il avait autrefois été en contact avec le père de ce jeune Français qui avait su racheter ses antécédents, Malaparte a donc préféré oublier cela.

De toute façon, la seule cause engagée restait la sienne, comme le prouvait l'incident qui avait eu lieu, ce soir-là. Il y avait un problème, un faisceau de questions posées par le personnage de Malaparte, et rien d'autre. Marc s'est contenté de répondre par une inclination au geste de la main que lui a adressé ce dernier. L'image qu'il a gardée, qu'il garde, celle d'un homme qui porte son orgueil comme une déchirure.

V

11 février 1947

Seule la ligne blanche permettait de maintenir la direction et de rester sur la route. Penché en avant, le lieutenant Baxter — à l'Ecole des Roches puis à Carnot les élèves se contentaient de dire Bax, laissant tomber l'absurde Ambrose — tenait solidement le volant, ne voulant pas aller fourrer « son sacré cab » sous un camion à la dérive ou s'emboutir sur le bas-côté après deux ou trois tonneaux.

Dès qu'ils étaient sortis de la banlieue de Milan et s'étaient trouvés pris dans cette purée, ce blanc absolu, Marc en avait fait la remarque : la Lombardie n'avait rien à envier aux brouillards de la Tamise. Il ne se rappelait rien de pareil sauf, peut-être, en rentrant d'Italie par la Suisse avec un ami de son père, en amont de Schaffhouse et des chutes du Rhin.

— Heureusement que ça va tout droit et que c'est plat...

Cette masse inerte qui étouffait jusqu'au bruit du moteur leur mettait du coton aux oreilles, et, supprimant tous les repères, tous les vestiges, leur donnait l'impression de rester là sur place, coupés du reste du monde.

Etait-ce d'ailleurs une grande perte de voir celui-ci s'effacer, de perdre le contact avec cette Europe en ruine dénombrant ses charniers, toujours aux prises avec le rationnement, le marché noir, hésitante, démantelée ?... Cette réflexion aurait pu leur venir.

Baxter rejoignait son unité dans la Zone A à Trieste. Quant à Marc, venant directement de Paris, il n'avait fait que s'arrêter la veille à Milan. Tout juste assez pour tomber sur Bax à proximité de la Galleria. Un Bax toujours en uniforme et en *duffle-coat*. Buvant ensemble un verre au bar du Windsor, cela les avait amusés de constater que de temps à autre, à quelques années de distance, ils se trouvaient ainsi nez à nez. Déjà, en 1943, à Oran, et cette fois place du Dôme. Puisque le hasard les expédiait dans la même direction il leur avait paru naturel de faire le trajet ensemble. Du moins jusqu'à Mestre où, prévenu de Milan par téléphone, quelqu'un attendrait Marc à l'entrée du pont reliant Venise à la *terra ferma*.

Cette brume occultant toutes les échappées ajoutait de l'insolite et une sorte d'oppression. Mis à part le fait de se retrouver coincés et un peu engourdis dans cette drôle de voiture où l'air circulait librement et qu'on ne se serait pas étonné de voir se défaire en pièces détachées, ni l'un ni l'autre n'étaient à vrai dire enchantés de devoir faire ce parcours. Aucun avion ne volait. Du train, entre Brescia et Padoue, il eût été impossible à un voyageur collant son œil à la vitre d'apercevoir les signaux, le ballast. Ce paysage inexistant, c'était quasiment l'Au-Delà !

Bien sûr, ce n'était pas de Baxter, du lieutenant Ambrose Baxter, tel que Marc l'avait connu autrefois, tel qu'il était maintenant, avec sa carrure d'ailier gallois déjà un peu flambé et roussi, qu'on pouvait attendre ce genre de remarque.

Si le temps avait été plus dégagé — une expression que la grand-mère de Marc employait souvent —, surtout s'il n'y avait pas eu la veille ce foutu attentat, sans doute auraient-ils eu plus de plaisir à bavarder, à se raconter par où ils étaient passés et où ils en étaient pour le moment. Ce qui les aurait amenés à constater entre eux l'écartement des voies. Baxter s'était marié en 40, juste après Dunkerque et son retour en Angleterre. Il s'était battu ensuite en Afrique, en Italie. Maintenant il faisait partie de la commission alliée à Trieste. Sa jeune femme, venue le rejoindre, attendait à Milan le terme d'une grossesse que les circonlocutions de Baxter permettaient de supposer difficile. Ça devait l'ennuyer de la laisser à Milan à ce moment. Mais à cause de l'agitation dans ces territoires contestés — manifestations de rues, bombes contre des casernes, et la veille encore ce qui s'était passé à

Pola — il ne tenait pas à l'y faire venir, même si l'enquête, les mesures à prendre l'obligeaient à demeurer là-bas un certain temps. Il eût certainement mieux aimé rester auprès de sa femme que d'aller se fourrer dans ce foutu merdier istrien où les Anglais, aussi bien que les Américains, étaient mal vus et attaqués des deux côtés, tant par les Slovènes, titistes ou pas, réclamant le rattachement à la Yougoslavie, que par les Italiens dressés contre toute amputation.

— Inconvénients du métier... a-t-il constaté simplement pour résumer sa situation face à tout ça. Au fait, pourquoi était-il resté dans l'armée ? Si les circonstances avaient été différentes, plus détendues, Marc le lui aurait demandé. Baxter, de ce côté-là, ne semblait pas avoir de regrets. Pas plus que de s'être marié ni d'avoir à envisager le fait d'être père bientôt. Si du moins tout se passait bien.

— Et toi ?

Pas de layette à l'horizon. Pas de projet non plus pouvant engager le processus. De plus, maintenant qu'il s'était acquitté de cette sorte d'obligation — morale dans son cas —, il ne se voyait pas rempilant et portant encore un uniforme. Après Draguignan et la phase finale, quelque peu écourtée, de ses activités militaires, il était si vite revenu à la vie civile qu'il en avait presque oublié que, deux ans et demi plus tôt — vingt-huit mois exactement —, un certain 15 août 1944, avant le lever du jour, il s'était balancé sous un parachute au-dessus du vignoble varois noyé par la brume.

En fait, Baxter et lui n'avaient jamais été très liés ni très proches. Depuis que, deux années de suite, entre quatorze et seize, ils avaient été sur les mêmes bancs, dans les mêmes classes, ils s'étaient perdus de vue. Le père d'Ambrose fonctionnaire au *Foreign Office* avait été rappelé en Angleterre. Baxter était reparti lui aussi et y avait retrouvé son poney et ses sœurs ainsi que l'usage de son prénom. Et ce n'étaient certainement pas quelques retrouvailles espacées — même à Oran où ils s'étaient croisés plusieurs fois — qui auraient pu approfondir leurs rapports.

— Heureusement que ces salauds ont quand même fait ces autoroutes... autrement il n'y aurait qu'à se garer... mais où ?... et à attendre que ça se lève.

Attendre, bavarder dans l'auto, marteler le sol glacé en tournant autour de celle-ci pour se réchauffer les pieds, pas question ! Les *salauds,* le mot, dans la bouche de Bax, ne devait avoir de sens que rapporté à un fait précis et certainement déplorable qui nécessitait son départ pour Trieste. La veille à Pola — ou Pula, ou Polaï... la ville revenait à la Yougoslavie et à son régime actuel, ce qui ne pouvait manquer de déclencher dans les prochaines semaines un exode massif de la population italienne — une jeune fasciste avait tiré sur le général Robin Davidson et l'avait tué. Un événement grave venant à la suite de manifestations tumultueuses dans la zone en question depuis la fin des hostilités. Actions violentes entre les deux communautés ethniques, destinées à soutenir des revendications aussi inconciliables, tantôt prenant comme cibles des soldats alliés isolés ou des patrouilles. De l'avis de Baxter — toujours sous l'uniforme, donc directement concerné par les coups de feu d'où qu'ils viennent — ça ne valait pas la peine de s'être cassé le cul pour ces gens et pour remettre un peu d'ordre dans leurs affaires si l'on en était toujours là. Autrefois les Sudètes, Dantzig... à présent ce merdier ! Toujours, quelque part, des types sacrément « furax », des irrédentistes disposés à servir de détonateurs, dressés les uns contre les autres sans qu'on puisse rien piger à leur baragouin, aux raisons qu'ils mettent en avant et qui ne tendent à rien d'autre qu'à s'étriper. On avait tracé cette ligne Morgan pour essayer de les faire tenir tranquilles en attendant. Mais il fallait bien arriver à une solution, à un partage. Pas facile ce genre de règlement, de découpages déchirants qui ne peuvent satisfaire personne ! Et Baxter était bien placé pour en parler, qui avait suivi tout ça de près depuis que les Anglais avaient repris la situation et « sorti » Tito de Trieste. Il en était excédé et ce n'était pas cet attentat qui, dans son esprit, allait faire pencher la balance du côté des nationalistes italiens. Comme tous les militaires qui occupent une région où ils peuvent se faire flinguer de derrière chaque buisson, il était porté aux simplifications : Yougs et Ritals, le pire et le meilleur, c'était du pareil au même.

Marc écoutait sans intervenir. Bax était certainement plus

au fait de ces questions que lui-même, cette plongée lui révélait que dans cette guerre chacun n'avait eu sous les yeux que le secteur où se jouait son existence et n'avait pu avoir en tête l'ensemble de tous ces problèmes dans leur complexité.

Restait que Bax avait dit ces *salauds* en parlant des Italiens et que, de la part d'un Anglais, cela sonnait bizarrement si l'on pensait à *Roméo et Juliette*, à Byron, à la maison que Keats et Shelley avaient habitée près de La Trinité des Monts. Peut-être Bax n'avait-il jamais eu beaucoup de contact avec les poètes, ou les lacs italiens et Venise : l'image poétique s'était brouillée qui avait enchanté des générations.

Tenant le volant d'une main, Baxter a tiré d'une pochette de cuir glissée sous le tableau de bord une liasse de coupures de journaux relatives aux précédents attentats et l'a tendue à Marc.

— Tiens, regarde au hasard, tu verras que je n'exagère pas... cela qui s'est passé à Gorizia il y a quelques mois.

Marc a lu l'article cerclé au crayon rouge : « *Il soldato negro Walter Kugawe della 88ᵉ divisione americana vittima di un'imboscata sulla Gorizia-Trieste...* »

— La fête comme tu vois... Et partout sur les murs : « *Fuori stranieri !* »

Baxter paraissait assez irrité. L'armée ne payait-elle pas le prix des erreurs accumulées par les politiques, gens de discours, pas de terrain ? Il a continué sur ce thème. Marc l'écoutait sans l'écouter. C'était vrai que cette mort d'un général alors que le traité avec l'Italie était signé à la même heure faisait planer un malaise. Il s'est demandé si Baxter ne poussait pas au noir le tableau et notamment pour ce qui est des atrocités auxquelles les Croates et les Serbes s'étaient livrés entre eux. Et maintenant Baxter mettait sur le dos des partisans et des communistes yougoslaves la responsabilité de ces massacres et de ces liquidations sans jugement. Décidément ces Anglais passaient leur temps à changer d'avis. N'étaient-ce pas eux qui avaient soutenu Tito et les communistes ?

Venant de Paris où ces derniers avaient plutôt la cote dans les milieux qu'il fréquentait, Marc pensait qu'ils étaient les seuls à pouvoir clarifier tous ces problèmes ethniques et redonner à ce pays martyr un équilibre. Mais c'est un fait qu'il connaissait mal la question et qu'il ne pouvait guère opposer ses propres points de vue aux condamnations de Baxter.

Lui aussi aurait préféré ne pas être là, ne pas avoir à faire ce trajet. Par ce temps. Et surtout dans ces circonstances pas tellement réjouissantes. Il aurait préféré être à Paris dans son bureau, pouvoir téléphoner à Guisa qui ce matin avait une répétition en costume du ballet de Poulenc à la Monnaie. Il aurait aimé savoir comment elle avait passé la nuit, quel temps il faisait à Bruxelles.

Vraiment ça ne lui disait rien du tout de se retrouver sur cette putain d'autoroute où ils risquaient d'aller s'écraser contre un véhicule arrêté devant eux, et dans une Italie déçue, ulcérée à cause du traité qu'elle avait dû signer la veille — Sforza ne s'était même pas dérangé. Cela ne l'enchantait nullement de devoir se rendre à Venise pour voir comment Janet s'était tirée des photos. Avait-elle réussi à prendre en main cette équipe, ou bien ne pensait-elle qu'à s'envoyer en l'air et à boire ?

L'événement et le tableau brossé par Ambrose Baxter bouchaient autant les perspectives que cette luminosité blafarde qui les empêchait de rien apercevoir. Enfermés dans cette coque, ils auraient pu confronter leurs deux expériences, mais celles-ci, comme s'ils ne s'étaient pas trouvés dans le même camp, les laissaient assez loin l'un de l'autre. Ils en étaient sortis indemnes ; la partie avait été gagnée, mais le fond de la question c'était que rien n'était tranché ainsi que chaque jour en apportait la preuve. Le drame survenu à Pola se greffait sur cette phase de règlements douloureux, voire intolérables pour certains, auxquels les victoires, quel que soit celui qui les remporte, n'apportent aucune solution satisfaisante. C'était certainement ce que Baxter devait ruminer, obligé de rejoindre Trieste ce matin-là.

Marc aurait pu abonder dans ce sens, quoique d'un point de vue différent. Des foyers d'agitation sociale subsistaient, les usines anglaises se trouvaient en rupture de stocks avec des millions d'ouvriers au chômage, pourtant une sorte de lassitude, d'indifférence devant les derniers procès ou l'exécution des sentences prouvait que l'on revenait peu à peu à la normale, que la vie privée reprenait le dessus. Si quelqu'un lui avait demandé de résumer en une phrase le sentiment que lui laissait cette guerre, qu'aurait-il pu dire d'autre : une aventure hagarde dont les anciens compagnons au combat ne se reconnaissaient plus entre eux.

— Et vous en France ?... comment ça se passe ?

Le ton sur lequel Baxter posait sa question marquait une distance, un net détachement envers ce pays où il avait vécu deux années. Les souvenirs qu'il pouvait en garder ne devaient pas l'avoir beaucoup marqué. Malgré tant de souffrances des deux côtés, c'était toujours le *continent*.

Marc a préféré couper court et retrouver un ton potache :

— On ne tue pas les généraux... C'est même le pays où on en tue le moins. De simples morts à la française... quelques collabos... ça ne remue pas beaucoup le public... c'est vite retombé... de Brinon...

— Connais pas. Qui encore ?

Marc a feint de croire que Baxter lui demandait une liste nécrologique, il a cité des noms au hasard : Raimu, Reynaldo Hahn...

Et chaque fois, sans desserrer ses dents de l'embout de sa pipe, Bax a répété de même : « Connais pas ! »

— Est-ce que ta mère ne faisait pas du théâtre ?... C'est la première fois que tu viens dans ce bled ?

A ce moment ils ont vu se détacher du bas-côté de la route la plaque de Brescia. Marc l'a désignée.

— J'ai au moins un lien avec cet endroit... un lien d'origine.

— Sans blague !... tu ne vas pas me dire que tu es né à Brescia.

— Non pas *natus* mais *conceptus,* a précisé Marc. Mon père était officier sur le front italien... Trieste, Goritzia, le Carso, il a fait tout ça. Il s'est battu avec eux. Ma mère est venue le voir ici et il paraît que c'est là que ça s'est passé...

— ... ils ont commandé un petit Challange qui vingt ans plus tard aurait pu se faire trouer la peau par les Italiens en se battant contre eux, lui cette fois, dans les Alpes niçoises... tu avoueras !

L'idée semblait avoir détendu Baxter. Pour la première fois depuis qu'ils avaient quitté Milan, sa face de rouquin criblée de taches de son s'est éclairée d'un large sourire.

— Alors comme ça ton père s'est battu ici avec les Italiens... Il vit toujours ?

— Non, il est mort à Rome en 1940.

— Qu'est-ce qu'il foutait à Rome en 40 ?

— On peut se le demander.

La nappe de brouillard s'est un instant dégagée ; ils ont aperçu un lit de rivière encombré de poutrelles tordues, de véhicules militaires retournés et en partie calcinés. On s'était battu dans le coin, autour du pont, effondré lui aussi ; mais la brume ne permettait pas d'apercevoir d'autres destructions.

— Comme ça, tu as voulu revenir... venir respirer l'air... prénatal.

— Je travaille chez un éditeur. Je viens pour un livre qu'on doit publier... le type est mort à Drancy en 42...

— Tu l'as connu ?

— J'ai dû le voir quatre ou cinq fois.

Sans doute Bax a-t-il pensé que ce n'était là pour Marc qu'un alibi, qu'il allait retrouver une fille. Toujours les mêmes ces Français ! Après avoir vidé le contenu de sa pipe dans le cendrier et repoussé celui-ci il a amorcé un nouvel exposé de la situation par un : « *In my opinion...* » laissé en suspens le temps de bourrer de nouveau sa pipe sans lâcher le volant.

— A mon avis, vieux frère, tu as mal choisi ton moment. Vous non plus, les Français, ils ne vous portent pas tellement dans leur cœur. Lis un peu leurs journaux. Sforza n'est pas allé signer au Quai d'Orsay. Cette paix n'est pas la leur... celle des résistants italiens. Un cruel démenti. Un cruel rappel. Il ne suffit pas de changer de régime ou de foi politique pour être admis dans le collège des démocraties. Va le leur faire comprendre. D'accord, ce n'est pas facile d'être Italien en ce moment. Est-ce que ça l'a jamais été ?... Tende et Brigue aux Français et tout leur empire envolé... ça leur a coûté cher !... Et l'autre qui leur avait promis... je n'ai jamais pu le blairer. Dans l'opposition, en tant que pamphlétaire, il eût mieux servi son pays. En France, si je me souviens, beaucoup de gens l'admiraient, le portaient aux nues.

— Pas seulement en France.

— Tu te souviens de cet article qu'il a écrit en 1939 : *Je crache sur la France ?* Je me suis toujours demandé si vos collaborateurs lisaient ce genre de textes... Tout ça pour te dire que pour une virée par ici tu aurais pu attendre un peu.

Ils venaient de dépasser Padoue. Chacun restait sur ses positions, sans les distinguer clairement.

— Enfin, on reparlera de tout ça la prochaine fois qu'on se verra, a dit Baxter... si la guerre d'ici là n'a pas recommencé contre les Russes... ils nous ont bien eus ! Pour le moment je dois me colleter avec cette affaire à Pola... Et que faire avec des gens qui ne peuvent pas se blairer ? Il y avait déjà la race, la religion... maintenant en plus le communisme. Les uns en veulent, les autres n'en veulent pas... L'an passé, l'évêque de Fiume n'a pas pu sortir de son évêché pour aller faire les confirmations : il risquait d'être molesté par les pro-Yougoslaves.

— Fiume ! a fait Marc.

Pendant vingt ans ce nom n'avait pas cessé de retentir à ses oreilles. Il a ajouté : « Pour mon père, c'était à la fois Numance et les Thermopyles... il y est resté coincé ! »

— Heureusement pour toi, a conclu Baxter alors qu'ils traversaient Mestre, tu ne vas pas jusque-là, tu t'arrêtes avant... Venise reste en dehors de tout ça... ç'a toujours été un monde à part... le seul endroit sur terre que la beauté ait laissé en dehors... dans son avance Clark s'est arrêté à trente kilomètres... Quand même tu aurais dû choisir un autre temps...

Baxter a arrêté sa voiture à l'entrée du pont derrière une autre voiture à l'intérieur de laquelle le conducteur emmitouflé dans des lainages et un passe-montagne dormait contre le volant.

— Ça doit être pour moi. Merci, Bax, de m'avoir amené jusque-là... et tous mes vœux pour ta femme. Je souhaite que ça se passe bien.

Pendant que le chauffeur de l'autre véhicule venait pren-

dre le bagage de Marc, Baxter, qui était descendu pour se
dégourdir les jambes un instant, a remarqué que la brume
était un peu moins dense. Un vent glacé chassait à ras du sol
une fine poussière blanche.

— Si je n'avais pas cette histoire sur le dos je serais peut-
être venu passer la soirée avec toi... La neige à Venise, c'est
quand même un privilège!... N'importe, méfie-toi, je me
suis laissé dire que Byron... ton copain Byron y a attrapé la
vérole!

Vigoureux *shake-hand* et à la prochaine.

VI

« Trois jours, pas un jour de plus ! » c'est ce qu'il a dit à Campra quand il a finalement accepté de faire cet aller et retour. A quoi ce dernier de répondre : « Je veux bien croire que vous avez vos raisons de ne pas quitter Paris, d'abandonner ici d'autres travaux en cours, mais, entre nous, personne n'a jamais refusé d'aller faire un tour à Venise ! »

Bien sûr ce n'était pas à celui que tous dans la maison ont surnommé le tétrarque, des dactylos et des magasiniers aux directeurs de collections, qu'il aurait pu dire quelles étaient ces raisons. Tétrarque, à cause du masque, très Harry Baur, de cette respiration soudain sifflante devant un refus que le vieux désire écarter. L'œil comme éteint, arrêté sur un horizon immuable qui, depuis quarante ans, n'a jamais été que manuscrits, notes de lectures, bouquins nouvellement parus ou en instance de traduction, accumulés autour de lui. Tout le reste, de Ravachol à la rafle du Vel' d'Hiv, n'étant que transitoire, n'ayant jamais pu faire sauter cette écorce ni vaciller à aucun moment le tétrarque. Ce qui justifie le recul et cette sérénité très sémitique plaquée sur des origines terriennes qui n'ont jamais été contestées. « Ce type d'homme, a noté Gide, dont, même de face, on n'aperçoit que le profil. » La face, on s'en doute, exprimant chez tout individu ce qui relève du sentiment — donc du transitoire — alors que le profil, lui, exprime la volonté. Un profil qui, dans le cas de Campra, pourrait faire penser à une étrave ouvrant le temps et les flots, entraînant autour d'elle les destinées, sans s'user.

L'affaire Ghiberti n'est pas de celles que celui-ci pourrait abandonner au fil du courant ou à quelque sous-fifre de la profession. Non pas qu'en tant que patron d'une maison hautement emblématique qui n'a cessé de fonctionner sous les Allemands Campra voie là un moyen de faire oublier quelques accommodements — le fait d'avoir maintenu jusqu'au bout des collaborateurs d'opinions divergentes pour ne pas dire plus.

Marc se revoit dans le bureau de Campra avec dans les bras ces deux énormes liasses. C'était la première fois qu'il avait affaire à lui directement. Qu'est-ce qu'un jeune documentaliste attaché à la fabrication et qui n'avait pas un an d'ancienneté pouvait avoir à débattre à ce niveau ? Combien de fois depuis lui a-t-on seriné que, sans lui, ce *Tintoret, journal d'une passion* aurait été perdu définitivement, toutes les autres frappes ayant disparu et l'appartement du boulevard Arago ayant été vidé de tout ce qu'il contenait.

Mais lui en faire un mérite !... Au départ, a-t-il jamais songé à autre chose qu'à rendre service à une copine en difficulté, Erika, fille d'un rabbin de Vienne, rescapée de l'Anschluss, et qui, sans papiers, vivait depuis des mois dans un réduit du Marais sans jamais sortir ? Lui-même, démobilisé, étant revenu vivre avec sa grand-mère rue Cardinet.

Le nom de Ghiberti, entendu dans la librairie de la rue de l'Odéon, lui avait rappelé celui d'un professeur d'histoire de l'art dont il avait suivi quelques cours. Et c'est ainsi que la chose s'était faite : il n'avait été qu'un intermédiaire. En fait c'est surtout à Erika qu'il avait pensé. Et c'est si vrai que, obligé de se déplacer sans cesse d'un point à un autre dans la capitale occupée, de répondre à ses emplois de courrier et de boîte à lettres dans ce début de réseau, il ne s'était pas donné le temps, ou n'avait pas eu la curiosité de feuilleter le manuscrit.

Marc ne s'était pas étonné outre mesure qu'il lui fût demandé d'en conserver un exemplaire. Tant de choses à ce moment étaient en question. Celui-ci est resté rue Cardinet au fond d'un placard sous les combles pendant toute la durée de la guerre et même un peu plus. Peu de temps après l'avoir déposé là, il a décidé de passer en zone libre et de rejoindre

Toulouse puis un maquis du Sud-Ouest. Il n'a guère eu le loisir de s'interroger sur ce dépôt. De toute façon sa grand-mère Géraldine restait sur les lieux. Il n'a su que plus tard que Ghiberti avait été arrêté et qu'Erika, elle aussi, avait disparu.

Ce que Marc ne pouvait prévoir, c'est que sa grand-mère — alors qu'il avait déjà franchi la ligne de démarcation et avant que ne commence pour lui une tout autre aventure — se casserait le col du fémur et que son autre fils, l'oncle de Trans, jouant de ses relations vichyssoises, réussirait à la faire transporter dans le Midi.

Tant d'événements et de drames sont ainsi venus se greffer sur son itinéraire, jusqu'au moment où il a rallié les Forces libres, que l'épisode en question n'a pu que s'effacer.

Pendant près de quatre années le petit hôtel de la rue Cardinet a été diversement investi, dépouillé par toutes sortes de prédateurs, d'occupants sans titre qui se sont employés à déménager les meubles, à faire main basse sur ce qui restait encore à piller sur place ou à emporter.

Quand, fin 44, Marc est remonté à Paris, on aurait pu croire qu'une déflagration intérieure, un effet de souffle avaient tout arraché. Plus de portes, plus de volets, et même de canalisations, de parquets, de carrelages. Juste quelques caissons, quelques motifs chantournés, parce qu'ils étaient aux plafonds et qu'il eût fallu des échelles meunières pour les atteindre. Quelques fleurs de lys écaillées sur les murs outragés. La pluie s'écoulait aussi librement sur les marches que sur les pentes du toit. Lequel, bizarrement, avait gardé intacts ses gables, ses lions bannerets, toute sa guipure héraldique. Entrait et chiait qui voulait en plus de la vermine. Un assez incroyable spectacle pour qui avait passé là toute son enfance, vingt années de sa vie, et qui n'y recueillait que ces relents et des échos venus directement de la rue.

Il a donc dû trouver une chambre, d'abord dans le quartier de l'Etoile, puis près de la Contrescarpe. Il évitait le parc Monceau et le quartier Malesherbes. Irrécupérable cette ruine, toujours grevée de droits fonciers qu'il était tenu d'acquitter. Les dommages de guerre ne couvriraient certainement pas ce genre de saccages entre nationaux, plaie honteuse de tous les exodes qui avaient ravagé des milliers de maisons livrées de même aux convoitises et à la volonté de détruire. On n'eût pas réussi à en dresser la liste, à chiffrer ces pertes. Sorte de péché crapuleux animé par des instincts d'appropriation directe, de dévastation forcenée, sur lequel il paraissait préférable de fermer les yeux.

La seule chose possible — pour lui, unique héritier — était, en la livrant aux démolisseurs, de se défaire de cette ruine malsaine, édicule à tous vents en l'absence de pissoir dans le coin. Le manuscrit a bien failli suivre la même destination que les gravats.

Il s'en est fallu de peu. D'un article dans *Combat,* lu à la terrasse d'un café de la place Pigalle où Guisa, qui faisait sa barre comme tous les matins au Studio Vacquer, devait le rejoindre. Après quoi ils remonteraient ensemble place des Abbesses.

Cela s'était passé en octobre dernier. Marc était encore dans tout l'éblouissement de sa rencontre avec Guisa et du monde singulier qu'il entrevoyait autour d'elle dans les coulisses, au cours des répétitions et les soirs où sa compagnie créait un nouveau ballet.

Sa vie était redevenue étale, heureuse, avec de surprantes échappées, de subites impulsions qui les amenaient à s'évader sans trop se préoccuper de la destination et sans donner de nouvelles.

Avant d'aboutir chez Campra, il avait flotté et erré pas mal de temps, cherchant à reprendre pied. Paris n'avait guère changé, pourtant au début c'était presque pour lui une ville inconnue. Il n'y avait plus de famille et il avait vite renoncé à retrouver des amis, des camarades d'autrefois. De ce côté c'était presque la même dévastation que du côté de la rue Cardinet. Heureusement il s'était brusquement trouvé dans le sillage d'une fille qui avait tout ce qu'il fallait pour l'obliger à pousser des reconnaissances dans ce monde nouveau qui était en train de s'improviser, et ç'avait été le rôle et l'action de Janet à ce moment-là.

Bien entendu il était trop tard pour reprendre des études. Il avait été assistant dans un film, avait fait du montage ;

s'était retrouvé courtier en pierres dures entre la rue de Seine et le marché Biron. Il avait promené dans Paris une famille de riches Argentins qui préféraient se faire expliquer par lui les monuments sans descendre de voiture et sans aller traîner leurs souples semelles dans les musées.

Finalement, il était entré chez Campra. Et, indirectement, il le devait à Janet qui, de quelque façon — peut-être du fait des tirages de ses albums —, devait fasciner le tétrarque. Maquettes, couvertures accrocheuses et bariolées, choix de documents et mise en pages, c'était ça son domaine. Il s'y était fait une place dans les collections sous couverture cartonnée : animaux, voyages, insectes, fonds marins, galaxies... Travail sans grands débouchés, quelquefois récréatif, mais qui l'obligeait à bouger, à entrer en rapport avec toutes sortes de gens. Même si dans la maison cela ne constituait pas le suprême niveau — littérature, civilisation — Campra restait de toute façon un *label* suffisant.

Il attendait donc Guisa ce matin-là place Pigalle à cette terrasse lorsque lui est tombé sous les yeux un article sur les exilés italiens opposants au fascisme. Et tout de suite le nom d'Elio Ghiberti. Ses cours à l'Institut d'Art, ses bouquins, son engagement avec Cassou, Malraux et Elie Faure en faveur de l'Espagne républicaine, son arrestation et sa mort à Drancy en 1942.

Tout lui est revenu à l'instant.

Sortant à ce moment du Studio Vacquer, Guisa, comme soulevée à chaque enjambée, tout en enfilant une énorme veste de mohair et en balançant un sac bourré à craquer, ses chaussons, ses jambières de laine, un tas de magazines, traversait le boulevard. Elle avait gardé son collant sous son trois-quarts, légère dans cet accoutrement, cheveux tirés et serrés par un élastique, tellement différente des gens qu'elle croisait qu'on aurait pu la croire descendue de la coupole du cirque voisin et continuant à défier la pesanteur en traversant au milieu des voitures.

Elle a basculé au-dessus du guéridon pour l'embrasser comme si elle eût fait sur pointes le mouvement, puis s'est laissée tomber sur sa chaise en se vidant de son souffle en annonçant qu'elle avait soif et avait droit à des chips.

Mais pendant qu'il la regardait grignoter et qu'elle lui disait comment s'était passée pour elle la matinée, il se revoyait faisant des allées et venues entre le boulevard Arago et ce réduit dissimulé au fond de la boutique d'un fripier du Marais. En premier, c'est à Erika qu'il a pensé. A ses mains rougies par le froid, à l'extrémité de ses ongles fendus à cause de la malnutrition. Comme elle paraissait illuminée par ce travail qu'il lui apportait et qui remplissait désormais ses journées. Si seulement, en plus, elle avait pu écouter un peu de musique, avoir un piano... Malheureusement, c'est quelque chose qu'on trouve rarement chez un revendeur de la rue des Rosiers.

Guisa avait beau être là devant lui, ravissante, quoique les traits un peu tirés — fatigue qui s'effaçait dès qu'ils faisaient l'amour, le visage redevenant aussitôt celui d'un enfant —, sa pensée n'arrivait pas à se fixer sur ce qu'il entendait. Il revoyait le vieil homme au milieu de tous ces bouquins, de tous ces dossiers entassés, de ces cartonniers, de ces fragments de statues... Et le manuscrit... Pour la première fois il y a repensé. Qu'était-il devenu ? Etant donné l'état où tous ces vandales avaient mis la maison il était difficile de penser qu'il était encore rue Cardinet. A supposer même que la démolition n'eût pas commencé.

Ils sont remontés, Guisa et lui, place des Abbesses. Sur le visage de l'enfant, alors qu'il l'avait dans ses bras, alors qu'il la maintenait au sommet de la vague, les cernes se sont vite effacés. Ils ont expédié ensuite le repas. Elle avait une répétition aux Champs-Elysées. Il a téléphoné chez Campra pour dire qu'il serait en retard.

Rue Cardinet, clouée sur une palissade devant la maison, une pancarte portant le nom de l'entrepreneur devant effectuer la démolition. Il a réussi à repousser la porte d'entrée bloquée par des débris et à pénétrer dans ce qui avait été le vestibule. Alors que dans les pièces du bas tous les parquets avaient dû servir de bois de chauffage, l'escalier était encore utilisable. Du moins jusqu'au second. Que la spirale ne se soit pas effondrée sous lui tient du miracle. De l'immense pièce qu'il avait occupée sous le toit il ne restait que la charpente. La couverture était crevée comme une coque accrochée plusieurs hivers à des récifs. Il lui a fallu dégager un amoncellement de débris et d'ardoises pour parvenir au placard et autant d'efforts pour le dégager. La valise était toujours là, rongée et moisie, blanche de salpêtre, mais l'eau n'y avait pas pénétré.

Sa première réaction a été d'étonnement. Presque d'amusement. C'était la première fois, depuis deux ans qu'il était rentré, qu'il était revenu à Paris, qu'un fait aussi imprévisible le reliait aussi directement au passé. Quand il avait déposé là cette valise après y avoir tassé les deux liasses du manuscrit, sa grand-mère était encore en bas dans sa chambre, Erika était encore rue des Rosiers et Ghiberti n'avait pas encore été arrêté ni son réseau démantelé. Depuis lors, tous étaient morts ou disparus. C'était presque dérisoire de penser que la seule chose qui restait maintenant c'était cette minable valise.

Et une fois de plus c'est autour du souvenir de la pauvre Erika que les choses ont tourné. Le mal qu'elle avait dû avoir pour venir à bout de ce travail! Mais s'agissait-il de quelque chose d'important et qui méritait qu'on s'en occupe? Si Erika l'affirmait c'est parce que l'ouvrage en question représentait pour elle sa seule défense et, dans l'horreur de sa situation, sa seule issue possible vers un monde imaginaire. Enfermée dans son cagibi, comment n'eût-elle pas revêtu ce texte, n'importe quel texte, d'une splendeur correspondant à tout ce dont elle était privée?

Les liasses n'avaient pas été atteintes par l'humidité. Les feuillets se détachaient l'un de l'autre. Les caractères restaient nets. Texte tout entier lisible.

Inscrite au livre des eaux, Venise...

La phrase l'avait frappé quand Erika lui avait tendu ce premier feuillet précisément, lui demandant si ça allait. Le mot aurait permis d'ironiser. Drôle d'apocalypse!... A considérer l'état de ces combles, l'accès offert aux éléments, on pouvait penser que cette nacelle avait échappé plusieurs fois au déluge et que ce qui l'avait sauvée en fin de compte c'était le désastre lui-même, la dévastation de cette maison, une menace d'effondrement qui avait chassé de cet étage ceux qui auraient pu être tentés d'y venir fureter ou abriter de sinistres accouplements.

Bien entendu il était reparti avec la valise. Tant de gens avaient prélevé leur dû dans ces murs que personne le voyant ressortir avec ce paquet sous le bras n'aurait pu s'étonner.

Quelques semaines plus tard, il avait demandé à voir le patron. Une façon pour lui de se décharger, honnêtement, d'une responsabilité qu'il ne pouvait assumer. Son mérite personnel s'arrêtait là. Il avait été seulement l'intermédiaire. Il avait trimbalé ledit manuscrit, dans ses divers états, et l'avait mis — s'en était en fait débarrassé — dans un endroit qui n'était ni une cache ni un lieu de conservation idéal. Il ne s'était pas montré bien zélé. Après quoi il l'avait oublié et ne s'en était plus soucié. Cela ne valait ni félicitations ni remerciements, comme il lui en arrivait de tous côtés.

Mais brusquement les choses ont changé. Dès que Campra a eu devant lui sur sa table les deux gros cahiers cartonnés, aucune puissance au monde n'aurait pu les lui faire lâcher. Le manuscrit est devenu sa chose, son bien propre, son aventure personnelle ; il était bien décidé à tirer tout le parti qu'on pouvait attendre d'une si incroyable découverte. Indépendamment de la personnalité de Ghiberti en tant qu'écrivain d'art et du fait qu'il était un des premiers intellectuels en Europe à s'être dressé contre le totalitarisme, qu'il avait été un exilé, un témoin de son temps avant de devenir une victime, rien ne pouvait paraître plus souhaitable que de lui offrir cet hommage en publiant cette œuvre posthume à un moment où les élites de la résistance avaient plutôt tendance à s'opposer sur le sens à donner au mot épuration et sur les méthodes mises en œuvre ici et là pour réaliser celle-ci. Ghiberti venait à propos pour rétablir autour de lui une sorte d'unité.

C'est à peu de chose près ce que lui a dit Campra cette première fois et ce qu'il lui a répété chaque fois qu'il l'a convoqué dans son bureau pour se faire raconter de nouveau dans tous les détails la façon dont les choses se sont passées.

Ecoutant le récit que lui faisait ce garçon qu'il n'avait jamais eu l'occasion de voir auparavant, pas un instant

Campra n'en a mis en doute la véracité. Il avait tout de suite déposé dans un coffre-fort le précieux document. Le côté un peu fabuleux du trajet que celui-ci avait suivi pour parvenir jusqu'à lui paraissait l'avoir changé. Il a donné l'image d'un homme heureux. Chaque jour il s'enfermait dans son bureau, interdisait qu'on le dérange sous aucun prétexte, et étant allé prendre le manuscrit dans son coffre, continuait à l'éplucher. Ainsi est-il le premier à l'avoir lu. Mais avant même d'avoir achevé sa lecture il savait que cette découverte inespérée était pour lui-même, en dehors de tout profit, *l'Ile au trésor* et *le Manuscrit trouvé à Saragosse*. A savoir le merveilleux. L'énigme même. Une des plus splendides bouteilles à la mer qui soient jamais venues s'échouer sur le rivage d'un éditeur.

Les envieux, les concurrents malintentionnés n'allaient pas manquer de prétendre qu'il s'agissait là d'un faux, que rien ne garantissait l'authenticité de ce texte, sinon la phrase mystérieuse tracée sur un papier à l'infirmerie de Drancy et glissée dans une main amie : « *Sauvez mon Jacopo.* » Pour ceux qui avaient été proches de Ghiberti il était parfaitement évident que celui-ci avait voulu désigner une œuvre sur laquelle il devait travailler depuis des années, qu'il n'avait montrée à personne, et qui devait représenter à ses yeux la somme de toutes ses réflexions plastiques tournant autour de la personnalité et de l'œuvre de Robusti.

Mais justement, du fait que ce dernier message avait eu cette publicité, le texte olographe ayant disparu avec tous les autres papiers de Ghiberti, on pouvait craindre qu'un trop habile contrefacteur, en se livrant à un découpage d'articles, publiés ou pas, et en leur ajoutant quelques gloses de son cru, n'ait eu l'idée de lancer ce faux sur le marché.

Campra bien entendu était décidé à passer outre. Une large publicité accompagnerait le lancement. Marc, quant à lui, vivait assez loin de tous ces développements, persuadé d'avoir définitivement passé la main. De temps à autre un journaliste lui téléphonait et lui donnait rendez-vous chez Lipp ou à la Closerie des Lilas. Et lui de raconter pour la centième fois son histoire, sans y rien changer. Il aurait souhaité n'avoir plus à le faire. Il continuait à évoluer, grâce à ces collections, ces séries que le public accueillait avec faveur, au milieu des règnes végétaux et animaux, passant des volcans aux sommets de l'Himalaya. Tout marchait bien de ce côté. Seules certaines fatigues inexplicables l'inquiétaient parfois chez Guisa. Etait-elle faite pour ce métier ? N'était-ce pas pour elle une trop grande dépense d'énergie ?... « Elle est ravissante la fille avec qui tu vis », lui avait dit Janet au début de sa liaison avec Guisa, « mais tu devrais l'envoyer passer un mois à la montagne pour se refaire des couleurs !... Sylphide soit, mais pas dans la vie ! » C'était difficile de persuader Guisa d'abandonner *les Forains* ou *les Biches*. Et de plus Janet qui avait l'air de considérer que les lendemains de victoire ne peuvent que rallumer les années folles, brûlant la chandelle par les deux bouts, était-elle bien à même de donner ce genre de leçon en envoyant au vert les copines ?

Il a fallu que se produise un tout petit fait à ce moment-là, parfaitement imprévisible, pour que Marc soit de nouveau requis par l'affaire en question, poussé cette fois sur le devant de la scène et d'une façon qui rendait désormais impossible toute dérobade. Ghiberti l'avait nommément désigné pour mener la phase ultime de l'opération. Du moins cela revient à ça.

Marc s'est trouvé convoqué par une sorte d'aréopage — le C.N.R. au complet — groupant tous ceux qui ont eu des contacts directs ou dans la clandestinité avec Elio Ghiberti pendant les mois qui ont précédé son arrestation. Campra lui a demandé instamment de s'y rendre. Marc s'attendait à ce qu'on lui demande de raconter une fois de plus son scénario. Et après, à devoir répondre à un questionnaire des plus serrés. La séance devait se tenir dans le Saint des Saints de la grande maison concurrente, Marc s'est évidemment étonné que le vieux, refusant d'apercevoir le piège qu'on lui préparait, ait accepté qu'un de ses collaborateurs se rende à une convocation aussi inhabituelle.

Inhabituel, tout l'était depuis le commencement dans cette affaire. Marc pouvait difficilement discerner quels pouvaient être les mobiles de Campra et en quoi la lumière apportée dans cet antre servait également l'autre camp. Parmi les personnes qui se trouvaient déjà assises en cercle quand il a été introduit — tout le monde était déjà là, ce qui prouvait qu'une discussion préalable avait déjà eu lieu — il a reconnu plusieurs visages. La plupart des participants avaient dépassé, et quelquefois largement, la cinquantaine. Tous les regards se sont tournés vers lui, avec une sympathie, voire une émotion évidentes. C'est quelque chose qu'il a ressenti aussitôt mais qui ne l'a pas pleinement rassuré. Paulhan s'est levé, l'a remercié d'être venu et s'adressant à une petite femme en noir, assise un peu en retrait, serrant contre elle et tenant à deux mains un sac à fermoir de métal :

— Toinon, connaissez-vous M. Challange ?

— Son nom seulement.

— Bien. Cela nous semble suffisant.

Puis, s'adressant à Marc :

— Cher ami... je vous présente Toinon... Tous ceux qui sont ici savent qui est Toinon et savent que pendant toutes les années qu'il a passées en France elle a été au service de notre ami, de notre compagnon Elio Ghiberti. Le hasard a voulu que lorsque vous vous rendiez boulevard Arago Toinon faisait ses courses... enfin disons plutôt faisait la queue devant la porte des commerçants. Mais elle était au courant de votre venue, et dans sa mémoire, qui est celle des campagnes, elle a noté les dates. Dans la nuit qui a précédé son arrestation, Elio a rédigé une lettre à vous adressée. Une très longue lettre dans la mesure où vous n'étiez pas forcé de savoir les choses qu'il vous y disait. Cette lettre, Toinon aurait dû vous la remettre, mais quand elle s'est présentée rue Cardinet, au domicile de votre grand-mère, vous étiez déjà parti, vous aviez déjà franchi la ligne de démarcation et il n'était plus question de vous joindre à Castres ou à Jarnac. Très sagement... mais qui ne serait sage au regard des anciens sinon une personne comme elle ?... Toinon a gardé cette lettre et c'est en lisant dans une feuille du Poitou ou des Charentes que l'ouvrage de son maître avait été retrouvé et allait paraître qu'elle m'a écrit et qu'elle est venue à Paris.

« Il se trouve, voyez-vous, que Toinon et moi, nous nous connaissons depuis longtemps, que nous avons toujours eu les meilleurs rapports et que j'ai toujours envié sa connaissance des champignons et la façon qu'elle a d'en parler. On en pourrait faire toute une étude... Pour en revenir à cette

93

lettre, notre Toinon, ici présente, m'a demandé si je pouvais la remettre à son destinataire. Pour savoir qui était ce destinataire, j'ai donc dû lire le contenu... et je dois dire... excusez-moi de marquer cet arrêt... nos amis qui sont ici apprécieront et jugeront certainement en ce sens si ce texte est un jour publié... c'est bien la page la plus bouleversante qu'Elio ait jamais écrite, la page la moins partisane... je cherche le mot... la plus sereine... il attendait que les Allemands viennent l'arrêter... la plus sereine, oui, face à tout cet esprit de vindicte et de châtiment, qu'ait écrite un homme qui a mené ce combat, qui sait qu'il ne peut échapper, que sa maison est surveillée et que, d'une minute à l'autre, il va disparaître.

« Le sort a voulu que les deux autres copies du manuscrit confiées à des amis très proches de son cœur et de sa pensée aient disparu. Pour nous autres qui, à bon droit, pouvions nous étonner de la réapparition de ce texte... tardive, disons-le... je ne vous en fais pas le reproche... et qui n'aurions pas manqué d'exprimer des doutes sur l'authenticité... cette lettre répond entièrement à ceux-ci. Elle fait plus que confirmer tout ce que vous avez déclaré vous-même, et avec une discrétion tendant à limiter vos mérites que je me plais à souligner, elle authentifie pleinement cet ouvrage que vous-même, ou je ne sais quelle providence sous le masque du hasard, aurez contribué à nous donner. M'est avis... clausule dont les traducteurs de Steinbeck et de Faulkner ont tendance à abuser... m'est avis que nous ne pouvons que vous en être reconnaissants et vous exprimer, collectivement, et chacun ici pour son compte personnel, notre gratitude.

« Cela dit, cette lettre fait de vous une sorte de légataire moral, de défenseur privilégié. Et c'est une chose qui compte également. Les derniers mots que Ghiberti a tracés à Drancy avant de sombrer, quelque chose me dit que ces mots s'adressaient à vous plus qu'à aucun d'entre nous. A vous qu'il connaissait à peine et qui à l'époque, si je ne me trompe, n'aviez guère plus de vingt-trois ou vingt-quatre ans. Il y a là une belle confiance dans l'avenir et la jeunesse en général. Une façon de renvoyer le décret final au-delà de nos disputes et de nos chipotages. Je ne crois pas que vous resterez sourd à ce signe ni que vous vous détournerez du sort et de l'avenir de ce livre. Souvenez-vous : *Sauvez mon Jacopo.* C'est aussi un moment de votre vie.

Paulhan a laissé planer quelques secondes de silence puis il s'est tourné vers la petite vieille femme en noir qui était restée immobile sur sa chaise. Celle-ci a ouvert le fermoir de son sac. Elle en a retiré la lettre et l'a tendue à Marc, en disant simplement :

— Voilà !... de la part de Monsieur !

VII

Il était près de trois heures quand le garçon qui l'avait précédé depuis la réception a déposé son sac au pied du lit et s'est retiré après un regard furtif au creux de sa main pour évaluer le petit rouleau de lires crasseuses, en lambeaux, que Marc venait d'y glisser.

Et tout de suite ça l'a fichu en boule. Vingt ans de régime et de *passo romano* : Bax a raison, chez ces salauds-là le réflexe larbin reste le même. Ce geste, à peine dissimulé, l'irritait déjà autrefois, contrastant avec le sourire d'accueil, les platitudes glacées, la gouaille servile, et créant aussitôt la cassure : réceptionnistes et liftiers d'un côté, et de l'autre, renouvelé à chaque saison, ce cheptel anonyme, passif, baedekerisé, voué à la tonte. Sous un léger glacis d'usages hôteliers aux couleurs vives, la morgue, le mépris, l'arrogance, ce traditionnel sentiment de supériorité — aussi bien florentin et romain que vénète — qui laisse de côté les défaites, toutes les humiliations subies. Une façon pour eux, a continué à remâcher Marc, assez dépité de n'avoir trouvé personne à l'arrivée, une façon d'exprimer leur mépris au vainqueur quel qu'il soit tout en empochant ostensiblement leur dû. Volonté d'exclusion accrue en ce moment tant par l'énorme déception générale — du côté des petits — que par la hargne, les rancunes verbeuses des autres — profiteurs de la veille — qui s'étaient crus blanchis, remis en selle. Tout ce que Baxter n'a cessé de lui seriner. Evidemment celui-ci en avait gros sur le cœur à cause de ce Robin Dewinton assassiné hier. Un tribunal militaire anglais juge en ce moment même à

Mestre, à quelques kilomètres de là, l'ex-maréchal Kesselring, lequel a peu de chance, lui, de sauver sa peau. Mais est-ce que ça fait un équilibre ? Est-ce que ça rétablit la balance ?

A première vue, la hauteur du plafond semble sans rapport avec les proportions de la chambre. Une cloison à mi-hauteur, isolant le lavabo, mange encore sur la largeur. Le radiateur est tout juste tiède. Un éclairage des plus crus, niché dans les maigres pendeloques d'un lustre de Murano, souligne encore cette sensation de nudité hostile, cette image de couloir. Marc a préféré éteindre, allumer la lampe de chevet, lumière tamisée. Puis il a ouvert son sac et commencé à en retirer les quelques affaires qu'il emporte avec lui pour ces sortes de déplacements, quand il voyage pour la boîte.

Le jour commence à baisser. En bas, un espace carrelé entouré d'arcades sur deux côtés, une vasque moussue, quelques pots alignés, deux ou trois arbustes chétifs — rongés par le sel et autour desquels il faut sans cesse renouveler la terre, a-t-il entendu dire autrefois —, quelques débris de sculptures. Humidité lépreuse. Etrange pesanteur crépusculaire sur cet alvéole sans échappée. Au-dessus d'un mur de briques noirâtres, une de ces bizarres cheminées gouatreuses, et, derrière une grille, un poteau rongé, planté de biais dans la vase du rio qui borde le Colombani. Rien d'autre pour le ton local. Ce patio encastré pourrait être n'importe où ailleurs.

Quelque chose en lui qui ne s'accorde pas avec le fait d'être là et de devoir y passer, pour s'en tenir à son calcul, trois fois vingt-quatre heures.

De nouveau, alors qu'il achevait de vider son sac, il s'est demandé si, au lieu de céder à toutes ces pressions — Campra, Paulhan, le regard de Toinon posé sur lui —, il n'aurait pas dû se récuser, s'abriter derrière n'importe quel prétexte, demander qu'on envoie quelqu'un à sa place. Après tout le manuscrit est sauvé : que peut-on lui demander de plus ? En quoi pourrait-il être considéré comme une sorte d'agent posthume, de dépositaire de la pensée du maître ? N'importe qui aurait pu venir ici à sa place.

Cela lui aurait permis de rejoindre Guisa à Bruxelles, de

voir comment le public réagit, accueille le ballet et la musique de Poulenc. Ensuite la troupe doit aller à Anvers. Exténuantes ces tournées. Il pense que Guisa devrait aller respirer un peu à Villars. Déjà, au printemps dernier, quand Janet a fait d'elle cette série de photos dont plusieurs ont paru dans des magazines américains, ce mot lâché par Janet : « C'est bien d'être ce qu'elle est et de faire ce qu'elle fait... mais elle ne tiendra pas à ce rythme ! »

Réponse du vieux Nicolas Tsvérev, à qui Marc a rapporté le propos : « Qu'est-ce qu'elle croit, cette Américaine ?... que les danseurs doivent être taillés pour déménager des pianos ou dresser des ours ? » Lui, un sage qui a autrefois créé *les Mariés de la Tour Eiffel,* fait chaque jour répéter des adages au Studio Vacquer.

Janet, Guisa, sur le plan filles, difficile d'imaginer deux physiques plus différents, deux tempéraments plus opposés. Erika, elle aussi, était différente. Plus encore. A vrai dire, seule de son espèce, parmi tous les visages féminins qui peuvent flotter dans la mémoire de Marc. A cause du livre, son image se présente de nouveau, depuis quelque temps. Une différence toutefois : il n'a pas couché avec elle. L'idée même, encore maintenant, lui paraît invraisemblable.

Bien sûr il aurait pu s'installer ailleurs. Il a refusé le Gritti, le Bauer-Grünwald, l'Excelsior. Il n'a pas voulu se retrouver au Luna ou à l'Hôtel des Bains, risquer de voir surgir devant lui dieu sait quels fantômes. Il n'a pas voulu être dans un de ces palaces où, deux ans et demi plus tôt — alors qu'on se battait encore en Alsace et en Forêt-Noire —, le personnel faisait les mêmes courbettes, la même course au bakchich, dans le dos des Teutons de Rahn, « le gauleiter de Vénétie », et des SS.

Campra s'est étonné, paraît-il, de cette discrétion de la part de quelqu'un envers qui il s'estime redevable d'un best-seller tous azimuts et qui n'en profite pas pour grossir et allonger la note de frais, ni pour échapper aux précarités de l'heure, question chauffage et menus. De même le vieux a dû s'étonner que ce garçon, dont les traits venaient de prendre un relief soudain à ses yeux du fait de toute cette histoire et de l'agitation qui s'est créée autour d'elle, n'en profite pas pour emmener avec lui quelque jeune personne chère à son cœur ou à ses sens.

Que ce dernier ait fait à Venise d'autres séjours — l'immédiat avant-guerre ne favorisant guère les voyages pour les jeunes — Campra ne pouvait à coup sûr l'imaginer. Non plus que le point faible de Marc et l'origine de ces réticences.

Marc d'autre part, pour d'autres raisons, n'a pas voulu se trouver dans le même hôtel que Janet, installée avec toute une bande de copains à elle. Pour ne pas être entraîné cette fois dans ce tourbillon, assourdi par leurs histoires. Pour ne pas rentrer, au milieu de la nuit, à travers des quartiers silencieux, avec une bande éméchée. Il n'a pas voulu, s'il se laissait entraîner dans ce genre de *fiesta,* devoir ensuite revenir sur ses pas pour lui ramener son vison, une écharpe ou un sac contenant ses chéquiers et ses cartes de crédit, comme cela est arrivé tant de fois à Paris quand il devait la ramener jusqu'à sa chambre. Si, habitant sous le même toit, elle se trompait de porte — non intentionnellement, ne se souvenant de rien le lendemain — il ne tenait pas à la retrouver dans son lit, ce qui n'eût guère avancé les choses pour ce qui est des photos mais lui eût certainement amené d'autres complications.

Finalement, la secrétaire de Campra avait découvert, entre Santa Barbara et San Trovaso, à proximité des Zattere, « une pension pour artistes ». Une fois encore, le hasard faisait bonne mesure : jeune, quand il a été au collège arménien, Ghiberti a vécu dans ce *sestiere.* « Vous devriez aller voir l'endroit », lui a dit Campra en lui transmettant ses dernières instructions. « Et tenez, si vous en avez le temps, allez aussi saluer de ma part les lions de Délos, si vous passez par l'Arsenal ! » Mais il est bien décidé à limiter au maximum ce genre d'itinéraires et à s'en tenir au programme fixé.

En fait, tout dépend de l'avancement du travail et de la façon dont Janet s'est entendue avec ce Lehmann. Pourquoi ne pas s'être adressé à celui-ci directement ? A lui installé sur place, avec tout le matériel nécessaire, des assistants habitués à cadrer sur des échafaudages roulants, à bloquer leurs appareils sur des échelles, à se maintenir dans les positions les plus inconfortables pour obtenir l'angle le plus favorable. A coup sûr, ce Klaus — quel curieux prénom pour un Italien ! — doit posséder à fond ce genre de pratique et d'imagination permettant d'atteindre les toiles là où Véronèse et les autres sont allés les nicher dans des corniches, des retables, des escaliers, de tumultueuses architectures.

Amitié et camaraderie mises à part, pourquoi être allé s'embarrasser de quelqu'un comme Janet, plus habituée à se comporter en vedette et à photographier d'autres vedettes qu'à s'affronter avec des chefs-d'œuvre, à essayer de fixer sur des plaques ces créatures intemporelles, ces parcelles d'éternité ? Un domaine qu'elle n'a jamais abordé. Où rien ne se fait, sinon par calcul, ingéniosité et patientes reprises. Son « génie » est-il compatible avec de pareilles exigences ? Le tétrarque aurait pu y réfléchir.

De plus, était-il bien « opérationnel » de la lancer dans cette affaire sans se demander si le genre d'extraversion qui lui est ailleurs profitable peut s'accommoder ici en Italie au *machisme* local ?

En un mot, que va-t-il trouver ? Dans une équipe jusque-là bien soudée, en suscitant des concurrences, des jalousies, n'a-t-elle pas foutu le bordel, la pagaille ?

Campra, lui aussi, doit se le demander, et c'est bien pour ça qu'il l'envoie. Pour remettre de l'ordre, imposer des solutions autoritaires, comme cela arrive pour d'autres travaux, d'autres albums sur lesquels la maison peut avoir engagé de gros frais et autour desquels les collaborateurs ne s'entendent pas.

Du fond du sac, Marc retire un exemplaire du manuscrit. Corrigé, tapé et présenté selon les normes et le format en usage dans la maison. Bien différent de la double liasse retrouvée dans une valise moisie.

Il aura tout le temps pour le relire pendant ces trois jours. Cette fois en continuité. Il le pose sur la table à côté de l'armoire. Bon prétexte pour refuser les engagements, les invitations. Pour écarter aussi ce qu'il tient à laisser à distance.

Le mieux, calcule-t-il, après avoir regardé sa montre, c'est d'aller directement à l'atelier Lehmann et de voir où ils en sont. Janet doit l'y attendre. Toutefois il pense préférable de téléphoner. Janet n'est pas venue Piazzale Roma, elle s'est contentée d'envoyer un taxi à Mestre : sans doute aura-t-elle envie de venir à sa rencontre et de le piloter dans ce dédale à travers la *Merceria*. Il décroche le combiné et demande au bureau qu'on le branche sur le réseau urbain.

— Ah *signore*, c'est vous !... *ma da qui ? da Parigi ?... da Venezia ! Bene... bene... venite... venite...* On vous attend. *Vi aspettiamo.*

— *Chi parla ? Il signore Lehmann ?*

— *No, un'assistente... Luigi... il signore Lehmann non è qui...* il sera là dans un moment... pour vous, *signore,* juste le temps de venir.

— Et Miss Seymour ? s'enquiert Marc un peu cérémonieusement, agacé qu'elle ne soit pas déjà au bout du fil.

— Janet ?

Rire qui semble assez inquiétant pour la suite.

— ... Elle est partie pour trois jours... Non. Non... pas définitivement. Elle rentre demain soir, ou après-demain.

— Je croyais qu'elle travaillait aujourd'hui à *San Silvestro...*

— *San Silvestro ?...* Il y a longtemps que c'est fait. D'ailleurs tout est fait. Elle est montée en voiture à Misurina avec des amis à elle. Le ski. C'est la saison. Tout le monde est là-haut... Alors, *signore,* on vous attend. Tout est prêt. A tout de suite. *Ciao.*

Marc raccroche. Furieux que Janet n'ait pas fait l'effort de l'attendre, d'être là à son arrivée. Furieux d'apprendre par un tiers qu'elle a changé de programme, comme ça lui arrive d'ailleurs à chaque instant. Une occasion a dû se présenter... Peut-être lui en veut-elle d'avoir refusé de loger au même hôtel, de vouloir faire bande à part ?... A moins que... et ce serait l'explication la plus acceptable pour lui... à moins qu'elle n'ait préféré qu'il prenne contact avec ce Klaus Lehmann et voie avec celui-ci comment ils s'en sont sortis.

S'être retrouvé tout à l'heure seul Piazzale Roma où le chauffeur qui l'a amené de Mestre l'a déposé, seul avec cette poussière givrée que le vent lui soufflait au visage, seul comme n'importe quel touriste débarquant au cœur de l'hiver, comme n'importe quel *contadino cadorin* venant de l'arrière-pays... comment ne pas ressentir le contraste et une sorte d'amertume ?... Il n'a pu s'empêcher de chercher Janet du regard entre les files d'attente et les cars en partance pour Padoue et Chioggia. Il n'a pu s'empêcher de penser que le physique de Janet, la joie qu'elle eût eue de le voir débarquer, les regards tournés vers elle et accompagnant la scène auraient mis une note de gaieté dans toute cette grisaille, secoué cette torpeur. Même s'il n'est pas là pour se livrer à des comparaisons de cet ordre, un contraste pareil, ce froid vif ne pouvaient que lui remettre en mémoire d'autres arrivées plus glorieuses, l'accueil des amis de son père venus les attendre autrefois en gondoles.

Je t'en fous... pour arriver jusqu'au Colombani, il a dû prendre le vaporetto, demander son chemin, hésiter, revenir sur ses pas, tourner dans le coin. Janet n'était pas non plus à l'hôtel. Elle n'avait pas laissé de mot à son intention pour lui dire où elle allait... Les montagnes ! Les Dolomites ! Il les a visitées autrefois avec son père. Mais celui-ci ne s'intéressait guère au ski, à l'escalade. Pour Bertrand d'autres souvenirs s'attachaient aux vallées, s'accrochaient aux sommets.

— Tout est là... A quelques détails près, c'est presque terminé. Une semaine même pas, deux ou trois jours, et nous aurons tout. Je vous laisse regarder tranquillement.

Klaus Lehmann est allé rejoindre les autres dans le fond de l'atelier. Sans doute l'attendaient-ils bien ce jour-là, ce qui explique cette présentation. Marc devant celle-ci n'a pas caché son étonnement. Après avoir tourné assez longtemps dans la Merceria à la recherche de Campo della Guerra que les gens à qui il le demandait prétendaient ne pas connaître, ce studio fortement éclairé s'ouvrant soudain devant lui au fond des ténèbres d'un *sottoportego,* et plus encore cette débauche de couleurs et de formes, ce délire baroque avaient quelque chose de fabuleux, de totalement insolite. Son œil a mis du temps à s'habituer.

Les grands tirages ont été punaisés sur les murs et sur des panneaux ; d'autres clichés étalés sur des planches posées sur des tréteaux. Tout l'œuvre, ainsi reproduit — sauf les portraits —, rassemblé dans le même panorama. Une vision aussi singulière que celle de ces cabinets d'amateurs où les toiles, rapprochées les unes des autres, sans le moindre interstice, de la plinthe à la corniche, couvraient entièrement les parois.

Tout est là en effet. A quelques exceptions près. Installé sur un tabouret devant une table à dessin légèrement inclinée, il examine un à un d'autres clichés de dimensions plus réduites que Luigi — le garçon qui lui a répondu tout à l'heure — lui passe à mesure. Il parle, il parle, Luigi.

Incroyable débit. Comme un gardien entraînant des visiteurs au pas de charge. Le nom de la toile, le format, l'endroit où elle se trouve, les problèmes qu'a posés l'état de conservation. Comme si, elles aussi, avaient échappé de justesse — en fait c'est le cas — aux barbares, à la destruction. Toutes, explique Luigi, ont été mises à l'abri, changées de place pendant les hostilités, entreposées ici ou là après avoir été roulées. Souvent dans les réserves elles-mêmes, les caves des musées ou des palais où on les voit en général. Et pourquoi pas dans d'anciennes prisons? Riche tradition carcérale. C'est ce qu'il y a de moins humide à Venise. On le sait depuis Pellico. De toute façon, poursuit le jeune assistant, pendant quatre ans tout le monde est venu chercher refuge à Venise — trois fois sa population normale —, pourquoi les tableaux auraient-ils été expédiés ailleurs, comme vous l'avez fait en France, en province, dans des couvents?... Voyez Cassino!... Pourquoi auraient-ils été exposés à une autre destruction, et à peine moins radicale que celle du temps, qui aurait été, mettons, le changement de climat, le changement d'ambiance, et pourquoi pas, de mentalité ou d'accent, de dialectes... Depuis, et avec une rapidité confondante, tout a été déroulé, remonté, remis sur châssis, replacé. Et cela, moins pour rouvrir la porte aux touristes et aux devises que pour restituer au décor sa fonction, pour conjurer l'ordre actuel par le mythe, retrouver au plus tôt la vieille fascination.

— Ça vous plaît? Vous êtes content? demande Luigi qui a encore l'âge de ce genre de question.

Quand il voit l'homme venu de Paris marquer une hésitation devant certains clichés, il dit : « On n'est pas du tout certain qu'elle soit de lui. » Ou bien, s'il y a des repeints... « Ç'a été trafiqué plusieurs fois, vaudra mieux laisser tomber. » Parfois il reconnaît qu'aucun artifice technique n'a pu masquer l'état de la toile. Craquelures. Moisissures internes. Cloques. Lavages intensifs. Surfaces exposées au soleil... Beaucoup sont restées roulées ou loin de la lumière, on les accroche de nouveau sans s'être donné le temps de procéder à un examen minutieux « selon les méthodes actuelles », sans savoir si le mal dont elles souffrent atteint le support ou la matière picturale elle-même.

Revenu auprès d'eux, Lehmann sourit largement devant l'étonnement de Marc.

— Elle nous a mis l'épée dans les reins. Et ne croyez pas qu'elle se soit contentée de nous regarder opérer... Comme nous sur nos échafaudages, nos échelles... elle a même perdu l'équilibre, glissé de l'une d'elles... Rico l'a rattrapée à temps.

— Il est assez fier de l'avoir eue dans les bras, dit Luigi.

— Elle avait bu, fait Marc.

— ... du lait et des jus de fruits, pendant tout ce... tournage... cette campagne... je ne sais pas quel mot il faudrait employer.

Sympathique, ce Lehmann. Trente-sept, trente-huit ans, pas plus. Le côté alpin, tyrolien nettement souligné. De grosses chaussures de montagne à lacets. Des bas de laine à revers. Une culotte de velours à grosses côtes, serrée au genou. Chandail clair à col roulé. Visage ouvert, dessiné au trait. Dents bien rangées. Un physique plutôt de moniteur de ski... Comprenant que Marc depuis qu'il est là se pose des questions à son sujet :

— J'aurais pu être autrichien, c'est un fait. J'ai dû avoir des ancêtres qui l'ont été de temps à autre... Vous savez, nous sommes des milliers et plus dans mon cas... Sous Mussolini, mes parents ont dû me donner un autre prénom : Stefano. C'est ma mère qui a voulu, après la mort de mon frère, que je sois Klaus de nouveau. Nous aimerions, ma femme et moi, vous avoir ce soir à dîner.

— Demain plutôt.

— Alors demain, entendu.

Le regard de Marc reste fixé sur les reproductions qui tapissent les murs, couvrent toutes les surfaces. Les couleurs ne semblent pas avoir été poussées dans les rouges et les bleus, tentation à laquelle les photographes de tableaux de maîtres échappent rarement, ni les contrastes trop forcés. Il en fait la remarque.

— Pour nous, dit Lehmann, il y a une température pour chaque image, pour chaque peintre, je pourrais dire chaque œuvre. Un Memling ou un Klee ne dégagent pas la même... chaleur qu'un Titien. C'est cela qu'il faut trouver... avec nos éclairages d'ambiance, nos réflecteurs-diffuseurs... C'est une question de sensibilité personnelle... l'équivalent du toucher pour un pianiste... Il y a une citation, un mot de Diderot dans un de ses *Salons*... je crois qu'il s'applique assez bien à ça. Il dit... je ne pense pas me tromper... « Eclairez vos objets selon votre soleil qui n'est pas celui des autres. » ... Une belle phrase, n'est-ce pas ? Elle me vient à l'esprit quand j'essaie d'éclairer une toile... au fond ça correspond toujours à l'idée que j'en ai. Avec des toiles comme le *Paradiso* du *Palazzo Ducale* c'est un peu différent. Il s'agit d'une vision. Et à cause de la dimension c'est proprement l'infini. Je ne sais pas si vous serez satisfait. En fait, il vaudrait mieux... il serait plus facile de photographier des étoiles. Elles existent. On sait qu'elles existent. Mais le paradis ? Quel soleil peut l'éclairer ?...

Montrant un certain nombre de clichés qui se trouvent sur les tables : « Moi, j'ai une préférence pour les détails dans tous ces grands trucs... » Il désigne le personnage que Tintoret a représenté de dos, musculeux et réaliste à souhait, râble et mollet de titan, enfonçant sa pioche dans la terre du Golgotha de San Rocco. « L'idée de Janet serait de privilégier ce genre de détails en écartant de trop vastes morceaux. Ce sera à vous d'en décider. »

Il y a un choix en effet à opérer. C'est ce que Marc s'est dit en sortant du studio et en débouchant sur le Campo della Guerra. La plupart des boutiques ont baissé le rideau ou éteint. Il a la sensation d'avoir un masque glacé et humide sur le visage. Le travail est à peu près achevé. Sauf, à San Rocco, ce médaillon central qu'ils doivent aller photographier de nouveau demain matin. Encore une fois, quelle idée de l'avoir obligé à venir là !

Ces images ont continué de le poursuivre et de l'accompagner tandis que, se fiant à quelque instinct qui l'eût guidé dans une ville interdite — méconnaissable ce soir-là —, il s'efforçait de retrouver l'Albergo Colombani.

Lehmann, quand ils se sont quittés en se disant qu'ils se retrouveraient demain à San Rocco, lui a remis un choix de ces clichés dans une grande enveloppe afin qu'il puisse, a-t-il suggéré, les disposer autour de lui dans sa chambre et réchauffer un peu l'atmosphère de celle-ci.

Il a encore insisté pour que Marc ne reste pas seul ce premier soir et vienne dîner quelque part avec lui et Magda. Mais Marc a refusé, alléguant le trajet depuis Milan, son désir de profiter de ce qu'il est là pour relire le texte de la première à la dernière ligne.

La brume continue d'enfermer la lagune, les îles, la ville elle-même, noyant tout le réseau intérieur, bloquant les moindres échappées, effaçant les repères, sauf quelques jalons qui parviennent à émerger, le halo d'une ampoule, un fronton, un ex-voto éclairé, un piédestal ou la margelle d'un puits qu'il lui faut contourner.

Le sol humide assourdit ses pas sur les marches, les dalles, les briquetages en chevrons, feutrant une sourde résonance chaque fois qu'il franchit un pont sans apercevoir la surface mouvante, sans entendre sous l'arche le clapotement ni voir courir sur le bord l'onde inscrivant l'amplitude du sillage de quelque barge invisible lourdement chargée.

Il n'a jamais habité de ce côté du Grand Canal. Mais la réalité retrouvée est si estompée, le décor si inexistant, que sa meilleure chance de parvenir au but serait presque de fermer les yeux et de suivre en somnambule le tracé de quelques promenades qu'il a pu faire par là autrefois.

C'est une ville où il n'a jamais réussi à dormir. Du moins normalement. La première fois qu'il y est venu — entre Marthe et Bertrand le divorce venait d'être prononcé — il avait seize ans. Le grand choc, bien sûr. Mais aussi une ambiguïté : en lisière de ce mirage une menace d'anéantissement. Le sentiment de se trouver en porte à faux. Eblouissement et malaise. Et chaque fois qu'il y est revenu, les choses allant de mal en pis, il a retrouvé ce malaise aussi bien dans ces ombres que dans l'image solaire et pleine de mouvements qu'il avait tout le jour sous les yeux. Une inquiétude latente, une pression des événements extérieurs que les rires, les plaisanteries des amis de son père, les moments passés chez Giancarlo et Renata, les après-midi au Lido ne parvenaient pas à dissiper tout à fait. Combien de fois, errant la nuit dans ces *calli*, a-t-il perçu cette menace à travers les clameurs et les aboiements hystériques retransmis de Nuremberg ou de Munich et répercutés dans le silence de tout un quartier. Combien de fois s'est-il arrêté près d'une grille, au bord d'un jardin clos, pour écouter un communiqué fracassant, de fulgurantes déclarations, l'annonce d'une de ces rencontres de la dernière chance jalonnant une inéluctable progression. Berchtesgaden. Bad Godesberg. Conférences autour desquelles l'Europe tout entière cette nuit-là retenait son souffle.

En fait, pour lui, le passage était trop brutal entre le monde d'où il venait, où il vivait en général, et ce décor, ce qui se cachait derrière celui-ci, et soudain, à la moindre occasion, ces clameurs, ces faisceaux de licteurs, ces oriflammes, ces croix gammées...

Ce froid pénétrant, cette brume glacée pourraient marquer une coupure, l'impossibilité de reprendre pied dans ce passé-là. A-t-il jamais imaginé, lorsqu'il venait là avec Bertrand — devant ce prodigieux diorama qui semble n'avoir été inventé que pour démentir les drames du moment —, que l'hiver pouvait avoir ici cette emprise dans une coulée d'air froid venu des Alpes, de Dalmatie, des Balkans ? Il a plutôt souffert du sirocco d'été, d'une sorte d'étouffement humide, d'un manque de respiration, même dans ces chambres fastueuses que son père aurait cru déchoir en ne les réservant pas à l'avance et en ne les donnant pas pour cadre tant à ses propres souvenirs qu'aux dernières heures passées ensemble. Cette plongée dans un monde incolore, privé de relief et comme étouffé, renforce au contraire l'impression que lui ont laissée ces photographies placardées sur les murs et que l'assistant de Lehmann vient de faire défiler sous ses yeux. Prodigieux catalogue malgré la réduction à un format à peu près constant, sans rapport avec l'échelle réelle et la dimension des tableaux.

Un énorme jeu de tarots dont il a continué — en regagnant le Colombani — de scruter les figures, les symboles, les rapports et les signes.

Un passage du livre lui est revenu en mémoire qu'il s'est efforcé de reconstituer.

Ces visionnaires de la palette qui ont vu ce que personne n'avait pu imaginer... capables d'innover ce qu'aucun regard humain ne pouvait concevoir à leur époque... la réfraction de l'ultraviolet sur la glace... la lumière glacée des aurores boréales... ces fleuves de lave, échappés d'un volcan d'Hawaii, couvrant d'une résille incandescente les pentes et les plaines environnantes... comme on peut seulement les apercevoir d'un avion...

A peine était-il dans sa chambre que Klaus Lehmann l'a appelé.

— On est inquiet pour vous, *caro*. Avez-vous réussi à retrouver votre hôtel ?... Ma femme était persuadée que je vous ramènerais, elle a invité deux amis journalistes, du *Corriere* et de *la Stampa*... ils ont envie de vous voir, de parler du livre. Ma femme veut vous connaître. Voulez-vous que je vienne vous chercher ? Ce n'est pas tellement loin. Quelques minutes seulement. Terra San Vio... Pas question de vous laisser seul le premier soir... ni les autres.

Et soudain, passant au tutoiement, Klaus a continué, sur un ton chaleureux :

— Qu'est-ce que tu veux, mets-toi à la place des gens, de nous tous... Ghiberti était un ami de Sforza, de Nenni, de Togliatti... et c'est toi qui nous le rends, toi qui le ramènes en quelque sorte dans son propre pays, à Venise... tu es son porte-parole, son messager... je ne sais pas comment dire ça en français... Allons, je viens te chercher... dans cinq minutes, je suis là.

Marc a répété ce qu'il avait déjà dit, ajoutant qu'il s'était arrêté en rentrant « dans un bistrot qu'il a trouvé ouvert » et qu'il est déjà déshabillé. Puis, comme il sentait que Klaus était ennuyé, sans doute à cause des deux journalistes, il a fait cette mise au point :

— ... Je préférerais voir le moins de monde possible, en tout cas pas de journalistes... pas de temps pour des palabres, pour entrer dans des discussions... ça ne me semble pas le moment... trop de rancunes des deux côtés... Qu'est-ce que tu veux, j'en veux encore aux Italiens d'avoir été avec les Allemands... d'avoir mitraillé des réfugiés sur des routes... Je ne rêve pas, ça s'est bien passé. Et puis j'ai une raison personnelle de la boucler : mon père... tu es peut-être au courant... J'ai fait ce que j'ai pu... comme vous, pour m'opposer... mais ça ne me donne pas le droit de bomber le torse et de donner des interviews. De la décence !

— On se voit demain matin à San Rocco, s'est contenté de répondre Klaus. Et ensuite on déjeune ensemble. Une petite fête pour les photos, avec tous ceux qui y ont travaillé... ça tu ne peux refuser. Pas de journalistes... Ton éditeur de patron m'a envoyé un exemplaire dactylographié du Ghiberti. Je l'ai feuilleté. Je te montrerai un passage... sur la structure du temps et la matière picturale... notre problème à nous aussi, photographes. A demain !

— Pas de nouvelles de la dame Seymour ?

— Pas de nouvelles.

Marc retire les photographies de l'enveloppe. Le jeu s'ouvre en éventail sur le lit. Il s'allonge, s'accoude et, ainsi rehaussé sur l'oreiller, ouvre le manuscrit. Et comme chaque fois qu'il lit ce début, le mot qui achève la première phrase éveille en lui une autre image de catastrophe que le mot en question voudrait fixer.

C'est à Erika qu'il repense, quoique l'exemplaire qu'il a sous les yeux, tapé à neuf, ne porte aucune des légères corrections par lesquelles celle-ci s'efforçait de rattraper à la main ses quelques erreurs, les défectuosités de clavier. Matériellement, ledit manuscrit, maintenant relié, épousseté, s'est détaché d'elle, du drame qui la cernait.

Pourtant, c'est elle qu'il revoit. Une Erika emportée par le courant, et à laquelle il ne suffisait plus de tendre la main pour la ramener sur la berge et l'arracher à son destin.

S'il songe aux circonstances dans lesquelles ils se sont vus la première fois, il lui semble qu'elle était déjà sous ce signe. Malgré le côté cocasse de la rencontre. C'était en 1937. Il était venu rejoindre sa mère tournant avec *Orage, les Trois Sœurs* et *Intermezzo* en Belgique. Au casino d'Ostende où il l'a eue comme partenaire désignée dans un concours de danse. La règle du concours et l'obsession des organisateurs belges : former des couples, réunir des jeunes ne se connaissant pas. Il l'a trouvée bizarrement fagotée. Etrange avec ce bandeau, cette raie partageant les cheveux d'un blond incolore, cette natte faisant le tour de la tête. Trop grands, les yeux. Paupières un peu bombées. Il a pensé à la *Marie-Antoinette* de Pajou — moins la superbe — dont sa grand-mère avait une reproduction en sèvres sur sa commode. Une victime, celle-là aussi, que rien n'aurait pu sauver. C'est un fait, il a pensé à Marie-Antoinette. Un peu trop collée à lui, Erika lui disait qu'elle venait de Vienne et qu'elle ne croyait pas pouvoir y retourner.

Lui devait penser qu'en fait de cavalière il eût sans doute pu mieux tomber. Et elle, l'Autrichienne un peu boulotte, continuait à parler par-dessus son épaule. Sans doute pour cacher sa timidité. Alors qu'il n'était attentif qu'aux figures. « Pourquoi avez-vous quitté Vienne ? » a-t-il demandé. La plus stupide question qu'on pouvait poser cet été-là, à six mois de l'entrée des nazis. Stupéfiante, la réponse. Juive et fille de rabbin. Du grand rabbin de Vienne. Il a failli s'arrêter sur place, s'emmêler les pieds. Non du fait qu'elle s'avouait juive. Mais l'idée ne lui était jamais venue qu'il pût avoir dans les bras une fille de rabbin. Curieusement, au lieu de s'arrêter, il a été pris dans une sorte de vertige, entraînant sa partenaire sur un rythme endiablé comme s'il eût voulu la soustraire à ce maléfice : « Un peu moins vite, s'il vous plaît ! » Il n'avait garde de l'écouter. C'est eux qui ont remporté le prix. Une affreuse coupe dont ils n'ont voulu ni l'un ni l'autre et qu'ils ont laissée au vestiaire.

Il la revoit ensuite à Paris. A la bibliothèque de l'Institut d'Art. Toujours aussi étrange, toujours aussi retranchée. Ils se saluaient de loin. En général les autres filles la trouvaient soufflée. « Elle doit se nourrir de loukoums ! » Et pourquoi ces bas blancs ? Comme si la Sorbonne était un village du Voralberg ou des Alpes bavaroises. Les loukoums, les bas blancs, les chaussures sans talons épaississant la cheville, les bandeaux et la natte... un mélange d'exotisme et de folklore. Le tout dans un temps où les gens ne songeaient qu'à s'enclore dans leurs frontières et à se moquer des moindres différences de vêtements ou d'accents.

Un soir, il l'a revue au Conservatoire russe, à une soirée où il s'était laissé entraîner par Stavro. Elle était là elle aussi, portant une étrange robe avec des bandes brodées piquées de paillettes. Folklorique ou orientale, il ne savait au juste. Il ne l'a pas invitée mais ils ont échangé quelques mots. Elle semblait heureuse d'être là et de parler avec lui. Sans bien réfléchir il lui a demandé si elle avait des nouvelles « de chez elle ». Elle a fait non de la tête. Puis : « Mon père n'est plus à Vienne. » Il a compris qu'il avait été emmené quelque part et qu'elle ne savait où il était. Son sourire ne s'est pas effacé. Toujours ce visage un peu gras, cette légère exophtalmie encore soulignée par un trait bleu sur la paupière.

L'autre image, c'est à la fin de 41. Par un des groupes de résistants à travers lesquels commençaient à se nouer des contacts il a retrouvé sa trace. Irrémédiablement exposée, offerte à cette menace, ces dénonciations, était-elle très différente ?... Le même sourire. La même attente. Il y a donc eu ce travail qu'il est venu lui apporter. Sans doute était-elle sans illusions. Sans doute se mentait-elle à elle-même et lui mentait-elle en lui laissant croire que cela la sauvait et en montrant un tel enthousiasme. Il eût fallu tenter tout autre chose que de rester ainsi tapie au cœur du ghetto. N'avait-elle jamais eu des papiers en règle ? Pourquoi s'était-elle laissée prendre dans ce piège au lieu d'essayer de passer en zone sud ? Elle accueillait cet énorme travail moins comme un moyen de survivre matériellement que comme quelque chose pouvant soutenir son moral, éloigner l'angoisse. Et pourtant, c'est bien le bruit qu'elle faisait en tapant qui l'a signalée, qui a amené des voisins que ce bruit agaçait à la dénoncer.

La première fois qu'il avait réussi à parvenir jusqu'à elle — dans ce réduit où l'on n'accédait que par une sorte de trappe dissimulée au fond d'un placard, derrière une rangée de fripes — elle avait dit, et toujours avec ce sourire : « C'est drôle de vous voir là !... Ce ne sont pas les idées de votre père, je crois... »

Ainsi elle savait. Il a dit que son père était mort à Rome... le jour de l'entrée en guerre de l'Italie.

— Il ne devait pas nous aimer, a-t-elle fait.

— Je ne l'ai jamais entendu parler contre les Juifs.

— Aurait-il fait ce que vous faites ?

— Il est mort à présent.

— Mon père aussi doit être mort, a dit Erika.

La sonnerie coupe net. On l'appelle de Paris. Campra au bout du fil. Pas de questions sur la façon dont s'est effectué le voyage, ni sur le temps ni sur ses impressions. Mais tout de suite : « Alors, cher Marc, où en est-on ? »

Marc note le *cher Marc*. Il dit que le travail est pratiquement achevé, qu'on ne pouvait faire mieux, que Janet semble s'être bien entendue avec Lehmann et son équipe. Tout cela à ce point satisfaisant qu'il envisage de rentrer le surlendemain.

— Avez-vous relu le tout ?... Absolument indispensable pour vous dans la phase où en sont les choses. Profitez que vous êtes sur place, donc pouvant tout vérifier... D'autre part... j'en ai reparlé avec plusieurs personnes, Cassou notamment... c'est quelque chose qui transcende la critique habituelle sans la rejeter tout à fait... Les illustrations doivent s'insérer si étroitement dans le texte que, comme des lettrines, elles doivent en faire partie... Chaque toile, souvenez-vous de ça, est une rencontre bien précise, une étape dans la vie de Ghiberti. Gardez cela présent à l'esprit.

Imaginez que vous avez à illustrer le *Journal* de Delacroix... avec en plus un élément tragique qui est le fait de notre siècle et des événements que nous avons traversés... Que pense Janet Seymour par rapport à tout ça ?

— Je ne l'ai pas encore vue. Elle est montée faire du ski. Elle rentre après-demain, m'a-t-on dit. Son idée serait de privilégier les détails, les figures, plutôt que le tableau dans sa totalité, parfois décevant sur un cliché... à cause de l'énormité de la chose.

— Intéressant, coupe Campra, voyez ça avec elle. Mais je ne pense pas que deux jours soient suffisants pour vous. Janet Seymour m'a prévenu qu'elle doit se rendre je ne sais plus où : il est donc nécessaire de tout arrêter avant son départ. Que cela prenne le temps qu'il faudra mais ne revenez que quand tout sera au point.

Clair et suffisamment notifié de la part du tétrarque. Marc a reposé le combiné. Et cette fois rien n'a arrêté sa lecture. Il est allé d'un trait jusqu'au bout de ce texte d'ouverture où Ghiberti, dans une sorte de frontispice orné et assez traditionnel, après un exposé rhapsodique puissamment évocateur, a entremêlé les thèmes et l'imagerie sans beaucoup révéler de lui-même.

*Inscrite au livre des eaux, Venise commence par une
apocalypse. Et au début il n'y a rien que des étendues
paludéennes et le souvenir de ces décombres — Padoue,
Aquilée, Concordia, Attino — qu'a dû abandonner une
population pourchassée par l'ange de la destruction sous le
masque du roi des Huns.*

*Il n'y a rien, de Ravenne à Grado, que ces landes et ces lidi
où les premières voiles rousses courbent un aileron fabuleux.
Rien, tout juste assez de terre pour y porter les reliques d'un
saint.*

*Un monde qui recommence aux cités lacustres ou, plus loin
encore, quand l'Esprit planait sur les eaux. Une ville qui
émerge, dans une évaporation lente, de ces limons, de ces
déchets que la terre — la vraie — arrache d'elle-même par ses
fleuves, ses canaux, ses rigoles et ajoute à la vase du golfe.*

*Ainsi naît cette Vénétie seconde, bientôt assez forte pour
incendier l'escadre d'un fils de Charlemagne. Le peuple qui a
fui Attila, Odoacre, les Hérules, les Ostrogoths et les Francs
se souviendra au besoin de cette leçon de violence et de ruse. De
cette faveur qui l'inscrit en deçà des marées. Venise décapite
ses trois premiers doges après les avoir aveuglés. Chrétienne,
elle se livre au commerce des esclaves — et cessera-t-elle
jamais ? Vassale nominale de Constantinople, elle participe au
sac de celle-ci. L'enjeu de sa force, de sa future richesse, ce ne
sont pas terres mais eaux promises. Et il n'y aura pas pour elle
d'autre sauvegarde que cette puissance grandie sur des
affleurements. Dix siècles, elle fera le geste de lancer l'anneau*

dans la mer. Geste qui ne peut qu'ouvrir des routes et dessiner des rivages. D'où lui sont venues cette fièvre, cette obstination patricienne et mercantile sur quoi se fondent les destinées impériales ?

Parce que j'ai plus de lien avec les petits artisans de la ville qu'avec ce qui a permis à celle-ci d'asseoir sa puissance, j'ai toujours eu une préférence pour son premier patron, ce saint Théodore, recours d'une population de pêcheurs sortant à peine de leurs lagunes et ne rêvant pas encore d'affronter la haute mer. Si j'étais tourné vers ce genre de culte, nul doute que c'est à lui que j'adresserais mes demandes.

L'ère des armateurs nécessitait une plus haute tutelle. Déjà une légende la promettait à la cité, contant le songe de l'Evangéliste qui, naviguant au large d'Aquilée, avait reçu, pendant son sommeil dans la barque — voyez comme l'image s'organise picturalement —, visitation d'un ange lui désignant le fond du golfe comme lieu de sa sépulture. On sait la suite et que deux marchands vénitiens, Tribuno et Rustico, originaires de Malamocco et de Torcello, réalisèrent la promesse en ramenant d'Alexandrie d'Egypte les restes de saint Marc dans un couffin, après les avoir soustraits à la vigilance des Infidèles en les dissimulant sous des quartiers de porcs. Détails où le légendaire et le trivial s'équilibrent de la même façon que le réalisme et le merveilleux plus tard chez Jacopo Robusti.

En tout cas, ce fut pour Venise une seconde naissance. Tout son peuple accueillit la relique pour laquelle serait élevée la plus orientale des basiliques d'Occident, bientôt siège du patriarche latin. Saint Marc, enfin pacifié, est devenu avec son lion ailé l'égide des tumultes et des gloires dont l'imagerie qui nous occupe sera le reflet. Peut-être n'y a-t-il jamais eu, dans toute l'histoire du monde, alliance plus étroite entre une ville et un saint. Il y est partout en effigie, mosaïques, bijoux, monnaies, colonne de la Piazzetta — l'autre restant à Théodore —, sur les pavillons des escadres, sur tous les emblèmes de la République. Formule de tous les actes et de toutes les consécrations. Per Deum et Sanctum Marcum. Par sa basilique, il est demeuré au centre de cet énorme déploiement de rites empruntés à Byzance. Et le pacte a duré jusqu'au dernier souffle de la Sérénissime Dominante.

La fin aura été digne du miracle initial. Une fois de plus Venise aura su se mettre en images. Ce 12 mai 1797. Alors que, par un vote massif, les patriciens, réunis une dernière fois dans la salle du Grand Conseil devant le Paradis *de Tintoret, venaient de reconnaître la fin de l'oligarchie, le peuple, pressé autour du Palais Ducal, en apprenant la nouvelle, a eu ce sursaut de patriotisme :* « Evviva San Marco !... Evviva San Marco ! » *et, une dernière fois, le drapeau de l'Evangéliste a été hissé aux mâts de bronze devant la basilique. Réaction sans lendemain. Sur les emblèmes civiques, à la place du signe de saint Marc, on lirait pour un temps* Droits de l'Homme et du Citoyen, *ce qui ferait dire à un gondolier que le lion avait fini par tourner la page. Venise avait vécu sa dernière illusion : par le traité de Campo-formio le libérateur la livrait à l'Autriche.*

Mais elle allait devenir cette morte célèbre, profilée sur des souvenirs de batailles navales, de ballets nautiques, de politiques occultes et de délations. Offrant au regard des visiteurs les seules ruines vivantes qui soient au monde. La fête sous leurs yeux continuait dans un décor qui n'était peut-être que celui d'un palais déserté. On les verrait, guide en main, objectif braqué, envahir à toute heure du jour le quai de l'invitation au voyage, celui d'où Catherine Cornaro s'était embarquée pour Chypre. Tout semblait pousser la ville vers cette métamorphose qui allait faire d'elle la capitale de l'hôtellerie et de cette sorte d'esbroufe. Tout ce passé retenu par des reflets ne tendait-il qu'à donner des plaisirs à des touristes harcelés, des compensations à des imaginations sevrées, à prêter une survie fallacieuse à l'éphémère ?

L'art de Venise s'inscrit en faux contre cette exploitation. Il faut avoir vécu comme moi des années loin de cette ville où rien ne m'assure que je pourrai un jour revenir, pour l'en détacher et en ressentir la violence et l'énigme.

Là où les siècles n'ont pas ajouté une ondulation naturelle à tous ces dômes, à tous ces campaniles, mieux que dans tout lieu où le paysage pourrait être à ce point inexistant, il semble que sa fonction première ait toujours été de rappeler que rien n⁰ s'est fait ici que de main d'homme. A partir d'un néant absolu et d'un désastre initial dont l'image ne devait pas s'effacer.

Titien, c'est, à coup sûr, l'exaltation spirituelle de la matière, une vision de fastes et de sensualité qu'il n'importe nullement à celui qui en jouit de remettre en question. Peut-être avons-nous connu cela, nous aussi, au sein d'une société mensongère dont la pierre de touche était néanmoins la stabilité ?

Faut-il si peu d'années — cette différence d'âge qui a fait du Tintoretto, élève dans l'atelier de Titien, une sorte de mouton à cinq pattes, un révolté sous la férule d'un autre génie que le sien —, si peu d'années pour que se détruisent cet ordre inégalé, cette harmonie ? Si peu d'années pour que, dans une déchirure subite, le créateur découvre un monde où l'équilibre est rompu, qui vit de nouveau sous une menace de total anéantissement, un monde que la science en train de naître arrache aux litanies, à l'encens, aux certitudes.

Celui-là surprend, il est vrai, par une étrange démesure dans le procédé de composition et le rythme de création ; plus encore par l'audace et la nouveauté. Comme il nous semble proche par cette sorte de déséquilibre intérieur, ce refus de s'abriter derrière les illusions d'un quiétisme. Plutôt qu'une réponse béate, cette vision n'est à tout prendre qu'une problématique de l'infini.

Mais l'auteur du Jugement dernier n'est-il pas la contre-partie nécessaire aux évasions, aux enchantements ? On voit nettement ce qui manquerait à la peinture vénitienne s'il ne venait lui adjoindre ce sens dramatique, cette insatisfaction, ce bouleversement pathétique, cette prescience cosmique.

On dirait aujourd'hui qu'il a été un artiste révolutionnaire — mais un artiste à ce point créateur peut-il être autre chose ? — et intensément prémonitoire. Même lorsqu'il sert la politique de magnificence de l'Etat, se fait l'illustrateur d'une bigoterie élitiste, il répond à cette demande par une impressionnante série de chefs-d'œuvre difficilement asservis à ses maîtres, à ses censeurs, et encore moins subjugués par le cadre, voire le sujet.

Cette puissance, ce génie fougueux de l'espace, s'ils annoncent Tiepolo, Piranèse — autre démence, autre vision —, ne suffisent pas à eux seuls à dessiner tout le réseau de probabilités *intérieures de cette œuvre où l'insolite pour la première fois, repoussant les barrières de la stupeur ou du goût, pose de façon insolente l'énigme du Greco.*

Tintoret n'est pas venu de Crète — ce qui serait l'explication la plus facile —, pourtant Venise, comme Tolède, n'en est pas moins un labyrinthe. Un mirage guette le promeneur à chaque issue de ce dédale. Toute vision y bascule dans son reflet, toute voix s'y répercute. Rien n'y est fixe et assuré que le mouvement, durable que cette agitation des calli et des campi — pourquoi les habitants resteraient-ils enfermés quand la lumière est à l'extérieur ? —, réel que ces échanges perpétuels, ces passages de l'ombre à l'illumination qui guident aussi bien la composition d'un tableau de Tintoret qu'une promenade dans la cité.

C'est le départ de ces spirales, de ces enroulements, de ces gravitations, de ces chutes et de ces envolées, de toute cette palpitation d'ailes, de voiles, de nuages, de créatures exaltées venant harceler son imagination. Comme Greco fuyant la lumière de Rome pour travailler aux bougies, cet étrange médium a eu la révélation de la nuit et des ciels déchirés par la foudre. Mais cette constante captation des forces de l'invisible ne s'assortit chez lui d'aucun génie pythique. Bon époux et bon père, peu d'hommes ont eu une vie plus régulière et, apparemment, plus équilibrée. Plus Prospero que Caliban, sur son île magnétique, sans cesse retrouvant le cap de ses tempêtes, mais n'abandonnant jamais la barre, ne devenant jamais un somnambule au bord d'un toit, il a été de façon permanente un artiste appliqué et lucide, capable d'imposer sa vision, mais surtout sachant jusqu'à la fin rester le maître de son exil.

Ce texte d'ouverture, Marc a l'impression de le lire pour la première fois. Très composé, voire attendu, et dans lequel le cher Elio semble se livrer, ici et là, à une sorte de pastiche dans un registre un peu pompeux où les sonorités, toujours lumineuses, récusent toute dissonance.

Il a dû l'écrire dans les premières années de son installation à Paris — ce qui expliquerait le mot exil venant à la fin. Sans intention idéologique sous-jacente, sans fureur contre le régime récemment mis en place et ses méthodes, bastonnades, assignations à résidence et *confino,* bien qu'il eût tout cela certainement présent à l'esprit. Plutôt une pointe de nostalgie dans l'évocation du cadre pictural de la ville où il est né. Les regrets du professeur d'esthétique et d'histoire de l'art qui avait dû renoncer à sa chaire, à son enseignement, et aux travaux menés sur place.

S'il dit qu'il n'est pas certain de revoir Venise c'est un peu par attitude et pour indiquer sa situation à ce moment. En fait rien ne lui permettait de croire que cette privation d'un contact, pour lui essentiel, serait définitive. Les démocraties, l'Angleterre, la France semblaient beaucoup trop solides à l'époque pour que l'on pût penser que le fascisme allait durablement s'implanter, faire école en Europe.

Pour l'homme qui avait dû se priver — physiquement aussi — de toute cette beauté, le lien apparaît dans cette imagerie, quelque peu idéalisée et parfois rhétorique, qui néanmoins a le caractère irrécusable, absolu, et définitivement hors du temps, de ce qui ne peut qu'échapper aux

121

fluctuations de l'histoire. Sans doute les fascistes sont-ils au pouvoir, mais en quoi le regard que Ghiberti tourne vers Giorgione ou Carpaccio en est-il changé ?

Ce que Marc note dans ce texte, à la lumière de l'évolution des événements — passée la période où personne ne prenait au sérieux le dictateur —, c'est une sorte de sécurité, d'illusion presque naïve. Le mal n'a pas encore gagné. Il est encore localisable. Ghiberti ne pose le cadre historique — largement légendaire d'ailleurs — que dans la mesure où celui-ci favorise une sorte de transcendance plastique. Il *voit* Venise, comme Poussin a vu Rome : une structure idéale, une géométrie formelle qui ne cherche dans la réalité qu'une sorte de relance, de tremplin pour cet envol vers les sphères, ce monde vers lequel se tournent les premières lunettes, les premiers télescopes.

Marc continue d'avancer et de tourner les pages. Un changement se dessine. C'est presque un autre livre qu'il découvre. Ghiberti n'a plus recours aux amplifications mythiques du début. Sa réflexion emprunte une voie différente, comme si le regard qu'il porte vers *son* peintre, à mesure que la menace s'est développée en Europe, avait pris valeur de pressentiment et d'annonce.

Cela n'était pas apparu à Marc avec cette évidence quand il avait parcouru le manuscrit. Le ton est devenu plus personnel. Voire décapant. Ghiberti recourt parfois à une sorte d'humour que Max Jacob, mort comme lui à Drancy, n'eût certes pas écarté.

Un passage notamment que Marc ne se souvient pas d'avoir remarqué, alors que le titre aurait dû piquer sa curiosité : *Le Chien de la Cène, ou les Animaux miraculeux.*

Il arrive en effet que Ghiberti adopte ce ton ironique et détaché, pour souligner le caractère marginal d'une réflexion qui lui vient tout à coup et qu'il livre ainsi en hors-texte.

De quoi s'agit-il ? Et quels sont ces *Animaux miraculeux ?* Ghiberti signale dans plusieurs toiles la présence d'un chien. Au même titre que d'autres « objets familiers », chaises,

122

écuelles, chaudrons, ce chien trouve là sa place — par souci de réalisme dira le sens commun. Ainsi le voit-on, tapi sous le lit de saint Roch emprisonné. Mais de façon déjà plus évidente, au centre de la composition — et l'on pourra penser que Tintoret s'est demandé quoi mettre au centre de celle-ci, comment « couper » ce carrelage un peu vide — du *Lavement des pieds* du Prado. L'animal, étrangement paisible, pourrait n'être là que comme un élément mineur de cette mise en scène ou de ce qu'on peut tenir pour la décoration — tels les canards dans les roseaux de la *Suzanne au bain* de Vienne. Or, pas du tout, il est avec le *Christ* ce qu'on voit le plus sur la toile, et se trouve aussi éclairé que Lui. Mieux, alors que les apôtres, restés au second plan, bavardant entre eux autour de la table et visiblement distraits, regardent ailleurs, le chien est là en tant que spectateur privilégié. Ghiberti souligne le mot. Privilégié et en quelque sorte unique de la scène qui se passe sous ses yeux : Jésus lavant les pieds dans ce baquet de bois tellement déplacé dans cette architecture palatiale empruntée au théâtre de Vicence et qui conviendrait mieux à un opéra de Monteverdi.

On va le retrouver sous la table de la *Cène* de San Giorgio Maggiore. Et encore, de nouveau au centre des deux *Cène*, celles de San Stefano et de San Rocco. Non pas en tant qu'élément secondaire et réaliste, mais comme un élément essentiel axant la composition, induisant l'attention du spectateur, l'orientant vers le geste même de la consécration. De quoi s'étonner certes. Se scandaliser même. La franchise absolue de cette attention. L'absence de doute exprimée par elle. L'animal ne semble-t-il pas réclamer sa part au repas eucharistique ?

Tintoret n'a pas inventé ce chien, note Elio. On le trouve avant lui. Mais ce qui lui appartient, en revanche, c'est la « qualité » de cette attention chez un animal que la tradition judaïque a rejeté au nombre des créatures impures et n'a jamais eu de termes assez bas pour désigner. En voilà un au moins, note Ghiberti, qui lève le museau quand il voit passer son évêque !... « Je veux bien, continue-t-il, je sollicite l'image, mais qu'on pense à la *Création des animaux* qui se trouve à l'Accademia. Nulle part Tintoret ne s'est souvenu si directement de Michel-Ange dans le profil de l'Eternel. Mais le doigt créateur, l'érection de ce doigt vers Adam, suscite ici une compagnie de flamants, de hérons et de poissons volants à la crête des vagues. On peut s'interroger sur cette suite de privilèges, de participations animales. »

Les photographies sont restées étalées sur le lit comme des cartes après une partie achevée. Marc allume une cigarette, puis, les yeux au plafond, laisse sa pensée voyager. Etrange de capter ainsi ce message posthume si marqué par la personnalité de celui qui a écrit ces lignes qu'on se demande si celui-ci n'invente pas là une forme de dialogue où il serait en fait le seul à s'exprimer.

D'autre part, ce qui rend les choses encore plus surprenantes c'est à coup sûr de découvrir le texte en question dans la médiocrité d'une chambre où rien ne semble à la mesure d'une telle vision, d'un tel rutilement baroque.

La centaine de pages qu'il vient de lire le confirme dans son impression. Ce livre est vite devenu pour Ghiberti une sorte d'itinéraire, l'expression de toutes ses tensions, et parfois d'une souffrance qui ne trouvait que dans l'univers des formes son rachat. Rien de très chrétien à vrai dire. Les écrivains d'art sont presque nécessairement des agnostiques. L'apologétique le laisse de glace. Mais, tout autant, passé un certain cap, le fameux mythe local si bien entretenu par la tradition vénitienne. Celui-ci paraît l'avoir fasciné de moins en moins. En revanche, de plus en plus, ce vertige cosmique préfigurant les temps maudits dont il voyait d'année en année s'étendre la menace.

Marc referme le manuscrit, épuré désormais des stigmates de la première frappe et de tout ce qui pouvait évoquer pour lui Erika et sa vieille Remington dans son trou à rats.

Il va regarder à la fenêtre. Damier du patio, carrelage et gravier, éclairé de biais par la lanterne qui se trouve sous l'arcade. Nuit embuée qui ne livre rien de ce qu'elle enferme, étouffe, ou dissimule. Aucun mouvement. Aucun bruit.

L'écho d'une corne de brume sur la Giudecca, qui s'est prolongé un long moment pendant qu'il lisait, s'est tu.

Il est près de deux heures. Marc hésite à appeler de nouveau Bruxelles. Après la représentation, Guisa et ses camarades — il les connaît pour la plupart — ont dû aller dans cette brasserie proche du théâtre. Au Métropole, quand il a téléphoné vers minuit, aucune chambre, lui a-t-on répondu, n'était retenue à son nom. Peut-être Guisa partage-t-elle avec une autre fille une chambre inscrite au nom de celle-ci, autant pour limiter les frais que pour se garder mutuellement, selon leur expression, des intrus et de leurs œillets.

Pas un instant il ne pense qu'elle pourrait être là avec lui, dormir dans ce lit après avoir débattu d'un programme pour demain. Eglises, musées, promenade en gondole, shopping.

Guisa reste en dehors. Ce qu'il aime chez elle, c'est l'absence du passé qui a tant pesé sur les autres. Mussolini, Hitler ont-ils jamais existé? En tout cas, il ne semble pas qu'ils aient jamais traversé son univers ni celui d'aucun des siens.

Le privilège d'avoir huit ans de moins que lui explique-t-il le fait? A quelle source s'est-elle baignée pour avoir ignoré cet enfer?... pour tracer ainsi son chemin dans un monde sans cicatrices?... Il aimerait être auprès d'elle, savoir comment s'est passée la soirée. Il rêve d'une île, d'un spinnaker filant sous le vent... Mais Guisa est là-bas, à Bruxelles, et lui dans cette ville frappée d'interdit.

VIII

Quelqu'un a dû prévenir les gardiens. L'un d'eux a entrouvert la lourde porte de la Scuola, l'a fait entrer, puis, après lui avoir fait franchir le tourniquet, a aussitôt disparu, le laissant seul dans l'immense *sala terrena*.

Une lumière plombée dessine les fenêtres sans pénétrer les profondeurs de la chapelle basse, laissant le plafond dans la pénombre. Des toiles sur les parois, *l'Annonciation, la Fuite en Egypte*, seules émergent quelques figures. Plusieurs grandes échelles doubles restent ouvertes entre les colonnes de la travée centrale. L'équipe — il reconnaît les voix à l'étage supérieur — a dû les utiliser ces jours-ci pour assujettir leurs appareils à soufflet, disposer les réflecteurs, les spots à volet, grâce à cet équilibre de fortune, photographier en allant chercher le courant avec des câbles.

Toutes les toiles n'ont pas encore retrouvé leurs emplacements au-dessus de la banquette et de la boiserie. Dressées contre le mur, certaines attendent d'être accrochées. Ce qui a dû faciliter le travail, éviter de périlleuses gymnastiques, des subterfuges pour avoir le cadrage, l'angle voulus.

— *Signore, si vede niente oggi... se volete, sara meglio con questa torcia.*

L'homme disparaît de nouveau. Les mêmes éclats de voix venus d'en haut résonnent dans tout l'édifice. Marc fait le tour de la salle en promenant le faisceau sur les panneaux déjà remis en place. Cette lumière dure, ainsi braquée, et qui dénude la surface qu'elle atteint, provoque chez lui une bizarre déception. Un sentiment très différent de ce qu'il a éprouvé, au début de la matinée, en revoyant les Tintoret de l'Accademia. Un peu la même réaction que dans les quelques églises où il est entré — San Simione grande, San Trovaso, San Cassione... toutes de ce même côté du Canal — pour commencer le périple, reprendre contact avec les œuvres ainsi disséminées.

Cela tient-il au froid glacial, à ce jour sale pris dans les fenêtres du bas ? Au rayon artificiel dirigé par lui à travers cette demi-obscurité ?... Ce brusque dévoilement chasse, dirait-on, toute magie, tout rayonnement, tout mystère. Sous ce faisceau inquisiteur la toile semble se recroqueviller, se refermer sur elle-même. Sensation pénible, de perte, de frustration. Comme si celui qui regarde ainsi se sentait volé devant quelque chose qu'il attendait et ne retrouve qu'en partie.

Profitant néanmoins de cette possibilité-là, Marc s'approche d'un des panneaux non replacés et, éclairant la surface de près, l'examine comme bien peu ont eu l'occasion de le faire. Lui revient en mémoire le passage que Lehmann lui a signalé hier en lui téléphonant au Colombani — peut-être pour expliquer certaines reproductions peu satisfaisantes mais qui ne peuvent que révéler le mal en question. Comment réveiller dans une matière ainsi dégradée, se demande Ghiberti — s'est-il souvenu de Joyce ? —, « cette splendeur absente » dont notre esprit, dans son besoin d'admirer, s'efforce de retenir le mirage ?

Tandis qu'il poursuivait cet examen clinique, le passage en question se déroulait dans sa tête.

Le temps a boursouflé par endroits la surface — une lumière frisante suffirait à le révéler — induré ailleurs d'étranges callosités dont on ne sait si elles sont comme une maladie honteuse de la matière, correspondent à un décollement du support, ou répondent au contraire à une volonté de l'artiste de charger, de donner un aspect presque ligneux à la pâte...

On est parfois assailli par un doute devant ces opacités, ces passages à vide, ces surfaces comme mortes, qui changent l'ordre

*initial, la répartition des lumières et des ombres, composant sous
nos yeux un autre tableau que celui que l'artiste a voulu et a peint.
Partout ce glissement vers une vision différente, altérée, laisse
ses traces et ses stigmates. Le corps même de l'œuvre se couvre de
cicatrices. Ce travail du temps s'inscrit dans le réseau des
craquelures, mais de façon plus pernicieuse, plus dommageable,
dans le virage des couleurs. De façon plus précise, dans cette
dissonance d'une palette où l'accord semble remis en question
tantôt par la résistance plus grande d'un ton, tantôt par le progrès
d'un désastre qui se couvre des fausses apparences d'un effet
cherché ou d'un clair-obscur accentué par cet obscurcissement
progressif.*

Ghiberti a une curieuse façon de conclure et d'opérer un
rétablissement, sauvant à la fois la chose regardée et celui qui
la regarde :

*Ces œuvres qui comptent tellement pour nous ne nous bouleversent à ce point que parce que nous les savons soumises à ce
devenir, passibles de ce changement, et que la durée d'une seule
existence humaine suffit parfois à mesurer leur décroissance, un
progrès inverse qui, comme pour tout ce qui plonge ses racines
dans la vie, les mène nécessairement vers ce terme qui n'est pas
une mort différente de la nôtre.*

La voix de Luigi se répercute à ce moment sous les voûtes
du majestueux escalier amenant à l'étage supérieur. Apercevant Marc au fond de la salle basse, Luigi se précipite vers
lui : « On se demandait où vous étiez. Venez. Ils vous
attendent *al di sopra.* »

Extraordinaire contraste. Matériel de prise de vue, magasins de plaques, câbles, projecteurs dirigés vers le centre du
plafond de l'Albergo : un studio où l'on s'apprêterait à

129

tourner. Un des jeunes assistants brandit une caméra portative profitant en ce moment même de l'éclairage pour user de la pellicule.

Spectacle surprenant après cette pénombre. Eclat des ors, surabondance du décor baroque, exaltation des couleurs, et tous ces personnages dans ces vastes dioramas pris sous ces feux croisés et ces réflecteurs.

Un échafaudage roulant avec plate-forme est dressé sous l'ovale central. Même charpente mobile que celle qu'ils ont dû utiliser à côté, promener sous le plafond de la grande salle, pour chaque lunette, chaque élément, quelques détails inaperçus, et ensuite, station après station, devant les vastes compositions du pourtour.

Cette illumination de l'Albergo, ce camp du Drap d'Or en marge des ténèbres, faisant ressortir aussi bien le faste que le tragique de l'immense *Crucifixion,* ont quelque chose d'irréel, d'hallucinatoire. La toile occupe tout le mur du fond, ouvrant et emplissant un espace agité.

Une vision qui est à la fois celle du Golgotha et celle d'une sorte de foire à la Bruegel, a noté Ghiberti, *mais une foire sauvage, traversée par des hordes sanguinaires, la folie des ardents, une frénésie gestuelle frappant la plupart des participants, figeant les autres sur leurs montures, en dehors de l'orbe de la rédemption.*

Derrière lui, Marc reconnaît la blanche silhouette étirée du *Christ au prétoire.* Blancheur qui est déjà celle du suaire. Ladite figure éveillait chez Elio d'autres souvenirs : le profil des jeunes diacres de San Lazzaro...

Toute l'équipe est présente. Marc les regarde s'agiter, commencer à remballer le matériel. Voix de Klaus du haut de l'échafaudage : « Salut Marc ! Passé une bonne nuit ? » Accroupi, comme sur la plate-forme d'un téléphérique, Lehmann surveille le démontage du pied de l'appareil. « Coupez ! ordonne-t-il, plus besoin d'user du courant ! »

A ce moment on entend quelqu'un demander :

— Encore un moment, *caro.* C'est si rare de voir tout ça comme aujourd'hui... comme personne ne l'a jamais vu !

— Rallumez ! crie Lehmann.

Aperçue d'en bas, sa tête bouclée — « pur Aryen »... qui oserait à présent employer l'expression ? — s'inscrit dans l'ovale central. Pris dans cette couronne de créatures célestes — à fortes carrures elles aussi — Klaus a l'air de faire partie de cette *Glorification de saint Roch.* Lequel saint Roch, dans un extraordinaire raccourci, bras ouverts et penché en avant, éclairé de plein fouet par les projecteurs braqués sur lui, et avec cette cape Nosferatu qui s'envole sur ses épaules, fait penser à un trapéziste dans la coupole d'un cirque prêt à se jeter dans le vide. Mais on ne le verra pas plonger, faire le saut de l'ange. Les spots viennent de s'éteindre et, malgré quelques baladeuses que les garçons ont accrochées pour achever le démontage et tout rassembler, c'est de nouveau la demi-obscurité.

Redescendu, Klaus présente à Marc la personne qui a redemandé la lumière :

— *Professor* Ettore Ceroni, spécialiste lui aussi de Tintoretto.

Marc serre la main vers lui tendue.

— Et j'ajoute... si par hasard, à Paris, vous aviez une difficulté... besoin d'une précision pour le texte... une orthographe ou une date... le *professore* se fera un plaisir de vous aider. N'est-ce pas, *professore ?*

— Vous voulez dire un honneur... Ce sera pour moi un honneur de participer.

Petit, nerveux, le verbe rapide, voire crépitant. Un profil très local. Avec une touche artiste un peu à l'ancienne. Borsalino, loden rejeté sur l'épaule. L'œil pétillant de cette sorte d'esprit qui peut devenir acerbe. Sans le côté parodique du personnage, Marc a tout de suite pensé à Giancarlo. En beaucoup plus jeune évidemment.

Le *professore* l'observe avec la même curiosité, un demi-sourire. Marc perçoit une sorte d'étonnement.

— Comme vous êtes jeune ! finit par s'exclamer Ceroni. *Splendido ! Incredibile !...* Incroyable que toute cette histoire vous soit arrivée. A vous ! Pas à quelqu'un d'autre !

Marc sent un froid lui courir dans le dos. En lui quelque chose se cabre, se rétracte. Ce type va-t-il lui sortir que son père a été l'ami des fascistes de la vieille garde, a été lié avec

Costanzo, le père de Ciano, et l'a connu pendant la **Première** Guerre mondiale officier de marine sur l'Adriatique ?... Mais non, la voix de l'*onorevole professore* se brise dans une sorte de fausset ; la conversation part dans une autre direction.

— Ça ne m'étonne pas que le cher Elio... lui et moi, nous n'avons jamais cessé de correspondre, de nous voir dans des congrès, chez des amis... à Londres, à Genève, à Paris... il m'est arrivé d'aller l'écouter au Collège de France... non, ça ne m'étonne pas qu'il vous ait choisi, qu'il vous ait trouvé *molto simpatico,* qu'il vous ait fait confiance. Il a toujours aimé la jeunesse... les jeunes.

— Je me suis trouvé là, c'est tout, fait Marc, cherchant à minimiser une fois de plus.

— Trop modeste ! lance Ceroni. Vous êtes trop modeste.

Ce ton prouve nettement que l'histoire du manuscrit — son *invention,* comme celle du corps de saint Marc — est devenue une légende. Nécessaire à tous. Intouchable. Revendiquée ici même par cette toute jeune république des lettres qui ne saurait sous-estimer cet apport. Raison de plus pour Ceroni, qui s'est tenu du bon côté de la barricade pendant les derniers soubresauts du régime et les affreux règlements de comptes qui ont suivi, de ne pas se laisser prendre de court et réduire au silence. Il place le morceau qu'il avait envie de placer en venant. D'autant qu'il a bien failli rater Marc.

— Sachez que je suis heureux de vous voir, de vous saluer, de vous remercier au nom des amis d'Elio et en mon nom. Ici même, à San Rocco, dans cet édifice qui a dû bien des fois le hanter. Sans vous... oui, sans vous, cher ami... je sais, Klaus m'a dit... vous n'aimez pas qu'on en parle devant vous, vous n'aimez pas qu'on le rappelle. Tout de même, c'est un fait presque incroyable... et sachez-le... pour nous autres Italiens... résistants de l'intérieur... un fait d'une grande importance que ce livre paraisse à présent... expression d'une pensée qui s'est voulue libre depuis le début et qui a su se donner les moyens de l'être. Il est important que ce témoignage — même s'il n'a rien de politique, de militant, d'idéologique — soit publié alors que beaucoup parmi nous ont le sentiment... et vous voyez à quoi je pense, à quoi je fais allusion... ont le sentiment que les épreuves subies, les souffrances endurées dans ce pays, tous ces bombardements, ces déportations... le combat mené par nous aux côtés des Alliés, n'ont pas été pleinement reconnus. Même si Elio a écrit ce livre en français, celui-ci fait partie de notre patrimoine commun. Comme beaucoup qui ont dû s'exiler, chercher ailleurs un asile, Elio n'a jamais varié, il est toujours resté dans sa ligne d'opposition ouverte, il a toujours été un résistant. Il a maintenu le contact avec ceux qui ici s'efforçaient de préparer un autre avenir : il est resté notre frère. Le frère de tous ceux qui ont combattu le fascisme, qui sont morts les armes à la main et, avant l'insurrection, dans des camps de prisonniers ou de déportés en Allemagne. Le fait qu'il ait été arrêté, qu'il soit mort à Drancy... il aurait certainement fini à Dachau... souligne cette fraternité, l'honneur de ce combat... du combat commun. Mais hélas, pour le moment, nous n'en avons pas encore terminé avec tous ces malentendus, toutes ces rancunes, qui forment l'amer héritage de ces vingt années d'oppression et de mensonge.

Marc le laisse achever son discours. Il se souvient de la soirée avenue Ruisdael, de certaines vérités lancées par Malaparte, de la gifle reçue par celui-ci. Vérités plus grinçantes et qui évacuaient moins délibérément certains aspects de la question : l'énorme consensus de la bourgeoisie, le soutien massif aux visées expansionnistes, la portée à peu près nulle de ladite opposition, extérieure ou intérieure, sur le cours des événements eux-mêmes jusqu'à ce que, tout à la fin, les partisans organisent celle-ci.

Engager une discussion ne mènerait à rien. Marc n'est pas venu pour ça. Autour d'eux les autres continuent d'enrouler les câbles, de démonter l'échafaudage et peu à peu de faire place nette.

— Laissons cela, nous aurons sans doute l'occasion d'en reparler, dit Ceroni qui, changeant de ton, aborde un sujet qui ne risque guère de les séparer. Après tout, c'est de Tintoretto qu'il s'agit. Et où donc serait-il plus présent qu'à San Rocco ?... Bien entendu, je ne vous demande pas si vous connaissiez cet endroit...

— Je l'ai visité déjà, fait Marc, sans préciser.

— Et vous avez eu le choc. Ça vous a marqué. Et maintenant vous revenez avec votre Ghiberti sous le bras... J'imagine que vous le connaissez par cœur...

— Mettons que je mets à profit ce séjour pour le découvrir.

Un des assistants, venu vers eux, leur demande de s'écarter.

— Faisons quelques pas dans la grande salle. Ici nous les gênons pour démonter ce truc-là.

Ils passent dans la chapelle haute que Marc en montant, attiré par l'éclairage de la Sala dell' Albergo, n'a fait que traverser. Pas très claire, elle non plus, malgré les fenêtres à doubles cintres, et en sortant de ce studio improvisé après extinction des feux. Leurs pas résonnent sur le dallage tandis qu'ils progressent devant les grandes compositions du pourtour ou lèvent les yeux vers le plafond. Décidément la lumière ce jour-là est insuffisante. Ceroni va s'asseoir sur la banquette auprès d'une de ces lanternes dorées qui devaient éclairer les réunions de la confrérie. Marc vient l'y rejoindre.

— Evidemment, vous n'êtes pas très gâté aujourd'hui. Mais il faut se dire que certaines particularités d'exécution de ces toiles — aussi bien celles d'en bas que celles d'ici — découlent du fait que ce crépuscule intérieur rendait parfaitement inutiles de trop subtils raffinements. Penser aussi que, indépendamment de ce que le peintre pouvait avoir envie d'exprimer, c'est aussi de la peinture-décor, et qu'un décor se brosse à grands traits, par grandes surfaces.

Ceci dit, enchaîne l'illustre Ceroni, menton pointé en avant, œil pétillant derrière les verres cerclés d'écaille, le cheveu ondulé et argenté comme s'il sortait de sous le casque, ceci dit, ces peintres avaient une curieuse façon d'utiliser la lumière... *cosa mentale, deus ex machina,* selon les cas. Un peu comme Greco occultant ses fenêtres, refusant de sortir pour ne pas « déranger son univers intérieur », peignant à la

134

lumière des bougies. C'est à peu près l'idée que l'on a devant certaines toiles : les bougies ou les torches. Un éclairement plus facilement fabuleux où l'imagination n'a pas à se soucier de la vraisemblance. Le choc du miracle. L'éclat fuligineux de l'apparition. On dit que Tintoretto — et c'est probablement exact — modelait de petites figures de cire qu'il plaçait dans un théâtre en réduction où la composition existait déjà avec ses architectures, ses plans. Dirigeant à volonté des rayons lumineux il pouvait étudier non seulement l'éclairage du tableau mais la dynamique des figures. Vous me direz, en considérant ce qui se trouve sur ces murs, que cela ne l'a pas amené à simplifier et à clarifier le motif. Simplifier n'allait sans doute pas dans son sens. Sa vision de l'univers, ou de l'après-univers, c'est un peu un grouillement, un bouillon de culture. Excusez l'expression. Je doute qu'il ait pu faire tenir dans son petit théâtre une figuration aussi nombreuse et aussi bousculée que dans ce *Serpent d'Airain,* là en haut.

Marc, après être allé faire une seconde fois le tour de la salle, revient s'asseoir auprès de Ceroni qui, bien qu'il soit près d'une heure, ne semble guère pressé de rentrer chez lui.

— Il y a une phrase, chez Vasari, qui nous a toujours divertis, Elio et moi — il était mon aîné, mais très tôt nous nous sommes liés — ... Vasari, dans ses *Vies des plus excellents peintres, sculpteurs et architectes,* écrit qu'il y avait alors à Venise quelqu'un de connu sous le nom de Jacopo Tintoretto « lequel, dit-il, a cultivé tous les arts et en particulier la musique ». Flûte ou luth, Vasari veut bien que ledit Jacopo y ait excellé, mais pour le reste il lui réserve tantôt une sorte d'étonnement outré devant un style aussi sauvage et aberrant, tantôt des volées de bois vert pour une exécution qu'il trouve aussi lâchée. Pour lui les mérites du musicien, ou de l'amateur de musique, viennent en premier. Ainsi Tintoretto n'a droit qu'à un rapide survol dans un chapitre tout entier consacré à Battista Franco... lequel, lui, ne pensait certainement pas « à se moquer du monde »... Vous voyez, cher ami, que la petite guerre que se livrent les artistes ne date pas d'aujourd'hui... ni de Chirico et des surréalistes. Les peintres n'ont jamais manqué d'arguments et d'insinuations pour se démolir les uns les autres. Tintoret le premier. Rien d'un mouton. Vous savez comment il s'y est pris pour coiffer au poteau ses concurrents et se faire attribuer toute la suite des commandes de la Scuola. Précisément, au moyen de cette toile du *Saint Roch* sous laquelle Klaus nous a présentés à l'instant. Ecoutez un peu ça... et si c'est un peu inventé, ça n'en est pas moins révélateur. Les membres de la Confrérie venaient de mettre au concours cet ovale du plafond de l'Albergo... Entre nous quelle singulière conception de la peinture que d'aller demander à des peintres de remplir ainsi des vides !... Le décor primait tout... Donc, devançant tous les autres compétiteurs — et pas le fond du panier... Véronèse, Salviati, Schiavone —, lesquels n'avaient présenté que des esquisses, notre Robusti — à propos vous avez certainement remarqué la préférence d'Elio pour le patronyme, Robusti plutôt que Tintoretto, comme il eût dit Buonarroti au lieu de Michel-Ange — s'était fait refiler les dimensions exactes du médaillon. Il l'a exécuté à l'atelier, puis, ayant soudoyé je ne sais quels sacristains, ou des ouvriers travaillant sur le chantier de San Rocco, l'a fait mettre en place une nuit. Mieux il l'a offert gratuitement à la Confrérie. Que dites-vous de ça ? *Si non e vero...*

Déloyal ?... Plutôt déconcertant pour autant qu'on puisse cerner sa personnalité. Toutes les contradictions de l'humaine nature. Pas étonnant qu'Elio ait tracé une sorte d'itinéraire personnel à travers un tel tempérament. Poursuivant d'une part la commande... — elles seules, il est vrai, permettaient de nourrir l'atelier, d'avoir les bons emplacements, la certitude de la durée, de se lancer dans des machins démesurés... — mais en même temps généreux, désintéressé. Parfois avec calcul : le *Saint Roch* d'à côté. Parfois par idéalisme, passion de la *grandezza* et de l'éternité : le *Paradiso* du palais Ducal, pour lequel il a refusé toute rémunération. Parfois enfin, par simple dévotion et piété paroissiale : les travaux exécutés à la Madonna dell'Orto... Vous voyez, si l'on s'efforce de faire le point, un artiste assez indifférent aux splendeurs patriciennes, aux rites de l'Etat accompagnant celles-ci... On n'en trouve pas beaucoup de trace ici, dans toutes ces toiles et celles d'en bas qu'on peut considérer comme sa vision essentielle... *transcendante...*

136

c'est un mot qu'on emploie beaucoup en ce moment. Pour en revenir au personnage, figurez-vous qu'il avait droit au manteau des nobles : sa fille, Marietta, n'arrivait pas à le lui faire revêtir. Je n'imagine guère plus ce cher Elio avec toute une banane de décorations, anobli...

Klaus, apparu dans l'encadrement de l'entrée de l'Albergo, crie à Marc qu'ils en ont encore pour quelques minutes pour tout remballer et s'excuse de le faire attendre pour déjeuner. Il invite Ceroni à se joindre à eux, mais celui-ci d'un geste de la main indique que ce n'est pas possible.

— J'aurais bien voulu, mais ce sera pour une autre fois. C'est déjà une chance de vous avoir trouvé là. J'ai failli vous manquer. On m'avait bien dit que vous viendriez ce matin, mais comme vous tardiez j'ai cru que vous étiez retenu ailleurs. Après les avoir regardés un bon moment opérer je suis donc redescendu et, en bas, j'ai vu quelqu'un avec une torche électrique à la main. Comme la Scuola est fermée à cette heure et que vous étiez attendu, j'ai pensé que la personne qui examinait ainsi les panneaux ne pouvait être que vous, le sauveur du livre d'Elio.

« Je vous ai observé un moment pendant que vous vous livriez à cet examen, et j'essayais d'imaginer ce que pouvaient être vos réactions devant... disons : un certain manque de fini, la rapidité de l'exécution. Le grand reproche qui lui a été fait de son temps. Ce mot, assez incroyable mais amusant, comme tout ce qui vient sous la plume de Vasari quand il accroche Tintoret, notant qu'étant « allé plus loin que l'extravagance par la bizarrerie de ses inventions et l'étrangeté de ses fantaisies... il semble avoir voulu montrer que la peinture n'est pas un art sérieux ».

« Avouez, mon cher, que lorsqu'on est à l'intérieur de cette « Sixtine », comme nous le sommes en ce moment, le mot est assez stupéfiant. Jugement d'un artiste qui ne connaît que les règles devant celui qui les fait éclater. On croirait entendre le propos d'un admirateur de Meissonier devant une *Sainte-Victoire* de Cézanne. Et Vasari, imperturbable, d'ajouter... ah ! comme je l'aime cet irremplaçable, comme nous l'aimions, Elio et moi, pour avoir sorti pareille ânerie, pareil aveu : « Il est remarquable que malgré ses *extravagan-*

ces — il revient sur le mot autour duquel toute sa critique se polarise — ... ses extravagances les plus folles du monde, le Tintoretto ait toujours eu des travaux. »

« Merveilleuse folie des amateurs et des grands de ce monde qui ne passe pas par le conseil des Vasari et le jugement des critiques. Même procès chez l'Arétin : absence de contrôle dans l'exécution. Et Ruskin... qu'est-ce qu'il dit, lui, devant cette toile, là-bas, cette *Agonie au Jardin* : « Qu'elle semble avoir été peinte en une couple d'heures et avec un balai en guise de pinceau. »

« Tout cela parce que je vous ai surpris en train de promener une torche électrique sur certaines parties de ces toiles. Elles ne sont pas faites pour être éclairées ainsi... voyez le mal que s'est donné ce cher Lehmann pour filtrer ses lumières... pas faites pour être regardées de trop près... à la loupe comme des miniatures persanes ou certaines pages-tapis du *Livre de Kells*... mais à distance, et certaines avec cette pénombre qui les sert. Mais je vous retiens, je vous fais un cours... l'habitude professorale, excusez-moi.

— C'est un sujet passionnant. Je le découvre en lisant ce livre. J'y ai passé une partie de la nuit. Quelque chose m'a frappé... Ghiberti dit qu'il ne faut pas essayer de se glisser dans des sensibilités qui ne sont plus celles de notre temps. En particulier, il s'interroge sur ce que pouvait être pour quelqu'un comme Tintoret la notion de liberté, les droits de la personne, le respect de la vie... très relatif tout ça certainement. Il se demande ce qu'un esprit aussi volcanique, aussi libéral, un créateur à ce point hors cadre pouvait penser du carcan étatique de la République de Venise, de la surveillance des individus, de la délation, de l'exposition des condamnés sur la *piazzetta* pendant qu'il peignait le *Paradis*.

— C'est l'ambiguïté de toute création prise entre le pouvoir et un mouvement intérieur que rien ne semble avoir limité ou contraint. Elio a raison... je n'ai pas lu le passage... mais il est parfaitement exact que c'est là une des énigmes de ces sortes de génie dans des époques pareilles. Celui-ci, passionnément attaché à la République de Venise et en même temps à sa liberté de création, c'est-à-dire à l'homme, à l'humain. Ce qui, dans une oligarchie aussi policière, occulte, terrifiante dans ses méthodes, torture, délation perpétuelle, élimination physique, assignations... devait quand même exiger chez tous ceux qui côtoyaient ce pouvoir un sens assez développé du compromis et de la dissimulation. A moins que les artistes de cette trempe — parce qu'ils servaient le seul culte vraiment officiel de l'Etat — n'aient été les seuls à pouvoir respirer librement.

« Cela m'a toujours semblé une façon un peu rapide de voir les choses. Ce genre de palinodie n'est accessible qu'à certains esprits. Et nous-mêmes, pendant la période fasciste, en avons fait la cruelle expérience. Comment Robusti s'en est-il tiré, comment, en face de toutes ces formes d'oppression sous le masque de la croyance ou du pouvoir, a-t-il réussi à préserver dans l'exercice journalier de son art cette passion immodérée, presque sauvage, de la peinture ? Peut-être s'est-il composé lui aussi un masque ? Celui de son humilité, de ses apparences un peu rudes, de ce manque d'esprit courtisan qui lui a toujours fait préférer l'Etat à tel ou tel mécène. Un masque aussi de cette vie familiale...

« On s'est malgré tout demandé s'il ne se dégageait pas de tout ça une odeur de fagot, s'il n'avait pas été touché, de loin, par l'esprit de la Réforme. On s'est demandé s'il n'avait pas subi l'influence du groupe qui s'était formé autour de Loyola, lors du séjour de celui-ci à Venise entre 1536 et 1537. Il ne me semble pas que Ghiberti se soit jamais beaucoup interrogé là-dessus. La Réforme, entre nous, ça ne va pas très bien avec les nus de l'Anti-Collège, moins encore avec la *Suzanne au bain.* Quant à Loyola, l'esprit me semble différent. Je peux me tromper... En revanche, et nous en avons souvent discuté, Elio et moi, lors de nos rencontres, ce qui l'a toujours retenu et étonné c'est que Tintoretto, vivant dans une ville où tout était spectacle, célébration, ait eu ce sens du mystère et de la vision. Qu'il ait été le seul à situer celle-ci au-delà des imageries habituelles, de la superstition et des bigoteries locales, et ne lui ait donné d'autres mesures que l'infini.

« Je n'ai pas besoin de vous dire ma hâte d'avoir enfin ce livre entre les mains. Je suis sûr d'y retrouver le Ghiberti que j'ai connu, mais en plus cette part de lui-même que tout écrivain ne livre que dans ce qu'il écrit. Je suis sûr qu'il n'a pas commis l'erreur de faire de son Robusti un opposant. Ce qui n'aurait aucun sens. Je n'ai pas lu le passage auquel vous faisiez allusion à l'instant, mais Ghiberti avait bien trop le sens de la relativité historique pour attribuer à son personnage des réactions qui sont les nôtres. Il est possible que le peintre allant travailler au palais Ducal ait vu écarteler des malheureux. S'il a éprouvé un sentiment de révolte, il a exprimé celle-ci dans le langage qui était le sien et il est resté à sa place. Elio a toujours pensé que tout créateur de ce type doit se tenir au centre de sa création et qu'il n'y a pas pour lui, d'autres moyens d'opérer une révolution. Tintoretto, comme d'autres grands esprits, a senti que quelque chose basculait à son époque mais il n'a pas choisi d'autre rupture que son langage propre et cette vision-ci.

« Il y aurait encore beaucoup de choses à dire et nous n'en finirions pas... C'est une joie pour moi de vous avoir vu aujourd'hui et de pouvoir reparler d'Elio.

Klaus se dirige vers eux.

— Ils ont presque terminé. Partons, allons déjeuner. Tu dois avoir l'estomac dans les talons.

— Il fait drôlement froid ici, fait Marc. Comment les toiles peuvent-elles résister à ça ?

— Elles ont l'habitude, *caro,* elles ont l'habitude, répond Ceroni alors qu'ils descendent l'escalier. C'est quand on les expose dans des endroits chauffés, avec des appareils pour humidifier l'air, que le mal s'accélère chez celles qui sont atteintes. L'hôpital, je veux dire le musée, ne leur vaut rien.

Ils traversent la salle du bas et se retrouvent à l'extérieur.

— Un moment, fait Klaus, j'ai oublié quelque chose, il faut que je remonte.

Il disparaît dans la Scuola. Ceroni a rejeté le pan de son loden sur son épaule.

— Où étiez-vous au début de la guerre ? demande-t-il.

— Au-dessus de Nice. La Vésubie.

— Et en 40 ?

— Toujours au même endroit.

— Ainsi vous auriez pu tomber sous des balles tirées par des Italiens.

— C'est arrivé à quelques-uns dans mon secteur.

— Les Français nous en veulent. Ils ont raison et ils ont tort... Mais quelle chose étrange... entre nous, Français et Italiens... cette bataille de Nice. C'est presque la seule que vous ayez gagnée. Et nous, ç'a été le premier coup d'arrêt, le premier échec du régime. Singulier, vous ne trouvez pas ?

Marc ne répond pas. Il pense à ce qui s'est passé à Rome le jour où l'Italie est entrée en guerre. Ceroni lui serre la main et s'éloigne dans la direction des Frari.

IX

De sa place il aperçoit le sommet d'un pont en dos d'âne que franchissent des passants pressés et emmitouflés, un coin de façade vétuste, briques rongées par l'humidité, et, à l'angle de celle-ci, se détachant en grosses lettres noires sur ·un rectangle peint en blanc : *Fondamenta di onesta donna.*
Sur tout un côté les fenêtres de la trattoria donnent directement sur le rio tandis que l'entrée est sur la *calle* qui va du pont à un *sottoportego.* D'où il est assis on pourrait donc voir glisser sous l'arche quelque barge bâchée ou faisant office de benne, remplie de gravats ou de cette vase mêlée de détritus divers qu'on retire des canaux à longueur d'année.
Un des garçons de l'équipe a raconté tout à l'heure, alors qu'ils prenaient place, qu'un jour où l'*alta acqua* est arrivée brusquement, les gens qui mangeaient là ont dû se réfugier sur les tables en attendant qu'on leur apporte des bottes ou qu'on aille leur en acheter. Pas facile d'en trouver, les commerçants qui en ont en stock étant aussitôt dévalisés.
Lehmann avait dû faire avertir qu'ils seraient en retard. Il était près de trois heures quand ils sont arrivés, et encore, les uns derrière les autres ; la patronne ne les attendait plus et a dû rallumer les feux dans la cuisine qui communique directement avec l'arrière-salle, réchauffer le grand plateau de lasagne commandé pour eux.
Ils sont venus à huit, quatre de l'équipe elle-même, plus un parent de Lehmann — plus exactement de sa femme —, lequel achève ses études de médecine à Turin, enfin un journaliste de la *Stampa* que Klaus a dû chapitrer pour qu'il

fiche la paix à l'invité. « *Ragazzi !* a dit Klaus, c'est fini, on ne parle plus de boulot ! » Aucun n'y tenait à vrai dire. Le *Saint Roch* achève la série. Marc a commandé des fiasques de Valpolicella. « Ça va Marc ? » Signe affirmatif de celui-ci.

Dès qu'ils ont eu les pieds sous la table, tous en même temps — comme des gosses s'assourdissant sous un préau pour se prouver qu'ils existent — ont commencé à parler à la fois, à s'interpeller, à faire des gestes, à entremêler des rires, des cris, de rauques intonations, des phrases en dialecte. Pas besoin pour ça qu'on leur lâche la bride. Un peu surprenante malgré tout cette *allegria* pour quelqu'un arrivé de la veille, extrait d'un monde maussade, hargneux, obsédé de découvertes macabres et où, bien que les gens y croient de moins en moins, on continue à traîner les coupables devant les tribunaux.

Difficile d'imaginer que, pendant qu'ils font là ce tapage, se déroule à Mestre, dans une prison militaire, le procès Kesselring et que celui-ci y risque sa tête. Ramené d'un camp de généraux prisonniers en Autriche, et considéré, à tort ou à raison, comme responsable d'exécutions de civils et de partisans, de représailles diverses, de villages brûlés, enfin et surtout, à Rome, du massacre des Fosses ardéatines.

Ces images se sont-elles si vite effacées, ou bien la vie est-elle plus forte ?... Marc éprouve une sorte de mauvaise conscience à ne pouvoir participer, à se sentir un peu à l'écart. Comme si cette gaieté avait quelque chose d'irréel, comme ces rires qui traversent soudain les films d'épouvante.

La présence de Janet aurait mis du liant. Elle a préféré aller se brunir au-dessus des nuages avec la jeunesse dorée de ces stations, siroter des Campari, entre midi et deux heures, au belvédère du Pocol. Un panorama qu'il a vu autrefois avec le commandant Challange quand celui-ci l'a amené jusqu'à la tour-ossuaire où ont été déposés les restes de sept mille soldats de l'autre guerre.

Janet ne l'a pas attendu. Elle a préféré partir deux ou trois jours. Avec qui cette fois ? Il ne l'a pas demandé, n'a pas cherché à le savoir. Mais il est de fait que si elle était là à cette table, il se sentirait moins isolé et rirait sans doute à des plaisanteries dont il ferait l'effort de comprendre le sens.

Atmosphère insolite de cette matinée voilée pendant laquelle il s'est forcé de suivre l'itinéraire qu'il s'était tracé avant de quitter l'Albergo Colombani. Il a navigué un peu à l'estime, obligé de consulter son plan de temps à autre, parcourant ces nefs glacées où la bise de l'entrée soulève de lourdes tentures et fait vaciller des flammèches devant des retables obscurs. Le seul lien à travers cette vision hivernale, tandis qu'il allait d'un point à un autre, était constitué par certaines phrases lues pendant la nuit et qui lui revenaient en mémoire, maintenant une sorte de dialogue avec cet homme dont le hasard a voulu qu'il contribue à défendre la survie. Défense complexe, ainsi qu'il a pu s'en apercevoir tout à l'heure à San Rocco, en écoutant le plaidoyer de Ceroni.

Au moment où le repas s'achevait, une jeune femme est arrivée en coup de vent, saluée aussitôt par une acclamation vibrante. Elle a fait le tour de la table, disant un mot à chacun, se jetant dans les bras de son Turinois de cousin lequel s'était levé en la voyant. Refermant possessivement se doigts dans la crinière de Klaus, et inclinant vers elle la tê e de celui-ci, elle a effleuré ses lèvres, plongeant ensuite ses yeux dans les siens comme pour voir où il en était et quelle était son humeur. Puis continuant de faire ce tour de table elle s'est arrêtée ensuite pour dire à Marc, le regardant lui aussi bien en face :

— Vous, je vous ai déjà vu... à Paris... avenue Ruisdael... le mois dernier...

Il ne se souvenait pas de ce visage.

— Ne cherchez pas... vous ne m'avez pas remarquée... c'était dans l'escalier... je partais, vous arriviez avec Janet, et bien sûr, comme tous les hommes... demandez-leur à tous ici... vous n'aviez d'yeux que pour elle. C'est normal ça !... Moi, mon nom, c'est Magda, a-t-elle ajouté avec la même vivacité. Magda Lehmann ! Drôle de s'appeler Lehmann pour une Italienne ! Mais c'est comme ça. Je suis la femme de Klaus... vous l'avez deviné. On me prend parfois pour sa sœur. Mais non. Je suis sa femme. Je suis de Ferrare. Lui, à la fois de Linz et de Dobiacco. Et ça va comme ça entre nous ! Se balançant sur sa chaise, et toujours aussi moniteur de ski avec son chandail à col roulé, Klaus l'enveloppait d'un regard affectueux et amusé. Elle est allée s'asseoir à côté du cousin *turinese*, qui s'est poussé pour lui faire place. Marc qui avait en face de lui, séparé par ledit cousin, le couple Lehmann, s'est efforcé de saisir cette ressemblance. Soudain celle-ci lui est apparue de façon évidente. Même chevelure annelée à courtes boucles cendrées ; même front, même regard : tous deux auraient pu servir de modèles pour ces anges musiciens revus le matin même aux Frari, dans le triptyque de Bellini. Frère et sœur, oui, autant que mari et femme. Sans qu'on puisse dire lequel est la réplique et l'autre l'archétype.

Tout de suite, comme si elle était l'élément qui avait manqué depuis le début, il a eu l'impression que les choses se rétablissaient. Elle est entrée directement dans ces bruyants feux croisés, s'adressant aux uns et aux autres, leur répondant sans perdre le fil et en maintenant sans effort ce *tempo*.

Bien qu'il n'ait pas quitté des yeux ce manège, elle ne s'est adressée à lui qu'incidemment. Sans créer d'aparté. Pourtant, dès qu'elle est entrée, dès que son regard s'est arrêté sur lui, il a senti qu'entre eux le courant passait. Non de curiosité ou d'étonnement, mais de sympathie immédiate et irraisonnée. Quelque chose n'ayant rien à voir avec sa mission à Venise et l'obligation de superviser un travail déjà terminé.

Le repas est achevé. Klaus se lève et dit que lui et ses gars doivent repasser Campo della Guerra pour voir ce que donnent les clichés de la matinée. Il propose à Marc de venir avec eux. Celui-ci dit qu'il a déjà pas mal circulé et a son compte de tableaux pour aujourd'hui. Il doit d'ailleurs donner un coup de téléphone de l'hôtel. Peut-être arrivera-t-il à obtenir Bruxelles. Klaus lui rappelle de ne pas oublier qu'ils passent la soirée ensemble. Luigi viendra le prendre vers les huit heures au Colombani. Comme ça il n'aura pas à chercher.

— Il est un peu tôt pour ce coup de téléphone, je vais faire quelques pas jusqu'aux Zattere, dit Marc en prenant congé devant la trattoria.

— Je croyais que tu voulais te reposer...

— Ça me reposera, ça me remettra les idées en place... C'était un peu bas de plafond et surchauffé là-dedans.

— On t'a assourdi, *povero !...* Ils sont comme ça, tu sais. A ce soir, *caro.* Ne te perds pas.

Magda intervient :

— Je vous accompagne, lance-t-elle sans lui demander son avis.

Puis à Klaus : « A tout à l'heure, *tesoro.* A la maison ! *Ciao ragazzi !...* Ne venez pas trop tard. Et pas à cinquante. Marc n'aime pas les meetings. »

Sans attendre de les voir s'éloigner, et comme si elle connaissait celui-ci depuis toujours, comme si, enfants, ils avaient joué au Lido, s'étaient retrouvés par la suite chaque été devant l'Hôtel des Bains, elle lui prend le bras et l'entraîne. D'un geste qui peut signifier : « *Basta cosi, dobbiamo parlare !* »

X

Le brouillard était encore dense au début de l'après-midi. Reste en suspens une vapeur que fait bouger le courant d'air de la lagune. Celui-ci formant un halo roussâtre autour des fanaux, des feux de signalisation à proximité des ponts, autour des ampoules balisant le circuit troglodytique à l'intérieur des blocs.

Peu de fenêtres éclairées. Dédale où les passants ont l'air de tourner sans fin autour des mêmes maisons. Toutes, paraissant sortir du même moule, pareillement rongées et dégradées. Parfois, dans un long mur aveugle qu'ils sont en train de suivre, en se laissant dépasser par les plus pressés, une porte avec ses ferrures, son heurtoir brillant, des plaques de cuivre superposées. Parfois, entrevue, une courette, *cortile* dont une lanterne éclaire faiblement le carrelage à chevrons. Autre échappée, au fond d'un étroit jardin clos sur fond saumâtre, et bizarrement déformé par un vitrage en culs-de-lampe, un grand lustre chichement éclairé sous des poutres. Sombres intérieurs où ne se détache aucune silhouette.

En revanche, dans le réseau lui-même, ce mouvement incessant, chaque fois que, après un espace désert ou obscur, ils se retrouvent dans le courant. Itinéraire fléché. Double circulation inverse. Avec de continuels changements de cap. Gens pressés de rentrer. Hâte que rien n'explique. Non plus que ce besoin de se faufiler, de se dépasser, d'avoir la voie libre. *Permesso. Permesso.* Beaucoup ont les bras chargés de paquets sans que, pour autant, cela ralentisse leur allure. Boutiques avec un éclairage un peu blafard mais qui paraissent mieux approvisionnées qu'en ce moment même à Paris. Accostées le long du quai, quelques barges remplies de cageots. Dans l'une d'elles un éventaire de fruits vivement éclairé. Ils s'arrêtent un instant pour regarder le marchand tenant à bout de bras sa balance à crochet faire sa pesée. Marc se souvient d'avoir acheté autrefois à l'une de ces boutiques flottantes.

Mais s'agit-il bien du même décor ? S'est-il estompé à ce point ? Ou bien est-ce lui qui repousse tout ce qui a trait à ce passé ?...

Quand il arrive à Ghiberti d'évoquer ces *sestieri* c'est pour leur rattacher un tas de souvenirs. Enchantement rétrospectif de l'exilé. Ce sentiment de recul hors du temps. Révélation d'un rapport en quelque sorte sublimé alors qu'on n'a plus aucune chance de revoir le lieu en question. Ce qui était le cas d'Elio à la fin de sa vie.

Marc a beau ne pas être seul, apercevoir le profil de Magda Leymann dépassant de son capuchon fourré, cette présence ne suffit pas à créer un lien nouveau, à lui faire oublier les raisons qu'il pourrait avoir de ne pas être là.

Un calcul se forme en lui. Comment s'y soustraire ?... 1934, 1936, 1938... dates maintenant fatidiques qui sonnent comme un glas à cause de tout ce qu'elles évoquent. Ses séjours. Tout ce carnaval autour des deux dictateurs. Mais de plus... comment ne pas songer que si cette chronologie s'était maintenue la rencontre suivante aurait eu lieu en 40. Pendant l'été 1940. L'Italie est entrée en guerre. Bertrand s'est tué à Rome ce même jour. Sept ans de cela. Les deux autres ont mis plus de temps à sortir de scène. Bunker de Berlin. Massacre de Dongo.

Est-ce si proche ? Si lointain ? Tout à l'heure à table, au milieu de ces garçons, pas tellement plus jeunes que lui — il les trouvait plutôt sympathiques, il aurait voulu pouvoir se comporter comme eux —, il se sentait retranché. Que croyait-il trouver ?... Le mur des Lamentations ? Un peuple se couvrant la tête de cendres ?... Chacun ses réactions. N'empêche, il a eu beau se le répéter, il avait du mal à penser que moins de deux ans auparavant les corps des chefs fascistes étaient accrochés à un poste d'essence Piazza

150

Lorenzetto à Milan, que partout régnaient la vengeance et la peur.

Il n'est pas là pour ouvrir ce chapitre ni peser les responsabilités. Que le décor soit le même ou non, rien ne sera jamais plus semblable. Sentiment que semble accroître ce passage dans un autre climat. Quand il venait ici avec son père, à la fin du séjour, après les canicules romaines, pour couronner leurs retrouvailles biennales — plus le fossé idéologique se creusait, plus il y avait de problèmes qu'ils évitaient d'aborder, et plus ils se sentaient attachés l'un à l'autre —, aurait-il pu imaginer Venise sous les brumes, ce long piétinement dans la neige fondue, une humidité aussi pénétrante, cette buée des respirations ?... Plus encore, ce quelque chose d'enfoui, de sourd, d'étouffé... venant occulter l'autre vision. Solaire, celle-là. Reflets et lumière. Et cette joie inscrite dans le visible que rien, même pas les plus grands désastres, les pires humiliations, n'a jamais réussi à entamer.

Cette joie qu'il retrouvait là chaque fois en marge de toutes les obsessions extérieures, et qui apportait une sorte de démenti aux orages amoncelés. A part quelques échos lointains, reçus d'ailleurs avec un parfait scepticisme, rien ne semblait pouvoir parvenir jusque-là comme si le pont qui rattache cette étrange planète à la terre ferme n'avait jamais été construit.

Magda a lâché son bras. De son visage il n'aperçoit parfois que l'extrémité du nez dans l'ouverture du capuchon. Le genre de manteau-cape, très vague, très ample que Guisa, elle aussi, aime jeter sur ses épaules en sortant de scène ou du Studio Vacquer.

Sa pensée revient sur elle. « Pourquoi nous occupent-elles tant ces filles ? » Sa réponse, la réponse qu'il a toujours donnée : « Parce que nous ne pouvons pas nous en passer ! » La troupe fait relâche ce soir. Demain ils seront à Anvers. Retour à Paris en fin de semaine. Marc les aura certainement précédés. Il ira chercher Guisa à la gare du Nord.

Ils continuent d'avancer dans ces ruelles et de se laisser

dépasser, marchant tantôt de front, tantôt l'un derrière l'autre. Quand c'est Magda qui est devant, elle se retourne pour voir s'il est toujours dans la file. Ils franchissent un vaste *campo*. Il y a moins de monde.

— Enfant, dit Marc, Ghiberti a habité par ici. San Barnaba, le Carmine, les Zattere...

— Je croyais Canareggio...

— Il est né à Canareggio. Son oncle qui l'a recueilli après la mort de ses parents... et comme c'était facile, imaginez... son oncle était prote à San Lazzaro, dans l'atelier d'imprimerie que les moines arméniens...

— ... les mékitaristes... je suis allée les visiter plusieurs fois...

— ... ont installé sur leur île au temps de Napoléon pour contrer le décret supprimant à Venise les communautés religieuses. L'oncle Ghiberti n'était ni arménien ni pratiquant, plutôt anarchiste et athée... ça aussi c'est précisé dans le *Journal*... mais il avait vécu en Orient du temps de l'Empire turc et il avait pris le goût de ces liturgies orientales... Revenu à Venise, ça a dû lui paraître normal d'aller travailler chez ces moines... savants et ouverts. Mais pour cela il devait prendre le vaporetto chaque matin et ne rentrait qu'à la nuit. Que faire du gosse ? Que faire d'Elio ?... Quand il y avait des fêtes, de grands offices à San Lazzaro, il l'emmenait avec lui. L'enfant était admis au réfectoire, jouait dans l'île... au ballon avec les novices, les étudiants en théologie... ou bien allait regarder le jardinier planter des légumes sur les parcelles de terre regagnées sur la lagune.

— C'est fou ce qu'ils ont fait. J'y suis allée avec Klaus qui devait photographier des manuscrits du Ve siècle, grecs et égyptiens.

— C'est comme ça qu'ils ont connu l'enfant. Son intelligence a dû les frapper. Et comme il y avait ce problème pour l'oncle qui travaillait dans leur imprimerie... que faire du *ragazzino* pendant la journée ?... ils ont proposé de le prendre chez eux, à Venise même, dans le Collège arménien.

— Collegio Armenio, Fondamenta del Soccorso... nous venons de passer devant... l'ancien palais des Nobles. Voulez-vous que nous revenions sur nos pas pour le voir ?

152

— Une autre fois... C'est sans doute exceptionnel qu'ils prennent un gosse italien. Il y est resté deux ou trois ans... *del Soccorso,* dites-vous ?... Eh bien, en tout cas, ce secours, cette aide lui a été fichtrement utile pour le tirer d'affaire au départ, pour le sortir de l'ornière... Ces moines ont continué de s'intéresser à lui, compris qu'il était fait pour autre chose qu'une vie d'apprenti — même dans l'imprimerie —, autre chose que pour poser des briques ou pour quelque autre métier manuel ou artisanal. Il n'était pas d'un milieu où l'on pensait à faire faire des études aux enfants.

— *E di piu a un povero orfano !*

— Ils ont continué à le pousser, à le guider, à lui obtenir des bourses... Il ne le dit pas expressément, mais c'est plus que probable. Comment aurait-il pu s'en sortir et plus tard devenir professeur à Padoue ? Même s'ils n'ont pas fait de lui un dévot, je crois qu'il leur doit ça. Le génie c'est comme les truffes, il faut gratter, ça ne se voit pas en surface. Ceux-là devaient avoir un flair particulier.

— Il vous fascine assez, j'ai l'impression.

— Pas au début. Pas quand j'allais prendre les feuillets... Un prof au milieu de ses bouquins. Trop âgé pour que j'aie l'idée de discuter avec lui. A part ma grand-mère, je n'ai jamais aimé les vieux.

— Vous avez mal ? demande-t-elle.

Il ne s'étonne pas de la question, ni qu'elle ait remarqué, deviné plutôt. En général, personne ne s'en aperçoit. Ce léger raccourcissement de la foulée. Quand il a trop circulé. Ou bien par ce temps. Il ne faudrait pas être là. Le froid. L'humidité. La ville la plus piétonnière qui soit. L'écho de la voix de Bertrand arpentant celle-ci : « La connaissance qu'on en a dépend des pas qu'on y fait ! » Il lui arrivait d'ajouter : « Pas une ville pour les invalides, même s'il arrive aux anciens combattants du Carso, de Gorizia et de la Piave de s'y retrouver pour des banquets. Pas une ville pour éclopés ou pieds-bots !... »

— Juste un peu de gêne dans l'articulation, répond Marc,

ça revient si je marche trop, ça ne vaut pas la peine d'en parler.

Magda n'insiste pas. Par qui sait-elle qu'il a été blessé au pied ?... Mais ce n'est certainement pas pour lui poser des questions sur ses états de service dans la Résistance ou l'Armée de libération qu'elle a tenu à l'accompagner.

— Marc... il y a quelqu'un qui aimerait bien vous revoir.

— Me revoir ?

Elle dit le nom. Est-ce pour lui transmettre ce message qu'elle s'est accrochée tout à l'heure à son bras ?

— Ça vous ennuie que je vous en parle...

Ils viennent de déboucher sur les Zattere. Le vent qui balaie le quai dans toute sa longueur les frappe au visage. De l'autre côté du canal, la ligne basse des façades et des frontons de la Giudecca. Marc observe un instant cette sombre surface agitée.

— Elle vit toujours ?

— Toujours.

— Quel âge peut-elle avoir ?

— *Chi lo sa ?...* Soixante-dix... quatre-vingts, ou plus ?

— Elle les avait déjà en 34...

Il la revoit. Grande figure biblique. Prophétesse et sibylle pour le physique. Tenant comme un calame — et prête à fixer sur ses tablettes quelque poème saphique — un long cigarillo toujours allumé qu'elle portait rarement à ses lèvres. En fait le tenant à bout de doigts, écarté d'elle, comme si elle eût voulu en éloigner la tentation. Sorte d'affirmation virile. Négation de tout ce qui se passait autour d'elle. Bruit des conversations dans le studio de la calle Malibran. Musiques de Giancarlo.

— Et lui ? demande-t-il.

Il le revoit également. Accroché à ses cannes. Certaines célèbres. Puis installé devant son Erard, inventant des mots attribués à Satie, à la Morosini, à la Polignac, née Singer, à Corvo... le baron. Fustigeant de propos, ô combien périssables, les malheureux venus se faire égratigner par lui, coincés entre le mur et la queue de l'instrument. « Mon radeau de la Méduse », disait-il les désignant.

154

— Ils n'ont pas eu d'ennuis ? demande-t-il, se souvenant qu'ils étaient juifs convertis.

— Ils ont trouvé refuge dans un couvent. En Romagne, je crois.

— En ce moment ce sont plutôt les types comme Déat ou Pavelić qui y trouvent refuge, des filières pour gagner l'Amérique du Sud. Un ancien copain de bahut que j'ai retrouvé à Milan et avec qui je suis venu jusqu'à Mestre m'a raconté qu'une de ces filières part d'un couvent de Klagenfurt... Tous ces nazis, ces SS et ces tortionnaires croates sous la bure, ces miliciens français, ça ne vous fait pas rigoler ?

— Vous disiez du bien des moines, il n'y a qu'un instant.

— Ce ne sont pas les mêmes... pas ceux qui abritent les fascistes et leur donnent les moyens de filer et de se dérober à la justice.

— En tout cas, eux, Giancarlo et Renata, grâce à leur couvent, ont quand même réussi à passer entre les gouttes. Depuis, ils ont vendu tout ce qu'ils avaient ailleurs pour s'assurer des ressources et continuer à vivre dans leur fameux *studiolo, teatro Malibran.* Que ferait-on sans eux ? Où irait-on certains jours ?... C'est un très bon pianiste. Ravel venait chez lui. Je l'ai aperçu l'autre jour avec Rubinstein au Florian. Vous devriez aller les voir... parler avec Renata.

— Je ne crois pas que j'en aurai le temps.

Elle se contente, geste presque enfantin, d'enfoncer les mains dans ses poches et de ramener contre elle frileusement la pelisse intérieure du manteau. Le capuchon a glissé sur ses épaules délivrant l'étonnante chevelure annelée. Il pense cette fois à Dürer, à l'*Autoportrait.* A la froide lumière de l'hiver rhénan.

— Ça vous embête d'être là, *vero ?*

— En fait ça n'était pas nécessaire.

— Janet a téléphoné, elle rentre après-demain. Elle a demandé comment vous alliez.

— Je peux aussi bien repartir sans la voir. Elle n'avait qu'à être là. Elle me casse les pieds avec ses lubies. Ces Américaines sont folles.

155

— Elle craignait sans doute ce que vous alliez penser des photos.

— Des photos qu'a faites Klaus.

— Ils ont travaillé ensemble, ç'a été excellent pour tous les deux.

— Tant mieux. Mais les photos auraient pu être expédiées par la poste. Ou apportées par quelqu'un. Luigi ou un autre.

— Elle tenait à ce que vous veniez... elle s'ennuyait de vous... Vous êtes drôle, *caro*. Réfléchissez : vous êtes un moment de sa vie... le retour en France avec les GI ... la Libération de Paris... Elle a été votre Américaine. Vous avez été son Français.

— Un de ses Français !... Sa vie n'est faite que de moments, que de flashes.

— Il y en a de plus ou moins réussis. L'était-il ?

— On est restés en bons termes.

— C'est ça l'étonnant. Je la trouve extraordinaire.

— Elle l'est. Mais elle a aussi le génie de tout compliquer.

— Nous nous entendons très bien elle et moi.

— Vous êtes la première femme à qui j'entends dire cela.

— De toute façon elle n'est pas responsable...

— Si, d'avoir fourré dans la tête de Campra qu'il fallait que je vienne...

— Comme ça, vous saurez que nous avons aussi un hiver. Décidément, vous n'aimez plus cette ville, ce pays !

Ils ont dépassé la façade des Gesuiti et continuent dans la direction de la Douane. Aucune barque retenue aux piquets plantés le long du quai. Quelques lumières fixes ou dansantes sur les balises ; celles des réverbères ouvrent d'étranges perspectives aux frontières du néant. Tout paraît vide autour d'eux, aussi bien le quai lui-même que les *fondamenta* qui y accèdent ou ces esplanades désertes plantées de petits arbres maigres et dépouillés qu'ils aperçoivent en passant.

— Non, ce n'est pas cela. Seulement je n'ai pas envie de revoir des gens, de discuter... Si Renata vous a dit qu'elle voulait me voir, elle vous a mis sans doute au courant. Voyez-

156

vous, j'aurais préféré que les choses se tassent. L'affaire Ghiberti a tout ressorti, tout ravivé. Je croyais pourtant en avoir terminé avec ça, pouvoir moi aussi, comme disait Malaparte le mois dernier, tourner la page. Eh bien non, rien n'est terminé... Ce qui s'est passé ici, chez vous, a pesé sur ma vie, sur mon enfance, ma jeunesse.

— Et sur nous, Marc, vous ne croyez pas ?

— Mon père... allez savoir pourquoi... n'a jamais montré d'intérêt que pour ce qui se passait en Italie. Il a cessé de vivre en France. Il a laissé tomber son usine, son ménage. Je ne le voyais qu'en de rares occasions. Et après son divorce, que tous les deux ans. Ses seuls amis, il les a eus ici. Son grand homme... pas besoin d'insister. Je pense qu'il a largement profité des avantages que tout ça lui donnait. Dieu sait jusqu'où cela a pu aller !... Il faut être fou, ou complètement acheté, pour s'être collé un pareil bandeau sur les yeux. Croyez-le, j'aurais préféré ne pas réveiller tout ça. Pas le genre de choses qu'on oublie facilement. Même si on juge qu'agir ainsi c'est se comporter en salaud ou en opportuniste, c'est être lâche ou traître ; même si on se dit que le type en question n'a pas vu la vérité changer de camp, qu'il a attendu le dernier moment pour voir tout s'écrouler... pas facile pour moi d'oublier que cet homme a été mon père.

— C'est son histoire, Marc, pas la vôtre. Vous vous êtes modelé autrement. Vous vous êtes battu, vous avez fait votre devoir.

— Rien d'héroïque. Le héros, c'était lui. Une fois suffit. Moi je n'ai fait que prendre le contre-pied, tenté de retrouver une famille.

— Comme beaucoup d'entre nous, Marc !

— Et j'aurais peut-être réussi à m'illusionner sur le résultat sans ce qui me ramène ici. Essayez de vous représenter ça : moi fils d'un plus que sympathisant au régime de Mussolini convié à hisser au pinacle un résistant de la première heure au fascisme. Mon père, Ghiberti... je ne me sens pas à l'aise entre les deux.

— Vous leur en voulez ?

— Je leur en veux, c'est vrai. Et presque à parts égales. Leur existence déborde sur la mienne. Je voudrais être ici

157

pour la première fois et pour mon compte à moi, ne penser à rien d'autre qu'à me balader et à passer mon temps comme j'en ai envie.

Ils sont presque arrivés à la pointe de la Douane. Magda s'est adossée contre le mur des anciens entrepôts. Marc fait de même. Ils ont devant eux cette noire surface tourmentée, ces lumières à fleur d'eau, et là-bas, sur l'autre rive, le campanile et le sombre profil de San Giorgio Maggiore.

— Vous étiez très attaché à votre père ?

— Peut-être m'obligeait-il à devenir moi-même en creusant ainsi le fossé ?... Ces rencontres, tous les deux ans, à l'époque de Blum ou un peu avant Munich, vous ne pouvez imaginer ce que ça a pu être. Passer de ce qu'on lisait à Paris, de ce qu'on y entendait à la radio, à ce qu'on entendait, à ce qu'on lisait à Rome dans les journaux... incroyable vraiment. Il y a eu la guerre. Mussolini vous a foutus dans la merde. On s'est trouvés dans des camps opposés, puis dans le même... Je reviens ici, et pour moi seul c'est toujours le même partage, la même ambiguïté : mon père drapé dans ses illusions et Elio dans sa vérité, sa mort exemplaire.

— J'ai un ami toubib qui vous dirait que vous êtes en plein Freud : le père par le sang et le père sublime. Ils finiront par se rejoindre. Peut-être finirez-vous par vous apercevoir qu'ils ne font — en vous du moins — qu'un seul et même homme.

— Et vous, demande-t-il au bout d'un moment, quel genre de femme êtes-vous ?

— La femme de Klaus, rien de plus. La mère de deux *bambini*, Carlo et Sergio. Vous les verrez tout à l'heure. Ils s'attendent bien à vous voir avant de s'endormir. On vous a promis à eux.

— Où vous êtes-vous rencontrés tous les deux ?

— Refus du travail obligatoire, Klaus a rejoint des partisans dans le Frioul. Je m'y trouvais moi aussi... Plus tard, il a été interné en Autriche. Il s'est enfui. Montagnard et skieur, ça l'a sauvé. La Résistance... une famille avez-vous

dit... il y a du vrai et du faux... Enfin c'est du passé.
Maintenant, il faut que je rentre... Concetta doit se demander où je suis passée. Concetta, c'est la bonne. Je vous
raccompagne jusqu'au ponton des Zattere. Le Colombani est
à côté.

Ils reviennent sur leurs pas. Arrivés à l'arrêt du vaporetto,
ils regardent quelques personnes en sortir et, une fois sur le
quai, s'éloigner dans diverses directions.

— Tout à l'heure, Marc, le bruit que faisaient les garçons
vous a agacé. Ne jugez pas trop sur les apparences. Ici on rit,
on s'agite, on secoue les murs... façon de ne pas couler à pic,
de renouveler l'air autour de soi... Au fond, l'optimisme nous
est étranger. La conscience que nous avons de nous-mêmes
est souvent une sorte d'incertitude, de défiance... parfois
même d'angoisse. Il y a aussi des gens qui se suicident dans
ce pays. Le saviez-vous ?... A tout à l'heure, Marc. Luigi
viendra vous chercher.

Le quai est vide maintenant et toujours aussi immense
cette part de ténèbres pesant sur la langue de terre de l'autre
côté du canal, laquelle a l'air de dériver et de s'enfoncer
comme un train de chalands trop chargés.

Est-ce la dernière phrase de Magda ?... le mot suicide ?...
L'image se précise qu'il a passé la journée à éviter. Non pas
emportée sur ces eaux noires, mais bien réelle et soudain
restituée, présente, comme elle ne l'a plus été pour lui depuis
des années.

Quelle colère l'a pris à l'instant ? Suffit-il de juger un être
pour s'en croire détaché et pour que tout se reconstruise
autour de son absence, de la condamnation ainsi portée
contre lui ?

Il le revoit comme il le reverrait en ce moment s'ils étaient
arrivés hier ensemble et avaient remonté le Grand Canal dans
un motoscafo venu les attendre. Ayant tout juste abordé la
soixantaine. Le genre d'homme que rien n'a jamais tracassé
côté santé. L'éclat astucieux du regard pour souligner un
mot, une expression. Cette façon aussi de contourner les

159

questions, de piéger l'interlocuteur, de tirer les conclusions à son avantage.

Au fait, est-ce bien ce Bertrand-là qu'il a connu, vu à Venise pour la dernière fois ?... Ou bien l'a-t-il définitivement retranché derrière des reproches cuisants, de mortelles imputations, comme il vient de le faire devant Magda sans évacuer d'ailleurs le problème, les questions revenues en force ?... Qu'est-ce qui a pu l'amener à ce geste qui lui ressemble si peu ? Se sentait-il à ce point compromis, acculé à cause de soucis d'argent, submergé par une vague de dégoût ? Ou bien le geste correspond-il à quelque volonté stoïcienne de rester fidèle à soi-même, à ce à quoi on a cru toute sa vie, en choisissant une sortie que d'autres peuvent juger honteuse ?

Autre image que Marc n'arrive pas à chasser... ce pistolet que le commandant a toujours gardé dans sa panoplie d'ancien volontaire de Fiume, l'a-t-il appliqué contre sa tempe ?... sa poitrine ?... ou encore... image terrifiante comme un mystère d'alcôve... en introduisant le canon dans sa bouche ?

XI

Raffaele Colombani l'attendait à la réception. Après quelques déférences circonstantielles, Marc a appris qu'on l'avait changé de chambre, installé d'office à l'étage principal. Celle où il avait dormi la nuit précédente n'ayant pas paru digne de quelqu'un qui honore à ce point la cité et, a ajouté Colombani en s'inclinant modestement, son propre établissement.

L'explication est venue aussitôt : l'*onorevole signor sindaco di Venezia* — alerté sans doute par Ceroni ou quelque autre ayant l'oreille des édiles — a fait téléphoner que la commune prendra à sa charge les frais de séjour de l'*egregio signore professore francese* tant qu'il lui plaira de rester. De plus un motoscafo avec un matelot sera mis à sa disposition s'il en exprime le désir.

Autre surprise, dans la chambre cette fois — la seule de cette catégorie au Colombani, stucs, lambris, lit de parade qui semble fait de restes du *Bucentaure,* salle de bains 1900 où l'on s'attendrait presque à trouver les peigne-moustaches du *Jockey-Club* —, autre surprise, entre les deux fenêtres, sur une console baroque, une énorme corbeille de fleurs, un vrai char de *corso*. Buisson floral très Véronèse, très *Noces de Cana*. C'était bien lui qu'on entendait honorer. Pour rendre l'intention plus manifeste, le manuscrit, pieusement transporté d'une chambre à l'autre et placé bien en évidence, devant la gerbe, entre les deux candélabres, tel quelque Livre saint sur un autel des rogations. Tout un cérémonial auquel le vieux Colombani a dû veiller de près.

Sur un bristol biseauté tenu par deux petits drapeaux italiens et français piqués dans la mousse, il a pu lire :

A voi e a tutti quelli che hanno contribuito
a salvare l'eterna memoria del nostro grande
ELIO GHIBERTI

Marc s'est laissé tomber dans un fauteuil à haut dossier bizarrement chantourné et galbé comme on en voit dans les scènes de genre chez Longhi à l'époque de Bernis et de Rosalba. Moins de fatigue en fait que d'étonnement. Il a pensé que c'en était terminé de son incognito et que les invitations allaient pleuvoir. Celles qu'il est difficile de refuser. Un tas de sociétés culturelles, des groupes d'anciens résistants, Padoue et l'université où Ghiberti a enseigné... pourquoi pas la loge maçonnique, s'il en existe, ou le patriarcat ? Il s'est pris à souhaiter que la mauvaise humeur engendrée par le traité de paix limite les réactions officielles à l'échelon municipal. Le pire étant que Campra, mis au courant, lui dise de rester et de répondre favorablement à toutes ces invitations, le tout lui paraissant excellent pour la publicité et le lancement du bouquin.

Sonnerie du téléphone. Guisa à tout hasard l'appelait de Bruxelles. Pas du Métropole. Pas du théâtre. Du bureau de l'attaché culturel qui offre un cocktail en l'honneur de la troupe et sans doute de Poulenc.

Heureux d'entendre sa voix.

— Comment ça se passe ? Comment ça a marché ? Comment a été le public ? Et toi, ma chérie, comment es-tu ?

— Bien, a-t-elle répondu à tout. Ce qui, venant d'elle, peut signifier modérément.

« Et toi, mon Marc ?

Voyage interminable. Vingt-cinq à l'heure dans le train. Brouillard sur la route après Milan...

— Tu exagères...

Elle a paru peu convaincue par ce qu'il lui a dit du temps, comme s'il ne lui faisait ce tableau que pour qu'elle n'eût pas de regrets. Elle a porté peu d'attention à ce qu'il lui a dit de Magda et de Klaus.

— Tu vas passer la soirée chez eux ?... Est-ce que Janet y sera ? a-t-elle demandé.

Pas jalouse vraiment. Un peu agacée à l'idée que Janet et Marc pourraient avoir agencé tout cela, non pas pour renouer — qui pourrait l'imaginer ? — mais pour ressouder, ne fût-ce que deux ou trois jours, l'espèce de complicité un peu garçonnière qui leur donne envie de temps à autre de se retrouver.

— Elle a fichu le camp deux jours avant que j'arrive. Elle est allée skier...

Le prétexte du voyage tombait de lui-même. Cette histoire de photos doit lui paraître cousue de fil blanc. De même que cette histoire de manuscrit tapé par une copine de Marc du temps des chleuhs et retrouvé depuis...

— Tu vas la rejoindre ?

Pour elle ça ne semblait faire aucun doute : Janet continuait à mener son Marc par le bout du nez. Pourquoi s'obstinait-elle à vouloir le prendre ainsi en défaut ? Pas fut-fut, vraiment, à certains moments ! Pas inspirée, non. Valait-il la peine de bloquer un des réseaux prioritaires de l'ambassade pour ce genre d'embrouille ? Bruxelles ne valait rien ni aux biches ni aux sylphides. Il a failli le lui dire. Il lui a dit qu'il l'aimait.

Un grésillement a rendu la suite inaudible et, presque aussitôt, la communication a été coupée. Guisa n'a pas rappelé.

En général, quand ils se séparent ainsi — soit qu'il aille voir sa mère en Bretagne ou voyage pour la boîte —, s'ils parviennent à se joindre par téléphone, il doit lui dire ce qu'il a fait dans la journée, lui décrire les gens qu'il a vus, la chambre où il se trouve. Cette fois elle ne pensait qu'à Janet. Pourtant ce changement de chambre, de statut — quasi officiel à présent —, ces fleurs, ce lit tellement vaste et hyperbolique que l'idée d'y reposer seul a quelque chose de funèbre, tout cela l'aurait amusée. Quels rires aurait provoqués chez elle l'idée de Marc juché tout en haut de ce cénotaphe !

de regrets. Elle a porté peu d'attention à ce qu'il lui a dit de Mado et du filma.

Le buisson floral continue, semble-t-il, d'occuper tout l'espace. Pour un peu il demanderait qu'on l'enlève et le mette dans le couloir, ou en bas, dans l'entrée de l'hôtel, afin que d'autres en profitent et qu'il s'en trouve délivré. Mais ce serait un mauvais procédé. Il prend la corbeille dans ses bras et va la déposer sur le carrelage de la salle de bains. On pensera qu'il n'a pas voulu dormir avec toutes ces fleurs dans la chambre. Et personne ne sera choqué de son geste. La vérité c'est qu'il se sentait incapable de lire quelques pages du manuscrit, en attendant que Luigi vienne le chercher, avec ce massif sous les yeux.

Une chose le frappe en revenant dans la chambre. Ils ont réparti tout autour de celle-ci le jeu des photographies qu'il avait laissées éparpillées en haut en partant ce matin. Il les retrouve bien en évidence, ici et là sur les meubles, accompagnant la présentation, en quelque sorte liturgique, du manuscrit d'Elio sur la console.

Sans rendre le décor moins théâtral, ce panorama tintoresque apporte néanmoins, dans ce genre de suite réservée à des couples inaugurant leur vie de couple ou s'offrant quelques heures de liberté, une note à coup sûr inhabituelle, pour ne pas dire équivoque. On s'attendrait à des images plus lestes, pour accompagner ces ébats et ces lupercales, que ces scènes tirées des deux Testaments ou du martyrologe. Corps suppliciés ou bienheureux. Les uns et les autres, néanmoins, saisis dans une commune expression plastique qui est celle de la transe, du ravissement. Mysticisme quelque peu ambigu qui n'exclut pas la plénitude des formes — proche de celles des somptueuses fellatrices dont Titien, paraît-il, goûtait fort la spécialité — non plus qu'une sorte de délire, d'abandon, d'effusion panthéiste.

Curieusement, alors que ce cadre abusif — celui de la chambre — devrait noyer et éteindre lesdites images, ce sont elles qui, exposées de la sorte, l'emportent sur les festons rococo, la salade, et font oublier tout le reste.

L'ordonnateur de cette mise en scène a eu l'idée singulière de placer la reproduction du *Martyre de sainte Catherine* de

164

biais juste à côté du lit, de façon que la personne qui s'y trouvera couchée puisse la contempler à loisir, s en délecter, s'en repaître selon ce que l'image évoque et suscite en elle.

Intention qui pourrait paraître assez trouble si elle ne répondait à l'idée, très traditionnelle, qu'un Vénitien de souche — ce qui doit être le cas de Colombani — doit se faire de ces sortes de sujets dans la pleine acception du baroque.

En attendant que Luigi vienne le demander en bas, cela a donné à Marc l'idée de chercher dans le manuscrit ce que Ghiberti écrit de la toile revue ce matin à l'Accademia où elle est déposée pour le moment.

Sainte Catherine sur la roue

Le temps et l'histoire n'ont rien à voir ici : il s'agit d'une vision, greffée sur une mythologie de la violence et de l'horreur, où la sainte, délivrée par l'ange, ou bien brisant elle-même la roue qui la déchire, est, comme Andromède, soustraite aux griffes qu'on voit s'approcher de sa chair — ces énormes dents d'acier solidement fixées dans la jante. L'artiste n'a pas lésiné sur l'appareil.

Un désordre voulu — plus nécessaire que vraisemblable — mêlant essieux brisés et rayons. Et l'on a l'image de quelque char guerrier renversé dans la bataille. A moins qu'on n'y veuille voir les pales d'un moulin ou encore le ventre d'une horloge de beffroi. Tintoret ne s'est pas contenté de la roue unique que lui offrait la légende, il a inventé cette énorme machinerie — l'opéra était en train de naître —, laquelle, à partir des trois axes, des trois moyeux sur lesquels sont fixés les rayons, construit dans sa profondeur et son relèvement vertical toute la composition. Ce sont là ses rythmes, dirait-on aujourd'hui. Notons que ces divers éléments, ces instruments de la souffrance, restent néanmoins en retrait et que leur désordre appartient au chaos, à la nuit.

Ce qui tranche dans cette curieuse figuration, c'est la lumière bien sûr. L'ange tombant de son ciel et amorçant cette grande courbe lunaire d'où émerge la vierge d'Alexandrie. Troisième source lumineuse, la croupe du cavalier aveuglé par le miracle.

La sainte, cette fois-là, échappe donc à la mort. Ce qui n'est pas une bonne mise pour le martyre. On lui tranchera le col, comme aux reines, mais une autre fois et pour en finir. Et comme il faut bien qu'une future sainte gagne à ce prix sa palme, le ciel ce jour-là ne s'en mêlera pas.

Il s'en est mêlé au contraire dans l'instance qui nous intéresse et qui correspond au tableau. Triomphe de l'impossible. Défi porté aux lois naturelles. Nous avons là l'image de quelque chose qui ne peut exister, sinon dans une sorte d'éclair et d'hallucination. Est-ce bien cela ? Et la vision proposée est-elle réellement ineffable ?

Cette fois, semble-t-il, Robusti hésite quelque peu. La vision s'incarne dans une réalité à peine transcendante. D'où un certain déséquilibre. Ou mieux l'équilibre d'un art qui ne se prive pas de l'humain et qui puise largement aux deux sources.

La légende, sous son pinceau, égare un peu son élue dans ce corps aux épaules viriles, à la poitrine de jeune gladiateur, et qui ne retrouve sa féminité que dans la ligne accentuée de la cuisse. Est-ce là cette fiancée du Christ recevant en songe l'anneau du mariage mystique ? La vierge doctrinale qui amène l'impératrice Faustine à se convertir et répond victorieusement aux philosophes ? Est-ce là la patronne de la faculté de Théologie de Paris ? La sainte que les filles coiffent passé vingt-cinq ans ?...

Le miracle, tel que le décrit Tintoret — et sans doute concerne-t-il une femme —, ne saute pas le palier de la chair, mais au contraire s'affirme à travers elle. Ce corps, soustrait à la souffrance par quelque arbitraire céleste, c'est encore celui que le regard peut caresser. Entre le geste de l'ange et la brutalité des bourreaux — lesquels n'ont ici d'autre visage que le mécanisme compliqué de la roue — l'artiste ne peut ignorer qu'il existe une beauté qui est aussi de ce monde. J'avoue que cette figure, une des plus dévêtues de l'iconographie mystique — dans des transparences très suggestives —, m'a toujours fasciné.

L'injure faite au corps est aussi une injure faite à l'âme. Mais ici, de façon évidente, l'âme transfigure le corps souffrant. Et c'est l'optimisme du créateur qui ne peut renoncer à la beauté des formes, à la splendeur du visible qui nous vaut cette façon de renvoyer l'horreur dans les marges et de ne retenir que le ravissement d'un visage et la gloire d'une assomption.

L'idée que nous pouvons avoir de la réalité de la torture nous permet-elle d'adhérer à cette image en dehors de cette sacralisation de la chair devenue le symbole de l'esprit?

Nous savons, nous, qu'il existe des camps, des lieux indicibles où les corps sont déchirés, où les victimes sont si misérables, si épuisées, que le reflet du divin semble s'être effacé de la créature. Ce qui manquerait à celles-ci, si le peintre avait pu les avoir pour modèles, c'est précisément cette intangibilité. C'est sans doute cela qu'il a peint, écartant la victime de cette frontière de l'horreur.

XII

Il allait descendre, pensant que Luigi l'attendait sans doute à la réception. La voix de Janet au bout du fil. « C'est toi, Marc? Je viens de rentrer. C'est vrai que tu aimes les photos?... On a bien travaillé, dis? »

Elle l'appelait du Bauer-Grünwald, lui le premier. Criant un peu dans l'appareil. Sans expliquer pourquoi elle avait filé deux jours avant son arrivée. Elle était dans son bain. Le voyage de retour, neige fondue, routes en mauvais état, « avait été emmerdant au possible, terrifiant à cause du type qui était au volant. Ils sont fous ces Italiens! Il se croyait sans doute sur une piste! ». Janet se disait enchantée de son séjour. Dans les stations, elle avait rencontré un tas de gens fabuleux, richissimes. Tout le gratin de Milan et de Rome. Tout ce qu'on eût trouvé à Rome au cercle de la chasse du temps de Ciano. Les nantis de la veille, ceux qui avaient construit les autoroutes et les cités érigées sous le signe du licteur, plus tous les nouveaux, industriels, éditeurs, cinéastes. Tous s'entendant au mieux, fréquentant les mêmes endroits. « Quand on est invité, on ne sait jamais chez qui on est, quelles sont les opinions des gens qui vous reçoivent. C'est d'ailleurs sans importance. On ne croirait jamais qu'ils sont passés par où ils sont passés. Alors que nous, Américains, n'avons pas encore secoué le traumatisme de la guerre de Sécession!... Ils ont dépassé, eux!... Exactement ce que disait Curzio!... Pas tragiques comme vous êtes, vous les Français! A propos, tu connais ça... la peinture *métaphysi-*

169

que ?... lénifiant, non ?... hors du coup ?... Un truc, en tout cas, qui ne risque pas de les opposer les uns aux autres ! »

A part la frousse qu'elle a eue pendant la descente, il l'a sentie au mieux de sa forme, beaucoup mieux qu'elle ne l'était le fameux soir de l'avenue Ruisdael. Ayant retrouvé son rythme : enthousiasmes en chaîne coupés de dépressions momentanées. Et surtout cette façon de se jeter sur les gens, de greffer sur eux des légendes. Il ne lui a pas demandé combien de rouleaux de pellicule elle a usés pendant ces quatre jours. Elle a certainement fait le plein.

— Parlons des photos maintenant.

— Parfait. Ce qu'on peut faire de mieux. Mais pourquoi m'avoir fait venir dans ce bled pour le constater ?

— Venise n'est pas un bled.

— Merci de me le rappeler. J'aurais pu y croiser Hitler sur le Grand Canal...

— Tu aurais pu tout autant, un peu plus tard, le croiser sur les Champs-Elysées...

— Peu de chance, ma belle !... Le Paris qu'on lui a montré était vide. Et moi, en 40, je n'étais pas à Paris... Revenons aux photos, tout aurait pu se faire autrement...

— Je pensais que ça te ferait plaisir de t'aérer, de voyager.

— Pas de venir ici.

— Voyons, Marc, c'est quand même sympa, non ? d'être là, toi et moi, en copains... Dis-moi, ils ne t'embêtent pas trop ?... Ton histoire t'a rendu populaire. Toutes les questions qu'ils ont pu me poser à ton sujet !... Incroyable !... A croire que certains se demandent si tu n'étais pas le petit ami de Ghiberti, son fils naturel. Comment trouves-tu Klaus ?... Fantastique, non ?... Et Magda ?... Je l'adore.

— On se verra tout à l'heure chez eux. Un des jeunes doit m'y amener.

— Je suis morte vraiment. Tu ne voudrais pas te décommander, dire aux Lehmann que tu en as ta claque, que tu veux dormir ? Ils comprendraient, tu sais. Et tu viendrais grignoter ici quelque chose avec moi au lieu d'aller t'embêter chez eux. J'ai deux copains très amusants... ils sont là. L'un d'eux est prince, figure-toi. Je ne le croyais pas mais c'est

170

vrai. Prince et il fait des films. Tu te rends compte de ce qu'on trouve dans ce pays !

Mais il a écarté la proposition, disant que si elle ne venait pas chez les Lehmann, ils se verraient demain à l'atelier.

A ce moment une autre voix est venue se mêler à leur conversation. Ils étaient trois en ligne.

— Allô, *pronto, pronto...* c'est toi, Marc ?... Salut vieux. Tu ne me reconnais pas ?... Devine qui te parle... devine... Qu'est-ce que tu fous là ?

Janet s'est mis à donner de la voix également et ça devenait le chœur des *Perses.*

— Mais qu'est-ce qui se passe, Marc ? Quel est ce type ? Qu'est-ce qu'il veut ?... C'est incroyable de nous couper ainsi ! » Et s'adressant à l'inconnu : « Raccrochez ! Allez-vous-en. Vous voyez bien que vous n'avez rien à faire sur cette ligne ! Laissez-nous ! Vous voyez bien que vous nous empêchez de continuer ! »

Mais l'intrus ne semblait pas disposé à lâcher pied. Ignorant ces injonctions il a poursuivi sur sa lancée. Un rire. Son nom. Et le rire de nouveau. Un peu saccadé. Venu du fond de la glotte. Du bas du registre. Si nettement inscrit dans l'oreille de Marc qu'il effaçait d'un coup dix années, ou presque.

Janet, de plus en plus excédée, continuait de pousser des cris pour exiger la priorité sur la ligne. Elle a fini par s'en prendre à Marc.

— Vas-tu dire à ce crétin de se taire, de raccrocher ?

La voix encore : « Qu'est-ce qu'elle veut celle-là ?... Alors, Marc, on se voit quand ?... Qu'est-ce que tu fous ce soir ?... »

Le temps tout à coup en abîme. La voix semblait vibrer dans le vieux récepteur à cornet de la rue Cardinet. Mais c'était impossible. Radicalement impossible. Stavro est mort dans son pays, dans cette affreuse guerre civile qu'ils ont faite là-bas. C'est du moins ce qui lui a été dit à Paris quand il est remonté... Et cela paraissait plus que plausible. Dans la mesure où Stavro ne pouvait que s'être trouvé du mauvais côté de la barricade. Celui où les types comme lui se font tuer obligatoirement. La cigarette aux lèvres. Une brindille d'herbe entre les dents.

— On se revoit quand ?...

Quelqu'un, au standard de la réception, intervenant alors lui aussi, s'est excusé de ce *pasticcio* et en a profité pour avertir Marc qu'une personne l'attendait en bas. Marc a demandé à être remis en ligne avec le Bauer. L'intrus avait disparu. Mais Marc avait du mal à fixer son attention sur ce que Janet lui demandait à propos de Guisa. Elle s'en est aperçue.

— Qu'est-ce que c'était ce type qui voulait te parler ?... Il m'a presque traitée de folle...

— Quelqu'un qui se fait passer pour un gars que j'ai connu autrefois.

— C'est surprenant.

— Plus que surprenant. Il est mort. Il a été tué.

— Comment mort... s'il te parle !... S'il t'appelle ici !... s'il sait où tu es !

— On m'a dit qu'il était mort en Yougoslavie. Et c'est sûr. Ils ont eu plus de tués que nous en 14-18. Un million huit cent mille !...

— S'il te téléphone, c'est qu'il est toujours là, et bien vivant. Qu'est-ce qu'il pouvait être à ton avis ?

— Certainement pas pour Tito... Je préfère penser que c'est une blague... que ce n'est pas lui.

— Pourquoi ?... Ce doit être quelqu'un de passionnant. Quand on pense à la façon dont Churchill et sa clique les ont laissé tomber après les avoir poussés à se battre... et en nous racontant des histoires, à nous, Américains, pour nous empêcher de les aider. Des hommes magnifiques... Est-ce qu'il est beau ?

— Il l'a été.

— Moi j'aime bien les Yougos, a-t-elle dit avant de raccrocher.

XIII

Entre l'Albergo Colombani et la maison des Lehmann, Luigi n'a pas cessé de l'interroger sur la vie à Paris. Sartre. L'existentialisme. Est-il vrai que Céline — il a lu Céline, Luigi — va être extradé du Danemark, et s'il est extradé qu'est-ce qu'il lui arrivera ?

Terra Catechumeni, entre le rio Fornana et le rio della. Salute. Une maison pareille aux autres, au fond d'un *cortile*. Les Lehmann occupent plusieurs pièces au troisième. On y accède par un escalier aussi raide et vertigineux que s'il était fait d'échelles dressées presque verticalement entre les étages.

Alors qu'il grimpait les derniers échelons, Magda, qui l'attendait sur le palier, a lancé, comme s'il arrivait à l'improviste : « Marco !... *che sorpresa !... ma come e gentile di venire qui adesso !*

Et elle a éclaté de rire, jouant cette surprise, alors qu'ils s'étaient quittés deux heures auparavant. Cela fait partie d'un jeu entretenu depuis des siècles, du même jeu qui a accompagné son arrivée à la trattoria.

Klaus lui a tendu un verre et est reparti dans la cuisine. Pas d'autre invité que Luigi. Magda, assez aérienne dans une robe dont elle semble avoir inventé le drapé dans les cinq minutes avant son arrivée, s'excuse pour la promenade sur les Zattere :

— Vous ne vouliez faire que quelques pas... Je vous ai obligé à traîner dans ce froid... au risque d'un *raffredore...*, *povero !...* Mais nous avions à parler, n'est-ce pas ? Nous devions absolument faire connaissance. Les photos... bon, c'est quelque chose entre Klaus et vous. Boulot, comme vous dites. Moi, ça ne me concerne pas. Sauf que c'est son travail, et que ce travail fait bouillir la marmite... et que d'autre part il est important que les photos, vous les trouviez bien. A propos, est-ce que Janet vous a appelé?... Elle est là. Elle viendra, je pense. Mais plus tard.

Il éprouve un plaisir réel à voir Magda chez elle, à l'écouter. Comme si, par sa nature même, sa façon de prendre les choses, elle éloignait certaines ondes, certains échos plus ou moins maléfiques, dressait une sorte de barrière. Et cela d'autant mieux qu'elle est là dans son cadre, que celui-ci la sert et que la symétrie du couple semble encore plus soulignée. A elle cette chevelure voletante, légèrement crêpelée, d'ange bellinien. A lui cette souple et forte carrure d'archer rhénan perceur de dragons et de vierges, comme on peut en trouver aussi bien chez Dürer que chez Carpaccio. Etonnante Italie du Nord avec ce mélange de types, ne peut-il s'empêcher de penser en les regardant évoluer dans la pièce, en regardant les deux silhouettes se fondre, glisser l'une sur l'autre, s'écarter, se rejoindre, entre ces lumières multiples savamment réparties ou projetées sur quelques rares objets, dans une organisation de volumes à la limite de l'épure. On voit bien à quoi correspond ce dépouillement pour Klaus vivant tout le jour au milieu d'images : belles, intenses, énigmatiques, surabondantes. Une manière pour lui de se laver l'œil. Et chez Magda elle-même, pour qui la vie réelle, la vie de tous les jours, doit être une imagerie suffisante.

Après cette longue journée, il goûte enfin une détente. Il les trouve harmonieux, rassurants. Il trouve plaisant que, pour achever cette similitude, compléter cet assortiment, la vie leur ait donné des jumeaux.

Voyant qu'il s'intéresse à l'aménagement intérieur — assez « futuriste » :

— Vous aimez ici ? demande-t-elle.

Cela doit lui tenir à cœur, dans la mesure où, comme elle le dit, elle a mis là beaucoup d'elle-même.

— Au début, Klaus et moi, on n'avait presque rien. Le

marasme général, l'effondrement, tous ces règlements de comptes et une complète incertitude pour l'avenir. Il fallait bien se loger. Les réfugiés commençaient à repartir ; et pas seulement des écrivains, des artistes, des cinéastes... de vrais réfugiés... On a trouvé cet étage... dans quel état ! C'est moi qui ai tout combiné, dessiné, arrangé... J'avais fait l'école des Beaux-Arts... l'architecture... C'est ma passion. J'aurais aimé continuer. Faire peut-être de la décoration. Bien que Klaus ne soit pas de cet avis. *La casa e i bambini.* C'est comme ça qu'il nous voit, nous autres pauvres femmes ! Pire qu'un Napolitain !... Venez, je vais vous montrer en haut le pigeonnier, le belvédère.

Une grande cage vitrée, voilée à l'intérieur d'épais rideaux pour ne pas servir de point de mire aux voisins. Le jour on doit y apercevoir les îles de la lagune. On y accède par un escalier en spirale perçant le plafond d'une des chambres. Des plantes, des sièges en osier et en bambou, de gros coussins de toile écrue. Le tout plus improvisé que le bas, mais confortable néanmoins.

— Sauf pendant les chaleurs, dit Magda. Invivable quand souffle le sirocco d'été. Même la nuit. En plus, un ouragan pourrait tout emporter. Mais, ajoute-t-elle en riant, l'essentiel c'est que le ménage, lui, soit solide, n'est-ce pas ?

Il l'est, selon toutes les apparences.

— Vous savez, c'est surtout commode pour ne pas réveiller *i gemelli* quand des amis viennent et restent un peu tard. Venez les voir. Redescendons. Ils dorment... Quand on vous a raconté qu'ils vous attendaient, qu'on vous avait promis à eux, c'était une façon de dire. *Poveri.* Ils sont nés le jour où les derniers Allemands ont franchi le Brenner.

Ils dormaient en effet, à l'étage au-dessous, couchés dans la même nacelle. A table, la conversation est revenue sur eux.

— C'est notre grande réussite, à Klaus et à moi. *Veramente una beffa, un' scherzo del destino.* Raconte, Klaus, ça amusera Marc.

— Non toi. De toute façon, c'est toi qui as eu tout le mal de les faire. Et pas un, deux à la suite.

— Bien, fait Magda. Commençons par le commencement. J'avais dix-sept ans quand l'autre... le qui vous savez nous a fourrés dans cette guerre. On a du mal à croire que ç'ait pu se passer, que cette idée-là... de nous mettre du côté des Allemands... ait pu germer dans une tête... Mais ç'a tout de même eu lieu, et en fait personne n'a levé le petit doigt contre... Sauf des hommes comme Ghiberti ou d'autres que l'exil mettait à l'écart. Malheureusement ce que ceux-là pouvaient penser ou dire ne risquait pas de faire vaciller le régime. Je crois même que Mussolini avait une certaine sympathie pour ces sortes de fanatiques... ça lui rappelait sa jeunesse. J'avais un frère, pauvre garçon, il a été tué à Benghazi. Un autre, en 43, a été envoyé en Allemagne ; d'abord division *Monte Rosa* à Münsingen, puis *Littorio*, près d'Heidelberg, puis *San Marco*, à Grafenwöhr, enfin *Italia*, près de Paderborn. Je n'ai jamais pu comprendre pourquoi il s'était promené entre les quatre.

— Mais pourquoi ces divisions italiennes en Allemagne ? demande Marc. C'est Klaus qui répond :

— Hitler se défiait des troupes d'élite italiennes : à son avis elles étaient travaillées soit par les communistes, donc prêtes à passer du côté de Tito, soit dans la main des monarchistes, donc prêtes à se ranger du côté de Badoglio. Impossible de savoir s'ils étaient retenus comme otages, prisonniers ou quoi... Il y avait pire, les ouvriers envoyés de force là-bas, les camps de déportés... On a un peu oublié... Nous étions occupés et pas mieux traités que vous autres.

— Moi, pendant toutes ces années, poursuit Magda, pendant toutes ces années où les gens ne pensaient qu'à survivre, à trouver de quoi bouffer, à échapper aux bombardements, j'avais comme gamine une bizarre obsession : celle de périr d'une façon ou d'une autre sans avoir eu d'enfant. Ça peut paraître idiot, mais c'était la seule chose qui m'importait. J'avais quitté Ferrare. Je suis remontée vers le Nord, Udine, le Frioul... je me suis retrouvée dans un groupe... J'abrège... j'ai rencontré Klaus. Lui aussi dans un groupe de *partigiani*. Il fallait le voir. Le collier de barbe... Un vrai héros de Schiller. Il faisait la navette, assurait des liaisons... Allez comprendre, c'était un régime pas du tout démocratique, mais qui laissait partout s'infiltrer les opposants... incapable de s'assurer de l'arrière-pays, de voir un peu ce qui se passait dans les vallées... Donc j'ai rencontré Klaus : une occasion à ne pas manquer !... J'ai triché sur mon âge. Un copain, partisan lui aussi, nous a mariés. Je me suis toujours demandé par la suite si le curé en question, plutôt chaud lapin et trousseur de filles, n'était pas un peu défroqué et si notre mariage, pour ce qui est du sacrement, a jamais été valable. Le sacrement, de toute façon, nous nous l'étions donné sans attendre. J'étais pressée, comme je vous ai dit. Et d'autre part, à l'époque, attendre ça pouvait signifier être mort le lendemain. Mais voilà la vie nous a joué ce tour : des jumeaux. Deux garçons !... Et cela, comme si ce qu'on dit être notre ressemblance — une fois elle a sauvé Klaus... « *Bitte papieren !* » J'ai montré mes papiers, disant qu'il avait perdu les siens, qu'il était mon frère, que nous étions de Ferrare où notre père était un des chefs du *Fascio* — ... oui, comme si notre ressemblance se devait d'effacer, à la génération suivante, notre seule disparité, à savoir la différence des sexes. En eux — *i gemelli* — nous risquons de nous retrouver identiques.

Elle rit. Klaus rit aussi.

— Ç'a été ça, pour moi, la Libération : une césarienne et des jumeaux. Une chose, entre parenthèses... la césarienne... que les femmes du temps de ma mère auraient évité de mentionner. Surtout à table. Et devant le mari, qui seul est supposé connaître le secret du tabernacle. Vous savez, Marc, chez nous, dans nos pays, le vieux fond ne va pas dans le sens de ces libertés. Même de langage. Un tas de superstitions, de magies autour de ce qui concerne le sexe de l'homme ou le ventre de la femme. Ne jamais parler d'impuissance ou de stérilité... ça porte malheur. Et pour ce qui est des jumeaux, c'est encore plus net : on n'est jamais sûr qu'ils passent par la bonne porte. Et dans leur cas, ça s'est produit ainsi en effet, la superstition s'est trouvée confirmée : il a fallu leur ouvrir un chemin.

« Vous pensez bien que, grosse comme je l'étais, entre tous ces groupes qui se regardaient en chiens de faïence, et souvent furieusement opposés, j'ai dû chercher un coin plus calme. Venise. Ce n'était pas la joie pour moi d'être sans nouvelles de Klaus, resté lui sur les hauteurs. Le pire c'était qu'avec son physique, et tous ces déserteurs qui cherchaient à se fondre dans le paysage, il risquait soit d'être fusillé par les Allemands, soit d'être abattu, en tant que suspect, par un commando communiste voué à ce moment-là à Tito ; ceux-là, le voyant déboucher d'un buisson, auraient pu le tirer à vue sans y regarder à deux fois.

« Les choses se sont passées autrement. Il circulait pas mal. Voulant voir son frère qui se trouvait avec des communistes au-dessus de Côme — son frère, apprenti chez Fiat, avait quitté Milan pour échapper lui aussi au travail obligatoire —, Klaus s'était fait piquer et expédier de l'autre côté de la frontière, à Klagenfurt. Dans le camp dont il s'est échappé un peu plus tard. Ce temps qu'il a passé là, pas très heureux, vous l'imaginez, c'est probablement ce qui l'a sauvé.

« J'étais donc ici. Les jumeaux étaient nés. Les Allemands étaient rentrés chez eux, mais je n'avais pas de nouvelles de Klaus. Il était rentré, mais il ne savait pas où j'étais. Il m'a cherchée. Finalement il a su où j'étais. Il est arrivé.

— ... et moi pour apprendre que j'avais désormais trois personnes à charge. Marié et père de jumeaux ! Comment s'en sortir ? Aucune aide à attendre...

— Certainement pas du côté de mes parents, dit Magda. Mon père était en prison. Il avait été un membre important du parti. Mais même s'il n'avait pas été en prison il n'aurait pas voulu entendre parler de moi. J'avais trahi ses idéaux. Je m'étais rebellée contre lui. Non en ayant épousé un type qui avait le physique d'un Allemand sans lui demander son avis mais en étant allée dans le maquis... Pire que si j'avais couché avec un nègre, ou avais été violée par un Marocain de vos tabors débarqué avec vous les Français.

— Comment vous êtes-vous débrouillés ?

— Il s'est fait *contrabbandiere.*

— Un boulot tout à fait honorable et rentable à l'époque, fait Klaus. Je connais bien la région. Le *passo de Resia.* Le sel. Les cigarettes. L'hôtel Weser in Krutzstrasse à Innsbruck... tous les passeurs s'y retrouvaient. C'était fichtrement profitable pour un gars capable de porter le maximum de charge en cigarettes : « *ventimila lire nette di guadagno* » à

178

chaque voyage. Tu parles, ça permettait de vivre. Mes premiers appareils-photos je les ai transportés de même et payés sur ces gains.

— Et les douaniers ? demande Marc.

— Pas de douaniers !

Et Klaus d'expliquer que ces allées et venues correspondent à la période où ceux-ci n'ont plus exercé de contrôle frontalier, où il n'y a plus eu aucune surveillance, aucune autorité quelconque. Le passage était libre.

En a-t-il été de même vers Trieste avant le bouclage, se demande Marc, pensant au type qui, tout à l'heure, tandis qu'il était en ligne avec Janet, s'est fait passer pour Stavro ?

Klaus parle ensuite de ces multiples transferts de populations, de ces exodes, de ces retours.

— Quand Hitler était au zénith, l'Allemagne un pôle d'attraction mirifique, il y a eu dans certains endroits des gens ethniquement germaniques qui se sont portés volontaires « *optanti per la Germania nazista* » et qui ont franchi, on ne peut plus officiellement, la frontière avec leurs animaux et leur mobilier. Montée vers la Terre Promise. Parfait. Après l'effondrement de l'Allemagne, exode inverse. Cette pauvre Italie ravagée, humiliée, avec tant de ses fils qui avaient été en captivité, redevenait Canaan. Les mêmes, « *un millione e mezzo di persone hanno fatto ritorno in Italia. Quella povera gente ha approfittato dei primi mesi che seguirono la liberazione quando la frontiera era praticamente abbandonata per venire di qua.* »... Si je te raconte ça, c'est pour te dire qu'on s'est promenés dans le coin.

— Et on ne te parle pas des gens qui fuyaient la Yougoslavie. Depuis pas mal de temps déjà. Des soldats de Mihajlović qui allaient se regrouper à Ancône, autour d'Anders. Mais c'est une autre question. Réfugiés politiques. *Ospiti indesirabili. Gente alla deriva.* On n'a pas fini d'en entendre parler. Beaucoup à présent cherchent à partir... l'Amérique du Sud... mais le passage, paraît-il, coûte de 200 000 à 300 000 lires. Où veux-tu qu'ils les trouvent ? Ils sont venus sans rien.

Magda s'adressant à Luigino, pour marquer une transition :

— Assez de tout ça, montons, la guitare est en haut, tu nous joueras quelque chose.

Et quand ils sont assis sur les coussins dans le pigeonnier, elle dit :

— Marc n'est pas venu ici ce soir pour qu'on lui expose le point de vue italien sur Trieste.

Klaus, après avoir bourré sa pipe à couvercle de métal et l'avoir allumée, se livre à une imitation de Ceroni soulignant ses formules doctorales d'un claquement de langue : « *Chi domina Trieste domina i traffichi della Peninsola balcanica e del Levante.* » Pour l'instant, en fait de domination, pour nous Italiens c'est foutu.

Luigi a amené l'accalmie. Vers minuit, alors que Marc s'apprêtait à partir, Janet est arrivée avec deux types qu'elle s'est trouvée incapable de présenter. Elle avait rencontré l'un, le plus âgé, au Bauer et commencé avec lui une discussion qu'elle désirait poursuivre ; l'autre sur le Campo San Moise.

— Tu as l'air d'arriver des Antilles, lui a dit Magda.

Le séjour en montagne lui a profité. Marc et Janet ont bavardé comme s'ils s'étaient vus la veille. Klaus l'a félicitée de son collier : de grosses pierres polies reliées par une chaîne d'or tressée en chevrons. Un travail andin un peu fruste.

— C'est Orosco qui me l'a donné à New York... J'avais quinze ans. Pauvre Orosco. Pas de chance avec les femmes.

— Janet connaît le monde entier.

Elle a enlevé le collier et l'a tendu à Magda.

— Prends. Je te le donne. Je n'avais pas de boîte pour te l'offrir... alors je l'ai mis autour du cou.

Et comme Magda refuse :

— Mais si... autrement je le jette dans le canal. Je veux que quelque chose de moi reste ici... J'épouserai Venise en lui lançant mon collier... fais-moi plaisir, je préfère que tu le portes.

Est-elle un peu imbibée ? s'est demandé Marc. C'était assez extraordinaire de voir Janet et Magda, assises l'une à côté de l'autre sur des coussins posés à même le parquet, et de pouvoir les comparer. Blondes toutes deux. Mais avec une façon si différente de l'être que l'une avait l'air d'intérioriser

180

la lumière et l'autre au contraire de la projeter autour d'elle et de la gaspiller.

Un des deux hommes avec qui Janet était arrivée a accaparé l'attention. Un Français, conseiller de quelque chose à Rome, à l'ambassade. Il s'est plaint des réactions de la presse au traité avec les ex-satellites. Habitué à juger les choses de haut. A prétendu entendre parler de Ghiberti pour la première fois. Assez d'esprit pourtant. Un tas de ragots diplomatiques, de souvenirs de carrière. Et pour finir un mot d'audience que Marc a retenu au moment où il se levait pour partir. Un président des assises, après le réquisitoire du procureur réclamant la tête de l'accusé, s'adresse à l'avocat de ce dernier : « Maître, je vous en prie, réveillez le prévenu ! »

Magda est redescendue avec Marc et l'a raccompagné jusqu'au palier.

— Est-ce que tous les Français qui viennent en ce moment sont sur le modèle de celui-là ?

— Il ne faut pas charger Janet... elle ne sait pas être seule. Bonne nuit. *Buon riposo.*

la logique de l'histoire en continuant de lui prouver qu'il n'a aucune raison de se moquer.

Ils ont écrit l'histoire avec J.J. Tharaud. Presque à l'époque, l'Invention de la France, conseiller de qui il se charge à R... ... à l'aménagement d'un plan de l'histoire de la France au naturel et par les classifications ... linéaire les causes méthodes à prendre... de la guerre à Québec et tout le monde a tort. A ses dévers pourtant. Il a tas de raison ou quelque des de que cherche de conseiller. Et pour héberger moi d'autre que Marc a ... sens et demeurer cela soit un plan de dimanche. Tu pourrais de ... J'ai à ... le ... propose des ... une défaut la main ... Il ... sachiez et avec la coutume ... Marc qui n'a ... une ... qu'il y a tort dur la légende le cat héroïque, mec dans et les mouvements reconnaissables.

— Est-ce que tous les Français qui gagnent en ce moment sont sur le produit de cela...?

— Il ne tort ... chacun d'entre... pour me par une terre.

Rome mort. Paris ...

XIV

Il a mis du temps à trouver. Ce qu'il croyait discerner dans cette torpeur glacée, à travers une pellicule diaphane estompant les contours, paraissait hautement improbable. Un blanc village, adriatique, planté sur un champ d'alluvions ou de déchets, qui pourrait être une île à la dérive. Et au-dessus de cet assemblage hâtif de constructions basses, une tour-lanterne démesurée.

Il ne s'est pas souvenu sur le moment d'être venu jusque-là. Un coin où personne ne songerait à aller se perdre un jour pareil, où il n'y a sans doute rien à voir depuis que les galères, toutes bruissantes au sortir du cocon, voiles glissant au-dessus des murailles, des poternes, des toits, n'empruntent plus la passe pour gagner la mer.

« Des bateaux pourris et des rats, c'est tout ce qu'il y a… Attends un moment dans l'église. Un copain viendra te chercher. » Pourquoi cet endroit et tout ce mystère ?… Si c'est bien Stavro qui était au bout du fil — et non pas quelqu'un sachant aussi bien imiter sa voix — ne pouvait-il venir lui-même à sa rencontre ?

Au-delà du pont de bois que le correspondant matinal lui a indiqué, et à mesure qu'il avançait, rien d'autre que des remises, des murs zébrés de graffiti à la craie ou au charbon, des passages où l'herbe pousse entre les plaques de ciment défoncées et qui semblent n'amener nulle part, quelques plans inclinés vers une eau aux reflets naphteux, comme vitrifiée.

L'esplanade déserte, comme cet univers lacustre abandonné, planté sur des piquets. L'église. Immense et vide. Aucune bougie allumée, aucune veilleuse pour se réchauffer les doigts en emprisonnant la flamme. L'occasion rêvée pour les malandrins de faire les troncs, pense-t-il en arpentant la nef. Ils doivent être vides.

Silence minéral traversé parfois par le vol d'un pigeon sous les voûtes. L'attente se prolonge. Que signifie ce rendez-vous? Que lui veut l'individu qui l'a réveillé et lui a tracé cet itinéraire au-delà de cette zone apparemment non habitée. Essaie-t-on de lui tendre un piège? Des fascistes planqués par là à qui le bruit fait autour de Ghiberti porte sur les nerfs, qui ne veulent pas que le livre soit publié, qu'on leur casse les burettes avec l'Italie libre, républicaine et démocratique? Ces fumiers pourraient avoir monté un traquenard, l'avoir entraîné là pour le ridiculiser, le punir... qui sait? le tabasser ou se débarrasser de lui... Absurde!... rien ne peut empêcher le livre de paraître. Son sort n'est plus entre ses mains.

Il se dirige vers le porche quand surgit le « copain ». Carrure d'homme des bois rongé par les intempéries. Visage mangé aux deux tiers par une barbe de plusieurs jours. Coiffé d'un passe-montagne, le type n'a pas fait le geste de l'ôter en entrant dans l'église et s'est planté devant lui sans s'excuser du retard ni le saluer. Marc lui emboîte le pas. Quel tour lui prépare-t-on? Dans quel truc louche et compliqué va-t-il se trouver embringué?... Le besoin d'en savoir plus l'empêche de renoncer.

Ils traversent un cloître à moitié ruiné, un vaste entrepôt rempli de vieilles carènes, suivent un long couloir, toujours sans s'adresser la parole. Le type s'engage dans un escalier en partie effondré, enfile un corridor, au bout duquel il pousse une porte. Chambre ou cellule. A contre-jour, debout au milieu de la pièce, un homme parle à deux autres qui lui font face. L'homme est de dos. Silhouette haute, élancée. Il ne se retourne pas, continue de discuter. Choc immédiat. Marc l'a tout de suite reconnu. De toutes les rencontres qu'il pouvait faire en revenant là, à Venise, celle-là est la plus inimaginable à coup sûr.

Avec une précision calculée l'homme pivote sur ses talons. Vont-ils se précipiter dans les bras l'un de l'autre, se bourrer de coups de poing pour se prouver qu'ils ne rêvent pas, ou bien rester figés sur place, n'en revenant pas de se retrouver après toutes ces années, entre ces murs fissurés, au milieu de tous ces débris, comme après Dieu quel sait cataclysme ? Une stupeur qui brime toute autre réaction. C'est Stavro, bien sûr. Mais en même temps quelqu'un d'autre : étrangement incertain, cerné par une réalité indiscernable. Pèsent entre eux un silence, une gêne que les regards des trois autres, nullement enthousiastes de le voir là, ne font qu'alourdir.

— Alors, gospodine ministre, ça boume, ça biche ?

Le ton potache, cette fois non plus, ne suffit pas à rétablir le contact. Le passé qu'ils ont pu avoir ne coïncide en rien avec ce présent-là, cette pièce vide ou presque, ce plancher moisi, ces vitres remplacées par du carton et des tôles, ces couvertures à même le sol, tout ce barda répandu au hasard, mais surtout avec ce quartier isolé, ce cimetière de bateaux où doit courir librement la vermine.

Au moins doivent-ils y trouver du bois pour alimenter le poêle qui ronfle dans un coin au risque de mettre le feu à toute la baraque. Bois de carènes, vieilles gondoles qui achèvent de pourrir dans le chantier.

— Tu me croyais mort... eh bien ! tu vois, je suis encore de ce monde.

L'impression que Stavro, après avoir monté quatre à quatre l'escalier de la rue Cardinet — même la nuit la porte sur la rue n'était jamais fermée à clé — est en train de la secouer, s'efforce de le tirer du sommeil pour filer au manège ou ailleurs : « Alors quoi, mon grand, tu te réveilles, tu reprends tes esprits... »

Marc est encore sous le coup. N'arrivant pas à se persuader tout à fait. Et pourtant, depuis deux ans, depuis que la guerre est terminée, ce genre de retrouvailles, de rencontre lazaréenne, ce n'est pas la première fois que la chose se produit. En lisière de l'immense terrain vague de la déportation, des bombardements, des combats menés par les uns et les autres. Avec d'anciens camarades donnés pour disparus, ou qu'on a vus emmener, et retrouvés tout à coup en plein midi, devant chez Lipp ou devant la Rotonde ou sortant de l'hôtel Lutétia.

Encore trois jours plus tôt, à Milan, à l'angle de la Galleria, Ambrose Baxter en uniforme, le teint allumé, la pipe au coin de la bouche, tel qu'il l'a vu la dernière fois à Oran. Mais là la chose lui a paru naturelle. Sans doute parce que Baxter n'a jamais eu une bien grande importance pour lui. Parce que, Anglais, Bax a fait une guerre normale, si l'on peut dire. Et qu'il ne ressortait pas de l'enfer, traînant derrière lui plus de tragédies et d'énigmes qu'on n'en peut attacher à son personnage. Mais Stavro !

Réveillé, certes, il ne l'était pas tout à fait. Même après que celui-ci, comme pour donner consistance et réalité à son fantôme, l'eut serré dans ses bras et embrassé. Nouveau. Il ne se souvenait pas qu'ils aient jamais pratiqué dans le passé ce genre d'accolade à la russe. Ça lui a fait penser à deux rescapés qui, après un naufrage où chacun peut croire que l'autre a péri, se retrouvent sains et saufs sur le quai et, incapables de dire un mot, se précipitent l'un vers l'autre.

— On va faire un tour en bas.

Stavro, avant de descendre, traduit la phrase aux trois autres. Tous de la même taille, tous aussi grands, pas rasés non plus, debout contre la fenêtre à moitié occultée, bouchant celle-ci. Il les désigne à Marc, presque machinalement, sans croire que cela pourrait ouvrir une brèche, éclairer la situation, qu'ils vont tendre la main à Marc ou exprimer un sentiment quelconque : « Kostia. Ranko... et lui un Croate... il s'en est trouvé un... un Croate qui était avec nous. »

Aucune réaction de leur côté. Ils doivent se demander quelle idée a pu avoir Stavro — peut-être leur chef, celui à qui ils ont délégué la responsabilité de décider pour eux tous — d'introduire là ce témoin, ce type qui ne paraît pas branché sur le circuit. Ils ne doivent pas apprécier non plus — habitués à se méfier — de ne pas comprendre ce qui se dit là devant eux ni de quelles réflexions à leur sujet a pu être accompagnée cette présentation.

Marc a cru qu'ils allaient faire un tour en dehors du chantier. Il l'a espéré, pensant que les choses seraient un peu plus faciles quand ils ne se trouveraient plus sous cette surveillance et qu'ils se seraient éloignés.

Ils restent à l'intérieur. Stavro doit avoir des raisons de se tenir là. Dans la journée du moins. Pas emmitouflé, lui. Un chandail, usé aux coudes, c'est tout. Les épaules libres. Les mains aux poches. Comme les gosses qui ont perdu leurs mitaines, disait Géraldine, et qui ont honte de montrer leurs engelures. Stavro n'a jamais eu honte de rien. N'a jamais pensé avoir quelque chose à cacher. Mains aux poches — pas plus de gants que de parapluie —, une façon de se tenir qu'il a toujours eue, même quand, pour une raison ou une autre, il avait sur le dos un des smokings de son père.

Pas de passe-montagne non plus. Ni de coiffe de feutre, ou de toque un peu écrasée comme doivent en porter les paysans de Bosnie ou du Monténégro. La mèche libre, tombante, comme autrefois. Abondante. Sur laquelle glissait le calot de la préparation militaire tandis qu'ils galopaient sur les canassons de l'armée.

— Pas chaud ! fait Marc pour dire quelque chose.

— Humide, accorde Stavro, pour qui cette température est presque celle d'un matin de printemps bloqué par la brume. Sa fantastique résistance au froid ! Incroyable pour un type comme lui, né dans une clinique d'Auteuil. Comme cela a dû le servir pendant ces nuits cruelles, ces longs déplacements vers les sommets inaccessibles où les Allemands ne risquaient pas de les poursuivre, où les hommes de Tito ne les ont rejoints qu'à la fin.

Ils marchent entre les palissades, les planches entassées sous les auvents, les vieilles coques percées qui ne seront jamais remises à flot. Mais le fait d'être seuls, sans les autres, ne rend pas le contact plus aisé. Trop de questions. Surtout du côté de Marc. Et la plus insistante : qu'est-ce qu'il peut foutre dans ce gourbi ? qu'est-ce qui peut l'obliger à rester là ?... Un refuge ? Une planque ?... La plupart des réfugiés sont repartis, rentrés chez eux. Les autres... désormais *ospiti indesirabili...* Il en a été question hier soir... Faut-il le compter parmi ceux-là ?... *Gente alla deriva...*

Mais l'étiquette ne colle pas sur sa peau. Tout cela pourrait être un jeu de sa part, un scénario inventé de toutes pièces.

Comme ceux qu'il montait autrefois pour s'inventer un personnage « comme au cinéma », pour époustoufler les copains et, à présent, se prouver que son aventure ne s'est pas terminée avec la capture, le procès, l'exécution de Mihajlović. Ce serait assez dans son style.

Mais quelle aventure ?... Marc éprouve une gêne. Tandis qu'ils vont ainsi dans le chantier, il ne peut s'empêcher de l'observer à la dérobée. Cette aventure était-elle bien la sienne, celle qui lui était désignée ? Ou bien s'y est-il trouvé précipité un peu à son insu et sans bien comprendre ce qui lui arrivait et ce qui était en train de s'engager ?... Une aveugle tuerie moyenâgeuse, d'incroyables raffinements de cruauté, les villages qui brûlent, les yeux arrachés, des gens empalés, pendus à des arbres, brûlés vifs dans des églises, sciés entre deux planches...

Marc a entendu raconter trop de choses. Malaparte, bien sûr, tout le monde pense à lui, qui a fait la moitié de sa réputation sur une certaine scène. Et il paraît que c'est vrai. Le massacre des Serbes par les Croates. Les barques remplies de cadavres d'enfants sur le Danube. Viande de boucherie ! Ces prêtres tortionnaires...

Mais aussi, l'autre son de cloche entendu du côté des partisans de Tito. Ceux-ci tissant des guirlandes autour de leur héros. Souriants, sympathiques, gonflés de leur triomphe tout neuf.

Où situer Stavro dans tout ça ? Quelle part y a-t-il eue ?... Une frontière. Peuvent-ils la franchir avec quelques mots ?... Victimes, bourreaux, les termes sont trop tranchés. Inextricable. Histoire, races, religions !... Le merdier istrien, disait l'autre matin Baxter, pour ne parler que du problème qu'il semble connaître, limité à un secteur bien précis.

Marc a beau interroger sa propre expérience — quelques histoires déplaisantes certes dans ses maquis —, il a beau passer en revue tout ce qui lui est arrivé par la suite — le transit par l'Espagne, l'Afrique du Nord, le débarquement en Provence —, la question ne s'est jamais posée en ces termes. Peut-être les choses étaient-elles plus faciles pour un Français. Comment l'horreur, une si totale déraison mises sur le dos de ces malheureux Yougoslaves ne renforceraientelles pas chez lui une sorte de bonne conscience, de sécurité morale qui lui donnent tout à coup le sentiment d'avoir échappé à un drame pire que tout ce qu'il a pu connaître pendant ces cinq années ?

Il a presque honte d'avoir soudain à mesurer sa chance.

— Et toi, qu'est-ce que tu fous en ce moment à Venise ?

Marc s'efforce de l'expliquer. Stavro n'accroche pas. Cette histoire de professeur d'histoire de l'art antifasciste, qu'est-ce que Marc peut avoir à s'occuper de ça ? Des types exécutés par les Allemands, ils en ont eu, en Yougoslavie, par centaines de mille ! Et celui-là, en plus, un Italien ! Qu'est-ce que Marc a à foutre avec les Italiens ? Est-ce que les Italiens n'ont pas planté un couteau dans le dos des Français quand les Français étaient déjà à terre ? On l'a su à Belgrade et le geste y a été apprécié à son prix.

Bien entendu, Stavro n'exprime rien de tout cela, mais cela plane entre eux, fait partie du contentieux qu'ils n'arrivent pas à laisser de côté. Ils continuent de tourner dans le chantier. Soudain, Stavro, prenant un peu de recul pour le regarder marcher :

— Dis donc, vieux, qu'est-ce que tu t'es fait à ta guibolle ?

Cela exactement de la même façon que si Marc s'était tordu la cheville dans la sciure du Tattersal ou si à Vincennes son pied était resté coincé dans l'étrier et qu'il se soit fait traîner.

Marc explique encore. En utilisant, autant pour simplifier que pour retrouver le ton, le même langage stéréotypé qui a pu leur servir à communiquer autrefois. Déjà dépassé, il s'en aperçoit. Les jeunes — les vrais, ceux qui n'ont fait que traverser tous ces événements — doivent s'exprimer autrement. Un autre *slang* !

— Tu as de la chance de t'en être tiré comme ça. Chez nous, on t'aurait coupé la patte. Amputé !... Un homme blessé était un homme mort. Pas de médicaments. Pas d'anesthésiques. Une simple éraflure suffisait... la gangrène aussitôt. Mais tu serais devenu un héros. Et maintenant les communistes t'auraient déjà fusillé.

Marc s'accote à un tas de madriers. Devant lui, Stavro s'accroupit sur ses talons, comme un jeune artisan dans un souk ou un cafedgi. Une position qu'il ne prenait pas autrefois. La silhouette est restée souple, bien dessinée. Ils se font face. Marc peut observer ses traits. Le bord un peu brûlé de l'oreille, la lèvre haute, légèrement gercée, les dents toujours aussi nettes. La peau peut-être plus sèche. Pas ce front de butor du type qui est venu le chercher à l'église. Mais surtout — et Marc le retrouve aussitôt — ce trait « slave ou mongol », la paupière étirée vers la tempe, toujours aussi bridée, rectiligne au-dessus des cils, filtrant l'étrange regard gris, insaisissable. Personne n'avait la même paupière au bahut, et avec le peu de connaissance qu'ils pouvaient avoir de la géographie et des types physiques, cette spécificité suffisait à reporter Stavro dans leur imagination bien au-delà de l'Oural.

— Quand je pense qu'à Vincennes, le dimanche matin, nous allions faire la préparation militaire ensemble. Ces foutus connards ne se sont jamais aperçus que je ne venais là que pour faire gratuitement du tape-cul et défoncer leurs bourrins sur les buttes. Foutus canassons, foutus roussins ! Rien à voir avec les mignons de polos qu'on se tapait au bois... les bidets pour pucelles et douairières qu'on nous refilait à Neuilly !... Quand je pense qu'aucun de ces margis n'a jamais eu l'idée que je n'étais pas français... ils m'auraient presque envoyé à Saumur !

— Tu aurais pu le devenir, français !

— J'aurais pu : j'étais né en France. Ça a tourné autrement. Au lieu de Saumur, Belgrade. Cadet à l'Académie militaire. Soldat du roi. Et puis la suite... Mihajlović... Ravna Gora... Les bastions montagneux de Serbie... nos fidèles alliées les montagnes... les bois, la forêt...

Un silence soudain. Pour autant que Marc ait gardé un contact avec l'ami d'autrefois, il sait que Stavro n'ira pas au-delà, ne pourrait rien dire de plus sur ce qui a commencé pour lui à ce moment. Pourtant, cédant à une fascination morbide, un peu honteusement, il pose la question : « Comment ç'a été ? » Toujours sur le même ton un peu potache, et comme si ce rétrécissement du vocabulaire était pour eux la seule chance de ne pas aboutir à quelque impasse au fond de laquelle ils se retrouveraient définitivement étrangers, enfermés dans deux idéologies différentes.

Stavro hausse les épaules et donne une autre réponse :
— J'ai mangé plus d'ail que dans tout le temps que j'avais vécu jusque-là. La crasse, les poux... on fait vite connaissance avec ça. L'odeur des autres, sa propre odeur... on finit par ne plus la sentir. Tu te souviens, sous la douche après le volley... on continuait la partie avec le savon, nus sous la flotte et en dérapant sur le carrelage. Nous, on avait appris à se chercher les poux, à s'épouiller : un petit service qu'on pouvait se rendre et qui rentrait dans les usages. L'absence de linge de corps abat les frontières de classes. Les types de l'autre bord n'ont jamais pensé qu'il en allait de même pour nous !... A force de ne pas se laver on finit par oublier que c'est possible, que c'est une chose qu'on faisait autrefois, quand on ne couchait pas sous les arbres, quand on ne bivouaquait pas dans les grottes. Mais que ce pays est beau, tu ne peux pas t'en faire une idée !

A la place des terrifiantes images que Marc cherche dans l'étrange regard gris, tout à coup cette nostalgie bucolique, cette immémoriale splendeur. Stavro accordait-il autrefois ce genre d'attention au paysage ? Sur le plan de la sensibilité, du contact avec la nature, cette effroyable tuerie, cette randonnée héroïque à travers les montagnes achevée en calvaire et en chasse à l'homme l'auront au moins amené à s'intéresser aux arbres, aux cascades, à penser que la nature a une autre raison d'être que d'offrir des cibles au chasseur.

— Et ta mère ? demande Marc.
— Disparue dans le bombardement de Belgrade... en 41.

Stavro ajoute, sur un ton parfaitement neutre, comme s'il s'agissait d'un fait parmi beaucoup d'autres : « Rien n'est resté. Ni d'elle ni de la maison. Ni de Tamerlan. Tu te souviens de Tamerlan ? »

Marc revoit le splendide angora lové autour du bonnet phrygien capitonné coiffant la théière. La mère de Stavro — celle-ci a toujours dit : « mes garçons » — inclinant celle-ci et remplissant les tasses quand ils rentraient du lycée. Les gros brillants sur les doigts un peu boudinés. Si attachée, la chère Mira, à ce rite journalier et à l'existence qu'elle menait à Paris qu'on a du mal à imaginer qu'elle ait pu se volatiliser de la sorte. Il ne l'a vue qu'une fois abîmée dans la douleur et tragique sous les voiles de deuil : en 1934, le soir de l'assassinat du roi Alexandre à Marseille. Un coup de téléphone du Quai d'Orsay l'avait prévenue. Elle avait fait voiler le grand lustre du salon et les appliques. Seules quelques bougies grésillaient ici et là. Quand ils sont revenus du lycée, ils ont eu sous les yeux ce spectacle : un cercle de dames en deuil aux visages gonflés par les larmes...

Il se souvient de ce qu'a dit Stavro : « On se tire ! » Ils sont allés au cinéma.

— Et ton père ?

— Il est dans un couvent... en Grèce, à Patras... il s'est remis, paraît-il, à la table de multiplication. Et le tien ?

— Il est mort en 40.

— Ta mère ?

— Remariée. Elle vit en Bretagne.

— Elle joue toujours ?

— Non, elle a eu un autre enfant. Elle a découvert la maternité sur le tard. Pas avec moi. Je la vois... nous nous entendons très bien.

Les répliques continuent de s'effilocher. La seule possibilité reste ce recours au passé.

— Il faut que je monte voir ce qu'ils font... Tu as une cigarette ?

Marc tend le paquet que garde Stavro.

— Nous aussi, ajoute celui-ci, faut qu'on se revoie... qu'on parle... Tu ne pars pas ? Tu restes. On ne va pas se quitter comme ça. Qu'est-ce que ça voudrait dire autrement d'être là l'un et l'autre ?

Soudain, une page est tournée dans l'agenda des prévisions immédiates, sans que Marc ait songé un instant aux conséquences.

— Bien sûr, fait-il.

— Tu sais ce que j'aimerais qu'on fasse... ce qui serait chouette... on passe une soirée ensemble... on va bouffer quelque part tous les deux... Tu m'invites ?... Ça colle ? D'accord ?

— Ce soir, si tu veux. Mais j'aimerais autant qu'on se retrouve en ville... ici, c'est au diable...

— Non pas ce soir. Demain plutôt. Des obligations... Je

192

te téléphonerai. Je te ferai signe. Sans doute demain, dans la soirée.

— D'où téléphones-tu ?

Geste de Stavro pour dire que c'est sans importance : qu'il sait d'où appeler.

— Est-ce que tu vas retrouver ton chemin ?

Il tire la barre qui ferme la porte du chantier.

— Stav...

Marc vient de dire Stav tout comme ils disaient Bax autrefois.

— ... pourquoi toi et les autres n'habitez-vous pas en ville ? ... Il y a quelque chose de bizarre à ce que tu sois ici dans ce truc.

— Tu l'as dit, fait Stavro. Question tranquillité, si tu veux. Une histoire, je t'expliquerai. Dans cette guerre il y a tout plein d'histoires, de sales histoires... des mecs pas possibles... Il n'aurait pas fallu y être, s'en mêler. Il aurait fallu être ailleurs, ne pas se laisser embringuer. Laisser tomber.

— Stavro, pourquoi ne reviens-tu pas à Paris ?

— Pour y entendre chanter les louanges de Tito !... On en reparlera. Ne te paume pas en route. A demain. Je te téléphone.

Cette façon qu'il a toujours eue de laisser les choses en suspens.

XV

Il a tourné un certain temps avant d'entrer dans une boutique pour demander son chemin. La seule dans cette *calle* au bout de laquelle on apercevait les cyprès de San Michele. Ce n'est qu'une fois qu'il a été à l'intérieur, en voyant des fleurs artificielles sous des globes, des bouts de marbre portant des inscriptions, des jardinières de fonte, qu'il a compris où il était. Selon une expression qu'il n'a jamais entendue que dans la bouche de Géraldine : « une boutique de regrets ». La dame veillant sur ces sortes de bagatelles funéraires a ouvert un plan sur sa caisse avant de pouvoir lui indiquer la direction. C'était la première fois qu'elle entendait parler du Campo della Guerra. Elle a presque remercié Marc de lui avoir fait découvrir que ça existait... Elle lui a demandé s'il était allé visiter le cimetière ; ce qui était une façon sans doute d'attirer son attention, au moment où il repartait, sur la variété de son stock et de ses assortiments.

Klaus n'était pas à l'atelier. Janet y avait fait un saut en début d'après-midi, mais elle était repartie. Ce double contretemps ne l'a pas ulcéré. Lui seul était responsable. L'un et l'autre l'avaient attendu. Il était près de quatre heures. Trop tard pour se remettre au travail ce jour-là. Même s'il avait pu joindre Janet il eût été difficile de la convaincre de revenir à l'atelier. Le choix définitif des

195

reproductions qui exigeait qu'ils soient présents tous les soirs pouvait être renvoyé au lendemain ou au jour d'après. Il serait obligé de repousser un peu son départ, mais cela lui permettrait d'achever sur place la lecture du manuscrit. Rien ne pouvant mieux servir la répartition des clichés et le montage par rapport au texte. Après tout, c'était bien ainsi que Campra lui avait dit de procéder.

Il a appelé Lehmann du Colombani : pour s'excuser de lui avoir fait faux bond et de ne donner des nouvelles qu'en fin de journée. Klaus n'a pas paru lui en vouloir. Heureux au contraire d'entendre sa voix, lui demandant si la soirée chez eux ne l'avait pas ennuyé. Gentillesse, urbanité, créant autour de lui un climat différent de celui de l'arrivée, plutôt maussade. Il n'a pu s'empêcher de penser au foin, aux histoires qu'aurait entraînés à Paris ce genre de défection. Là, tout le contraire d'un reproche ou d'une acidité quelconque :

— Tu as rencontré des gens ?... *Bene, bene...* mais c'est normal. Ne t'excuse pas. Tu es connu ici. Tout le monde te trouve très sympathique. Tu as beaucoup d'amis. Alors tu viens, tu dînes avec nous. On t'attend. Non ?... Demain alors !... Tu viens demain matin à l'atelier... De toute façon, je suis là... Tu viens quand tu veux. *Ciao,* Marco, *Ciao...* Magda est là elle aussi... elle t'embrasse. *Sera, caro.*

La corbeille du *sindaco* a été replacée sur la console. Moins abondante, moins superlative et comme allégée. Probablement par celui ou celle qui ont fait la chambre et qui, avant de la ramener de la salle de bains, ont fait leur choix et prélevé leur dû. En fait elle a presque diminué de moitié. Aiment-ils à ce point les fleurs ou vont-ils les porter à leurs morts ? Amusant de penser que celles qu'on offre aux jeunes mariés ou aux hôtes qu'on tient à honorer prennent ainsi ce chemin et vont finir sur des tombes, là-bas à San Michele.

Se retrouver dans cette chambre, dans ce rococo vénitien, ou plutôt haut-viennois — la mainmise autrichienne après Campoformio —, se retrouver dans cette tiédeur et ce confort

196

agressif après la rencontre avec Stavro, cette conversation dans le froid, au milieu de cet univers de déchets, véritablement dans cet *au-delà,* est tout aussi incroyable.

Marc s'étend sur le lit et cherche à relier tous ces fils. Pourquoi, à l'instant, avoir dit à Lehmann qu'il avait rencontré des amis qui l'ont invité à déjeuner et retenu? Pourquoi ce feuilleton? Comme s'il se sentait coupable. Comme s'il avait soudain quelque chose à cacher. Comme si, dès le départ, et retrouvant d'anciennes complicités, il se croyait tenu de faire siens les mystères de Stavro. Lequel ne lui a pas demandé de tenir sa langue.

Il paraît clair pourtant que ce dernier n'est pas ici dans une situation franche et régulière. Tant vis-à-vis des autorités que par rapport peut-être à d'autres Yougoslaves qui peuvent avoir une raison de lui en vouloir. Conscient de cela, Marc n'a-t-il pas cherché à couvrir Stavro, refusant d'ajouter à ses difficultés probables?

Egalement surprenant de sa part ce brusque changement de programme pour les heures qui viennent, ce flottement autour d'une décision bien arrêtée qui l'aurait mis dans le train sinon ce soir même du moins dans la journée de demain.

Et pourquoi, alors qu'il en avait la possibilité en rentrant à l'hôtel, ne pas avoir essayé de téléphoner à Guisa à Anvers avant qu'elle ne parte pour le théâtre où elle danse ce soir? Pourquoi ne pas la prévenir de ce retard? Il pensait être rentré à Paris avant elle et aller la chercher à la gare, cela ne sera guère possible.

Quelle raison alléguer? Comment repartir sans avoir revu Stavro, sans avoir reparlé avec lui, sans savoir comment les choses se sont passées pour lui exactement, comment il s'est comporté, ce qu'a été cette lutte incertaine, son combat à lui, et pourquoi, maintenant que ce combat est terminé, il se retrouve là, avec les trois autres? Une camaraderie, une solidarité qu'il ne lui est peut-être pas possible de briser.

Il n'est pas ressorti pour dîner, et s'est fait monter un plateau. Vers dix heures, Campra a appelé de Paris et tout de suite a abordé un problème qui n'était jamais venu sur le tapis.

— Jean Paulhan, à qui j'avais envoyé un double du manuscrit et qui, de ce fait, a pu lire l'ensemble, m'a signalé quelque chose qui, je dois l'avouer, ne m'était pas apparu. Il y a un chapitre qui manque : le dernier. Cette conclusion, de l'avis de Paulhan, c'est d'évidence le message que Ghiberti a rédigé dans la nuit qui a précédé son arrestation : la lettre qu'il vous a adressée et qui exprime une opinion particulièrement importante aux yeux de certains anciens résistants à qui il arrive de se trouver en opposition aujourd'hui... par exemple sur ce qu'a pu être ici ou là la répression... l'épuration. Cette lettre, Paulhan l'a lue quand la femme qui tenait le ménage chez Ghiberti la lui a apportée. C'est dans cette lettre, plutôt sur l'enveloppe, qu'il a trouvé votre nom... C'est bien entendu quelque chose qui vous est adressé à vous personnellement. Peut-être ce qui y est dit ne va-t-il pas tout à fait dans le sens de convictions que vous pouvez avoir... pour le moment... Pourtant il serait hautement significatif qu'on sache qu'un homme qui allait être arrêté d'une minute à l'autre, interrogé, déporté, ait pu montrer autant de sérénité dans le jugement... bien sûr, me direz-vous, avant que l'horreur des camps n'ait encore été totalement révélée... mais enfin tout de même... il faudrait que cela soit connu.

Campra a résumé son sentiment en demandant à Marc s'il accepterait que ce texte soit publié à la fin du livre. Il devait compter sur une réponse immédiate et affirmative. Marc s'est offert le luxe de donner un accord de principe, mais en ajoutant qu'il entendait le relire et se donner un délai de réflexion. Campra était si soufflé qu'il a raccroché en souhaitant à Marc une bonne nuit.

A minuit Guisa appelle d'Anvers. Elle téléphone du théâtre. Oui, bonne soirée, très bonne soirée, très bon public ces Flamands qui aiment si peu les Français. Elle sera à Paris après-demain. Tchaïkovski et le pas de deux réglé par Tsvérev en fin de semaine. « J'ai envie de me reposer, d'être dans tes bras, de t'embrasser... Tu as mal à la cheville... moi aussi, figure-toi que mon chausson s'est coincé dans une rainure... Quand rentres-tu ? »

Elle s'étonne de sa réponse, de ce changement soudain à ce qui était décidé. Et à l'instant un froid tombe sur cette excitation presque enfantine qui suit toujours ses sorties de scène.

— Mais tu avais dit... — Et aussitôt son obsession : — Où est Janet ? Elle est rentrée ? Comment est-elle ?

— Bronzée.

Le mot qu'il eût mieux valu éviter. Sentant une nette désapprobation au bout du fil :

— Elle s'est amenée chez les Lehmann avec deux types qu'elle n'avait pas l'air de connaître : j'ai vu le moment où elle allait demander à Magda de les lui présenter.

— Elle avait bu ?

— Pas hier au soir.

— Elle avait bu à son hôtel ou en venant... Enfin je vois que tu restes à cause d'elle... parce qu'elle est là.

Il ne va pas lui parler de Stavro et de ce que cette rencontre peut représenter pour lui. L'alibi paraîtrait encore plus cousu de fil blanc que les photos. Quand il n'y a pas de sexe dans une affaire de sentiment — et c'est bien de ça qu'il s'agit — tout risque de devenir plus compliqué. Qu'est-ce qu'elle pourrait penser de cet épisode venant se greffer sur ses rapports avec Marc ? A-t-elle jamais entendu ce nom ?... Baxter... Stavro... tous ces copains reparaissant à la suite et dont il n'a jamais été question entre eux, de quel monde arrivent-ils tout à coup ? Elle lui demanderait s'il se moque d'elle, s'il n'a pas d'autres noms à lui sortir, si la liste va encore s'allonger.

Il est bien question de Janet !... Il n'a même pas songé à lui téléphoner pour s'excuser de ne pas être venu la rejoindre à l'atelier afin de régler définitivement la question du choix des photos.

Pour écarter la question, un peu sournoisement, il parle de l'effort que lui imposent ces allées et venues, tous ces ponts à franchir...

— Tu n'as qu'à rentrer, dit-elle, soudain rassérénée.

— C'est bien mon intention. Je t'aime.

Derrière Guisa quelqu'un doit vouloir téléphoner à son tour. Elle dit rapidement avant de raccrocher :

— Je t'aime aussi... Fais attention, mon chéri... Olympe, tu sais l'habilleuse, m'a fait les cartes. Il y a quelque chose de pas bon autour de toi.

Troisième appel. De Janet cette fois qui, à peine a-t-il raccroché, lui téléphone du Bauer.

— Lâcheur !... Qu'est-ce qui te prend, tu pourrais donner de tes nouvelles. Tu t'es fait enlever ?... J'ai failli partir sans te voir... Capri... mais oui. Je pars après-demain. Je serais partie ce soir même, mais on m'a téléphoné de New York. Ils veulent des photos pour un article sur Byron... Byron à Venise... l'actualité comme tu vois !... le palazzo Mocenigo et l'île de San Lazzaro... tu connais ? On pourrait y aller ensemble. Accompagne-moi demain matin à San Lazzaro. J'ai un motoscafo pour la matinée... ça nous permettra de nous voir un peu, d'être un peu ensemble. En rentrant, on ira à l'atelier afin d'en finir une bonne fois. Ton Tintoret me sort un peu par les ouïes. Alors d'accord ? Je viens te prendre à dix heures. Mais si, c'est possible : il y a un rio devant le Colombani, on peut accoster... Mais dis-moi, tu ne veux pas venir prendre un verre ; je suis là au Harry's bar avec quelques amis. Bon, *amore a domani*. N'oublie pas cette fois. Ne te laisse pas enlever. Tu sais, Marc, tu es en train de devenir très mystérieux. A Paris je ne t'avais pas vu sous cet angle. On dirait que tu n'es plus tellement pressé de rentrer. Qu'est-ce qu'elle va croire, Guisa ? Qu'on a remis ça ?... Dors bien.

XVI

Etonnante matinée. Une fois de plus, Stavro a failli tout bouleverser. « J'ai envie de te voir. » D'où téléphonait-il à cette heure ? Impossible de le lui faire préciser. Marc était venu à l'appareil, les oreilles pleines de savon, marquant le tapis d'empreintes humides. Mais ça ne s'arrangeait pas. « Qu'est-ce que tu as besoin d'aller dans cette île avec cette fille ?... Tu couches avec elle ?... ça colle entre vous ?... elle est toujours derrière toi... Comment est-elle, dis-moi ? » Marc voulait retourner dans son bain, se rincer : « Si tu veux, on peut déjeuner quelque part... je peux essayer de retrouver l'endroit où tu es... j'amène des trucs à bouffer... »

— Pas nécessaire, a fait Stavro en indiquant le lieu où ils pouvaient se rencontrer. Pas dans le centre, certes, mais pas non plus là où ils s'étaient vus la veille.

— Je pensais que tu restais là-bas.

— Qu'est-ce qui t'a fourré cette idée dans la tête ?... On dit midi ?

— Plutôt une heure... Je suis pris ensuite.

— D'accord.

Stavro a précisé l'endroit, et d'une façon qui prouvait qu'il le connaissait parfaitement.

— Le pont de l'*Arsenale e del Paradiso.*

— Qu'est-ce que le Paradis a à foutre avec l'Arsenal ?

— C'est à eux qu'il faut le demander. A Venise, ça a dû toujours très bien coller ensemble. Donc le pont de l'Arsenal... la porte de l'Arsenal... devant le troisième lion. Je t'attendrai là.

Le lion que Campra, avant qu'il ne quitte Paris, lui a demandé d'aller saluer de sa part. Que ce lion ait été ramené de Délos ou d'ailleurs doit être assez indifférent à Stavro.

— Tu es sûr de ne pas pouvoir laisser tomber la fille ? Tu es sûr qu'on ne peut pas se voir avant ? a encore insisté ce dernier.

En se replongeant dans son bain, Marc était assez satisfait de ne pas s'être laissé manœuvrer et d'avoir maintenu son horaire. Content aussi à l'idée de le revoir en dehors de cet endroit sinistre et de la surveillance des autres.

Etonnante matinée. Vision monochrome et d'une incroyable uniformité accordée dans les gris. Le trajet lui a rappelé d'autres sorties en motoscafo avec le commandant. L'avant soulevé au-dessus de la surface inerte tandis que les piquets défilent de chaque côté de plus en plus vite. Mais cette fois, sur la banquette arrière, à la place occupée en général par son père ou un de ses invités, Janet pelotonnée dans son vison, comme si elle ne s'était pas couchée de la nuit et attendait que le bol d'air lui remette les idées en place.

Sans doute pourrait-on imaginer une autre tenue pour ce genre de navigation que ce manteau qu'elle traîne partout avec elle, oublie quelquefois, traite sans le moindre ménagement, comme une vulgaire peau de bique, et qui pourtant, partout où elle va, draine les jalousies de toutes les malheureuses dont les vouvous mis en réserve depuis cinq ans propagent des odeurs de naphtaline chaque fois qu'elles vont quelque part. Elle ne s'en sépare pas plus que de son diamant blanc-bleu, autre objet fétiche. Peut-on en dire autant des deux appareils qu'elle utilise tour à tour et qu'elle porte en bandoulière par-dessus le vison ?

Assis sur le côté, Marc avait la possibilité de l'observer comme il n'avait plus eu l'occasion de le faire depuis longtemps. Si naturelle, si à son aise pendant cette course nautique accélérée, avec ce bruit de coque frappant à temps égaux la surface, qu'il s'est demandé quelle circonstance, quel environnement, du Niagara à l'Amazonie, du Bronx à l'Himalaya, du bal des débutantes à une audience papale,

202

pourraient jamais la faire apparaître sous un jour différent. Au contraire, tout semble de nature à compléter le personnage. La réussite. L'habitude de voir des gens extraordinaires. De leur parler sur un plan d'apparente égalité. De les intéresser. D'être plus ou moins fascinée par certains. Mais autre chose encore, cette résistance, cette permanence à travers des mouvements divers, des décisions un peu aberrantes. Une sorte d'ingénuité aussi... Un côté direct, soudain désarmant. La façon dont elle a tendu l'autre soir son collier à Magda en disant qu'elle le jetterait dans le canal si Magda ne l'acceptait pas.

Se retrouver avec elle dans ce canot ainsi cabré constituait une heureuse diversion. Ce genre de promenade a beau être banal pour ceux qui peuvent se l'offrir, il éprouvait une certaine satisfaction à échapper à ces tensions et à se sentir, en compagnie de Janet, coupé du reste du monde. Ce qui, avec elle, eût été totalement irréalisable dans des circonstances normales et un décor moins estompé que celui-là, réduit à des confins à peine signalés.

Ainsi a-t-il continué de supputer autour de l'image qu'elle offrait à ce moment. Son âge ?... trente-cinq... trente-six... qui songerait à se le demander devant le nacré étonnant et intact du masque ? Et malgré ce passé nombreux, parfois tumultueux, constamment rallumé aux feux d'une actualité torrentueuse, des révolutions du Mexique à la guerre d'Espagne. Malgré tous ces personnages saisis au flash, selon le hasard, le moment ou l'inspiration, et dont il importe peu à Janet de savoir ce qu'ils valent en réalité..

Il aurait volontiers accepté que le trajet dure deux ou trois fois plus tant il éprouvait de plaisir à la voir là, bien qu'ils ne pussent échanger le moindre mot, tout juste quelques signes. Profil admirablement dégagé par le vent emportant les cheveux à l'arrière. Et comme si le large sillage s'ouvrant sur la surface partait d'elle, créant ce remous, cette écume.

Un jeune étudiant de la communauté mékhitariste les attendait à l'extrémité de l'appontement. Il a aidé Janet à prendre pied sur la passerelle, s'est incliné et passant devant eux les a dirigés vers le bâtiment principal. A part la statue du père Mékhitar, de ce côté rien n'a dû beaucoup changer depuis que Byron, après être venu seul dans sa barque et sans se faire accompagner de son gondolier, abordait là. Il y est venu, presque chaque jour, pendant des mois. Voulant apprendre la langue arménienne, l'alphabet arménien, et avec cette passion, cette obstination qui pouvaient le lancer dans les entreprises les plus différentes. Moyen aussi de se donner de l'exercice, de lutter contre l'embonpoint en maniant la rame. En fait, il aurait pu venir à la nage. Ce n'eût pas été au-delà de ses forces. Le père qui leur faisait visiter le couvent avant que Janet ne commençât à photographier leur a dit en riant que cet emballement, cette amitié pour les moines étaient aussi pour le poète une façon d'avoir la paix avec ses femmes restées à Venise, de mettre une distance entre lui et leurs continuelles chamailleries.

Ensuite Janet, très méthodiquement, a commencé de tout enregistrer sur pellicule. La pièce où Byron travaillait, la bibliothèque avec les manuscrits, les portraits du père Aucher, le professeur de Byron, et du supérieur de l'époque, des autographes d'Harold. Enfin les abords du couvent, les oliviers sous lesquels Byron passait des heures à méditer.

Pendant que Janet effectuait ainsi son reportage, Marc a demandé à voir l'atelier d'imprimerie où l'oncle d'Elio a travaillé. C'était assez étrange pour Marc de penser que l'homme qu'il a approché dans les dernières semaines de sa vie, et dans une phase tragique de celle-ci, avait joué là enfant, y était revenu par la suite, et que cette île était restée pour lui, dans le domaine de l'esprit et de la culture — tout comme pour Byron lui-même —, une sorte de monde à part, un domaine préservé. Il a également voulu voir la chapelle, se souvenant de ce qu'écrit Ghiberti du profil de ces jeunes diacres dévidant à l'infini ces mélodies liturgiques aux sonorités orientales et le rapport qui s'est établi plus tard chez lui entre ces visages et certains modèles chez Tintoret.

— Où déjeune-t-on ? lui a demandé Janet alors que le canot les ramenait. « Tu es pris ?... Dommage !... Alors on se retrouve tout à l'heure chez Klaus, Campo della Guerra.

Il était assis à côté d'elle sur la banquette arrière, et cette fois c'est elle qui l'observait.

— Où est-ce que je te laisse?... Aux Giardini?... d'accord.

— J'ai quelqu'un à voir...

Elle n'a pas demandé qui, et s'est contentée de faire un geste au matelot pour lui dire de continuer. « Merci pour la promenade. A tout à l'heure », lui a-t-il lancé en sautant sur l'appontement. A cause d'un vaporetto qui venait accoster, le canot a dû attendre un peu pour s'écarter du bord. Janet l'a regardé s'éloigner sur le quai.

XVII

Accoudé sur le pont et observant le trafic comme d'une dunette, Stavro a dû le voir arriver depuis la Riva San Biaggio en suivant la *fondamenta*. Il ne risquait pas de louper l'endroit. Ponte dell'Arsenale e Paradiso. Autant à cause du rapprochement que de l'écho ghibertien : l'immense toile du palais Ducal... ce *mur d'âmes*, comme écrit Elio.

En fait, Stavro ne se tenait pas devant le troisième lion, celui de Délos, mais sur le pont. L'étonnant, c'est qu'il fût là le premier, lui adressant de loin de grands signes du bras. Recourant ensuite, après une bourrade sur l'épaule, au même genre de gouaille un peu calquée qui aurait pu avoir cours entre eux autrefois.

— Alors, mon faucon, on vole en altitude ?... Bonne promenade avec ta poupée ?... Dis-moi, ça a l'air d'aller mieux ton pied ?

Tout était rentré dans l'ordre en effet de ce côté. Peut-être en reparlerait-on en fin de journée.

Ils sont maintenant accoudés sur le parapet. A cinquante centimètres l'un de l'autre : pour pouvoir mieux s'observer. Surpris de se retrouver là, avec tous ces gens qui ne cessent de passer derrière eux et de s'interpeller sur le terre-plein, devant la porte de l'Arsenal. Toujours pourtant — chez Marc — la même difficulté à nouer le contact, difficulté renforcée par le changement de Stavro. Aussitôt constaté. Un Stavro différent de celui aperçu hier dans cette pièce surchauffée parmi ces inconnus, puis quand ils ont tourné dans ce chantier au milieu de toutes ces carènes pourries. Un Stavro restitué. Non pas tiré à quatre épingles, visant à l'élégance. Ça n'a jamais été son style, sa façon de se présenter, même quand sa mère lui faisait une obligation de l'accompagner à quelque soirée, donc de nouer une cravate. Superbe néanmoins. Comme il peut l'être. Portant une sorte de suroît, genre veste de chasse un peu fatiguée, comme s'il avait passé la matinée à tirer des canards au fond de la lagune. Avec en plus quelque chose de narquois dans le regard, l'expression. Voire d'inquiétant. Confins jamais précisés. Grand Serbe !... Et pour qui le XVIᵉ arrondissement, Auteuil, le quartier Malesherbes n'ont jamais été qu'un vernis.

Le vernis a sauté. Que reste-t-il, même si la silhouette inclinée en ce moment est la même ? Comment ne pas s'interroger, avec quelque inquiétude, quelque anxiété, devant ce profil à ce point identique ?... De cette jeunesse-là, qui a été la leur, qu'a-t-il fait, lui, Stavro, dans ce pays ravagé comme aucun autre, devenu le champ clos de ces vendettas ethniques, de ces confus marchandages entre l'envahisseur et deux résistances inexpiablement opposées, et qu'il a dû découvrir à travers ce carnage, ces privations, ces continuels déplacements dans le froid glacial, dans cette nature sauvage ? A-t-il réussi à se garder, à ne pas se laisser emporter, aveugler lui aussi par la haine, à ne pas devenir un instrument, un exécuteur ?

Difficile de ne pas mesurer cet abîme alors qu'ils sont là tranquillement accoudés. Et alors que Stavro est resté à ce point semblable que Marc, s'il avait ce don-là, aurait pu le dessiner ainsi de mémoire, l'œil toujours aussi clair et comme aminci par l'étirement latéral de la paupière, et avec cette masse de cheveux, ondoyante quand il marche, prête à cacher une partie du visage dès qu'il incline la tête.

— On fait quoi ? Où va-t-on ?

Il dit cela, Stavro, d'un ton parfaitement dégagé, ayant oublié apparemment que c'est lui qui, en appelant sur les huit heures, semblait avoir un motif urgent de voir Marc et s'est même étonné que celui-ci, laissant tout tomber, n'accourût pas aussitôt.

Quelle sorte d'urgence ? Argent ? Tapeur, parfois, le gars Stavro et léger côté fric. Capable aussi de donner sa chemise. Ou bien besoin d'un appui auprès du *Commissario dell'emigrazione* ? Comptant sur les relations que Marc pourrait avoir, sur l'aide qu'il pourrait lui obtenir.

Les deux choses normales dans la situation où il peut se trouver. Un parmi des dizaines de milliers d'autres réfugiés — 100 000 pour la seule armée Anders à Ancône, selon les estimations de Baxter — entrés plus ou moins clandestinement par Trieste ou venus par bateau d'un port dalmate, ou cachés entre les roues d'un wagon, et hésitant à présent entre les chemins de l'exil, de l'expatriation, et le retour chez Tito.

C'est d'ailleurs l'explication que Marc s'est donnée en recevant ce matin cet appel. Et, un peu plus tard dans la matinée, pendant qu'il regardait Janet transformer l'île et le couvent des mékhitaristes en site byronien à l'usage d'une revue illustrée américaine, c'est ce qu'il a pensé chaque fois que la question s'est présentée à son esprit.

De toute façon, en venant là, il était tout à fait décidé à aider Stavro, au moins pour l'argent, et sans lui poser de questions. Sans chercher à savoir comment il s'est comporté, au service de qui il s'est battu et ce qu'il espérait. Mise au point que rien ne lui donne le droit d'exiger.

L'histoire de son père suffit. Il ne tient pas à exercer un jugement quelconque, à donner un autre aliment à ce qu'il peut y avoir en lui d'instincts justiciers. Il n'est pas revenu dans cette ville — pour une cause en apparence assez noble — pour voir se préciser des frontières entre lui et des êtres qui ont compté pour lui, mais qui se sont obstinés sur la mauvaise voie ou ont emprunté une voie différente de la sienne.

Mais s'il faut à Stavro autre chose que de l'argent, un appui auprès de certains organismes officiels, il faudra bien qu'il s'explique, qu'il dise à Marc où il en est, ce qu'il veut, s'il a quelque chose à se reprocher, dans quel pétrin il s'est fourré.

En réalité, même s'il ne demande ni appui ni argent, il est

bien difficile d'imaginer qu'ils esquiveront longtemps ces
questions.

A ce moment, venant vers eux — toujours accoudés sur le
pont, visibles de ce fait à distance —, glisse lentement le long
du quai un canot exactement semblable à celui qui, quelques
minutes plus tôt, a déposé Marc Riva San Biagio. Superbe et
luxueux engin surgi d'un monde préservé de la misère, de la
laideur, des destructions, et qui, avec ses bois vernis, ses
chromes astiqués, ses coussins outremer capitonnés ne peut
qu'attirer le regard. Il continue de progresser à vitesse
réduite. Soudain Marc reconnaît sur la banquette arrière,
exactement dans la position et à la place qu'elle occupait tout
à l'heure, Janet Seymour elle-même. Elle a seulement laissé
glisser son manteau de ses épaules et apparaît, silhouette
galbée dans le tricot moulé sur elle, un appareil à la main,
prête à déclencher si quelque chose la tente.

Est-ce le fait du hasard ou bien, en donnant l'ordre au
marin de contourner la Campo San Biaggio, a-t-elle eu envie
de suivre Marc et de savoir où il allait ? Pour ce genre de
filature, les Vénitiennes d'antan auraient abaissé leur
masque.

Profitant de ce qu'elle avait encore le canot à sa disposition, elle a peut-être eu tout simplement envie de remonter le
rio, de venir photographier la porte de l'Arsenal, les statues
de Sansovino, les lions vus d'en bas, du niveau de l'eau, si
cela est possible. Et sinon l'intérieur de la Vieille Darse, les
plans inclinés, les chantiers maintenant écroulés d'où sont
peut-être parties les galères de Lépante.

Stavro, lui aussi, regarde la noble coque glisser vers eux, et
à l'intérieur cette magnifique figure de poupe au-dessus du
léger remous de l'hélice. Rien n'indique dans l'attitude de
Janet qui continue à tenir son appareil levé comme un trident
qu'elle les observe. Mais il serait étrange qu'un œil aussi
exercé que le sien ne les ait pas aperçus de loin. Va-t-elle
braquer sur eux l'objectif, les mitrailler, obéissant au réflexe
habituel ? Non pas. Juste au moment où elle s'engage sous
l'arche elle lève les yeux et sourit à Marc. Une fois passée, elle

ne se retourne pas alors que tous deux, d'un même mouvement, se sont déplacés pour la suivre du regard. Elle se
contente de photographier tandis que le canot glisse dans le
bassin intérieur de la Vieille Darse.

XVIII

Une trattoria embuée par un percolateur débitant à la chaîne pour les gens qui se pressent au comptoir, c'est tout ce qu'ils ont trouvé dans le coin. Marc a pensé que Stavro ne tenait pas à aller dans le centre. Celui-ci n'a pas encore dit pourquoi il était si pressé de le voir. Rien d'autre que des souvenirs échangés au hasard. Des noms de camarades dont Stavro, Dieu sait pourquoi, tient à savoir ce qu'ils sont devenus. Mariés, revenus d'un stalag, disparus dans un camp, ou casés quelque part, fonctionnaires ou curés. Le tour d'horizon attendu. Comment pourrait-il en être autrement ? Un entrain un peu factice prolongeant chez Marc la même perplexité.

— La fille qu'on a vue passer sous le pont, dis-moi, c'est bien celle avec qui tu travailles, qui te fait ces photos ?... Ton Américaine ?

Au loin, les yeux de Stavro se fixent sur une image qui a dû rester présente et continue à l'intriguer. La distance entre eux semble se réduire. Les filles, les femmes, c'est un sujet qu'ils peuvent aborder. Un sujet qui, en fait, n'a jamais cessé de les réunir, de les tenir en éveil pendant d'interminables discussions. « Que je dorme ou que je monte un bourrin, je n'arrête pas d'y penser. Pas toi ? »

Il y pense toujours, semble-t-il. Et tant mieux ! Cela dit, sa guérilla, ce long calvaire, l'échec final ont-ils aiguisé une privation venant s'ajouter à d'autres ?

— Tu couches avec elle ?

L'écart se creuse de nouveau.

213

— Pas mal en tout cas. De beaux seins. Comment sont-ils en réalité?... Pas vingt ans tout à fait, mais beau châssis. Châssis américain, insiste Stavro un peu lourdement.

Marc lève la main pour dire que ça va comme ça. Peut-être aussi pour lui faire sentir que le vocabulaire érotique a changé et ne retient plus *beau châssis*; que ça fait boulevard d'avant-guerre... que les voitures n'ont plus de châssis.

— Elle habite dans le même hôtel que toi?

— Non, au Bauer. Ils sont toute une bande.

— Tu es seul ici? Tu as quelqu'un dans ta vie?

Marc parle un peu de Guisa, mais l'esquisse tracée ne semble pas détourner l'attention de Stavro qui reste attachée à la silhouette de la jeune femme qu'il a vue se découper à l'arrière du canot tandis que celui-ci pénétrait dans le bassin de l'Arsenal.

Le regard, de nouveau lointain, semble filtrer une réalité non certifiable. Stavro s'absente derrière ce masque que Marc et bien d'autres avaient la naïveté de croire mongol. Négligemment il pique à la pointe de la fourchette de minces lamelles de *prosciutto* et les regarde ensuite par transparence avant de les porter à sa bouche. Pour un peu il soufflerait sur elles, pensant qu'elles vont s'envoler... comme bulles, fétus, avions de papier, tout ce qu'ils envoyaient à l'étude voler par-dessus les têtes, d'où retenues et privations de sortie à perpète.

Cette façon désinvolte de traiter les aliments rappelle à Marc un mot de Géraldine, quand Stavro, parfois pour toute une semaine, venait prendre pension rue Cardinet et partager avec lui la soupente : « Celui-là, je me demande avec quoi il nourrit son grand corps! Encore un qui ne mange que si la nourriture l'amuse!... Ah! ne me parlez pas des Serbes! Ils nous ont valu une guerre : ils nous en amèneront bien une seconde! » Ainsi se plaisait-elle à imaginer ces barbares menant la vie dure dans leurs montagnes aux envahisseurs, chrétiens ou ottomans, turcs, bulgares ou teutons, mais pas trop occupés de ce qu'on leur met dans leur assiette, de ce qu'on mitonne pour leur sensibiliser le palais. Indifférent à ses recettes, c'était ça, pour elle, Stavro. En fait indifférent à la bouffe. Les privations ne l'ont pas rendu boulimique.

— A quoi penses-tu ? finit par demander celui-ci toujours dans le sillage du canot.

— A ma grand-mère... ma grand-mère Challange... Elle croyait que la guerre viendrait par vous, de votre côté. Mais plutôt avec sympathie, considération. Parce que après une guerre rien n'est pareil, parce qu'une guerre oblige le monde à changer... parce qu'elle en avait connu deux et qu'une troisième ne lui faisait pas peur. Pourtant, cette fois, c'est nous qui vous avons refilé la nôtre...

— Pas vous ! clame Stavro qui, émergeant tout à coup, saisit le taureau par les cornes. Vous n'y êtes pour rien. Vous n'êtes pas responsables de ce qui s'est passé chez nous... Les Anglais, oui. Semeurs de merde, ceux-là ! Qu'est-ce que tu dis de ça : lâcher des gens qu'on a poussés à se battre, qui se sont battus comme on l'a fait !... Vous, en 40, ils vous ont coulé vos bateaux. Nous, plus tard, ils nous ont lâchés... ont armé les communistes contre nous... ont bombardé Belgrade pour agir sur le roi. Et soudain plus rien n'a eu de sens... Les obus qui éclataient autour de nous étaient anglais ou américains... les armes, les munitions, ils les parachutaient chez les autres. Pour nous, les premiers à avoir repris les armes, rien. Nous avons toujours été trahis. Il n'y a que les arbres, les endroits inaccessibles qui nous ont permis de durer...

Un éclair de fureur et de mépris flambe dans ses yeux, dardé sur cette « trahison ».

— Ce vieux crapaud, son ivrogne de fils, et tous ces types vendus à Moscou truquant nos communiqués, brouillant nos transmissions... répandant des mensonges, racontant aux Américains que nous bouffions avec les Boches dans la même gamelle... et les Américains les croyant... à part quelques-uns que nous avons aidés à repartir sur les Liberators venus les prendre en leur aménageant des pistes d'envol...

Et il redit, presque mot pour mot, ce qu'il a dit déjà : « Soudain nous étions moins que des chiens... le monde libre était prêt à nous cracher dessus, à nous considérer comme des traîtres... Même pas l'honneur du soldat qui s'est battu. Et lui Draza... Mihajlović... tu sais comment ça s'est terminé pour lui, en juillet dernier... Tschitscha... le vieux, ça veut dire... il y a six mois ! »

Le masque lisse de nouveau. Un silence occupé par le bruit qui se fait à côté autour du comptoir. Au bout d'un moment, Stavro revient à ce qui a déclenché cette diatribe :

— Au moins, vous, aucune responsabilité dans tout ça. Ecrasés avant nous ! Et comme nous autres en quelques jours ! Les illusions des militaires !... C'est là que tout a commencé. Le vieux fond haïdouc... tu ne peux pas comprendre... L'aventure !... Tu parles d'une aventure ! Nous, les montagnes. Vous, le maquis. Mais pour vous c'était moins compliqué. Pas de génocide à prévoir entre le Poitou et les Charentes. Vos provinces n'ont pas sauté sur l'occasion pour se massacrer entre elles. Vous n'avez pas dix nationalités, langues, religions... est-ce que je sais ? Les guerres, pour vous, c'est simple : vous les perdez ou vous les gagnez. C'est simple d'être Jeanne d'Arc ou de Gaulle. Mais nous, c'est toujours une partie du pays qui les gagne contre l'autre et fait payer à cet autre plus encore qu'au vaincu. Chacun, chez nous, faisant sa guerre avec sa religion, son passé, ses haines, son orgueil... Quand une guerre est gagnée une partie du pays se réjouit et l'autre est plongée dans le désespoir. Mais laissons ça... à quoi ça sert d'en reparler ? En quoi ça te concerne d'ailleurs ?

Il clôt le chapitre. Il n'y reviendra pas. Comme si continuer lui semblait un bavardage sans nécessité, ne les avançait à rien ni l'un ni l'autre.

— Qu'est-ce que tu voulais me dire ? Pourquoi m'as-tu appelé si tôt ?

— Mais pour te voir, tout simplement. Ça t'étonne ? C'est quand même chouette d'être ici, toi et moi, de pouvoir parler.

— On aurait pu trouver mieux comme endroit. Dis-moi, ces garçons que j'ai vus hier...

— Ils sont partis.

Stavro ne précise pas s'ils sont partis de façon définitive ou s'ils doivent revenir. En fait, à part à l'instant cette brève explosion, il n'a fait que survoler de très haut son « aventure ». Entre eux, les positions de chacun, l'appréciation des événements restent probablement très différentes, sans doute inconciliables. Mais c'est aussi une question de tempérament : impulsif, tout d'un seul tenant, Stavro est sans doute content d'avoir retrouvé son meilleur ami d'autrefois, de refaire surface un instant au milieu de ses difficultés en retrouvant ce lien avec le passé. Pour Marc, les choses sont quelque peu différentes : rien de ce qui lui vient du passé ne peut se détacher d'éléments confus et contradictoires qui constituent de temps à autre un écran et l'empêchent de se libérer.

— Marrant, fait Stavro, on aurait presque pu se donner rendez-vous ici à la fin de l'été. Moi je le passais à Dubrovnik. Mon père avait fini par y vivre toute l'année. Il s'était mis à peindre de petites toiles naïves ; on l'entendait rarement ; on finissait par oublier qu'il habitait la maison. En revanche, ma mère on l'entendait. Elle s'est toujours prise pour ce qu'elle croyait qu'elle était. Tu parles d'un programme !... Nous avions aussi une maison à Belgrade. Mais pour rien au monde elle n'aurait consenti à vivre ailleurs qu'à Paris. Paris-sur-Danube. Paris capitale des Balkans. Ça deviendra inimaginable. Les Russes vont mettre bon ordre à tout ça. Chacun chez soi. Eux chez tous... Enfin elle avait choisi Paris... comme ton père a choisi l'Italie. Par engouement. Par caprice. Ou pour vivre *ailleurs*. Ça a dû être très courant à un certain niveau social. Mais il y a eu pour elle un sacré coup de semonce... Ceux qui choisissent pour y vivre un autre pays veulent que rien ne change dans ce pays, et que l'illusion reste la même. Or en France, sans être la guerre civile, ça bougeait fichtrement. Toutes ces braves dames, tous ces gens qui étaient venus là pour échapper à des révolutions, à des pogroms, à des épidémies, à des tremblements de terre, commençaient à s'inquiéter. Le plancher n'était plus très solide. Nous, toi et moi, on s'en fichait, et c'était notre part de vivre loin de tout ça et de regarder brûler les autobus sans trop nous préoccuper du reste. Tout nous semblait absurde et périmé. Nous accueillions plutôt le désordre avec sympathie. Je t'ai connu un moment royaliste... si, si... Une fois je t'ai demandé pourquoi : tu m'as répondu que c'était parce qu'il te semblait impossible que ça débouche sur quelque chose de concret... Tu as changé par la suite. Il faut peut-être avoir été royaliste pour faire plus tard un démocrate.

« Pour ma mère, l'avertissement, la mise au pied du mur, ça a été la mort du roi Alexandre, l'attentat de Marseille. Les Français ont découvert ce mot : *oustachis*, qui les a fait rire et a donné lieu à toutes sortes de plaisanteries. « Espèce d'oustachi » a fait partie du vocabulaire des potaches et des chansonniers. A cela quelqu'un qui, comme elle, était né en Serbie, pouvait mesurer qu'en France les gens étaient peu avertis de nos problèmes.

« Chez nous un changement d'orientation devait s'opérer autour du régent. Pour ma mère, Stojadinović est devenu l'homme du jour. Mais déjà, dès 36, ses illusions n'avaient pas résisté au Front populaire. Elle a plié bagage deux ans plus tard et rouvert ses volets à Belgrade. Pour moi l'Académie militaire... l'uniforme de cadet. Quand j'ai eu mon premier galon, vous aviez déjà perdu la guerre. Pourquoi donc est-ce que je te raconte tout ça ?

— Parce que nous sommes là en ce moment et que nous essayons de savoir ce qui s'est passé et pourquoi les choses ne peuvent plus être entre nous comme elles l'ont été.

— Ton père, dis-moi, tu m'as bien dit qu'il était mort à Rome...

— Il a été l'ami, il s'est rangé du côté de gens qui ont été de vraies calamités pour l'Italie, qui ont accumulé les erreurs et les ruines, envoyé à la mort des hommes par milliers... Cela dit, s'il en a profité, lui a reconnu son erreur et s'est tiré une balle dans la tête.

— Mais toi tu as fait ton devoir et moi j'ai fait le mien : qu'est-ce qui ne va pas entre nous ? qu'est-ce qui bloque ?

— Je n'arrive pas à comprendre ce qui s'est passé chez vous... toute cette violence... tout ce qu'on m'a raconté...

Stavro s'est emballé à nouveau :

— On t'a raconté... quoi ?... est-ce qu'on t'a raconté que la reine Draha avait été empalée par le vagin ?... Tu sais ce que c'est qu'un pays où, pendant des siècles, les Turcs n'ont

218

jamais cessé de faire voler des têtes... où l'on déballait les nez et les oreilles des Serbes devant le vizir... un pays où la terreur, le macabre ont longtemps imprégné l'existence des gens ?... On t'a dit quoi, que nous étions des tueurs, des assassins ? On t'a raconté que nous, les tchetniks, avions un grand couteau entre les dents. On ne t'a pas dit ce que Pavelić faisait jurer sur la croix à ses oustachis. Pourquoi aurions-nous fait ce qu'on t'a dit ? Nous avions tout le pays avec nous. Sais-tu ce qu'ont fait aux Serbes les Croates, les catholiques croates, le Stepinac et le clergé croate... et que non seulement le Vatican s'est tu sur tout ça mais qu'il a continué à les bénir et à distribuer des mitres... et maintenant à leur donner des moyens de filer... de se mettre à l'abri.

— Vous aussi... enfin tes amis, vous cherchez à filer...
— Où veux-tu qu'ils aillent ?... qu'ils rentrent chez Tito ?... Ecoute... et on n'en parle plus... si tu veux savoir ce que j'ai fait, eh bien, je me suis battu. Et rien n'était clair souvent devant mes yeux. Et une chose était vraie un jour qui devenait fausse le jour suivant. Je ne suis pas un héros. Il aurait fallu être né sur ce sol pour bien comprendre, pour sentir les choses comme les sentaient les camarades avec qui je me battais : il eût fallu, comme eux, avoir toujours vécu là-bas, n'avoir connu rien d'autre, ne pas avoir eu une éducation tellement différente de la leur. Ça n'était peut-être pas facile pour toi d'avoir un père vivant dans un pays qui a fini par choisir l'Allemagne et à vous canarder sur les routes, mais ça n'était pas plus facile pour moi, après la jeunesse que nous avons eue, d'être projeté tout à coup dans cette tuerie et surtout de devoir naviguer entre des énigmes tirées d'un passé auquel je ne tiens que par un certain nombre de réflexes plus ou moins inconscients enfouis en moi. Pas facile, non, de faire miennes des réactions que j'avais du mal à partager. Ma guerre moi ç'a été ça : l'effort que je faisais pour y parvenir.

Marc regarde sa montre, se souvient qu'on l'attend :
— Il faut que je file. J'ai ce travail à terminer.
Ils se retrouvent à l'extérieur, dans la *calle*.
— Tu m'accompagnes ?
— Nous n'allons pas du même côté, dit Stavro.

Marc n'ose pas lui demander s'il retourne dans sa cellule, là-bas au-dessus du chantier. L'idée de la vie qu'il peut mener là a quelque chose d'inquiétant, d'absurde, d'intolérable.

— On se revoit ? demande-t-il.

— Bien sûr !... A propos, comment s'appelle ton Américaine ?

— Janet.

— Comme MacDonald... tu te souviens ?

— Janet Seymour, corrige Marc.

— Et elle s'est fait un nom avec les photos... en photographiant des gens célèbres... Churchill, je parie, avec son cigare...

Il a l'air de trouver ça vaguement cocasse...

— Seymour... tu parles d'un nom !... Tu te souviens du film de Laughton ?

Il fait le geste qui correspond à la décollation.

— Si elle n'avait pas la gueule qu'elle a, personne ne songerait à se faire photographier par elle !... A propos, tu joues toujours du piano ?... Moi, c'est fini pour moi. — Il montre sa main : — J'ai eu deux doigts gelés. Nos campagnes, poursuit-il en riant : toi, ta cheville ; moi, deux phalanges !... Tu sais ce qu'on leur chantait aux gars qu'on ne pouvait soigner ni opérer : « Joyeuse blessure, mon faucon, joyeuse blessure ! Mourir fait de vous des héros ! »... Nous, on n'est pas des héros. Je ne pourrai plus jouer *la Révolutionnaire*. Toi tu ne pourras plus faire du ski. Mais la vie nous reste, n'est-ce pas ?

Ils avaient eu du mal à trouver le ton juste et surtout ce contact immédiat, mais ils avaient du mal également à se séparer, comme autrefois, quand ils n'en finissaient pas de se raccompagner de la porte de l'un à la porte de l'autre.

— Allez, *ciao* !... Ne rentre pas trop vite à Paris : on a encore des trucs et des trucs à se raconter !

Campo della Guerra. Il y est arrivé sans trop chercher. Magda, toujours pressée, sortait de l'atelier. Elle l'a embrassé en passant, puis lui a lancé, avant de s'engager sous le *sottoportego* : « On t'amène ce soir à la Fenice... des quatuors, ça te dit ?... On a un billet pour toi. Klaus va te le donner. A propos, Ceroni te cherche, il est venu à l'atelier. Ils ont l'intention de faire quelque chose... une sorte de commémoration. Klaus va t'en parler. Alors à ce soir. »

Il s'est excusé, disant qu'il n'a rien contre la musique de chambre mais préfère lire tranquillement à l'hôtel. « Tu m'excuses... mais la fille qui garde les *due bambini* s'en va maintenant. Si on ne se voit pas ce soir... à une autre fois. Demain Klaus n'est pas là... »

Il retrouve l'atelier avec plaisir, l'éclairage des spots qui fait flamboyer les images, mais surtout l'atmosphère sympathique de l'équipe. Après les deux heures passées dans cette gargote bruyante et crépusculaire, ces propos décousus cernés d'interrogations multiples, ponctués d'affirmations amères, invérifiables, de retours à un passé mort lui aussi, il a l'impression de se retrouver de nouveau sur un terrain stable, net, dégagé. A l'intérieur de ce cordon protecteur que tend autour de lui Ghiberti. Son père sublime, comme a dit l'autre soir Magda en plaisantant, quand ils marchaient le long du canal de la Giudecca.

Il répète à Klaus ce qu'il lui a déjà dit pour les photos : qu'il est content de ce qui a été fait et qu'il ne voit pas comment on aurait pu avoir un meilleur résultat. A quoi

Klaus répond gentiment qu'eux tous, lui et ses assistants, ont été heureux de faire ce travail — en dehors de la satisfaction de servir la mémoire d'un grand résistant —... ce travail qui les change bien sûr de certaines commandes plus commerciales, affiches ou publicité.

Janet est arrivée sur les cinq heures, disant qu'elle ne pouvait rester, que le magazine qui lui a commandé ce reportage sur San Lazzaro lui demande à présent de joindre à chaque cliché un commentaire de quelques lignes, lequel, lors de la publication, sera partiellement utilisé. Marc a vu le moment où elle allait lui demander de se charger de rédiger à sa place ces notes accompagnatrices. Il l'a devancée en disant qu'il profitait de sa relecture du texte pour l'annoter en vue du montage définitif. Elle n'a pas insisté. Décidément les Dolomites — et peut-être ce travail avec Klaus Lehmann qui a dû lui ouvrir d'autres horizons — paraissent lui avoir profité. Rayonnante. Au cœur de son personnage. Heureuse aussi d'avoir passé avec Marc cette matinée dans l'île. Au fait, quand se reverront-ils, si elle part demain pour Capri, comme elle vient de le répéter, et après pour le Japon et peut-être ensuite pour le Yucatán ?

Heureuse, oui, comme elle peut l'être parfois dans l'instant. Et cette fois pour avoir visité ce couvent, vu ces manuscrits arméniens, coptes, gréco-égyptiens, pour avoir parlé avec ces moines. Ces « moines à la barbe de météores », précise-t-elle en riant, citant une expression de Byron dans une lettre à un ami qu'elle doit avoir piquée dans une brochure qui l'aide pour ces fameuses notes.

Ils sont restés un bon moment à l'écouter faire son numéro Byron, amusés par cet emballement, sa façon de leur jeter son savoir. On aurait pu croire que le héros de Missolonghi était sa dernière découverte, qu'elle venait de l'interviewer, de passer une heure avec lui au Palazzo Mocenigo, au milieu de ses singes, de ses chiens, de ses perroquets, de toute cette ménagerie animale et féminine. Elle n'en finissait pas de donner des détails amusants sur ce séjour dans la *dogeless city*. Byron naviguant sur la lagune, plongeant du Rialto dans les eaux non polluées du Grand Canal... Tout cela, comme si Klaus — occupé uniquement à photographier des tableaux

— n'avait jamais entendu parler du personnage et de sa smala. Dix fois Marc l'a vue prendre feu de la sorte. Mais, de façon plus générale, sur des gens qu'elle venait réellement de rencontrer, avec lesquels elle pouvait avoir un contact plus ou moins épisodique.

N'empêche, Byron a beau, depuis cent trente ans, reposer derrière son épitaphe à Hucknall Church dans le Nottinghamshire, il est pour elle le personnage du jour et, positivement, sa découverte.

— Quel reportage tu as manqué avec lui, a dit Marc afin de la ramener sur terre. Enfin, tu te consoleras avec Malaparte. Lui aussi a des chiens.

Tous ont ri et elle avec eux. « Enfin ça valait la promenade ! » a-t-elle conclu, mais sans parler à Marc de leur rencontre finale aux abords de l'Arsenal. Sans lui dire qu'elle l'a aperçu sur le pont ainsi que le grand type qui était à côté de lui. Et dans lequel — sans le moindre doute pour elle — elle a reconnu celui avec qui elle s'est engueulée l'autre soir quand sur la ligne il est venu se mêler à leur conversation et a prétendu la chasser.

Après cet intermède Byron, ils se sont remis au travail, se livrant de nouveau à un examen des reproductions. Finalement tous trois sont tombés d'accord sur la nécessité de privilégier certaines figures, certains détails, qui, dans nombre de compositions quelque peu tumultueuses, ont une importance soit symbolique, soit dynamique, relèvent d'une facture plus appliquée, d'une invention formelle ou d'une singularité qui méritent d'être soulignées, comme Ghiberti l'a d'ailleurs fait de son côté.

Ce travail s'est prolongé assez tard, et Janet, qui, à son habitude, remplissait les cendriers de cigarettes à peine fumées, semblait si passionnée qu'elle a complètement oublié qu'elle était attendue à son hôtel pour aller dîner dans quelque demeure en bordure du Grand Canal. Elle a fini par s'en souvenir et les a laissés achever seuls ce choix en disant qu'elle leur téléphonerait demain avant son départ.

Un peu plus tard, Magda a appelé pour prévenir Klaus qu'elle le retrouverait à la Fenice.

— On terminera demain, a fait Marc.

— Non, pas demain, ni après-demain... ça m'ennuie un peu de devoir te laisser avec tout ça, mais je dois aller voir ma mère, dans la montagne, là-haut, à Dobbiaco... près de la frontière autrichienne. Magda t'a dit peut-être... j'avais un frère... il a été tué chez les partisans quelques semaines avant la Libération... Ma mère l'a fait enterrer à Linz... elle y a des parents. C'est très compliqué ethniquement ces endroits. On ne peut en vouloir à personne... mais pour elle, tu sais, c'est terrible... L'année dernière, pour le premier anniversaire de cet... accident, je suis monté à Dobbiaco... Ensemble, ma mère et moi, nous sommes allés à Linz. Je vais faire de même.

— Quel âge avait ton frère ?

— Dix-sept ans... il en paraissait vingt. Nous autres *alpini*... !

— Ça aurait pu t'arriver à toi.

— Question de chance. Voilà... tu ne m'en veux pas, j'espère ? On reprendra le travail au début de la semaine. Ça te donnera le temps d'aller jusqu'à la fin... A propos, l'illustre Ceroni, comme tu l'appelles, est venu en fin de matinée. Je lui avais dit que tu serais là. Il voulait te voir pour un truc qu'ils ont envie de faire. Ils ont décidé de poser une plaque sur la maison où est né Ghiberti, à Cannaregio... Personne n'ira jamais jusque-là, mais c'est une habitude ici... Goethe... Ruskin... Ghiberti pourquoi pas ? Ils ont formé un comité avec le *sindaco*... et la *Comune di Venezia*... et prévenu à Paris ton patron en lui demandant qu'il vienne. Il dit que tu y ailles à sa place. Il veut que tu y sois.

— Quand ? a demandé Marc.

— Une huitaine tout au plus. Evidemment, ça t'oblige à rester. Ils ont un peu précipité les choses, mais ils pensent qu'il faut le faire tant qu'on en parle. Après, on oublie.

La réaction de l'éditeur était à coup sûr prévisible : si la plaque en question rappelle opportunément à ceux qui pourraient l'ignorer qu'il a existé une résistance extérieure, et si la toute jeune république italienne qui vient de balayer la monarchie a besoin de ce genre de racines, cette publicité ne peut également que servir la sortie du livre. Le vieux Campra

224

ne se dérangera certes pas pour voir dévoiler ladite inscription, mais Marc peut s'attendre à un coup de téléphone pour l'engager à être présent à sa place et à représenter la boîte. Le scénario Ghiberti continue à se dérouler sans coupures, voire de façon implacable, depuis que Marc s'est trouvé engagé dans cette distribution, sans prévoir où cela l'amènerait personnellement, un certain jour de novembre 41, alors qu'il feuilletait des nouveautés dans la librairie de la rue de l'Odéon. Maintenant, personne ici, ni Magda, ni Klaus, ni Stavro... ne s'attend à le voir repartir de sitôt et avant que n'apparaisse sur cet écran le générique de fin. Le temps lui échappe, lui file entre les doigts. L'enchaînement desdites séquences lui fournissant à la suite de nouveaux alibis pour ne pas quitter cette ville où il avait, pensait-il en venant, tant de raisons de ne pas s'attarder. Comment Guisa va-t-elle prendre ce retard, cette rallonge ?

Du Colombani impossible ce soir d'obtenir Paris. Elle est rentrée pourtant. Il n'était pas à la gare et elle a trouvé vide le studio de la place des Abbesses. Comme elle a pu le faire d'Anvers, peut-être téléphonera-t-elle passé minuit. Mais quoi lui dire ? Comment la persuader ? Elle continuera à penser que tout ça était combiné à l'avance. La *jalousie de la sylphide,* ce pourrait être le thème d'une gravure de Devéria. Il n'aime pas penser qu'une réaction de cet ordre vienne ternir cette transparence qu'il aime en elle et qui la situe depuis le début un peu en dehors de ses problèmes. Lui a-t-il jamais parlé de son père ? Que pourrait-il lui dire de Stavro ?

Comme hier il fait monter un plateau. Se retrouvant dans le silence de cette chambre, un peu chargée mais confortable, il se demande où ce dernier a pu aller en le quittant ; s'il a regagné directement son étrange refuge ou a continué à tourner en ville ; s'il avait des gens à y voir. Quelles sortes de gens ? Il semble bien la connaître, ne montre aucune difficulté à s'y diriger ni à désigner un point de rencontre. Où peut-il se trouver à cette heure ? A quoi peut-il employer son temps là-bas, entre ces quatre murs lépreux ? Quel genre d'activité ? Que cherche-t-il ? Qu'attend-il ?...

Une chose le frappe : en arrivant ici, sa préoccupation

première était de ne pas raviver des empreintes, que personne ne vienne lui reparler de son père. A sa place — il n'est jamais allé sur sa tombe... il ne s'est jamais préoccupé de savoir où à Rome ses amis ont pu le faire enterrer —, à la place de ce mort, un vivant, bien vivant : Stavro ! Autre aventure qui a mal tourné. Autre traversée de la nuit. Autre drame peut-être. Quel drame ?

Les reproductions disposées autour de la chambre continuent de tendre un cordon protecteur. Assis sur le bord de l'énorme canapé abondant en volutes et festons, il achève un léger repas pris sur le pouce, le manuscrit déjà posé à côté de lui.

Il sait trouver là un apaisement à la fin de cette journée, une autre résonance que celle que ce texte avait pour lui au début. Un son maintenant familier. Une leçon de lucidité et de courage — derrière ce regard porté sur Robusti — leçon qui pourrait l'aider à voir un peu plus clair dans ce qui lui arrive depuis qu'il est là.

Marc écarte le problème Stavro et rouvre le manuscrit. *Paradiso.* En fait, le dernier chapitre. Elio a supprimé l'article, peut-être pour rendre l'image plus forte, mais, curieusement, sur le texte écrit de sa main, il avait fait suivre ce titre d'un point d'interrogation mis entre parenthèses. Fallait-il maintenir cette indication typographique ? Signifiait-elle que Ghiberti n'était qu'à moitié satisfait de celui-ci et renvoyait à plus tard le choix d'un titre définitif ? Ou bien l'interrogation se tournait-elle vers l'idée même de paradis et sur ce qu'il est possible d'en attendre dans le domaine des formes ? Marc se souvient d'en avoir discuté avec Erika. L'étrange, c'est qu'il ne lui soit pas venu à l'esprit d'interroger Ghiberti. Erika a pris sur elle de faire disparaître le signe en question. Ghiberti, recevant un peu plus tard le dernier lot de feuilles dactylographiées, n'a fait à ce sujet aucune remarque. Peut-être ne les avait-il pas relues, mettant le *Paradis* — du moins la toile — du côté des certitudes.

XX

Paradiso

On m'a souvent demandé, quand je voyageais encore à travers le monde, allant porter aux gentils la bonne parole de la culture occidentale, si j'avais un lien de parenté, si je descendais du très fameux Lorenzo Ghiberti, sculpteur et architecte, à qui l'histoire de l'art est redevable de la deuxième porte du baptistère de Florence et surtout de la troisième qu'il mit vingt-sept ans à sculpter et que Michel-Ange appelait la porte du Paradis.

Je suis bien incapable de répondre à une telle question, n'ayant, je dois l'avouer, jamais poussé aucune recherche dans ce sens. Portant ce nom comme d'autres celui de Léonidas. Je pense que, comme « le fils du teinturier », je sors de cette souche artisanale qui, à l'occasion, dans diverses spécialités, a pu donner à Venise des produits surprenants.

Je sais seulement que ma mère, de par de lointaines origines, était « chrétienne d'Orient », issue d'une famille qui, lorsque la Sérénissime à l'époque de Famagouste a commencé à replier ses comptoirs, est revenue à Venise. Je puis donc estimer que j'y ai des racines suffisantes pour m'avancer, et non en étranger, jusqu'au seuil de cette autre fameuse porte, devenue ouverture cosmique, à un siècle et demi de distance du grand Florentin, mon homonyme.

Entre ces deux versions thématiques le monde avait certes changé. Plus peut-être qu'il n'a changé depuis la seconde. Le monde n'était plus ce qu'il était du temps de Lorenzo, solide sur ses bases, quand Tintoret, réalisant l'ambition de sa vie — celle que le commun des croyants ne réalise que dans l'autre monde — a pris pour la première fois les pinceaux et commencé son Paradis.

J'ai inscrit le mot apocalypse *tout au début de ce* Journal *et à propos des fondations mythiques de la cité. Cette vision inexprimable du Paradis répond aux deux significations — catastrophe ultime, révélation — qu'on peut lui donner. L'œuvre emprunte aux deux.*

Je passe sur les détails, ayant précédemment assez abordé le sujet. Depuis longtemps, il était question de remplacer sur le mur du fond de la Salle du Grand Conseil le Paradis *de Guariento dont le style ancien, les personnages à nimbes d'or, ne s'accordaient plus avec le plafond de Véronèse, et que, de plus, l'humidité avait dégradé. Tintoret ne s'était jamais caché d'en briguer la commande, priant Dieu « de lui accorder le paradis dans cette vie car il espérait bien de Sa grâce de le posséder aussi dans l'autre ».*

Le travail fut d'abord confié à Véronèse et à Bassano, qui ne semblent pas avoir montré beaucoup d'empressement à l'entreprendre. Véronèse étant mort peu après, on songea finalement à Tintoret, en 1588. Celui-ci avait soixante-dix ans et cette œuvre démesurée — vingt-deux mètres de large sur sept de haut — pouvait représenter une sorte de testament, l'aboutissement d'une expérience incroyablement créatrice. L'emplacement — au-dessus du fauteuil ducal — pouvait seulement se comparer en Italie, par l'importance du lieu, la magnificence du cadre, au mur du Jugement dernier de la Sixtine, au-dessus de l'autel papal. Tous les fastes futurs de Venise, les grandes heures de son destin l'auraient désormais pour horizon.

Aidé par son fils Domenico, Robusti a mis là ses dernières forces. Il existe deux esquisses aujourd'hui : celles du Prado et du Louvre, ainsi qu'un certain nombre de dessins aux Offices. C'est l'esquisse du Louvre qui fut montrée par lui, et il est assez courant d'entendre de bons esprits regretter qu'il ne s'en soit pas tenu à cette conception initiale, si proche de la vision dantesque. Au lieu d'un ciel où chacun aurait la place qui lui revient, Tintoret, confondant cet ordre des mérites et les hiérarchies, a peint une foule tourbillonnante dont les visages, comme les galets d'une grève multipliés à l'infini, évoquent les myriades des générations, la gravitation des mondes dans la profondeur céleste.

Comment ne pas saisir, dans un changement si radical entre l'esquisse et l'exécution, une intention précise ? Il serait étrange en vérité qu'une œuvre de cette importance — et de cette portée — n'ait pas eu, aux yeux de l'artiste, valeur de message et de prémonition. Le vieil univers scolastique est mort : le nouvel ordre universel est en train de découvrir l'abîme de sa complexité. L'axe de l'univers n'est plus terrestre mais cosmique. La réalité finale est déjà — pour autant qu'un esprit humain puisse la concevoir — cet encombrement indéchiffrable de galaxies traversé par le rayon du Christ.

De son Paradis, Tintoret n'a pas fait un théâtre de nuées étagées en gradins et selon les règles de l'étiquette céleste — un rang pour les Archanges et les Martyrs, un autre pour les Confesseurs et les Vierges, ainsi de suite —, il a voulu que toutes les âmes créées s'amalgament de nouveau entre elles, comme une sorte de fluide mystérieux, indifférencié, de force roulant sur elle-même dans les espaces. Pas de vision plus déconcertante et effaçant plus complètement le relief des destinées individuelles. Un mur d'âmes, voilà !... Vision que le cher Stendhal, consul à Trieste, juge assez curieusement « antipittoresque », mais dont l'originalité reste stupéfiante au sens plein du mot.

On s'est demandé si Tintoret était profondément créateur au sens thématique et si, dans sa perpétuelle recherche, il n'avait pas trouvé là, dans le sujet lui-même, un motif assez exceptionnel d'exaltation. C'est limiter son intuition et cette découverte d'un vertige cosmique que la science ne va cesser d'illimiter. Le vieux monde vient de se décentrer et les abjurations de Galilée — lequel construisant à Venise la première lunette astronomique y découvrira les librations de la lune — ne rendront pas à ce monde ce privilège scolastique qui faisait de lui le centre de l'univers et la mesure des choses.

L'incertitude baigne cet univers. Qu'y a-t-il derrière ce tissu de songes où s'enveloppe la solitude des êtres ? Comme Shakespeare, comme Lope de Vega, Tintoret semble hanté par cette interrogation. Elle seule donne son accent à cette création pathétique à l'intérieur d'un monde fait d'illusions et qui n'est

231

pas à sa mesure. Comme le Danemark d'Hamlet, Venise est, elle aussi, ce royaume pourri, cet univers sans frontières réelles où le temps semble s'être définitivement emprisonné dans les apparences. Cette large prémonition fait voler en éclats les sécurités et les mythes. Rien d'autre que cette énorme tempête eschatologique enflant ce déferlement qui est aussi, de par la puissance du voyant, une incroyable remontée vers la lumière.

La médiation n'est pas absente, quoique fort loin des gloires et des rayonnements pacifiant en général le sujet en question. Au centre, dans une ouverture magnétique, le couple de la Mère et du Fils. L'image rejoint l'icône, c'est-à-dire le silence, l'adoration. Cette prophétie visuelle n'a jamais été dépassée. A ce Christ de la parousie, on dirait que Tintoret, hésitant une dernière fois entre deux mondes, a choisi de donner le visage de la tradition byzantine. Sans doute parce que celle-ci ne s'est nourrie que de cette attente, mais aussi parce que Venise avait reçu d'elle son faste, ses rites, sa cruauté, son goût des reliques, des miracles et son éternelle mort temporelle.

Le peintre, nous dit Ridolfi, ne voulut recevoir aucun paiement pour cette œuvre dont les membres de la Seigneurie s'étaient déclarés satisfaits, « désirant seulement avoir mérité leur affection par ce moyen ». Aucun ne semble avoir jugé que cette vision rendait quelque peu dérisoire le jeu des puissances temporelles dont cette salle était à la fois le théâtre et le symbole.

Quant à Robusti, il s'était libéré d'un message échappant aux sacralisations étatiques et qui aurait pu inquiéter les théologiens. Comme pour tout créateur de ce type et qui ne trouve assouvissement, apaisement et vérité que dans son art, la sérénité finale pouvait-elle lui venir autrement que de la création elle-même poursuivie jusqu'à l'extrême limite de ses forces ? Après cet effort, dit encore Ridolfi, il parut se désintéresser, « se tournant vers la contemplation des choses célestes... Il passait une grande partie de son temps en méditation à la Madonna dell'Orto, s'entretenant avec les pères ». C'est là qu'il fut enterré dans la chapelle de droite, le 31 mai 1594.

Sans mettre en doute ce que peut avoir d'émouvant, voire d'édifiant, cette fin ainsi rapportée, celle-ci me semble un peu en retrait par rapport au tumulte de ces fins dernières en quoi se reflète l'immense interrogation de son époque.

D'où nous viendront cette lumière, cet apaisement, à nous à qui le don de créer n'a pas été donné ? A qui devrons-nous cette certitude, nous qui ne la recevons que de nous-mêmes, de nos engagements et des tâches que nous croyons efficaces ?

Pour un artiste aussi démesuré il n'y a sans doute pas d'autre choix final que celui de la création et je ne connais pas d'obstination plus exemplaire, de générosité plus intemporelle que cet attachement au métier, ce cheminement visionnaire, ce don total débouchant brusquement sur l'illumination.

La sienne aura donc été ce Paradis. Rembrandt hésitera devant le sujet. Lui est presque le seul à avoir osé cette déchirure dans les ténèbres, à ne pas avoir raté son ciel, comme Dante avait raté le sien, et à s'être montré capable de donner à sa conviction l'immense cadre de la promesse réalisée.

La chose vaut qu'on s'y arrête, car c'est toujours un courage d'être un voyant à l'intérieur d'une société où, pour autant qu'on le sache, ce genre d'intuition ne courait pas les rues. Et peut-être faut-il ajouter et préciser que celle-ci concerne autant le croyant que ceux qui portent en eux un espoir surhumain, un souci de vérité et de justice, et dans des domaines qui n'ont rien à voir avec les fins dernières et la récompense des élus. A ceux-là également, le fait de parvenir un jour au but qu'ils ont longtemps cherché à atteindre, et qui les a maintenus dans l'exigence de leurs idées et de leur combat, a pu laisser entrevoir, à travers une image de foules soulevées vers la lumière et une justice définitive, quelque chose qui, en moins dramatique, pourrait être l'équivalent de ce Paradis.

Note conjointe

N'avoir pu revoir en leur place et leur lieu les œuvres maîtresses dont il est ici question m'aura privé d'un contact direct avec celles-ci et limitera pour beaucoup l'intérêt de ce que j'en peux dire. Je vois bien ce qu'il y a de périlleux et d'abusif à poursuivre ce genre de quête en se fiant à sa mémoire et à une reconstitution de plus en plus idéale des œuvres. L'objet, définitivement absent, ne pouvant laisser place qu'à des mirages, à des mythologies. Cette coupure, depuis dix-sept ans, m'a mis dans la situation d'un critique qu'un accident aurait privé de la vue et qui poursuivrait imperturbablement ce discours alors que le regard porté par lui sur les œuvres se serait irrémédiablement fixé à ce moment crucial de sa vie. Fixation excluant dès lors chez lui-même toute évolution critique et privant d'autre part lesdites œuvres de ces variations de jugement et de sensibilité chez l'amateur qui les complètent, les achèvent, les recomposent à l'infini, leur prêtant de ce fait une sorte d'existence temporelle avec ses hauts et ses bas, ses passages à vide, ses flux et ses reflux, ses bouleversantes retrouvailles.

J'aurais pu me sentir débouté de ma prétention à rester en ligne, mesurer la vanité qu'il y a — pour un écrivain d'art ! — à fonder une étude savante sur un champ d'expérimentation qu'il ne rejoint plus désormais que par le souvenir et par l'imaginaire. J'aurais pu surtout changer de sujet, je veux dire de peintre. Non pas Magnasco ou Monsú Desiderio, pour lesquels le problème eût été le même. Mais pourquoi pas, aux antipodes du génie fougueux et brutal de mon voyant, pourquoi pas Vermeer… ou Klee ?

La question ne s'est jamais posée. J'étais lié à mon choix pour cette partie de mon existence qui, en principe, ne peut m'amener qu'à ceci : l'élimination des deux histrions sinistres qui occupent en ce moment le devant de la scène, ou bien ma propre élimination.

Une telle coupure, tout à fait inhabituelle et peu compatible avec la poursuite d'un travail méthodique et appliqué, ne pouvait que m'amener à un autre rapport avec l'œuvre en question. D'autant qu'entre le moment où j'ai dû quitter l'Italie et à présent, les méthodes d'investigations scientifiques opérées sur les toiles elles-mêmes, radiographies, analyses des matières picturales, datations… ont incroyablement progressé.

Cette impossibilité d'aller à la source de ce que je prétendais expliquer et gloser dégageait pour moi une situation nouvelle par rapport à Robusti que les exigences de la recherche, le travail opéré sur place avaient sans doute masquée jusque-là.

Personnellement, et pour ce qui est de mon travail, les choses se sont arrangées au mieux. Grâce à des amitiés efficaces et à une large compréhension, j'ai pu retrouver une chaire et un enseignement. Peut-être même ma voix a-t-elle eu ici plus d'écho. Du fait que j'avais dû quitter mon pays, j'étais soudain rattaché à cette longue suite de réfugiés politiques qui ont trouvé un asile en France non seulement au siècle passé, mais encore entre ces deux guerres, phénomène majeur dans la définition d'une Europe civilisée.

Assez vite la menace s'est propagée. J'étais mieux placé que personne pour voir que l'Italie était en train de jeter des brandons sur tous ces nationalismes exacerbés lancés à l'assaut de démocraties vacillantes. Tintoret restait ma préoccupation dominante, en marge de tout ce qui pouvait me lancer dans d'autres directions : une sorte de lien permanent que l'exil n'avait pas rompu. Vu ainsi à distance, je l'abordais dans un esprit différent. Une suite d'énigmes que je n'aurais jamais songé à lier à ma propre expérience ni à ce que je voyais se développer autour de moi. L'impossibilité d'avoir les œuvres sous les yeux les situait dans une dimension différente, soulignait l'intention prophétique ou visionnaire, mais en même temps les rattachait à une aventure que je vivais au jour le jour, à une tragédie qui allait devenir celle de l'Europe.

En vérité, je m'efforçais de rendre la privation moins déchirante en me rattachant comme je le pouvais aux toiles de mon garant qu'on peut voir en dehors de l'Italie. J'avais perdu San Rocco, le Palazzio Ducale, la Madonna dell'Orto, mais en France même (Lille ou Caen) et en voyageant par le monde — les conférences qui m'étaient demandées, des participations à des congrès, un peu plus tard les manifestations en faveur de l'Espagne républicaine me fournissant l'occasion de circuler — je pouvais maintenir un contact direct avec les œuvres réparties dans divers musées et collections, entre Washington, Stockholm, et l'Ermitage.

Je me revois avec Unamuno, alors qu'il venait de rentrer en

Espagne dans les débuts de la République, je me revois avec le cher Miguel au Prado devant le Lavement des pieds — *celui au chien —, devant* Judith et Holopherne, la Femme du Putiphar. *J'entends encore ses réflexions devant l'Enlèvement d'Hélène qui, selon lui, « déjà renversée sur le côté semble aussi vide d'expression personnelle que les belles génisses olympiennes d'Ingres attendant d'être possédées par le taureau ». Et il ajoutait, visant peut-être ma* Sainte Catherine : « ... *et pas très différente cette Hélène de toutes ces bécasses évangéliques, de toutes ces poulardes mystiques prêtes à être passées au four ! »*

Je me revois, à Vienne cette fois, avec Hofmannsthal, l'année de sa mort, devant la Suzanne et les Vieillards *qu'il disait lui aussi sans regard — à part celui qu'elle adresse à son miroir —, sans orgasme — bien que Tintoret ait fait d'elle cet emblème purement panthéiste, ce paradigme absolu, le point de convergence de tous les fétichismes sexuels catalogués autour d'elle.*

Grâce à ces déplacements le lien me semblait en tout cas maintenu dans l'attente du retour espéré qui eût peut-être ramené dans son ornière le critique que je redeviens de temps à autre.

Mais la funeste marée qui a recouvert peu à peu une partie de l'Europe allait bientôt raccourcir et limiter pour moi de façon dérisoire les itinéraires de l'exil. Ce monde de la liberté que nous nous efforcions de défendre se rétrécissait entre nos doigts comme une peau de chagrin. L'un après l'autre, je voyais s'éteindre ces derniers phares sur les quelques terres encore émergées. De ce tragique obscurcissement je pouvais mesurer le progrès à la perte pour moi des dernières possibilités que j'avais encore de joindre ces œuvres — de les avoir à portée, d'en apprécier de près les chances de survie ou la dégradation — là où divers hasards ont pu les disperser. L'index topographique devenait de plus en plus limité à mesure que la barbarie gagnait du terrain et fermait devant moi les frontières. Personne, je crois, dans le milieu qui était le mien, n'a mesuré de cette façon-là le drame qui se jouait non plus que la noire identité de ces idéologies antagonistes — soviets ou nazis — qui, en s'opposant, ne faisaient que trahir leur

identité, leur volonté d'en terminer avec les libertés indivi-
duelles.

La menace se précisait aux extrêmes. Et si je pense à Elie
Faure, à Cassou, à quelques autres, je me dis que, en tant que
recherche et discipline savante, l'histoire de l'art n'aura pas
été pour nous une tour d'ivoire où nous aurons poursuivi nos
chimères à l'écart des événements mais bien au contraire un
belvédère, une vigie. On me permettra de le signaler.

Comment vivre sans cette ouverture, sans cette respiration ?
Comment résister à cet étouffement progressif ?

En premier, j'avais dû renoncer aux toiles de Stuttgart, de
Bamberg, à l'Allégorie de la Lune et des Heures de Berlin,
au Christ chez Marie et Marthe de la pinacothèque de
Munich. L'on voit assez ce qui m'en interdisait l'accès depuis
que le vieil Hindenburg avait cédé la place, et plus encore, ce
qui supprimait chez moi toute envie d'aller muser et « muséer »
par là.

Quelques années plus tard, par réaction aux procès et aux
exécutions de Moscou, tout désir m'a été retiré d'aller revoir la
toile de l'Ermitage — œuvre d'atelier, il est vrai — et de
m'interroger à son sujet.

Curieusement, ces pertes ne faisaient que renforcer dans
mon esprit le lien que j'établissais entre ce bouleversement
planétaire et la vision globale du peintre traversée néanmoins
d'un espoir final qui reste le mien.

Presque en même temps, je perdais Unamuno, l'ami de
toujours, et avec lui les Tintoret du Prado. Et puis, dans le
ressac des irrédentismes, le Christ et la Femme adultère de
Prague. La tragédie descendait le cours du Danube et,
atteignant Vienne, me privait de la Suzanne déjà citée, et de
beaucoup d'autres œuvres dont le Saint Nicolas de Bari,
lequel, en vêtements épiscopaux, a l'air de danser quelque
menuet gaillard — toile dont j'ai toujours soutenu vigoureuse-
ment l'attribution.

Je me consolais comme je pouvais en allant saluer les deux
toiles du Louvre. Surtout l'Autoportrait où Robusti s'est vu à
la fin de sa vie — tel qu'on peut l'imaginer descendant des
échafaudages pendant la mise en place du Paradis — avec
cette acuité tragique qui a été celle de Rembrandt tout au long

de sa vie, même quand celui-ci interrogeait sa jeunesse ou sa maturité derrière le rire perlé de Saskia ou l'adolescence fragile de Titus.

Mais déjà, ce n'était plus là qu'un sursis ; il n'était question que de déménager ces toiles et de les mettre à l'abri des destructions d'une guerre imminente. Autre aventure qui agitait fort les conservateurs à ce moment. Autre chapitre du grand exode dont je ne verrai sans doute pas l'issue et que d'autres devront conter.

L'espace Tintoret, au cours de toutes ces années et depuis l'arrivée d'Hitler au pouvoir, n'avait cessé de se rétrécir. Quand les opérations militaires ont commencé et qu'il n'a plus été question pour de simples civils de voyager, j'ai perdu mes derniers bastions, ai dû renoncer à ces dernières figures qu'il m'avait été possible d'aller saluer avant que ne viennent à s'occulter pour moi ces dernières fenêtres : le Vicenzo Morosini *de* Londres, le Paolo Cornaro *de* Gand.

J'étais au terme de cette randonnée qui m'avait seulement permis d'opérer un retrait tactique avant d'être moi-même pris au piège comme tant d'autres réfugiés que le pays d'asile non seulement ne serait pas en mesure de protéger mais serait dans l'obligation de livrer à l'occupant.

Il ne me reste donc plus que les quelques considérations que l'homme sous mandat que je suis en ce moment peut encore ajouter à ce Journal. *Pas d'autre moyen pour moi de me retrouver dans l'évidence d'une œuvre avec laquelle je n'aurai plus d'autre contact que spirituel — si l'on m'accorde le mot — et d'y chercher ma voie au-delà des ténèbres présentes.*

Pris entre la nostalgie — à jamais ovidienne — de la cité perdue, les colères, l'action militante, l'espoir d'un monde libéré de la cruauté, de l'intolérance et autres géhennes et carcans de l'idéologie, j'aurais pu moi aussi écrire mes Tristes, *ou comme le très cher et vénéré Miguel, mon* Romancero de l'Exil. *Ceci l'est plus ou moins, et si ces pages survivent à la tourmente, c'est probablement ce qu'on y verra en premier. Le refus de l'état de fait. Une vivante contestation. Je n'ai pas été moins partisan, moins militant, moins engagé que d'autres. Mais j'ai eu ce privilège d'avoir pu maintenir ce terrain de réserve, cette échappée : une autre vision que celle d'un monde dont l'horreur, l'absurdité, la démence ont fini par effacer le sens et, disons-le, la raison d'être.*

Vers les onze heures — la séance de quatuors à la Fenice a dû se terminer assez tôt — Magda a appelé.

— Je ne vous réveille pas ?... Il faut que je vous demande quelque chose. C'est oui ou c'est non.. vous le faites ou vous me dites que vous ne pouvez pas. Voilà, Klaus a dû vous avertir, il monte demain à Dobbiaco. Moi, impossible de l'accompagner. Impossible de laisser trois jours les petits... de les confier à quelqu'un ou de les emmener avec ce temps... ils risqueraient de prendre froid dans la voiture... Voilà. Je n'aime pas qu'il aille seul là-haut. Vous comprenez ça... c'est dur à avaler, n'est-ce pas, que son frère ait été tué par un des nôtres... Klaus en ce moment est monté à l'étage au-dessus pour taper une lettre sans réveiller les petits, il ne peut pas entendre ce que je dis. Pour la mère de Klaus, c'est affreux... le garçon n'avait jamais quitté la maison avant de rejoindre les partisans. Elle ne s'est pas bien remise. Elle aurait pu aller habiter chez des parents qui tiennent un hôtel à côté mais elle préfère vivre seule. C'est très dur pour elle, a répété Magda. Klaus lui a promis de l'accompagner à Linz chaque année, pour l'anniversaire. Cela m'inquiète. Je ne veux pas qu'il monte seul à Dobbiaco.

— A quelle heure veut-il partir ?

— Vers dix heures, je crois.

— Qu'il vienne me prendre.

240

Il ne s'est pas demandé sur le moment comment il allait pouvoir avertir Guisa de ce nouveau changement. Le réseau restait bloqué et demain, au réveil, obtenir la communication pour l'étranger ne serait guère plus aisé. S'il ne pouvait l'avoir au bout du fil avant de quitter le Colombani avec Klaus, il devrait se contenter d'envoyer un télégramme pour motiver son absence. « Obligé de différer retour d'une semaine. Raisons urgentes. Lettre suit. » Ou quelque chose du même ordre. Accompagné de ses regrets et de ses tendresses. Assurément sincères. Ce qui ne rendrait pas la situation moins opaque et moins embrouillée aux yeux de Guisa qui continuerait à se demander ce que tout ça cachait. Aucune des raisons qu'il pouvait mettre en avant ne le concernait directement à vrai dire. Plusieurs actions différentes s'imbriquaient dans ce scénario. Sans doute, pendant que Klaus et sa mère se rendraient à Linz, aurait-il le temps d'écrire cette lettre et de fournir tous les détails et les explications. Mais, qu'il la poste à Dobbiaco ou à son retour à Venise, quand lui parviendrait-elle ?

Pendant cette soirée, Campra avait dû essayer de le joindre lui aussi. Ce que Campra pouvait avoir à lui dire, Marc le savait pertinemment, à savoir qu'il reste à Venise jusqu'à l'inauguration de la plaque de la maison natale d'Elio dans ce *sestiere* de Cannareggio. Finalement, à lui aussi la chose commençait à paraître normale. Un lien, inexistant au départ, s'était créé entre lui et cet étrange bonhomme qui semblait vouloir l'associer à sa destinée posthume. Il lui semblait normal d'être présent dès lors qu'on le fêtait, qu'on saluait sa mémoire. Même si aux raisons qui pouvaient le retenir à Venise se greffaient soudain d'autres considérations assez étrangères à celle-ci.

XXI

Bousculant le garçon qui entrait avec le petit déjeuner et au risque d'envoyer valdinguer le plateau, Stavro fait irruption dans la chambre. Fier de son exploit et de la tête de Marc. Disant qu'en bas, à la réception, un vieux con de portier a voulu l'empêcher de monter directement mais qu'il n'a pas attendu sa permission. Une de ces fracassantes démonstrations dont il était coutumier, et qui doit lui donner l'impression d'avoir ramené le cours des choses au moins dix années en arrière.

— Tant qu'il est là, fait Marc désignant le garçon un tantinet interloqué, tu ne veux pas qu'il te remonte quelque chose ?

Stavro écarte d'un geste la proposition et se laisse tomber sur l'énorme canapé galbé.

— J'aurais pu ne pas être seul, fait Marc. Tu aurais pu te pointer à côté, chez quelqu'un d'autre.

— Qu'est-ce que tu crois, j'ai jeté un coup d'œil par-dessus l'épaule du larbin. Pile, je suis tombé pile chez toi. Quel dortoir ! s'exclame-t-il en regardant autour de lui. Tu parles d'une hauteur de plafond... et tous ces trucs ! Dis donc, fiston, tu as l'air d'avoir drôlement réussi dans la vie. Magique ! c'est le mot.

Ils éclatent de rire.

Désignant ce qui reste de la gerbe du *sindaco* après le prélèvement rituel opéré au bénéfice des ancêtres :

— On t'envoie des fleurs à présent ! s'exclame Stavro.

Tout ça — son arrivée mouvementée, ce décor insensé,

l'impression d'avoir arraché Marc à cet invraisemblable *paddock* — semble l'avoir mis d'excellente humeur. C'est reparti, pourrait-il dire. Il continue de promener un regard ironique, lâchant des remarques idoines.

— Ça ne te rappelle pas quelque chose... ces coussins, ces tapis, ces rideaux, tous ces machins capitonnés, ces angelots ? Moi si... le Chabanais !

La première fois que Marc a vu la carrée en question, c'est plutôt à un décor oublié dans les réserves d'un théâtre qu'il a pensé. Mais effectivement, d'un certain point de vue...

— Ça remonte à quand notre tournée des grands-ducs... le Chabanais ?

— 34 ou 35. Tu devrais t'en souvenir, fait Stavro. Un pareil bordel ça compte dans une vie !

En fait, comment préciser ? L'exploit, c'est d'avoir su se donner à seize ou dix-sept ans les moyens d'y aller. L'épisode s'inscrit de nouveau. Plutôt 35, calcule Marc, tout en laissant Stavro poursuivre son inspection. Une nuit de guerre civile où les jeunesses des ligues avec leurs bérets et leurs insignes s'efforçaient, lirait-on le lendemain, de zébrer les pattes des chevaux en armant de rasoirs les gourdins de l'émeute. Toute cette histoire finit par revenir à Marc. Touchante à distance, comme s'il s'agissait d'un vol de sucettes. Stavro découvrant dans une cache où son père les avait certainement oubliés des doublons à l'effigie de Marie-Thérèse, et, le trésor allant de droit à l'inventeur, les liquidant aussitôt sans complexe chez un changeur du quartier de la Bourse. Stavro sortant dans des lieux sélects de jeunes personnes, et finalement, le magot étant presque épuisé, enlevant l'une d'elles, qui sans cela aurait pu mourir sans jamais monter en avion ni voir Toulouse. Pourquoi Toulouse ? Ils se le demandent encore en continuant à se raconter l'anecdote. Quarante-huit heures plus tard — le temps pour la mère de Stavro de constater que son fils n'avait pas simplement découché, mais bel et bien disparu — Marc sommé par Mira de lâcher le morceau. Celle-ci, d'ailleurs, pas tellement démontée par l'ampleur de la fugue, riant aux larmes à l'idée que Stavro et la fille étaient allés se cacher à Toulouse. Et tout autant pour l'envol des doublons. Le mari n'avait qu'à ne pas les laisser là. Et quant au prodigue : « Téléphone-lui. Dis-lui de rentrer et que sa mère lui pardonne ! »

Marc est allé les attendre au Bourget. La demoiselle, à sa descente d'avion, semblait inquiète de l'accueil des siens. Ils l'ont raccompagnée en taxi jusqu'à sa porte, ce qui présentait ce soir-là quelque difficulté, la circulation étant coupée de défilés et de cordons de police. La jeune personne avait déçu Stavro. Pas une affaire à l'en croire. Avec des préjugés sur tout et pas une idée dans la tête. « On aurait mieux fait tous les deux d'aller faire une virée quelque part !... Bon, on ne va pas finir comme ça la soirée ! » C'était excitant au possible ces clameurs, cette agitation dans les rues. Restaient à Stavro quelques liquidités. Ils avaient eu d'autant moins de scrupules à agir ainsi que la mère passait l'éponge et se taillait déjà un franc succès en racontant cette frasque. Ils avaient faim. Pourquoi pas un de ces restaurants russes où jouent sans discontinuer les tziganes ? A la sortie, un écumeur de touristes les avait orientés vers une salle où l'on passait des films cochons 1900 — superbes croupes, terribles bacchantes et tout le reste à l'avenant —, sans doute pour aiguiser les sens de cette bleusaille. Après tout, et malgré leur taille — celle de Stavro semblait impressionner le rasta —, ils n'étaient encore l'un et l'autre que des mineurs. Enfin, pour achever ladite randonnée à travers un Paris sillonné de voitures de pompiers et d'ambulances, le Chabanais.

— C'était quand même plus réduit, en fait de dimension, pour les chambres, constate Stavro, mais plus varié pour les styles. Dis donc, que cela ne t'empêche pas de déjeuner.

— Tu ne veux vraiment rien ?

— Un bain. Un vrai bain ! Si la baignoire est à la proportion, on doit pouvoir y allonger les jambes !

Nullement pressé pourtant d'aller s'y tremper. Son intervention inopinée a engagé cet intermède cocasse ; tous deux semblent s'accorder cette fois pour maintenir ce ton. Après tout, pourquoi ne pas prendre les choses ainsi, sans trop s'interroger sur la suite ?

— Ça me donne soif de te voir boire ce thé, tu ne pourrais pas me commander une bière ?... Ils doivent se demander en bas où tu as pu pêcher un pareil ostrogoth. J'aurais besoin de me saper, tu ne crois pas ? Enfin, commençons toujours par le bain.

Quand il a eu sa bière, il n'a plus eu envie d'aller se jeter « dans la piscine », mais a continué à accrocher au hasard quelques souvenirs. Marc est allé se raser et préparer un sac pour Dobbiaco.

— Tu l'as revue ton Américaine ?

— Hier, oui. Je crois qu'elle part aujourd'hui ou demain pour Capri.

— Drôle d'idée !... Passent leur temps à se déplacer ces Américains... ça visite, ça visite !

— Non, elle boulonne. J'ai même rarement vu quelqu'un se démener autant qu'elle pour son travail. Elle n'est jamais au même endroit. C'est son travail qu'elle aime avant tout.

— Et Sturdzé, dis-moi, qu'est-ce qu'il est devenu ?... Un Juif qui accepte qu'on le mette en boîte, fauché comme les blés... J'ai souvent pensé à lui.

— Déporté. Peut-être est-il revenu ?

— Ta grand-mère l'invitait rue Cardinet. Impossible de lui faire rien absorber. A part les tartines de beurre. Pas kasher !... La pauvre Géraldine en était excédée. Elle finissait par penser que ce diable de rouquin se foutait d'elle en refusant de tremper sa cuillère dans son potage. J'ai jamais pris de bosses de rire comme avec lui. Plus on lui en sortait, et sur son physique et sur tout ce qu'on peut envoyer aux youpins quand on est gosse, plus ça le faisait tordre.

Stavro réfléchit un moment, puis :

— Rien de plus intelligent et futé que ces ashkénazes. Rire comme ça, quoi qu'on lui sorte, c'était une façon pour lui de prendre ses distances, de nous faire comprendre que nous n'étions pas dignes de lui cirer ses godasses.

Soudain il s'aperçoit que Marc referme son sac :

— Où t'en vas-tu ?

— J'accompagne un ami sur la frontière autrichienne... l'anniversaire de la mort de son frère qui s'est fait descendre parce qu'on l'a pris pour un Allemand.

— Et tu rentres quand ?

Lui non plus ne semble pas envisager que Marc puisse repartir.

246

— Trois jours au plus. Il s'agit de Klaus Lehmann, le photographe. Il doit venir me prendre ici. Je pense qu'il sera là dans une vingtaine de minutes.

— J'ai compris. Tout juste pour moi le temps de me coller sous la flotte.

Il disparaît dans la salle de bains.

— Il y a des serviettes propres dans l'armoire, lui crie Marc sans obtenir de réponse.

Assis sur le canapé, il s'est mis à parcourir les journaux qu'il a trouvés tout à l'heure sur le coin du plateau. Stavro est ressorti au bout de dix minutes. Il n'a jamais traîné ni dans un bain ni sous la douche. Achevant de s'essuyer. Peut-être assez satisfait de montrer que sa guerre ne l'a pas trop endommagé. Non pas plus maigre qu'il ne l'était, mais les muscles plus dessinés et comme plus mobiles sous la peau. En fait, si peu changé que cette identité en devient presque inquiétante comme si elle masquait quelque chose qu'on ne voit pas. Il noue la serviette autour de ses reins et, regardant les titres du *Corriere* et de *la Stampa* étalés sur le canapé, rugit en voyant le nom de Tito. Il lit à haute voix quelques phrases. L'une d'elles relance un moment sa fureur : « *Parla il serbo con accento ucraino.* » Tu vois, même ici ça se sait. C'est ce qui a frappé Draza Mihajlović quand, tout au début de l'insurrection, ils se sont rencontrés pour essayer d'avoir une action commune contre les Boches. L'accent russe de ce Broz ! Tous l'ont remarqué. Ils ne risquaient pas de s'entendre Draza et lui. Cette façon aussi de tenir pour rien les représailles contre les civils : pour les communistes ça a toujours fait partie de leur guerre subversive. Tu sais ce qu'il a sorti ce salaud, au cours de cette rencontre : « Quand il n'y aurait plus un seul Serbe vivant, il y aurait toujours assez de Chinois pour peupler la Serbie ! » Va t'étonner que les gens s'égorgent dans ce pays ! Qui peut tenir pareil langage ?... Et puis le diamant que ce Broz a toujours eu à son doigt : qui a jamais vu quelqu'un de chez nous porter un diamant ?... Draza, lui aussi, avait une bague, mais elle contenait du poison. Pour le cas où il serait pris. Pourquoi ne l'a-t-il pas utilisé ? Comme ont fait ces gars... à Prilep, qui tous... une centaine, ont préféré avaler de la strychnine que de tomber aux mains des communistes. Pourquoi s'est-il laissé emprisonner, juger par ces salauds ? Un chrétien ne se tue pas. C'était son idée. Il était plein d'idées comme ça, Draza. Sa femme, sa fille, son fils lui ont finalement tourné le dos. Un homme seul, à la fin. C'est pour ça qu'il est tombé dans une embuscade... qu'il n'a pas utilisé le poison. Pour en finir !... Il arrivait que des types préfèrent se tirer une balle dans la tête plutôt que d'être pris. Tu parles !... le repos du tchetnik ! Ils feraient mieux d'écrire des articles sur Mihajlović que sur cette pourriture !... Mais pourquoi parler de ça ?... Tu peux me prêter une lime ?

Il a commencé de s'en servir, nullement pressé apparemment de s'habiller et de mettre les bouts. D'une minute à l'autre Klaus pouvait faire téléphoner de la réception qu'il attendait en bas. Depuis combien de temps Stavro ne s'était-il pas retrouvé dans un hôtel, une chambre comme celle-là ? Il a montré ses deux doigts de la main gauche : « Un peu bloqués... il ne faut pas trop en demander ! On gelait... »

Dernière plongée dans un passé qui semblait se retirer peu à peu et dont la présence de Marc l'aidait peut-être à repousser l'obsession : « On caillait tellement que la nuit il fallait disposer autour des blessés des pierres chauffées enroulées dans la soie de parachute pour les empêcher de mourir de froid. »

Il est reparti dans la salle de bains et en est ressorti, habillé comme il l'était en arrivant. « Je t'ai chipé des chaussettes... »

L'annonce de Klaus se faisait attendre, cela leur donnait un peu de temps.

— Et Burmier, tu l'as revu ?

— Oui, à Notre-Dame où j'étais entré par hasard, dans le cortège du cardinal. Il est devenu prémontré.

— Qu'est-ce que c'est que ça ?

— Un ordre qui ne recrutait plus depuis quarante ans.

— Marrant ! Burmier curé. Il avait des cuisses, ce gars ! Il avait gagné le 1 500 mètres universitaire. Curé !... Et Ermessinde... elle a dû mourir, je suppose. Elle nous avait appris le solfège. C'est fichtrement loin.

— Je l'ai aperçue au parc Monceau donnant du pain à des pigeons.

— Tu prétendais qu'elle sentait.

— La pauvre ! En fait, c'est son nez que nous n'aimions pas.

— Tu veux que je te dise, nous étions complètement immatures pour de pareils événements, pour participer à quelque guerre que ce soit... ça nous a pris trop tôt !

— On peut dire ça à toutes les époques, pour ceux qui ont vingt ans et qu'on envoie se faire tuer. Même les héros ne s'en remettent pas. Regarde mon père.

Mais Stavro ne paraissait pas désireux d'approfondir la question : il est revenu sur Ermessinde.

— Parlant de sa sœur, elle disait sur un ton... fallait voir... que « la malheureuse avait une descente d'organes ». Ce qui provoquait de notre part une hilarité que nous avions du mal à cacher. Imaginer tous ces gargouillis dans ce corps maigre et mal fichu, dans toutes ces canalisations en mauvais état, ça nous faisait marrer. On n'avait pas plus de dix ans... Bon, cette fois, je file. On se revoit à ton retour.

A ce moment Stavro, marquant un arrêt dans sa progression vers la porte, s'est ravisé. Peut-être l'idée ne lui était-elle pas venue avant.

— Et si je m'installais ici, en ton absence, mon chaton... en attendant que tu te ramènes... puisque, à ce que je vois, tu conserves la chambre ?

— Si ça t'arrange, fait Marc, en glissant le manuscrit dans son sac.

A ce moment quelqu'un a appelé de la réception pour dire que le *signore* Lehmann était en bas et attendait

— Je les préviens que tu restes et que tu occupes la chambre à ma place. Installe-toi.

Alors que Marc et Klaus se dirigeaient vers l'arrêt du vaporetto, le portier du Colombani a couru derrière eux. Quelqu'un appelait de Paris. Marc est revenu en courant. Guisa était au bout du fil. Joyeuse d'avoir obtenu la communication. Etonnée ensuite d'apprendre qu'il ne serait pas rentré avant une huitaine. Bourrelée de soupçons quand il a essayé d'expliquer qu'il partait à la minute avec Klaus pour deux ou trois jours dans les Dolomites.

Tout s'était fait trop vite ; il eût fallu trop de temps pour rendre tout ça plausible. Une seule chose semblait claire pour Guisa. Janet était revenue si enthousiasmée de son séjour en montagne qu'elle leur avait mis en tête l'idée de remonter là-haut tous ensemble. L'explication paraissait à ce point évidente que Marc, après quelques efforts pour lui faire comprendre ce qu'il en était et pourquoi Magda lui demandait d'accompagner Klaus, a préféré renoncer. « Calme-toi, ma Guisa. Ce que je te dis est vrai et très simple. Si je ne peux te téléphoner de Dobbiaco, je t'écrirai et je m'arrangerai pour que la lettre te parvienne. Un des assistants doit monter à Paris. Mais moi, encore une fois, ne m'attends pas avant une huitaine. Ici les amis de Ghiberti ont décidé d'inaugurer une plaque sur sa maison natale. A propos, si tu téléphones au Colombani, ne t'étonne pas : un ami d'avant-guerre que j'ai retrouvé occupe ma chambre. Je t'expliquerai cela aussi en détail. Ne t'inquiète pas. Je t'aime... Et pour ce qui est de Janet, elle part aujourd'hui pour Capri, et ensuite pour le Japon, enfin pour le Mexique. Direction opposée. Excuse-moi, ma chérie, mais Klaus m'attend. Les journées sont courtes à cette saison. Je t'embrasse. Dis-moi que tu m'aimes. »

XXII

« Klaus et sa mère sont partis ce matin ; ils rentreront dans la soirée. Klaus n'a pas voulu que je les accompagne à Linz, de l'autre côté de la frontière, où est enterré son frère. Celui-ci, ai-je cru comprendre, a été exécuté par erreur dans la région au-dessus de Côme où des partisans l'ont pris pour un Allemand séparé de sa colonne et qui aurait réussi à trouver des vêtements civils. Ce qui l'a perdu, semble-t-il, c'est une décoration, une croix de fer — ce goût des trophées chez les jeunes — qu'il aurait trouvée sur le corps d'un soldat allemand et aurait cru bon de garder. Cela, mais plus encore son physique « aryen », lui a coûté la vie, le fait qu'il parlait allemand couramment.

Dobbiaco, d'où je t'écris, entre la Rienza et la Drave, ç'a été autrefois *Toblasch.* Souvenir d'un temps où — les clochers à bulbe viennent le rappeler — la région appartenait à l'Autriche et où François-Joseph venait séjourner à Cortina.

Les guerres n'ont jamais rapporté beaucoup à l'Italie, mais du moins ce splendide massif. Quelles qu'aient pu être les erreurs et les illusions de mon père par la suite, il s'est battu sur ce front pour que cette frontière reste tracée de la sorte, pour que *Welsberg* soit toujours *Monguelfo,* pour que *Prags* reste *Braeies,* enfin *Toblasch Dobbiaco.*

Je ne suis venu ici avec Klaus que parce que ce drame est encore très proche et aurait pu être le sien. Bizarrement Klaus doit peut-être la vie au fait d'avoir été arrêté, déporté et interné en Autriche. Il a promis à sa mère d'aller avec elle à

Linz sur la tombe de son frère à chaque anniversaire de sa mort.

Horrible et tragique méprise... Que dire d'autre, sinon que les *partigiani* avaient intérêt à rester soudés dans leurs groupes et à ne pas avoir affaire à des meneurs manipulés par des sympathisants titistes. Je n'ai pas demandé trop de détails, le fait est suffisamment pénible en lui-même. Celui-ci doit être resitué dans l'extrême confusion, l'atmosphère de terreur de ces semaines qui correspondent à l'effondrement de la ligne gothique, au reflux en masse des Allemands, aux sévices des milices noires pendant les derniers jours de la République sociale. Dans toutes les régions libérées en Europe l'épuration sauvage doit avoir entraîné des bavures.

Nous n'avons jamais abordé ce genre de question et il aura donc fallu ce voyage à Venise pour que cela surgisse entre nous. Sans donner à la mort de ce garçon plus d'importance que le fait n'en a, par rapport au reste, il y a là quelque chose qui me trouble plus que je ne saurais l'exprimer : un de ces faits qui me semblent parfois entacher ce qui m'a paru si net, si évident, si généreux quand, en 1942, alors que je venais de passer en zone libre, j'ai retrouvé, autour d'hommes comme Parent à Toulouse et dans les premiers maquis de la région castraise ou de Carmaux, un idéalisme qui pouvait faire penser à celui qui avait animé les huguenots du désert. A moi dont le père avait appartenu à l'autre camp et sans doute largement profité des avantages que cela lui donnait, tous ces réseaux alors en formation mais surtout les hommes que je découvrais, liés malgré leurs différences et leurs antagonismes, m'offraient rien de moins qu'une famille.

Ce qui me trouble, vois-tu, c'est que cet idéalisme, cette volonté fraternelle aient été si profondément contaminés par le virus des justices expéditives et des verdicts hasardeux. C'est que de tels règlements de comptes, de telles fautes aient pu avoir été commis et que la volonté de bouter l'envahisseur — et ici même, de façon tout autant nécessaire, les milices fascistes — ait animé d'autres répressions, d'autres vengeances et ait pu être le prétexte d'actes ignobles ou de morts aussi inutiles et déplorables que celle de ce garçon. Cela m'a fait penser à ce que m'a raconté un camarade espagnol qui avait

252

rejoint le maquis après avoir connu les camps de réfugiés comme celui d'Argelès : le petit jeu sinistre des jugements et des exécutions sommaires dans ces camps pendant la nuit. Comme le partage des bons et des méchants m'apparaissait de façon plus claire quand, quelques années plus tôt, je lisais *les Grands Cimetières sous la lune.*

Je ne te dirai pas, ma Guisa, que je suis venu ici de gaieté de cœur, avec l'intention de faire un pèlerinage sur les lieux où mon père a pu être engagé dans d'autres combats dont il ne reste à présent sur le terrain, ici et là, que quelques casemates et quelques croix.

Je craignais de trouver la mère de Klaus encore sous le choc. Elle nous attendait sur le seuil du chalet paysan, alerte et souriante, indiquant l'endroit où la voiture, après avoir monté la pente, pouvait être garée devant la grange, et dont elle avait dégagé l'accès en pelletant elle-même la neige. La maison s'encastre un peu à l'écart à la limite des sapins. Elle a encore quelques bêtes, mais je pense pour ne pas être seule. Pour les entendre respirer et donner du sabot contre l'auge et le bat-flanc. L'intérieur, celui de tous les autres chalets accrochés ainsi à mi-pente en dehors des stations. Ciré à la cire d'abeille, net comme une pendule à coucou, avec ces meubles peints un peu frustes que les antiquaires commencent à venir acheter.

Pas une seule fois, à table, pendant le dîner ni ensuite, il n'a été question du frère. La chambre que j'occupe doit être la sienne ; une raquette est accrochée au-dessus du lit à côté d'un fanion de club sportif.

Ils sont donc partis ce matin. Et rien n'aurait indiqué où ils allaient si Frau Lehmann ne s'était vêtue comme elle doit le faire quand elle descend pour la messe à Dobbiaco. Manteau noir, chapeau, sac, ce qui, curieusement, lui donne une silhouette plus paysanne que son tablier et sa blouse, les vêtements qu'elle porte en général. Non, rien n'aurait indiqué qu'ils se rendaient dans un cimetière, à part une petite couronne de feuillage où ont été piquées quelques fleurs — sans doute artificielles — qu'elle a dû commander longtemps à l'avance et que Klaus a posée sur la banquette arrière. Une fois installée à l'avant, on aurait pu croire qu'elle partait en promenade avec lui ou se rendait chez des parents, comme cela a dû avoir lieu bien des fois. Faute de pouvoir se faire comprendre de moi facilement — du fait de ce mélange d'italien et d'allemand — elle m'a adressé un sourire alors que la voiture contournait le talus et s'engageait sur la partie de la route dégagée par le chasse-neige.

Venons-en maintenant au reste : à ce qui nous intéresse toi et moi, et qui pourtant, tu t'en rendras compte dans un instant, n'a jamais été abordé. Ainsi en va-t-il, je suppose, pour les êtres qui, vivant très proches l'un de l'autre et apparemment sans problèmes, finissent par croire que tout leur est commun, aussi bien dans le présent que dans le passé, et n'ont jamais jugé nécessaire de recourir à des explications. Hier matin, en quittant le Colombani et en voyant la façon dont tu prenais les choses, je me suis rendu compte que quelques-unes étaient devenues tout à coup indispensables et que j'aurais dû te parler de mon père, d'anciennes amitiés, en gros, de mon passé.

C'est peut-être un peu tard, et j'espère que cela ne changera pas trop l'image que tu peux te faire de moi. Nos existences sont suffisamment séparées sur le plan du travail et du milieu pour que subsiste entre nous une marge suffisante qui nous permette de respirer, de ne pas peser l'un sur l'autre. Peut-être, en ce qui me concerne, est-ce cette différence qui m'émerveille dans nos rapports. Il me semble, quand je vais te voir répéter, quand je te vois en scène, quand je vais t'attendre vers les midi à la sortie du Studio Vacquer, que toute la fantaisie, un côté un peu fou et improvisé, qui manquent à ma vie et au travail que j'ai chez Campra, me viennent par toi, mon amour. Et cela me donne d'autant plus de joie que cet équilibre-là, si naturel et si peu concerté entre nous, mes parents n'ont jamais su le réaliser qu'en vivant séparés. Mon père engagé à fond dans des mythologies fumeuses et grandiloquentes. Ma mère — au théâtre, Marthe Mertens — ne s'étant peut-être obstinée à être actrice que pour creuser entre eux cette distance, jusqu'au jour où ils ont divorcé. De fait, ayant rencontré un autre homme qui lui convenait mieux, elle n'a plus éprouvé le besoin de monter sur les planches. Ce qui m'enchante avec toi — en dehors du plaisir de faire l'amour et de tout ce qui s'ajoute à cela —, c'est au contraire une différence qui nous sauve de la monotonie quotidienne et de ces réajustements par lesquels d'autres s'efforcent de compenser un déséquilibre.

Je ne sais trop pourquoi la camaraderie que nous pouvons avoir, Janet et moi, t'a toujours porté ombrage. Moins, j'imagine, par ce qu'il y a pu avoir entre elle et moi, que parce que vous existez l'une pour l'autre et que vous n'arrivez pas à ne pas vous observer, à ne pas vous juger. Toi surtout, ne retenant que les défauts qu'elle peut avoir à tes yeux, ainsi que le fait qu'il m'arrive, les soirs où tu répètes, où tu danses, où tu es en tournée, d'aller avec elle dans certains endroits où cela t'assommerait de m'accompagner, d'entendre les gens pérorer, s'affronter, sans beaucoup recevoir les uns des autres.

C'est Campra, en tout cas, et pour des raisons toutes commerciales, qui a eu l'idée assez saugrenue de faire appel à elle pour ces photos. L'idée que le tétrarque pourrait avoir mitonné l'affaire pour qu'elle et moi nous retrouvions à Venise — alors qu'il se fout complètement que nous ayons pu coucher ensemble — serait à elle seule extravagante. Si ce genre de retrouvailles nous avait tentés, nous en aurions eu dix occasions à Paris. Si d'autre part Janet et moi avions cherché à abriter celles-ci derrière l'alibi Ghiberti il est peu probable qu'elle serait partie faire du ski deux jours avant mon arrivée. Ne revenons pas sur tout ça, c'est sans objet.

En revanche, ce qui est vrai, c'est que, depuis que je suis là, tout s'est déroulé autrement que prévu. Si j'amorce avec toi ce dialogue, profitant de ce que je suis seul dans cette maison, au milieu de ce paysage de neige et de sapins, c'est pour te parler d'autre chose que de Janet et du malheur survenu voici deux ans dans cette famille Lehmann que, comme tu le vois, je me suis pris à aimer. Mais bien d'une partie de ma vie dont tu n'as pas eu à te soucier jusqu'à maintenant, de quelques événements ou situations épisodiques rattachés à celle-ci, et qui n'ont pas eu grande incidence entre nous.

Je t'ai dit hier au téléphone qu'un ami m'a demandé d'occuper ma chambre pendant mon absence et cela a dû t'étonner, j'imagine. Comme cela a dû étonner la direction de l'hôtel de voir s'installer ce grand Youg. D'autant qu'on ne les aime pas trop à Venise et que celui-ci a un peu bousculé le portier, sinon le vieux Colombani en personne, avant de parvenir jusqu'à moi.

Si je t'écris, c'est pour te parler de lui et parce que cette rencontre — que je le veuille ou non — est bien ce qui pouvait m'arriver de plus inattendu en marge de tout ce montage publicitaire autour de Ghiberti et de cette célébration officielle qui se terminera dans huit jours par l'apposition de cette plaque.

Je ne t'ai jamais parlé de Stavro. Mais avons-nous jamais parlé de mon père ?... Cela peut paraître incompréhensible que son nom n'ait jamais surgi entre nous, alors que, entre sept et dix-neuf ans — il a une année de plus que moi — nous avons été dans les mêmes classes et nous ne nous sommes jamais quittés en dehors des vacances.

Peut-être ne t'ai-je rien dit de lui parce qu'il a tenu trop de place et qu'une vie d'adulte exige que le terrain soit déblayé, libéré, aussi bien côté famille que du côté de ce genre d'amitiés exclusives, traçant un monde à part et dont on peut se demander par la suite sur quoi elles se fondaient. Lien physique, sans être physique. Echappant en tout cas, autant qu'une passion qui ne s'interroge pas sur son objet, aux analyses rétrospectives. Un absolu en quelque sorte, et qui n'est jamais passé par l'entendement. Un coup de foudre qui s'est prolongé. Rien de tel, me semble-t-il, entre deux garçons attirés mutuellement par un intérêt physique ou sentimental, et assez vite emportés au contraire dans le cycle du changement et de cet ordre de découvertes.

S'il y a une chose dont les hommes parlent rarement aux femmes qui sont dans leur vie, c'est bien de ces amitiés autarciques qui ne peuvent avoir d'autre horizon que les années tumultueuses qui correspondent à la formation, à l'entrée dans la vie, lesquelles ne sont faites que de pulsions, d'antagonismes, d'emballements et de choses vécues en commun. Si tu me demandes ce qui nous a rapprochés, ce que chacun trouvait, admirait chez l'autre, je serais aussi incapable de te le dire à présent que si tu m'avais interrogé à l'époque. Je ne crois pas, tout compte fait, que ces raisons qui pouvaient nous rendre indispensables l'un à l'autre aient été bien nombreuses, ni bien probantes. Pas de commencement absolu, pas de racines, voire de communauté réelle pour ce genre de reconnaissance immédiate, opérée sans doute à partir de quelques signes cachés aux autres. En fait, c'est comme si on s'était déjà rencontrés.

Ceci dit, nous étions incroyablement différents, ne serait-ce que par notre façon de réagir, par nos résultats scolaires et un tas d'autres choses. Stavro était incapable de fixer son attention plus d'une heure sur un bouquin. En revanche, il avait de fascinantes aptitudes dans d'autres domaines. En particulier la musique. C'était un cavalier-né, un déchiffreur-né. Mais ne se faire une obligation de rien a toujours été le point saillant de son caractère.

Tu vas te demander si le sexe a eu une part dans tout ça. Je pense devoir à Stavro certaines découvertes au niveau des mécanismes qui m'ont certainement aidé à sortir de mon cocon et d'une sorte de léthargie prolongée en ce domaine. Cela ne s'est pas perpétué et n'a pas constitué un ciment. A moins que cela ne nous ait guidés sur le terrain des connivences et des partages quand nous avons commencé à aller attendre les filles sur le trottoir du cours secondaire. Plus tard, et dans une phase moins tâtonnante, il nous est arrivé de nous intéresser aux mêmes, mais nous avions trop de raisons de nous éclairer mutuellement pour nous opposer sur le terrain de conquêtes qui ne pouvaient d'ailleurs nous mener très loin.

Nos parents ne nous ont jamais alloué que de faibles sommes, et aussi bien était-ce là une des constantes de l'éducation d'avant-guerre. Pas mal de liberté pour nous deux, en marge d'une sorte de laxisme familial, mais des moyens véritablement dérisoires pour orienter ces libertés vers des dissipations spectaculaires — à part un épisode assez exceptionnel qui s'est achevé dans un bordel pour têtes couronnées et que je te raconterai plus tard. Cette précarité prolongeait toutefois certaines manifestations d'autonomie que nous aurions pu déjà juger un peu jeunettes et dépassées.

Stavro n'avait pas de permis et, pas plus que moi,

d'automobile. Nous nous contentions d'aiguiser notre faim en allant tripoter de superbes engins chez certains revendeurs du quartier de l'Etoile où les décavés venaient liquider leurs Bugatti. Il n'avait pas de licence, mais aucune voiture ne lui résistait s'il se mettait en tête de la mettre en marche. Avec ou sans clé. Plusieurs fois je l'ai vu arriver rue Cardinet avec un véhicule au profil troublant qu'il avait emprunté Dieu sait où.

Tu peux imaginer sans peine l'équipée, cette traversée des banlieues sur un modèle digne de figurer aux *drags*. Une d'elles, qui aurait pu s'achever dans un fossé ou au commissariat, me reste en mémoire. Stavro fonçait droit devant lui sans s'inquiéter ni de l'heure ni du réservoir. Nous nous sommes retrouvés en pleine campagne. Sans phares, bien que la nuit fût tombée depuis longtemps. Quelques ratés. Encore quelques mètres, et soudain l'arrêt. Silence du moteur. Silence de la nuit. Nous n'irions pas plus loin. Nous avons poussé la voiture sur le bas-côté et l'avons laissée là, sans bien savoir où nous diriger et ce que nous allions faire. Nous aurions pu nous faire arrêter comme vagabonds. Dans ces ténèbres compactes nous avions parfois du mal à nous voir et si l'un de nous prenait de l'avance nous ne nous retrouvions qu'à la voix. Pour me réchauffer je croisais les bras ou me donnais de grandes tapes sur les côtes. Stavro, lui, restait insensible à ce froid de printemps qui nous brûlait le lobe des oreilles. Peut-être lui fallait-il ce genre de circonstance pour retrouver la résistance des montagnards de Bosnie, un lien avec un passé à peine effleuré et aucunement pris en charge ou revendiqué jusqu'à ce jour. Nous avons marché longtemps ainsi. Et puis — étions-nous sur un chemin de terre ? suivions-nous des haies ? — Stavro, comme s'il connaissait l'endroit, a poussé une barrière, pensant qu'il valait mieux s'arrêter là jusqu'au matin, couché au pied d'un buisson. Je l'ai suivi dans l'enclos. Là nous attendait une vision marquée du signe de l'inexplicable et qui nous a laissés frappés d'étonnement. Au centre de cet herbage en légère déclivité il y avait une mule blanche. Très belle pour une mule. Une lumière venue de nulle part la faisait émerger sur ce pré, en lévitation semblait-il, au centre d'un monde invisible où nous n'apercevions même pas nos pieds. La tête dressée, les naseaux frémissants, comme si elle avait reconnu de loin notre approche.

Je me demande ce qui, dans cette apparition, a pu nous frapper à ce point. Pour lequel de nous deux celle-ci, en bien ou en mal, annonçait-elle quelque chose au cœur de cette nuit refermée et dont les confins n'étaient pas discernables à cette heure ?

Nous commencions bien sûr à prendre nos distances avec ce genre d'enfantillages. La mère de Stavro nous entraînait parfois dans des soirées, et peut-être aurions-nous eu notre période mondaine si nous avions eu plus d'un seul smoking pour nous deux. Ses parents et lui habitaient, rue de Miromesnil, un appartement aussi vaste par les dimensions que limité du côté du mobilier. A croire que des saisies successives avaient réduit celui-ci à l'essentiel. C'est d'ailleurs une impression qu'on avait chez beaucoup d'étrangers vivant en France depuis plusieurs décennies et qui semblaient n'avoir jamais eu le temps ou les moyens de s'installer à demeure. En fait, le salon n'était occupé que par le piano à queue et le lustre, gigantesques tous deux. Une icône de saint Georges terrassant le dragon s'ajoute pour moi à la liste.

Peut-être étais-je plus conscient de ce qui se passait à ce moment en Europe dans la mesure où, lorsque j'allais retrouver mon père à Rome, j'entendais là d'autres sons de cloches, d'autres clameurs que celles qui s'élevaient dans Paris certains jours.

De plus je lisais les journaux, j'écoutais la radio. Je n'étais pas insensible à cette menace, à ces événements en suspens qui pouvaient amener une déflagration générale et nous précipiter dans la guerre.

Comme il se sentait libre, lui Stavro, né sur le même sol que nous, mais d'une autre souche, libre de se sentir étranger à ce qui partageait ce pays, lequel n'était pour lui qu'un espace pour ses mouvements et l'air qu'il respirait depuis qu'il y était né. Ce détachement lui était naturel, et peut-être ne se fût-il pas senti beaucoup plus concerné s'il eût vécu alors en Yougoslavie. Nous vîmes ensemble, et même plusieurs fois, le film de Leni Riefenstahl sur les Jeux olympiques. Il ne s'intéressa qu'aux performances des champions. L'énorme liturgie nazie ne provoqua de sa part aucune réaction, ni dans le sens de l'admiration ni dans celui du refus, alors qu'elle éveillait chez tant d'autres, moi le premier, une sorte d'horreur, un inexprimable malaise.

Ce pouvoir de se tenir ainsi à distance, de rester en dehors des parlotes et des discussions, me fascinait certainement et avait fini par faire partie du personnage. Il me semblait, quand j'observais ce masque, ces paupières tirées vers les tempes, qu'il venait d'un passé plus lointain et que les migrations, les occupations, les massacres avaient usé en lui une certaine possibilité de s'émouvoir en face d'événements sans lendemain. Je le sentais intact face à tout ce qui nous rongeait, nous qui passions trop de temps à nous interroger, à essayer d'imaginer ce qu'allait être la catastrophe. Oui, tout compte fait, c'est cela que j'aimais en lui : pouvoir emmagasiner tant de vie et ne rien laisser filtrer des réflexions que pouvait lui inspirer la situation au moment où la guerre semblait brusquement toute proche.

Comme tous les deux ans, j'ai donc retrouvé en août 1938 mon père en Italie. A un moment où peu de garçons en âge d'être mobilisés ont dû aller jeter des pièces de monnaie dans la Fontana di Trevi en pensant qu'ils reviendraient l'année suivante. Les amis italiens de mon père ne semblaient pas beaucoup s'inquiéter des rodomontades mussoliniennes ni prendre au sérieux l'interdiction de la lavallière ou les interdits du *Manifeste de la Race* frappant les nouveaux « métèques ». Le peuple vivait assez bien les « conquêtes sociales » du régime, l'ouverture vers les loisirs du *dopolavoro* et du *Sabato fascisto*. J'avais tout à apprendre d'une résistance au régime, intérieure ou extérieure, et celle-ci ne m'a été révélée qu'à travers ma propre expérience, par des Italiens qui avaient rejoint notre maquis dans le Sud-Ouest.

Que mon père, le commandant Bertrand Challange, m'ait quand même fait venir cet été-là, qu'il ait obtenu pour moi un visa l'année de l'Anschluss et des Sudètes, deux mois après qu'Hitler se fut fait acclamer à Rome, et alors que l'affaire du couloir polonais risquait à tout moment de déclencher les hostilités, reste pour moi stupéfiant. Je n'y vois que deux explications possibles. Ou bien, persuadé que la guerre était inévitable, a-t-il essayé de m'arracher à celle-ci, de me soustraire à la mobilisation en m'attirant dans le même camp que lui. Ou bien, sincèrement, comme beaucoup d'autres, a-t-il cru que Mussolini était l'arbitre de la paix et en mesure d'imposer au dernier moment sa médiation.

Comme les fois précédentes, nous sommes remontés vers Venise, et alors que l'Europe était suspendue à ces rendez-vous de la dernière chance de Bad Godesberg ou Berchtesgaden, j'ai vu se refermer autour de moi la merveilleuse illusion baroque. Là, nous avons laissé passer l'orage, et je suis rentré, après Munich, dans un Paris incroyablement euphorique et où ne manquaient que les lampions.

Chez Stavro j'ai trouvé porte close. Rue de Miromesnil, une pancarte indiquait à l'entrée de l'immeuble que l'appartement du deuxième était à louer. Cette fois donc, sa mère s'était inquiétée et avait pris les devants. Elle évoluait dans une zone d'attraction différente, entre les partisans de Stojadinovij et le régent, le prince Paul. Pour elle, et même quand on aimait Paris autant qu'elle l'aimait, mieux valait penser qu'on pouvait vivre ailleurs et voir comment les choses allaient tourner. De toute façon, Stavro était en âge pour faire vraiment connaissance avec son pays et y remplir ses obligations militaires.

A partir de là j'ai du mal à reconstituer son parcours. Je n'ai reçu de lui que quelques lignes pour me dire qu'il avait été admis à l'Académie militaire. Cavalier-né, mais dans un pays qui resterait probablement en dehors du conflit, ce n'était certainement pas pour lui la pire des solutions. L'uniforme devait magnifiquement accompagner son physique et sa taille. Aucun de ces officiers triés sur le volet, et emportés dans le mirage des aristocraties équestres — aussi bien en Pologne que dans les derniers royaumes danubiens —, ne pouvait à l'époque prévoir qu'ils seraient les premiers anéantis et que ceux d'entre eux qui n'auraient pas été fauchés par les blindés seraient liquidés par des partisans de même race et de même nationalité qu'eux, encadrés par des commissaires soviétiques.

Tel a été le choix de l'opulente Mira, la mère de Stavro.

Choix qui tendait à éloigner de lui un danger devenu imminent. Elle n'a pas écarté ce danger, mais on ne peut pas dire qu'elle l'a précipité. Stavro, qui était né à Auteuil, rue de La Source, aurait-il pu opter pour la nationalité française ? C'est une idée qui n'a jamais dû lui passer par la tête.

La suite, c'est cette horrible occupation qu'ils ont eue, à quoi sont venus s'ajouter le massacre de trois cent mille Serbes par les Croates, et pour finir la guerre civile, communistes, tchetniks. Comment a-t-il réussi à traverser tout cela ? Que fait-il pour le moment à Venise où sa situation paraît assez problématique ? Où compte-t-il aller ? Ce sont les questions que je me suis posées. Il semble ne vouloir répondre à aucune. Impossible néanmoins de le laisser choir et de l'abandonner à son sort sans essayer de faire quelque chose pour lui. Ils sont des dizaines de milliers dans son cas.

L'étrange, c'est qu'il ait disparu de ma vie à peu près au même moment où j'allais retrouver mon père pour la dernière fois. Si je fais cette remarque ce n'est aucunement pour établir un lien entre leurs deux destinées.

Sur cette rencontre inattendue a pesé le poids de la fatalité et du *nevermore* : l'impossibilité de reprendre les choses au point où elles étaient autrefois. L'impossibilité de redevenir ce que nous étions l'un pour l'autre. Il entrait certainement dans notre amitié une part d'illusion et aussi de fascination ; celle-ci renforcée par nos différences. Stavro était à coup sûr un garçon magnifique, dont les facilités et le goût de vivre compensaient les limites. Il était difficile de ne pas l'aimer, de ne pas admirer des aptitudes naturelles qu'il aurait pu exercer dans divers domaines. Cela dit, j'ai toujours eu le sentiment qu'un danger le guettait. Lequel se situait autour de son refus de prendre conscience de certaines situations et de s'efforcer de les dominer.

Je ne pense pas que les choses soient aujourd'hui très différentes pour lui et que son caractère ait beaucoup évolué.

Dans ce monde où tous parlent, commentent, argumentent, discutent, il est quelqu'un qui tantôt fonce droit devant lui — comme sur cette voiture volée — tantôt laisse passer et s'en fout. Une force vitale qui se suffit à elle-même. Donc disponible pour le pire et le meilleur. C'est la spécialité des fascismes ou des régimes d'exception de proposer à ce genre de force brute un point d'application et une direction. C'était le risque. J'espère qu'il a su s'en préserver et que la vieille mythologie des *haïdoucs,* la levée des vaillants contre l'envahisseur, la pureté de l'instinct guerrier chez son peuple, l'ont empêché d'être un enfant perdu aveuglé par la haine dans toutes ces luttes inexpiables.

Mais nous reste-t-il assez de temps pour en parler lui et moi ? Ce langage-là a-t-il jamais eu cours entre nous ? »

XXIII

Venise, 20 février 1947

Nous sommes rentrés non sans mal. Un des assistants de Klaus prend le train ce soir pour Paris ; il déposera donc demain place des Abbesses cette lettre qui t'arrivera sans doute avant l'autre, celle que je t'ai écrite de Dobbiaco. Peu importe, je pense que les deux effaceront ta mauvaise humeur — pour autant que celle-ci n'est pas une façon de me faire comprendre que tu t'ennuies et que nous n'avons pas choisi de vivre ensemble pour être séparés.

Finalement, nous sommes restés quatre jours absents. Une histoire de pneu a failli nous retenir à Dobbiaco ou bien nous forcer à redescendre jusqu'à Vittorio Veneto par le chemin de fer à crémaillère. Mais les choses ici finissent toujours par s'arranger : un copain de Klaus, qui est garagiste, lui a déniché *una gomma* au marché noir, mais il a fallu attendre vingt-quatre heures de plus pour donner à celle-ci le temps d'arriver. Klaus en a profité pour régler sur place un certain nombre de questions que sa mère laisse traîner. Notamment, un droit de passage sur un champ qui, par-derrière et jusqu'aux sapins qui coiffent la pente, jouxte le terrain sur lequel se trouve la *casa Lehmann*. Il en a profité aussi pour aller rendre visite à des parents. Un autre copain à lui, qui fait le taxi entre les stations — les routes m'ont paru en meilleur état que plus bas : il est vrai que peu de convois militaires sont passés par là —, nous a promenés dans la région. J'ai revu ainsi des endroits — le Pocol en particulier — où le commandant Bertrand Challange m'avait entraîné autrefois. Lequel, en marge d'une vie probablement trépi-

265

dante, tenait à faire avec moi ces tournées d'ossuaires alpins, peut-être pour rehausser à mes yeux son prestige et retrouver, quant à lui, des souvenirs revigorants en marge des délices de Capoue et de ses fricotages avec les grands margoulins du régime.

Même si cette lettre te parvient avant l'autre je ne recommence pas ce que je t'y ai dit. Tu attendras, peut-être un certain temps, étant donné les lenteurs de la poste d'ici, d'avoir reçu l'épître de *Toblash* pour savoir qui est Stavro, quels ont été nos liens, et pour te faire une idée du personnage. D'un mot, un ami yougoslave qui s'est battu aux côtés du général Mihajlović. Je le croyais mort et tout ce que je pouvais porter à son compte allait dans le sens de cette bravoure et de ces contradictions dont l'issue ne pouvait être qu'une embuscade ou un coup de main ayant mal tourné. L'avoir revu a certainement été un choc. Le plus étonnant, c'est qu'il est resté le même, et qu'à part deux doigts gelés, il a traversé cet enfer sans en être marqué.

Pas de nostalgie de sa part, pas de regret du passé qui nous a été commun et qu'il ressort à volonté comme s'il l'avait mis en hibernation. Très vivant et très proche pour lui et qu'il continue à aborder avec une sorte de gouaille. Un vocabulaire qui date un peu pour quelqu'un qui n'a pas quitté l'espace français. Ce passage du temps dans la langue des émigrés tendant à devenir un dialecte qui a cessé d'évoluer. Des sorties tout à coup, des coups de gueule contre Churchill et Randolph, le Vatican, les catholiques sanguinaires croates, ou ces musulmans du Sanjab qu'il appelle « des renégats ». Cette façon aussi d'évacuer tout le tragique de ces années et de prendre ces retrouvailles un peu à la blague, peut-être parce que ce qu'il a vécu l'empêche de les prendre autrement.

Cette façon de prendre les choses, sans leur accorder un relief particulier, a toujours été la sienne. A vrai dire, connaissant sa faculté de s'enferrer dans des complications inextricables, voire inquiétantes, puis de tout balancer par-dessus bord et d'apparaître net et sans reproches, je ne saurais te dire si cette rencontre tellement inattendue a un caractère cocasse ou tragique et ce qu'il peut en résulter. Rien sans doute. D'autant qu'il n'est pas seul, mais avec trois autres Yougoslaves — dont un Croate, qui a combattu avec eux... l'exception — et qui ont dû entrer, plus ou moins clandestinement, en Italie. J'ignore quand et de quelle façon. Il est peu probable qu'il ait l'intention de se séparer d'eux et de rompre la solidarité qui les a liés jusque-là. Cela suffit à tracer une frontière et à dresser entre lui et moi un écran.

Je l'ai vu deux fois, assez longuement, puis l'autre matin, alors que j'attendais Klaus, il s'est pointé tout à coup au Colombani et est monté dans ma chambre après avoir bousculé quelque peu le type qui se trouvait à la réception. Il voulait prendre un bain. Ce n'est qu'au moment où j'allais descendre que l'idée d'occuper la chambre pendant que je serais à Dobbiaco lui a traversé l'esprit.

Rien ne lui ressemble plus que cette manière de se comporter comme si rien de ce qu'il fait ne pouvait entraîner de complications pour les autres. Pendant que j'étais à la *casa Lehmann* j'ai eu l'occasion d'y réfléchir. La lettre que je t'ai envoyée de là-bas te prouvera que le problème Stavro n'a cessé de m'occuper.

A part les souvenirs que nous pouvons échanger — et qui, s'ils n'ont d'intérêt que pour nous deux, nous permettent de nous retrouver à certains moments en terrain neutre —, tout le reste entre nous est devenu assez problématique. Sans doute est-il conscient de certaines réticences· de ma part en face de leur épopée, celle des tchetniks, des hommes de la montagne. N'ignorant rien probablement de l'évolution dé l'opinion dans le camp des Alliés, laquelle ne leur était guère favorable. Après l'enthousiasme du début devant leur résistance armée aux Allemands, les suspicions qu'ont entraînées certains accommodements, certains marchandages sur le terrain, enfin le désaveu des Anglais devant cette guérilla contre l'envahisseur qui s'est transformée en guerre civile, faisant des derniers fidèles de Mihajlović, de plus en plus isolés dans leurs montagnes, les champions d'une cause perdue.

Sans doute pense-t-il que je suis mal informé, que j'ai été contaminé par cette propagande, ce trucage des communiqués sciemment organisé par les services de renseignements anglais dont est résulté ce retournement. A part quelques violences verbales, il ne m'a pas semblé qu'il éprouve le besoin de m'éclairer dans un sens différent et de s'expliquer à fond sur ce qui s'est réellement passé. Peut-être n'a-t-il pas assez de recul. Peut-être a-t-il vécu de si près ces actions embrouillées qu'il ne lui en reste qu'un sentiment de tragique confusion et qu'il ne revoit qu'une suite d'accrochages, d'engagements qui tous semblaient tourner à leur avantage alors que la décision finale ne dépendait en rien de la partie engagée mais des instructions secrètes du *War Office* et du cabinet de Guerre.

Je ne l'imagine pas non plus essayant de me persuader qu'il a toujours été sans reproches, qu'il a traversé ces trois années de sanglantes alternatives, aux prises tantôt avec les Allemands, tantôt avec les Bulgares, tantôt avec les Croates, tantôt avec les partisans de Tito, sans jamais avoir du sang innocent sur les mains.

En redescendant aujourd'hui à Venise, je me demandais comment le dialogue allait redémarrer et sur quoi il allait déboucher. Mais avec Stavro les choses s'arrangent rarement selon les prévisions, je ne l'ai pas trouvé au Colombani. Il n'avait occupé la chambre qu'une seule nuit et on ne l'y avait plus revu. J'ai pensé qu'il avait quitté Venise, rejoint à Gênes ou à Naples ses trois camarades pour embarquer sur un de ces minables *piroscafi* qui transportent des émigrés au Venezuela ou ailleurs pour 200 000 lires.

Les choses se seraient terminées là, de façon quelque peu abrupte. Or, au moment où j'achevais de déballer mon sac et où j'allais ressortir pour dîner dans quelque trattoria entre San Barnaba et le Carmine, Stavro tout à coup au téléphone, aussi remonté que pour me dire qu'il venait de rencontrer une fille du tonnerre au Racing.

— Alors, vieux, tu es rentré. Comment va ta guibolle ?
— D'où téléphones-tu ?
— Du Bauer...

Une bombe comme lui seul est capable d'en placer et d'en faire éclater. Et lui, jouissant de mon étonnement, de ma stupéfaction. De quelle cambrousse débarquais-je ? Je revenais du pôle Nord... Il m'a tout raconté. Comme il fait. Sans étaler. Comme si les choses ne pouvaient se passer autrement. Donc, l'autre matin, à peine avais-je quitté l'hôtel avec Klaus, Janet m'a appelé. Son départ pour Capri étant repoussé, elle avait décidé de m'emmener pour la journée à Chioggia — comme elle m'avait emmené à *San Lazzaro* — à Chioggia où elle voulait photographier ces fameuses barques qui ont l'air de poissons volants avec de gros yeux peints à l'avant. Elle ignorait que j'accompagnais Lehmann à Dobbiaco et pensait que j'étais dans ma chambre. C'est Stavro qui a décroché. Ils ont commencé à parler. Lui, il l'avait toujours dans son collimateur depuis qu'il l'avait aperçue dans le motoscafo. Et pour elle, tomber sur un de ces lions qui se sont battus héroïquement aux côtés de Mihajlović, exécuté à Belgrade en juillet dernier, l'a aussitôt emballée. Un héros de Missolonghi, pas moins ! Je vois très bien comment ça a pu accrocher entre eux. « Eh bien, venez passer la journée à Chioggia, nous parlerons de tout ça. »

Ainsi les choses se sont-elles passées : entièrement en dehors de moi, comme tu le vois. Ils se sont si bien entendus qu'il est bel et bien installé au Bauer depuis trois jours. Voilà où l'on en est. Dernier épisode Stavro. Plus question de Capri, je suppose. L'aiguille qui marque les changements dans le mini-climat de ma rencontre avec lui s'est immobilisée cette fois dans un beau fixe qui contraste non seulement avec le temps qui reste toujours aussi bouché mais avec toutes les données précédentes. J'ai de la peine à penser que tout cela ne s'est pas organisé dans ma tête à la suite de quelque mal des montagnes. Mais non. Voici Stavro intégré à ce groupe agité qui tourne autour de Janet. Souhaitons que les choses en restent là et que cet épisode plutôt marrant — comme nous aurions dit autrefois — ne provoque pas d'autres oscillations.

XXIV

Carnets

J'ai pris le train Ghiberti en marche. Rien ne l'arrêtera à
présent. Les réunions et les manifestations se succéderont
jusqu'à mardi. La plaque sera dévoilée à l'heure où l'angélus
de midi fait tournoyer les pigeons autour du gros bulbe de la
Madonna dell'Orto. Jusque-là ce ne seront que colloques
culturels, discours, dans des lieux officiels ou privés, ici
même, Palazzo Pisani, et à Padoue, dans l'*aula* de l'Université ce qui me permettra d'aller constater sur place les
dommages causés par les bombes à Giotto et à la Cappella
degli Scrovegni, seule occasion que j'aurai sans doute pendant ce séjour d'apercevoir un coin de ciel bleu.

Comme prévu, Campra a insisté pour que je reste et ne
refuse pas de répondre aux questions des uns et des autres.
Les journalistes, bien sûr, incroyablement agités et salaces.
Elio Ghiberti aimait-il les femmes ? La propagande affirmait
qu'il avait dû quitter l'Italie à la suite d'une histoire de
mœurs : savez-vous quelque chose à ce sujet ? Insinuations
qui me mettent, moi, dans une position singulière. Pouvez-
vous nous parler de cette Toinon ? Quel genre de femme ?
Serva padrona ou ingénue asservie par le maître ?... Haras-
sante expérience. Et qui se développe à plusieurs niveaux.
J'écoute ce qui se dit, ce que j'entends proclamer. Etranges
régates dans le brouillard où sont engagés aussi bien les
officiels et les politiques que tous ces organismes, culturels et
artistiques, que j'ai du mal à ne pas confondre. Quel
tremplin, bon Dieu, la culture, et quel recours après les
débâcles !... Elle est devenue éthique, paraît-il. Ghiberti

271

tombe à pic. Tenait-il tant de place dans l'inconscient collectif de la nation opprimée et de tous ces représentants de ceci ou de cela, de tous ces intellectuels pressés de dire leur mot, les nerfs à vif, de tous ces hommes de bonne volonté, de sens rassis, qui sont restés, eux, sagement à leur place, pas trop malmenés, semble-t-il, à peine compromis, et à qui le fait de tresser des couronnes au cher Elio, au *carissimo e illustrissimo amico* Ghiberti, permet de se regarder les uns les autres comme si tous avaient eu la même attitude que lui et n'avaient pas passé leur vie à composer et à prendre le vent. Il en fallait bien un. Le ciel n'en demande pas plus.

Pendant les moments que je réussis à sauver je ne trouve de refuge qu'au fond de l'atelier Lehmann, dans une pièce où Klaus m'a installé pour travailler et pour procéder, chapitre par chapitre, page par page, au projet de montage du livre.

Mais la vraie récompense, le calme enfin retrouvé, c'est pour moi de me replonger dans certains passages de ce sacré bouquin quand je rentre au Colombani, raccompagné par l'un ou l'autre, les oreilles bourdonnantes de tout ce qui s'est dit à son sujet pendant la journée et jusqu'à la minute où je suis seul de nouveau.

Tout de même, de temps à autre, dans tous ces propos, une remarque qui me semble juste parfois. Cette confidence de Ceroni, en marge de ce séminaire improvisé, et bien que ce soit lui qui ait pris la tête de cette célébration — mais leur dialectique est si prompte qu'ils se retourneraient aussi bien dans leur propre main — ... cette remarque, oui : « Entre nous, *caro*, rien ne le désignait pour devenir un homme public, un *leader,* le champion d'une cause. Il aurait pu s'appliquer ce que Ridolfi a écrit de Tintoretto : « Il a vécu retiré dans ses pensées... » Mais le courant l'emportait à mesure que le fascisme gagnait du terrain. Il se sentait tenu de protester, d'être aux côtés de ses amis sur des estrades... Pas plus que Gide il n'était fait pour cela, si l'on y réfléchit. S'il y a une destinée qu'il n'a pas choisie c'est bien celle-là. Mais nous, comment pourrions-nous en ce moment agir autrement ?... La terre a besoin de bras... et les jeunes démocraties qui n'en reviennent pas de pouvoir enfin exister ont besoin d'exemples comme le sien... de belles figures morales pour en estampiller les billets. Les billets qu'une république qui fait ses premiers pas sur la scène financière et internationale... la nôtre a à peine quatre mois... se trouve dans l'obligation de tirer. »

Le passage indiqué *Paradiso* m'avait donné l'envie d'aller revoir l'immense composition. Ceroni m'a averti qu'elle est encore roulée sur un énorme cylindre de deux mètres de diamètre et qu'elle attend d'être replacée. Je risque donc de repartir sans la revoir.

Pour résumer mes impressions : trop d'allées et venues, d'invitations, d'interviews. Moi qui me proposais de raser les murs, de traverser la ville incognito !

Au moins tout cela a-t-il l'avantage d'effacer pour moi d'autres souvenirs et m'occupera jusqu'à mon départ. Guisa est à Valençay, chez ses parents. Nous nous retrouverons à Paris. Elle semble tout à fait rassurée, et sur ce que je fais et sur Janet. Je le suis moins sur Stavro. D'après certains échos qui m'arrivent par-ci, par-là, le Youg s'ébroue un peu trop. Qu'est-ce que j'y puis ?

Il faut savoir vivre avec les fantômes. Peut-être en ne les fuyant pas. En les amenant dans la lumière. Lumière toute relative dans le réseau serré des ruelles. Hier, dans la Merceria, tout à coup devant moi Renata, s'appuyant sur une canne à pommeau, plus sibylle de Cumes ou d'Endor que jamais. Elle ne s'est pas arrêtée et m'a lancé seulement, alors que je passais à sa hauteur, comme si nous nous étions vus la veille : « Quand venez-vous nous voir, Marc ?... Vous connaissez l'adresse. »

Difficile d'esquiver ce regard accentué par les paupières charbonneuses. La même, elle aussi, décidément. Vieux masque toujours aussi impressionnant malgré une incroyable quantité de petites rides mobiles, agitées parfois de légers soubresauts sans que soit détruite l'austère magie de ces traits.

Ce matin, profitant d'une heure qui m'était laissée, je suis allé la voir. Oubliant le refus opposé à Magda, et comme si le fait d'avoir rencontré Lazare en la personne d'un Stavro bien vivant, échappé à ses géhennes, se faisant enlever par Janet et retrouvant grâce à elle les facilités de la vie, avait définitivement exorcisé les fantômes auxquels je ne voulais pas me frotter.

J'ai donc revu le fameux studio, près du théâtre Malibran. Le studio où il arrivait à Bertrand de m'oublier quand lui-même avait un rancard avec quelque entité moins pharaonique. Revu également Giancarlo raccroché à l'angle du piano. Voyant que quelqu'un entrait, il a plongé du buste comme s'il venait de donner un récital et répondait aux applaudissements. Il y a beau temps que ceux-ci ne résonnent plus dans sa mémoire. Il garde néanmoins ses fidèles.

J'ai eu l'impression qu'il ne me reconnaissait pas. Sur les murs, les tableaux disparus ont été remplacés par des photographies dédicacées, des autographes encadrés. Un vent violent a emporté le reste. Je lui ai demandé ce qu'étaient devenues ses fameuses cannes. Il n'a pas eu l'air de comprendre à quoi je faisais allusion. Peut-être ne se souvient-il pas d'avoir eu une collection de cannes, l'une d'elles, autour de laquelle un serpent était sculpté, avait appartenu à Balzac. Peut-être a-t-il trouvé mon insistance déplacée.

Silencieuse dans son fauteuil, Renata fumait les mêmes longs cigares. Plus longtemps, pour chacun, qu'elle ne le faisait il y a dix ans. Elle, en revanche, ne doit rien avoir oublié. Pernicieuse mémoire, fortement imprégnée par le génie du lieu, qui ne laisse aucune chance au présent et même le détruit comme s'il ne pouvait qu'être une redite, un *ersatz* dévalué.

J'ai demandé à Giancarlo de jouer. Je me promettais du plaisir de l'entendre de nouveau, dans ce cycle du temps retrouvé, mais il a commencé à faire des chichis et des simagrées, et, comme j'insistais, a prétendu qu'il ne voulait plus jouer pour qui que ce soit depuis que Horowitz avait posé ses mains sur ce clavier.

Il a néanmoins trouvé l'argument du *sketch* qu'il se croit

tenu d'improviser pour tout visiteur. Il s'est mis à parler d'abondance de Rainer Maria. A moi de comprendre de qui il s'agissait. Puis il a commencé à le décrire, à mimer ses attitudes, son recueillement pendant que celui-ci écoutait un morceau. Sa silhouette fuyante quand il circulait en ville. « Il avait l'air de vouloir s'effacer, disparaître sous le regard des passants, longeant les murs, se reculant pour laisser la place, comme si ces Vénitiens qui le bousculaient avaient de toute façon la préséance... Du château de Muzot, a poursuivi Giancarlo, où il est mort après une longue maladie, il nous a envoyé, à moi et à Renata, deux de ses livres avec dédicace... On nous les a volés... comme le reste d'ailleurs, pendant cette guerre-là, a-t-il ajouté avec une curieuse alacrité, une flamme d'ironie derrière l'épaisseur de ses verres teintés. Mais la lettre, elle, nous l'avons toujours. Nous ne nous en sommes jamais séparés. Nous l'avons gardée comme un talisman. Pauvres Juifs convertis !... Elle nous a sauvés. »

Il m'a montré la lettre : « Château de Muzot-sur-Sierre. Valais, 29 décembre 1921. » Et en bas, sur toute la largeur de la page, le magistral paraphe si peu conforme à l'image du personnage que Giancarlo venait d'évoquer : *Rainer Maria Rilke.*

Soudain, nouvelle facétie qui semblait déplacer sa prothèse sans l'inquiéter outre mesure : « Une fois, j'étais à Paris, j'entre dans une boulangerie pour acheter une baguette. Appétissante, la boulangère. Elle me demande : « Voulez-vous que je vous la coupe ? » » — « Madame, ai-je répondu en rougissant, je préfère la garder entière. »

Il y a longtemps que Renata n'accueille plus avec un regard consterné ce genre de plaisanteries. Dans le silence qui a suivi, il m'a semblé entendre sonner le rire de mon père qui, en général, entraînait l'approbation de ceux qui venaient faire leur cour à Giancarlo. Le genre d'esprit qu'il appréciait et qui devait lui rappeler l'armée, les festins d'officiers.

Apparemment, malgré tout ce qui a pu se passer, rien de changé pour ces deux-là restés sur la berge, fixés dans le même décor, les mêmes attitudes, brûlant le même encens sur les mêmes autels.

Renata, tout en restant en dehors et enveloppée d'un

nuage, ne m'a pas quitté des yeux. Essayant sans doute de raccorder les traits du visiteur assis là devant elle à ceux du jeune homme qu'elle avait aperçu autrefois et qui n'était rien d'autre alors à ses yeux que le fils d'un ami, sans doute très cher, Bertrand Challange. Une ou deux fois, pendant que je suis resté là, j'ai eu l'impression qu'elle allait me parler, et peut-être de lui. Mais Giancarlo nous a refusé cet aparté, et je lui en étais presque reconnaissant.

Pendant que, dans le cagibi qui sert d'entrée, j'enfilais mon duffle-coat, je l'ai entendu demander à sa femme :
— C'était qui, ce garçon ?

Sur les une heure du matin, alors que je viens d'éteindre, coup de téléphone de Janet. Elle veut que je les rejoigne chez... Elle ne se souvient plus du nom. Elle me dit qu'elle me passe Alfredo qui va m'expliquer où ils sont et comment aller jusqu'à eux. Qui est cet Alfredo ? Quelle sorte d'humanoïde lui aussi survolté ? De nouveau la voix de Janet : « Viens, Marc, on veut te voir. On n'arrête pas de parler de toi. J'appelle Stavro. Il doit dormir quelque part. Stavro... *darling*... viens parler à Marc... » Je dis à Janet que je suis couché, que je n'ai pas envie de ressortir. Elle m'accuse de la laisser tomber. Me demande si je suis fâché. Crie de nouveau *darling* à la cantonade. J'entends des bruits divers, des rires, une vague dispute. Finalement, Stavro à l'appareil : « Alors, vieux, tu te dégonfles ?... Ou bien veux-tu qu'on vienne te tirer du lit ?... » Cela continue un moment. Je raccroche.

Une toute nouvelle société culturelle à vocation européenne sinon mondiale tenant ses assises dans une magnifique salle du *Palazzo Pisani*, somptueux bâtiment où se trouve également le conservatoire de musique Benedetto Marcello. J'étais en retard. Je me suis glissé auprès de Magda qui m'avait gardé une place.

Public nombreux. Visages un peu compassés et blafards sur lesquels l'éloquence de Ceroni et d'autres glissait sans éveiller de réactions. Magda m'a désigné le *signore sindaco*. Et aussi deux soutanes du patriarcat, venues là en éclaireurs. Sur le sentier des élus, ce cher Ghiberti, récupéré ainsi de toutes parts ? me suis-je demandé en observant les deux ecclésiastiques mais aussi bien l'échantillonnage de tendances idéologiques adverses que j'avais là sous les yeux. Que penseraient ces gens, quelles seraient leurs réactions — les deux curés notamment — si, à la place de tous ces encensements, quelqu'un venait leur lire les réflexions de Ghiberti sur le *Paradis* ?

Le jour triste entré par les fenêtres n'arrivait pas à éveiller et à faire resplendir la décoration de la salle. Seul élément de diversion, quelques échos venant impromptu de l'autre corps de bâtiment, au-delà de la cour, où se trouve le conservatoire Marcello. *Pizzicati* de violons, couacs d'instruments à vent, trilles et notes dans le haut du registre, parvenant à percer les murs et cet engourdissement rhétorique.

Nous avons tenu sagement, Magda et moi. Nous devions dîner à l'Angelo où Klaus nous rejoindrait directement. La séance a pris fin dans une sorte d'euphorie. Laissant ceux qui avaient pris la parole se congratuler, nous sommes partis vers le restaurant, sans nous presser, en nous donnant le bras. Heureux d'en avoir terminé pour la journée. Heureux de marcher ainsi à travers ces rues et ces places. Et parce que nous nous aimons bien décidément, Magda et moi, et que nous avons du plaisir à nous retrouver, dans « le prodige du visible » comme l'écrit Elio, après ces flots de paroles.

Nous nous sommes installés dans la troisième salle ; celle que le patron réserve aux habitués et aux gens qu'il connaît. Nous lui avons dit d'où nous venions et il est venu aussitôt nous apporter « un remontant ». J'ai dit à Magda que j'avais vu Renata et Giancarlo. Sans doute le savait-elle déjà.

— J'ai l'impression que quand tu venais en Italie du vivant de ton père... le commandant, a-t-elle souligné avec un sourire... tu ne voyais guère de gens de ton âge. Au fond, toi personnellement, tu n'as jamais eu d'amis italiens avec qui tu aurais pu parler. Quelle drôle d'époque, les jeunes n'étaient bons qu'à écouter et à se laisser embrigader.

— A part celui de ma première communion, je n'ai pas porté de brassard...

Le garçon est venu allumer une veilleuse devant nous pour absorber la fumée des cigarettes, et en a profité pour demander des nouvelles des *gemelli*.

— On est bien ici, Marc, tu ne trouves pas ?

C'est seulement alors que je me suis aperçu qu'elle aussi, par réaction sans doute à tous ces flamboiements oratoires, venait de passer au tutoiement. J'ai fait signe que oui. Et c'est vrai que, malgré tout le festival politico-culturel de ces derniers jours, je recommence, grâce à elle et à Klaus, à me trouver bien sur cette langue de terre et à y nouer d'autres liens.

— Alors, tu vas nous quitter. On ne va plus se voir.

— Il faut bien que je rentre.

Nous avons reparlé de Dobbiaco.

— Ça n'a pas été trop pénible ?

— Il n'a pas été question du frère de Klaus. J'aime beaucoup sa mère. Une paysanne de la montagne. Très digne. Pas un mot sur son fils.

— Ça vaut mieux, c'est tellement horrible. Il avait dix-sept ans. Les fascistes, les brigades noires de Pavolini n'en avaient plus que pour quelques semaines... Abandonnée, leur fumeuse défense de la Valteline... en fait une triste débandade sur des routes encombrées de convois... essaie d'imaginer... et de l'autre côté... du nôtre... des gens s'efforçant d'échapper au cauchemar ou d'exercer leur propre justice. Pas beau... Une victoire, oui, mais éclaboussée, contaminée... Une victoire quand même! Peut-être ne peut-il pas en être autrement?

— Et le garçon, lui... comment ça s'est passé?

— Comment le savoir? Les témoins, ceux qui pourraient l'avoir fait, ont disparu ou sont tombés à leur tour dans une embuscade. Il y a deux versions différentes. Celle que je t'ai dite : des partisans l'auraient pris pour un *tedesco* en civil, séparé de son unité. Une autre, plus pénible, et dont personne ne veut entendre parler dans le clan des Lehmann : il aurait été tué par un copain à lui, d'un village voisin, de la même brigade. Une dispute entre garçons. Comme ça arrive à la porte d'un bal. Une fille. Un peu trop de *grappa*. Mais les choses peuvent tourner au tragique quand un des deux a une arme coincée sous le bras et est entraîné à en jouer facilement. Sur ordre ou de lui-même. Cela s'est passé au-dessus de Côme, dans un secteur tenu par les garibaldiens de la 52e brigade. Fin février 45. Sept semaines plus tard, c'était Dongo, la fin de Mussolini. La Libération, oui. Mais aussi des choses qu'il vaut mieux oublier... Il ne devrait pas y avoir de disputes comme celle-là... Personnellement, je crois plutôt à la seconde version, a-t-elle ajouté... entre des gens qui ont choisi de se battre dans le même camp. Or ils ne font souvent que se déchirer... et qu'est-ce que ça veut dire le même camp?... des libéraux, des démocrates-chrétiens, des communistes, est-ce qu'ils sont du même côté? est-ce qu'ils veulent les mêmes choses?... et quand ils disent *liberté,* est-ce que ça a le même sens?... Enfin, pour en revenir à cette histoire, disposer d'une arme, ça entraîne peut-être, dans des périodes pareilles, à régler les problèmes personnels de cette façon.

La flamme au bord du godet se reflétait dans ses yeux,

soulignant la douceur bellinienne de ce visage malgré l'horreur de la scène qu'elle venait d'évoquer.

— Tu as revu ton ami ?

Elle était donc au courant. A vrai dire, tout le monde doit l'être. Trop magnifiques l'un et l'autre, l'Américaine et le jeune Serbe — dont personne ne se demande ce qu'il fait là — pour qu'ils échappent à l'attention dans une ville qui donne tant d'importance à la beauté que le tarif de promenade en gondole varie selon l'âge et le physique des gondoliers. Ceci dit, on aime ici parler des choses, on n'aime pas s'en étonner. La ville en a vu d'autres. Une tête de plus dans une joyeuse bande d'étrangers.

— Tu n'approuves pas, a-t-elle constaté.

— Je n'ai pas à approuver ou à désapprouver. J'avais seulement l'impression qu'il ne tenait pas tellement à se montrer. Il n'avait pas choisi le Danieli, mais un endroit parfaitement sinistre... je ne saurais même pas y revenir.

— Les îles de la lagune ça a toujours été un refuge pour les gens pourchassés... les aventuriers de la dernière heure. Tu as entendu parler de celui qu'on appelait le Prince Noir, le chef des hommes-torpilles, Valerio Borghese. Il s'était installé ici avec ses fidèles sur une île, San Giorgio di Algier, dans un couvent en ruine. Mussolini l'appelait, paraît-il, « le condottiere de la dernière chance ». Est-ce qu'on peut en dire autant de ton ami ? Est-ce que c'est ça son personnage ?

— Il l'a peut-être été. Il l'est en tout cas pour Janet. Elle a raté un héros du type Byron, elle a mis la main sur Stavro. Parfait. Les *desperados* de Ravna Gora. Elle a son reportage. De plus ils forment un beau couple.

— Tu ne crois pas qu'elle s'efforce aussi de l'aider ? Il est question qu'elle l'emmène en Amérique... enfin qu'elle lui facilite les choses pour y entrer.

— C'est ce qui peut lui arriver de mieux. Mais je croyais qu'elle devait aller faire une série de photos chez Malaparte.

— Elle y part. Il la rejoindra à Naples.

Klaus est arrivé alors et l'histoire Stavro n'est pas revenue sur le tapis. Notant tout cela, je me demande ce qui peut me déplaire à ce point dans cette sorte de dénouement. Trop *happy end* bien sûr. Mais aussi parce que l'inconséquence de

Stavro apparaît manifeste, parce que je n'aime guère penser qu'il est devenu la proie de toutes ces curiosités, de tous ces *pettegolezze*. Et parce que c'est peut-être un jeu dangereux de passer d'une clandestinité aussi ténébreuse à ce genre de tumulte, d'extériorisation soudaine. Aussi et surtout parce que je me sens vaguement responsable de ce qui lui arrive. Comme j'ai dû l'être déjà en d'autres circonstances. Une sorte de pli entre nous. Lui ne faisant chaque fois que s'en remettre à sa chance, à son étoile. Y croit-il encore après tout ce par quoi il a dû passer?... Etrange de penser que s'il ne m'avait pas fixé ce rendez-vous la semaine passée sur le pont de l'Arsenal, et si moi, le lendemain, je n'étais pas monté à Dobbiaco, le laissant occuper ma chambre, ces deux-là, lui et Janet, ne se seraient probablement pas rencontrés.

XXV

Cette fois le montage est terminé, le livre peut paraître. Après-demain Ghiberti aura sa plaque dans un renfoncement de *Cannareggio* où personne n'ira la saluer. Et pour chacun d'entre nous les choses vont reprendre leur cours. Je me suis réservé la dernière journée, étant entendu que le lendemain je partirai dans l'après-midi, après la cérémonie commémorative. La veille, j'aurais passé chez les Lehmann une dernière soirée. Pour prendre congé, bien sûr. Pour faire un dernier tour d'horizon sur ce séjour qui s'est prolongé plus que je ne pensais au départ. Pour admettre que finalement tout s'est passé à la satisfaction générale et même en nous laissant un peu de mélancolie de devoir nous séparer. Eux au moins je suis certain de les revoir. Grâce à eux, en revenant à Venise, je retrouverai d'autres visages que ceux que j'y ai connus autrefois. Je suis certain qu'entre Magda et Guisa une amitié pourra naître.

Je suis passé à l'atelier pour prendre un verre avec les jeunes assistants. Atmosphère joyeuse et détendue. Cette fois je me sentais tout à fait de plain-pied. Et tous, en me raccompagnant jusqu'au *sottoportego,* et comme si nous allions entreprendre dans quelques semaines un travail semblable à celui auquel ils ont collaboré, tous m'ont crié à bientôt. Avec eux aussi les choses ont bien marché et le contact a été facile.

Klaus, avant que je m'éloigne, m'a demandé ce que je

faisais le lendemain. J'ai dit que j'avais l'intention de boucler le périple ghibertien en allant à la Madonna dell'Orto. Double pèlerinage, à cause de la toile dont il est question dans la lettre qu'Elio m'a adressée et que Campra voudrait publier à la fin du volume.

— Fais attention aux heures d'ouverture.

De toute façon, lui et moi devions nous voir le soir pour le dîner. Mais il m'a prévenu qu'il n'assisterait probablement pas à l'inauguration de la plaque. Il devait, m'a-t-il dit, se rendre à Milan. J'ai pensé que des affaires l'y appelaient.

J'ai retraversé le Campo della Guerra. Et soudain, alors que je m'engageais dans la Merceria, j'ai reconnu, venant vers moi avec sa démarche balancée et sa haute silhouette, Stavro.

Il n'a pas eu l'air étonné de me trouver là, alors que tous ces jours-ci, si lui ou Janet ont tenté de me joindre, accaparé de divers côtés, je n'ai pratiquement jamais été au Colombani.

Rien ne prouve d'ailleurs qu'il ait essayé. Et moi de même. Pour d'autres raisons. En fait, comme autrefois, quand l'un de nous était engagé dans une nouvelle affaire avec une fille et que nous cessions quelques jours de nous voir pour donner à l'affaire en question le temps de se développer ou de tourner court, nous avons observé, ces jours derniers, d'un commun accord, la même réserve. Peut-être même aurais-je quitté Venise sans essayer de reprendre contact. Etait-il toujours au Bauer ? Ou bien avait-il réintégré sa cellule ?

Finalement, c'est bien pour nous deux que nous nous soyons rencontrés là.

— Où cours-tu comme ça ?... Janet est partie tout à l'heure. Elle n'a pas réussi à t'avoir, tu n'étais pas à l'hôtel.

— Tu n'es pas parti avec elle ?

— On se retrouve dans deux jours à Naples. Ici... j'ai quelqu'un à voir.

Toujours aussi évasif, un pied dans les nuages, le Stavro. Nous avons longé sans parler les boutiques, illuminées à cette heure, nous arrêtant devant certaines vitrines.

— C'est fou ce qu'ils peuvent avoir ici dans le genre babioles de luxe... godasses, liquettes...

Stavro faisant du lèche-carreaux, ça aussi c'était assez peu imaginable. Les vitrines scintillantes des joailliers ou des marchands de cristallerie éclairaient dans ce visage resté si jeune un étonnement vaguement narquois. Il revenait d'une autre planète...

— Quand on voit tout ce qu'ils mettent en montre, on se dit que gagner ou perdre une guerre, il n'y a pas grande différence... tu vas voir ils vont partir en flèche ces ritals.

Il s'était arrêté devant une fabuleuse présentation de fruits confits — lui qui a toujours eu horreur des sucreries — mais on pouvait deviner que, pas fasciné par ce qu'il y avait, derrière la vitre, sa pensée suivait un autre cours.

— Janet et moi... qu'est-ce qui te chiffonne ?

Il avait à peine remué les lèvres et ne s'était pas tourné vers moi pour me poser cette étrange question.

— Je suis content pour vous si ça marche...

Il a secoué la tête :

— Non, tu es contre... C'est pas une fille pour moi... tu penses qu'elle m'entretient ?

— Tout le monde entretient quelqu'un ou est entretenu par quelqu'un, ai-je lancé à tout hasard, pour dire quelque chose, bien que ce fût peut-être ça qui me gênait en effet : le fait que c'était elle qui devait régler la note.

— Bah ! a-t-il fait, on n'en est pas là... j'ai des fonds...

Il n'a pas dit lesquels. Pour le compte de qui il les gérait et ce que ces fonds pouvaient représenter.

Nous avons contourné la place. Il a dit :

— Ce n'était pas facile, tu sais... Ce pays que j'ai dû découvrir en bloc... rien ne me préparait à ça. Est-ce que tu peux le comprendre ? Je l'ai connu trop tard. Ce qui me manquera toujours par rapport à lui, c'est d'y respirer l'air natal. Je ne comprends pas toujours ce qu'ils veulent et pourquoi ils font ce qu'ils font... Alors, comme ça, on va repartir chacun de son côté. C'est quand même bien de s'être revus... On a tout plein de souvenirs, ça compte... non ?

— Il y a quelque chose que tu as certainement oublié : c'est toi qui m'as dit... nous devions être en neuvième ou en dixième... comment les gens faisaient les gosses.

— Et comment as-tu réagi ?

— J'ai dit : « Alors Dieu n'existe pas. »

— Est-ce que tu as changé d'opinion depuis ?

Nous étions arrivés à l'angle de la façade de Santa Maria Zobenigo, et moi j'allais obliquer sur la gauche, traverser le *campo* et aller prendre le *traghetto*. Stavro restait sur cette rive du canal.

— Au fond, ce qu'il faudrait, c'est qu'on les laisse tomber toutes les deux, Janet l'Américaine et Guisa, ta danseuse ! Qu'est-ce qu'on a à en faire ? Il y en a eu et il y en aura d'autres. Des dizaines d'autres. On les laisse tomber et on va se percher quelque part. Quelle belle vie on aurait ! Pourquoi on ne le fait pas ?

C'est quelque chose qu'il a dit mille fois et sans beaucoup plus de conviction. Le hasard s'est chargé aussitôt de lui apporter un démenti : son regard s'est fixé à ce moment sur la croupe d'une jeune pouliche qui, dans l'étroit passage après l'église, fouettée par le vent, s'enlevait sur des talons aiguilles. Visiblement, il flairait le sillage et se demandait quelle direction la personne en question allait prendre.

— A la prochaine.

Nous nous sommes embrassés un peu maladroitement. La vie avait repris son cours. En sautant dans la barque qui allait m'amener sur l'autre bord, je pouvais imaginer après quoi il courait.

XXVI

Si quelqu'un était en mesure de provoquer ce choc, ce retour sur un passé que je m'employais à rendre inexistant, c'était bien Renata et personne d'autre.

Je l'ai compris en reconnaissant sa voix profonde, un peu virile, aux intonations un peu rauques. Magda avait dû l'avertir que je quittais Venise le lendemain, dans l'après-midi, après l'inauguration de la plaque. Renata a donc décidé de brusquer les choses et de m'appeler alors que je m'apprêtais à sortir et à utiliser les deux heures que j'avais réussi à préserver dans cette dernière journée pour me rendre à la Madonna dell'Orto.

— Ah! Marc, je suis contente de pouvoir vous joindre. Comment avez-vous trouvé Giancarlo?

— J'ai eu l'impression qu'il ne me reconnaissait pas.

Mon refus de la voir, ma façon d'éviter depuis le début toute confrontation avec elle devaient à coup sûr l'intriguer. Manque de curiosité ou de courage? Crainte de me compromettre vis-à-vis des nouveaux aréopages et de leurs consignes? De me voir retiré mon brevet de citoyen moyen qui a eu un bon comportement pendant les hostilités et l'Occupation? Volonté de m'aligner, pour échapper à cette vindicte, à ce mépris, sur ces condamnations déjà anachroniques sur quoi les nouveaux pouvoirs pensent quelquefois à fonder leur légitimité?

Rejetant tout cela, et suffisamment assuré de moi-même, n'aurais-je pas dû chercher à la voir en premier — elle si peu

suspecte de collaboration et qui sort dépouillée de ce drame
— et d'essayer de comprendre à travers elle ce qui s'est passé
à Rome pour Bertrand le jour où l'Italie est entrée en guerre ?
Or je n'avais cessé de me défiler. Et je partais le
lendemain !... Drôle de garçon ! devait-elle penser. Comme
ils sont étranges ces jeunes Français se faisant un écran de
leurs idées, obsédés d'être dans la ligne !...

D'évidence, si elle appelait ainsi à dix heures du matin, ce
ne pouvait être pour égrener des *lazzi* et me parler de
Giancarlo. L'autre matin, impasse Malibran, pendant qu'elle
restait silencieuse, laissant celui-ci se livrer à ses facéties
habituelles, j'avais parfaitement repéré, dans la rangée des
portraits d'amis qui garnissent le coin où elle s'installe en
général, une photographie mise en évidence — sans doute
avec intention. Et sur cette photo... prise peut-être à la
casetta rossa, en tout cas dans un de ces minuscules jardins
donnant sur le Grand Canal... dans un groupe de cinq ou six
personnes, j'avais aussitôt reconnu mon père. Un Bertrand
Challange, encore dans la trentaine, pas encore rendu à la vie
civile, en uniforme et rayonnant.

Renata devait sans doute guetter mes réactions. Mais,
maintenant ce silence pythique, elle s'était bien gardée
d'intervenir et d'orienter les questions qui ne pouvaient que
se présenter dans mon esprit, sachant parfaitement que ce
silence ne donnait que plus d'amplitude à son stratagème.

Je n'ai pu m'empêcher en partant de jeter un coup d'œil
sur ce mauvais cliché. Il porte une date : 2 novembre 1918.
La joie qui se reflète sur tous ces visages correspond sans
doute à l'euphorie du moment, à l'effondrement autrichien,
au succès de toute dernière minute de Diaz à Vittorio Veneto.

Rien d'étonnant à ce que Renata l'ait conservé. Elle y
figure elle aussi. Avec presque trente ans de moins et un
collier de perles descendant au-dessous de la taille.

Pourtant, en repartant, je me disais que cette image,
reparue ainsi sous mes yeux, et qui fixe un des grands
moments de la vie de mon père — cette victoire si longtemps
espérée après de si durs combats, des phases si catastrophi-
ques —, est la seule qui subsiste de lui, toutes les autres

photographies que je pourrais avoir ayant disparu dans la mise à sac du petit hôtel de la rue Cardinet.

Impression singulière !... Que la trace d'une existence aussi mouvementée et exposée que la sienne puisse être si minime avait quelque chose de dérisoire et me laissait une impression pénible. Si Bertrand Challange revit encore de temps à autre, émerge d'une conversation ou d'une anecdote, ai-je pensé, c'est seulement dans la mémoire et grâce au témoignage d'êtres, comme Renata ou d'autres, qui n'ont aucune des raisons que je pourrais mettre en avant pour l'enfermer dans un jugement définitif.

Il me semblait clair que Renata s'était tenue à l'écart de certaines de ses illusions politiques mais qu'elle lui gardait une amitié intacte. Peut-être un sentiment profond qu'il ne m'appartient pas de creuser, Renata étant largement l'aînée de Bertrand et ayant déjà la cinquantaine au temps où ils se sont connus et qui doit se situer à peu de chose près à l'époque de la photographie.

Mais, du moment que j'étais venu, c'est que quelque chose en moi était en train de se passer et que j'attendais seulement qu'elle prît l'initiative.

— Nous n'avons pu parler l'autre jour. Impossible d'avoir une conversation... ce genre de conversation devant Giancarlo. Il occupe toute l'attention dès que quelqu'un vient nous voir. Il a besoin d'un public... celui dont la maladie l'a privé. Enfin, vous le connaissez...

— C'était amusant de l'entendre évoquer Rilke comme il l'a fait, ai-je dit assez platement, continuant à temporiser.

Mais cette fois Renata est allée directement au but :

— Marc, je sais que vous êtes pressé et que vous partez demain. Mais puisque vous êtes là encore, voyons-nous aujourd'hui... ce matin même, si possible... Il y a quelqu'un aussi que vous devez voir absolument... Gavardo... Gianello Gavardo... nous sommes un peu cousins lui et moi... il m'accompagnera... Il aura des choses à vous dire. Gavardo, ce nom vous rappelle-t-il quelque chose ?

Il ne me rappelait rien. J'ai dit, assez bêtement, que quand je venais à Rome j'avais toujours l'impression que mon père connaissait la ville entière.

— Ce qu'il a à vous dire, a poursuivi Renata, je pourrais aussi bien vous le dire à sa place. Mais il m'a toujours paru préférable que les hommes s'expliquent entre eux...

« J'avais trop d'amitié pour votre père pour que vous ne me soupçonniez pas de faiblesse pour lui. De toute façon, les choses n'étaient pas aussi tranchées dans les opinions qu'on voudrait le faire croire à présent. Voyez donc Gavardo. Ne repartez pas sans l'avoir vu. Il serait inconcevable qu'ayant fait tout ce que vous avez fait pour Ghiberti vous refusiez d'entrouvrir cette porte.

Elle s'est tue et a laissé passer quelques secondes comme si elle cherchait à entendre mon souffle dans l'écouteur, puis :

— Je me promets beaucoup de plaisir à l'idée de lire ce livre. Mais, ceci dit, entre nous, cher Marc... pourquoi croyez-vous que vous êtes revenu à Venise, sinon pour une dernière rencontre avec votre père... celle qui est restée en suspens, comme vous avez dit à Magda ?

Ainsi venait-elle de délivrer son oracle. Et moi je n'avais qu'à répondre à son ordre et à suivre en somnambule l'itinéraire qu'elle me traçait et qui, une demi-heure plus tard, devait nous réunir au Florian, elle, ce Gavardo et moi.

Après tout, elle avait raison de prendre le taureau par les cornes. Impossible en effet de repartir sans avoir au moins abordé le sujet. Seulement, quand je suis arrivé au rendez-vous, je n'ai trouvé que le tiers en question. Dernier maillon de cette chaîne d'insolites rencontres me ramenant à Bertrand.

Le Florian à cette heure était vide. Dans une des salles, un homme dans la soixantaine, élégant et strict dans sa mise, col de castor relevé, et lisant le *Gazzetino*. Nous ne nous sommes pas présentés.

— Renata s'excuse de ne pouvoir être là comme elle vous l'a dit, mais c'est un peu loin de chez elle... Elle m'a donné quelque chose pour vous.

Le *signore* Gavardo m'a tendu une enveloppe et à l'instant ce geste m'a rappelé la scène au cours de laquelle m'avait été transmise la lettre d'Elio. Rappel aussitôt précisé : l'enveloppe contenait la photographie prise sur la terrasse de la *casetta rossa*.

— Elle l'a fait reproduire pour vous chez Lehmann. Elle tient à ce que vous l'ayez.

La même scène, me semblait-il, se jouait pour la seconde fois. Etais-je désigné plus qu'aucun autre à recevoir ce genre de messages posthumes ?... Une gêne soudaine, une inexplicable pudeur devant cet inconnu m'ont fait repousser le cliché dans l'enveloppe.

L'atmosphère était assez pesante. Sans doute Renata avait-elle prévenu son truchement de ne rien brusquer. Celui-ci a commencé par parler de Ghiberti : « Homme éclairé, a-t-il reconnu. Un peu idéaliste sans doute, un peu loin des réalités, mais bon écrivain, sensible devant les œuvres... » Puis ledit Gavardo s'est mis à parler de peinture moderne, m'a demandé ce que je pensais de Severini. Il m'a dit que si je venais à Lucques, où il habite, il se ferait un plaisir de me montrer ses de Pisis, ses Morandi.

Je suivais dans la glace que j'avais en face de moi les mouvements d'un garçon promenant un balai sous les guéridons et les banquettes.

La conversation a pris une autre direction. C'est moi qui, finalement, ai demandé pourquoi mon père n'avait pas fait un meilleur usage de sa lucidité et pourquoi il avait mis si longtemps à se réveiller et à comprendre.

— C'était l'homme des paris, a répondu Gavardo. Le sien c'était que le régime, malgré ses outrances, ses brutalités, ses erreurs, entretenait assez de contradictions internes pour qu'on puisse penser qu'il n'aboutissait pas nécessairement à la guerre. Et puis, ici, il avait sa vie... peut-on le lui reprocher ?... tous ses amis, toutes ses attaches... certaines difficiles à rompre... et qui n'ont rien à voir avec la politique, la montée des périls... Comprenez-vous cela ?

Je comprenais. Je comprenais parfaitement. J'avais misé sur une liberté de choix qui n'était en fait qu'une vue de l'esprit. Mon père s'était tellement identifié avec ce pays, ces gens, qu'il s'était enfoncé dans le même malentendu, avait été comme eux emporté. Ce que Gavardo était en train de me dire, c'est que mon père avait eu ici une vie différente que j'ai totalement ignorée. S'était-il remarié, comme ma mère ? Avait-il eu d'autres enfants ?... Peut-être attendait-il que je sois véritablement devenu un adulte pour m'en parler, planifier définitivement la situation. Mais la pression des événements, lors de notre dernière rencontre, n'avait pas favorisé ce genre d'ouverture et même l'eût rendue assez dérisoire et inopportune. Ce que je pressentais maintenant le rendait proche et en même temps le mettait hors de portée.

— Voulez-vous que je vous en parle ?

J'ai fait un geste de refus. Il ne m'appartenait pas d'en savoir plus. Le lien que je voulais préserver, entre Bertrand et moi, devait rester celui qui nous avait unis dans une limite toujours incertaine. Et finalement, Renata l'avait senti, l'image que je devais garder était celle d'un homme heureux de vivre l'aventure qu'il s'est créée et sur les traits de qui restera définitivement fixé ce reflet d'une victoire assez illusoire remportée sur une armée qui avait déjà pratiquement déposé les armes.

Il y a eu un long silence, et, à la façon dont ce... témoin me regardait, je pouvais deviner l'émotion que lui-même éprouvait. D'une voix soudain légèrement couverte, il a ajouté :

— Parler au fils de Bertrand, c'est pour moi, d'une certaine façon, honorer sa mémoire. A la différence de beaucoup d'autres, et de votre Ghiberti, votre père n'a rien écrit, rien laissé derrière lui pour le défendre, l'expliquer... sinon sa vérité à lui. Cela ne suffit peut-être pas à rétablir le contact entre vous. J'imagine votre situation... il n'est pas facile d'être le fils de ce genre d'hommes qui ont fait un choix qui, apparemment, s'est retourné contre eux. Je vous ai parlé d'un pari. Il n'est pas le seul à l'avoir fait. Beaucoup d'autres que personne ne songerait à accuser de légèreté, d'inconscience ou de trahison. Essayez d'imaginer ou de vous souvenir : en pleine période pétaradante de l'axe Rome-Berlin et d'une propagande démentielle, les salons de l'Académie de France à Rome s'emplissaient d'une foule amicale et attentive rassemblant toutes les élites. Les manifestations culturelles de la Villa Médicis profitaient d'un rayonnement qu'elles n'avaient peut-être jamais eu alors que la presse vous couvrait d'outrages... Vous me direz que, chez nous, l'unité est un mythe, et que ce foutu double jeu pousse ses racines dans le passé... Pour l'Italie, cette entrée en guerre, ç'a été le début du désastre, et pour votre père l'écroulement de tout ce qu'il a espéré jusqu'à la fin.

« Un point pourtant, et que je tiens à vous signaler car il éclaire bien des choses : Bertrand avait été porté sur la liste des trois cent cinquante Français devant trouver place dans les trois trains diplomatiques demandés par François-Poncet et prévus pour ce rapatriement de dernière minute. Preuve que ses rapports avec l'ambassade étaient bons et que personne ne l'y prenait pour un traître ou un agent à la solde des fascistes. Disons plutôt, un de ces hommes infiniment nécessaires pour maintenir en sous-main les contacts dans les moments les plus difficiles.

« Ne croyez pas qu'en vous disant ces choses je veuille après coup le blanchir à vos yeux. Il n'a aucun besoin de l'être. En vous disant qu'il a pu avoir ce rôle d'intermédiaire laissé en réserve, même à un niveau limité, je vous signale seulement la possibilité qu'il ait rendu ce genre de services et qu'on ait eu recours à lui.

« Bien sûr, il aurait pu prendre le train... la dernière valise diplomatique partie de l'ambassade de France avant que celle-ci ne ferme ses portes. Il est resté chez lui. Dans cet appartement que vous connaissiez. Ecoutant les clameurs de cette foule saluant l'annonce du début des hostilités. Il en avait entendu d'autres... celles saluant la victoire sur l'Ethiopie. Tout ce cirque... l'inconscience de pareils moments... Pour lui tout sombrait... Pourquoi avoir connu cette fraternité d'armes sur l'Isonzo ou ailleurs pour en arriver là ?... Il s'est tiré une balle dans la tempe. Personne n'a entendu le coup. Trop de bruits divers montaient de la rue où s'écoulaient les phalanges dispersées. Quant à la police, le jour où l'Italie entrait en guerre, elle n'allait pas se livrer à une enquête, demander une autopsie, un examen balistique. Affaire classée aussitôt. Votre père n'eût pas demandé autre chose. L'anonymat. Pas même une ligne dans les rubriques nécrologiques. Non pratiquant, et de plus ayant volontairement attenté à sa vie, nous autres, ses amis, n'aurions pu l'honorer d'un service religieux à Saint-Louis-des-Français. Il s'est tué. D'autres l'ont fait par la suite. Honneur aux braves. C'est tout ce qu'on peut dire. Et pour lui c'était la seule façon un peu stoïcienne d'en terminer.

Nous avons quitté le Florian. Les arcades commençaient à s'animer. Au milieu de la place un couple de touristes photographiait des pigeons.

— Si vous venez à Lucques, n'oubliez pas de me faire signe, m'a dit l'ancien camarade de Bertrand au moment où nous nous séparions à l'angle de la *Piazzetta*.

XXVII

Une pluie froide, une sorte de neige fondue, a contribué à hâter la dispersion. Ceroni avait dit quelques mots lui aussi à la fin et on aurait pu croire qu'il s'adressait à des parapluies, à une colonie de champignons noirs stoïques sous l'averse. Tout compte fait, la chose a été plus vite expédiée que je ne le pensais. Et de façon assez familière et sympathique, comme si l'éloquence, les considérations à longue portée s'étaient suffisamment déployées les jours précédents et sous abri. Sous ce grain l'équipage a préféré ramener les focs.

Les gens du quartier n'avaient jamais dû entendre parler jusqu'à ce jour de ce Ghiberti dont le nom s'inscrira désormais, au fond de cette *corte*, sur la façade d'une maison que rien ne distingue des autres. Aux fenêtres donnant sur les *calli* environnantes, sur le pas des boutiques, les habitants nous considéraient d'un air quelque peu désabusé, ayant eu leur compte dans le passé en fait de commémorations, de discours et de balconnades. Vaguement apitoyés néanmoins par notre obstination, pensant que nous devions être frigorifiés, prêts à nous apporter des boissons chaudes.

— Et voilà ! Une plaque de plus à Venise ! m'a lancé Ceroni en filant sous l'averse qui redoublait.

Avant le début, tandis que nous attendions sous un *sottoportego,* parmi quelques officiels à la fois maussades et bavards et des carabiniers en gants blancs, l'arrivée du *signore sindaco* — combien parmi eux ont pu accueillir autrefois ce Kesselring qu'on juge à Mestre ou quelque grand du régime dans ce genre de ballet officiel ? —, Ceroni m'a raconté une de ces histoires savoureuses qu'ils ont toujours l'air d'inventer pour meubler les temps morts.

— Le cher Elio aura donc eu plus de chance que... devinez qui... Figurez-vous que... il y a quelques mois... un certain Monsieur de votre ambassade à Rome, mais dont je préfère taire le nom, s'avise que dans notre cité aucune plaque ne célèbre le séjour des *amants de Venise,* comme les appelle Maurras. Vous me direz qu'en fait d'amants il y en a eu tant et tant dans cette ville au cours des siècles... mais ceux-là, tout de même. George Sand et Musset. On s'étonne, rien nulle part, même pas au Danieli où ils ont habité. Un comité se forme. La municipalité donne son accord, et ce n'est plus qu'une question de jours. A quelques mois de là, la personne qui a mis tout en train revient et constate que rien n'a été fait. Il interroge, et voici le fin mot : pour tout ce qui se passe à Venise la police doit nécessairement donner un avis. Celle-ci reçoit donc un papier officiel portant, sans autres renseignements, le nom des personnes concernées. Le préposé qui, bien entendu, ignore tout de ces dernières se reporte aux rapports de police sur les étrangers ayant séjourné dans la cité à l'époque indiquée. Déplorable, ce qu'il y trouve. Couple parfaitement scandaleux, excès qui ont entraîné une surveillance. Le fonctionnaire en question estime que la demande d'apposer une plaque émane de mauvais plaisants et renvoie le papier à tout hasard avec la mention : « Refusé. Personnes connues pour leurs mauvaises mœurs. » Et on enterre. Nous avons eu moins de mal avec Ghiberti, a conclu Ceroni, alors que le maire arrivait. La politique, mon cher ! La politique !

La pluie avait cessé. En revenant vers le *Rialto* par la *Strada Nuova*, j'avais l'impression que tout était réglé, que tout était en ordre. Et pour Stavro lui-même. Nouveau point de chute pour lui : l'Amérique.

C'était décidément la journée des départs et des adieux.

Janet devait être chez Malaparte. Stavro en route pour Naples où il allait l'attendre jusqu'à son retour de Capri. Klaus partait en fin de journée pour Milan par la route pour cette présentation de photos-montages. Quant à moi, je prendrais le train vers cinq heures.

Dernier déjeuner avec les Lehmann, *Terra Catechumeni*. Soudain il est question à table de ce vernissage et voici mon retour décalé de nouveau :

— Mais, j'y pense, Marco, pourquoi ne repasses-tu pas par Milan ? Même si tu dois y coucher une nuit, tu mettras à peine moins de temps qu'en partant d'ici.

Les femmes ont une façon d'arranger les choses... et de toute manière je n'en étais plus à vingt-quatre heures près. J'ai compris que cela faisait plaisir à Magda que je m'arrête à Milan. Pour elle, une fois de plus, impossible de bouger, à cause des jumeaux. Klaus exposait, dans une galerie près du Dôme, des photographies très différentes de celles qu'il fait en général : monochromes, presque abstraites. En vérité il avait fait quelques allusions à ce genre de travail personnel, mais comme il les avait déjà envoyées à Milan avant que je n'arrive il n'avait pas eu la possibilité de me les montrer et d'en discuter avec moi.

Le vernissage devait avoir lieu le lendemain, dans l'après-midi. Je pourrais donc y assister et prendre un train direct pour Paris dans la soirée. Quelques heures seulement de décalage. Guisa serait tout juste rentrée de Valançay. Reposée et tout à fait rassurée du côté de Janet. Cela, grâce à Stavro, qui pour une fois n'aura pas brouillé les cartes mais finalement tout arrangé.

Avant de quitter le Colombani où Klaus devait venir me prendre, j'ai réussi à avoir Campra à son bureau. Je lui ai dit que je rentrais un jour plus tard que prévu. Il ne m'a rien dit des reproductions dont Luigi est venu lui remettre un jeu complet mais en revanche il m'a reparlé de la lettre de Ghiberti qu'il voudrait publier à la fin de l'ouvrage en **guise** de conclusion. Je lui ai répété qu'en principe j'étais d'accord mais que nous en reparlerions à mon arrivée. « Etes-vous allé voir cette toile : *Le Jugement dernier ?* » Il a été surpris que je n'en aie pas eu la possibilité alors que Ghiberti en parle assez longuement dans sa lettre et que ce qu'il en dit aurait dû m'y inciter. Je m'en suis excusé en m'abritant derrière Klaus Lehmann qui m'a déconseillé de la reproduire dans le livre. C'est un des clichés qui le satisfont le moins.

— Ce n'est pas une raison, a dit Campra.

De toute façon, pour cette fois, c'était trop tard pour y aller et retraverser la ville.

Ainsi, après deux semaines, me suis-je retrouvé avec Klaus cette fois sur cette autoroute, refaisant le chemin inverse que j'avais fait avec Baxter, dans des dispositions d'esprit assurément différentes.

A propos de Baxter, que devenait-il celui-là, dans son « merdier istrien » ? J'avais lu dans un journal que trois jours après l'assassinat de leur général à Pola une école fréquentée par de jeunes Slovènes avait sauté. Nombreux blessés.

Peu importait à Klaus que nous arrivions à Milan dans la nuit. Ce qu'il voulait, c'était être sur place de bonne heure pour aller faire un tour à la galerie et voir comment ses photos étaient présentées. Pour cela il aurait pu envoyer un de ses assistants, mais celles-ci doivent lui tenir à cœur — plus que les reproductions de tableaux — et j'ai compris qu'il ne s'en remettrait à personne.

Il était entendu que, de la galerie qui se trouve dans le centre, j'irais directement à la gare. On s'écrasait assez à ce vernissage. Pourtant, Klaus m'avait annoncé qu'il quitterait celui-ci pour m'accompagner et ne reviendrait qu'après le départ du train.

Nous étions déjà lui et moi dans la voiture quand quelqu'un, sortant de la galerie et après avoir bousculé les gens qui discutaient devant celle-ci, a couru vers nous en faisant de grands signes pour empêcher Klaus de démarrer. On appelait de Venise. Urgent. « Je vais voir. J'en ai pour une minute. Tu ne rateras pas ton train. » Néanmoins, il avait l'air embêté. Quelque mauvaise nouvelle du côté de sa mère et consécutive au pèlerinage à Linz ?... L'attente s'est un peu prolongée. A y réfléchir — et si c'était elle qui appelait —, il semblait peu probable que Magda téléphonât pour une simple question de travail, voire une proposition de contrat fabuleux, puisque Klaus, même si le vernissage devait se prolonger assez tard et être suivi d'un repas, avait dit qu'il repartirait aussitôt après.

Je l'ai vu ressortir, traverser.le groupe sur le trottoir sans répondre aux questions que certains lui adressaient. Il a repris sa place au volant, mais n'a pas tourné la clé de contact.

— C'est au sujet de cet ami, a-t-il fini par expliquer, celui que tu as revu... qui était ces jours-ci au Bauer...

Il a encore hésité. Comme s'il refusait d'admettre d'avoir à me dire cela au moment même où je partais, au moment où s'achevait ce séjour. Quand nous étions montés ensemble à Dobbiaco, pas une fois je ne l'avais vu ainsi. Troublé. Choqué par ce qu'il venait d'apprendre. Ne sachant comment faire...

— ... d'après ce qu'il semble... d'après ce qui a été dit à Magda...

Nous avons échangé un regard et je savais que ce que j'allais savoir était déjà de l'ordre de ces événements définitivement accomplis auxquels nul ne peut plus rien changer.

— ... ça s'est passé à la sortie du Lido... près de la route vers Malamocco, les Alberoni... des gens qui allaient pêcher l'ont trouvé près d'un bunker du Lido... la police pense...

Klaus a marqué un arrêt avant de continuer : ... qu'il a été atteint de plusieurs coups de feu dans une voiture, peut-être au cours d'une discussion... une voiture en station sur la *strada littorale*... traîné ensuite dans l'excavation du bunker... il y a des traces de sang dans l'herbe, et jusque-là... La police a téléphoné à la maison. Magda leur a dit que tu étais déjà reparti. Ils ne savent pas que tu es ici... A toi de voir.

— Où est-il ?

— Ils l'ont ramené du Lido en vedette-ambulance à l'*Ospedale civile*... tu sais, San Giovanni e Paolo, Fondamenta dei Mendicanti... l'ancienne Scuola di San Marco.

— Je dois y aller.

— Ils vont t'interroger. Tu l'as vu ces jours-ci. Vous avez parlé. Tu sais comment ils sont...

— De toute façon, il faut que j'y aille. Y a-t-il un train ce soir, cette nuit, pour Venise ?

— Tu n'y penses pas. Je les préviens à la galerie et on part aussitôt.

Nuit claire. Phares ouvrant un tracé sur la chaussée mouillée entre le pointillé lumineux des catadioptres.

Pour la troisième fois ce trajet, cette autoroute. Voici deux semaines, planant entre Baxter et moi, la mort de cet Anglais a Pola, et là maintenant, entre nous deux, ce qui était arrivé à Stavro.

Une stupeur, une sorte d'engourdissement au fond duquel les mêmes questions ont continué de s'entrechoquer. En principe, déjà hier, il aurait dû être à Naples et Janet aurait dû l'avoir rejoint le lendemain. C'est du moins ce qu'il m'avait laissé entendre, trois jours plus tôt, quand nous avions déambulé en longeant les vitrines, entre la Merceria et Santa Maria Zobenigo del Giglio — sans lui j'y serais entré pour aller voir les deux *Evangélistes* —, nous efforçant, sans y parvenir, de tisser les fils de notre rencontre depuis ses débuts immémoriaux et, là encore une fois, une dizaine de jours plus tôt, sans bien comprendre ce que ces retrouvailles nous apportaient, ce qu'elles pouvaient signifier pour l'un et l'autre, enfermés comme dans un nuage, sans savoir qu'un drame guettait l'un de nous deux.

Il n'était donc pas parti. Qu'est-ce qui pouvait l'avoir retenu ? Avait-il vraiment l'intention de se rendre à Naples et d'y retrouver Janet ? Dans quels termes s'étaient-ils séparés ? Ou bien, ce qu'il m'avait donné pour certain n'était-il qu'une façade, un de ses multiples projets sans lendemain ? En fait, qu'y avait-il entre lui et Janet ? Comment les choses s'étaient-elles réellement passées entre eux ?

C'était secondaire. Etait-il seulement blessé — ce que laissait supposer le fait qu'on l'avait amené en vedette ambulancière à l'hôpital civil —, l'avait-on opéré ? Vivait-il ?... Aucune précision sur cela. J'avais une barre en travers du front. Je vivais un drame que je n'avais pas vécu : celui de la mort de Bertrand. La chose avait dû se passer à la fin de la nuit précédente. Il avait dû rester plusieurs heures au fond de ce trou. Il eût pu y être encore. Mais bon Dieu, que foutait-il au Lido la nuit dernière ? Qui pouvait avoir intérêt à l'exécuter ainsi, froidement ? Pourquoi ? Et comment ? Une dispute violente ? Une explication qu'il n'avait pu fournir ? A la suite de quel jugement sommaire ? Que voulait-on lui faire dire ? Que lui reprochait-on ?... Et les trois autres, ses compagnons, ceux que j'avais vus dans ce chantier, où étaient-ils passés ?... Aucun des renseignements donnés à Magda n'apportait sur tout cela la moindre lueur.

J'ai demandé à Klaus de me passer le volant. Conduire équilibrait un peu cette tension. Après Vicence, nous nous sommes arrêtés dans un restaurant encore ouvert, en retrait de l'autoroute. Le bruit que faisait une tablée de routiers, et qui nous a empli les oreilles tout le temps que nous sommes restés là, m'a presque procuré un soulagement. J'ai repris le volant. Nous nous sommes mis à parler, comme nous l'avions fait en montant à Dobbiaco, de choses étrangères à ce qui nous occupait l'esprit. Aucune n'ayant trait à ce qui me ramenait à Venise.

De nouveau le silence a bloqué les issues, permettant à d'autres scénarios de se dérouler dans ma tête. Pourquoi, toute cette semaine, m'être abrité derrière un tas d'obligations dont j'aurais pu parfaitement me dispenser ? Pourquoi m'être arrangé pour ne pas les voir, comme si cela m'agaçait de les voir ensemble ? C'eût bien été la première fois que j'aurais eu ce genre de réaction. Pourquoi ne pas m'être joint à eux, n'avoir pas essayé de vivre à leur rythme ?... Comme si je portais le deuil de je ne sais quoi. Somme toute, après ces années terribles vécues par lui, ce dramatique écroulement, il avait bien droit à ce rattrapage, bien droit de s'amuser, de reprendre goût à la vie. Janet était peut-être sa chance. Pourquoi ne l'aurait-il pas saisie ?

Il n'empêche que le passage si brusque de cette inexplicable clandestinité à l'existence qu'il avait commencé à mener dans le sillage de Janet et de sa troupe, ce changement à vue avaient quelque chose de forcé, d'artificiel. Surtout pour moi, rentrant de Dobbiaco, après ces quatre journées dans le chalet Lehmann, dans ces paysages de neige.

Et c'était vrai aussi que ce tapage, si peu accordé avec ce qui se passe dans une Europe qui a à peine commencé à déblayer ses ruines, à dénombrer ses charniers, trahissait chez Stavro une certaine « immaturité ». Lui-même avait avancé le mot pour peindre notre situation à la veille d'une guerre, face à des événements qui ne pouvaient que nous engloutir et dont, profitant à notre insu de ce sursis, nous étions bien incapables de prévoir alors les retombées.

Si Stavro voulait à tout prix retrouver ce genre d'illusions, n'aurais-je pas dû me comporter différemment avec lui ? Au lieu de me bloquer sur des soupçons sur la façon dont les tchetniks ont conduit leurs actions de guérilla ou de guerre civile ; au lieu de me bloquer à cause d'un prétendu manque de franchise — ou de confiance — de sa part et de lui envoyer des vannes assez basses comme l'autre soir avant de le quitter, j'aurais dû essayer de le modérer, de le ramener sur terre. Au lieu de le laisser tourner le dos au présent, s'embarquer vers un passé dont nous n'avions plus rien à faire, dans des histoires de voitures volées, des descriptions de bordels babyloniens, j'aurais dû l'amener à s'expliquer, l'empêcher d'effilocher ses réponses — ce qu'il a toujours fait autrefois mais en un temps où cette façon de prendre les choses ne risquait pas de se retourner contre nous.

Si sa situation réelle l'obligeait vraiment à prendre certaines précautions — lesquelles et envers qui ? —, l'obligeait à jouer le jeu qu'il a joué devant moi la première fois, dans ce chantier de bateaux à la casse, alors j'aurais dû l'engager à se rendre un peu moins voyant en choisissant pour refaire surface — mais n'est-ce pas le fait de m'avoir revu qui lui en a donné envie ? — ce qu'il pouvait y avoir de plus bruyant, de plus signalé dans cette ville, déserte la nuit, où ces sortes d'échos ne peuvent que se répercuter à l'infini ?

Bien qu'il soit de peu mon aîné, j'aurais pu le raisonner

comme cela a pu m'arriver quand je le voyais s'emballer, commencer à déconner. Une absence de frein, ç'a toujours été sa nature. Et ce n'était certainement pas sa mère qui aurait eu souci de le retenir, de l'assagir, de le discipliner, elle qui n'a jamais accueilli ces sortes de ruades que comme des mouvements irrépressibles le rattachant à un passé sauvage, rhapsodique, qui, jusqu'au moment où il est passé des quartiers de cavalerie de Vincennes à ceux de l'Académie militaire à Belgrade, a pratiquement été pour lui du domaine des légendes.

Malheureusement le danger qui, dans toute cette randonnée, l'a sans cesse accompagné, dissimulé derrière chaque arbre, chaque repli de terrain, semblait l'avoir rejoint et arrêté cette fois sur sa route.

J'ai repassé à Klaus le volant. A mesure que nous approchions, la fatigue, l'épuisement, le retour des mêmes questions rendaient presque obsessionnel ce ressassement douloureux. Qu'allions-nous apprendre ? Vivait-il encore ? Etait-on en train de l'opérer ?... Stavro sur un chariot roulant, immobile dans une chambre au milieu d'appareillages compliqués... Je misais à fond sur cette résistance physique qui lui assurait autrefois, à nos yeux, une sorte d'invulnérabilité. J'entendais sa mère me dire, de sa belle voix aux sonorités balkaniques : « Qu'est-ce que tu vas te tracasser pour lui ? N'est-il pas le meilleur, le plus fort ? Avec lui, tu sais bien, tout s'arrange toujours. Il y a un proverbe bosniaque... : « Ne pleurez pas sur le Hadji avant qu'il ne soit mort ! »

Des phrases aussi me revenaient, de Stavro cette fois. Des choses qu'il m'avait dites au fond de ce café dans le quartier de l'Arsenal et auxquelles je n'avais prêté que peu d'attention, guettant sans doute de plus amples révélations, un exposé plus global : « Une guerre d'hommes seuls si l'on cherchait à en connaître l'issue... Pas d'autres alliés que les arbres, des coins tellement sauvages que je n'aurais pu les imaginer... Et lui Draza, le plus seul, le plus isolé... rejeté par les siens, sa femme, sa fille, passés du côté de Tito, le dénonçant comme traître. » Et soudain, ce cri, ce sursaut : « Le monde entier était prêt à nous cracher dessus. »

D'où étaient partis les coups qui l'avaient atteint ? Avait-il mérité que quelqu'un vienne lui murmurer ce que les femmes chantaient aux jeunes tchetniks blessés qu'on transportait dans la forêt : *Joyeuse blessure, mon faucon, joyeuse blessure ?* S'était-il souvenu de ce chant au fond de ce bunker construit par ces mêmes Allemands qu'il avait combattus ? Etait-il un héros ou un soldat perdu, et de quelle sorte d'ignominie était entachée cette fin ?... Une autre phrase me revenait également : « Un homme blessé était un homme mort. »

Nous avons pris nos sacs dans le coffre et Klaus a tendu la clé à un employé du garage pour que celui-ci aille parquer la voiture dans son box, puis il est allé téléphoner à Magda. Pour la rassurer et lui dire que nous étions là, mais aussi, sans doute, pour lui demander si elle avait d'autres nouvelles et lui poser la question que nous avions eue présente à l'esprit pendant tout le trajet.

Tandis que je le voyais composer son numéro dans la cabine quelqu'un s'est avancé vers moi, et dans un français sans accent, après m'avoir salué de mon nom :

— Je tenais à être là à votre retour. Nous avons su de Milan que M. Lehmann et vous reveniez par la route... directement... il était donc facile de prévoir l'heure de votre arrivée.

L'homme, pas plus de la quarantaine, tapotant le boîtier de sa montre, a constaté, non sans une visible satisfaction, qu'à quelques minutes près son calcul se révélait exact. Il n'avait pas eu à nous attendre. En fait, il avait voulu s'assurer que je revenais et que je ne me déroberais pas aux questions qu'on pourrait avoir à me poser.

— Je tenais à vous prévenir... Il est inutile que vous vous rendiez à l'hôpital civil à cette heure... Vous n'auriez pas accès... Demain matin... à l'heure que vous voudrez... On me préviendra. Je vous verrai.

Un ton égal, une sorte de déférence glacée par lesquels le personnage tenait à se démarquer des volubilités habituelles et des curiosités déplacées, comme si, d'ores et déjà, tout ce que j'aurais pu lui apprendre était connu de lui et de ses services. C'était pure politesse de sa part d'être venu à notre rencontre Piazzale Roma et d'avoir attendu dans un des bureaux vitrés de l'*Autorimessa* qu'on lui signale notre arrivée.

J'aurais pu très bien ne pas lui poser de question plus directe concernant l'état du blessé. Le visage de Klaus dont je suivais les réactions dans la cabine suffisait à me renseigner. L'inspecteur n'a pu cacher un peu de surprise. Qu'attendais-je d'autre, sachant ce que je savais déjà ? Oui, on avait tenté une intervention, mais on ne pouvait rien en attendre. Opération ou autopsie ? ai-je failli demander. Les deux revenaient au même. Un détail pourtant : officiellement le décès avait eu lieu entre onze heures et midi. Ce n'est que dans la soirée qu'on s'était un peu agité autour de cette affaire, sans doute à cause de certains contacts que la victime avait eus ces derniers jours avec des personnes honorables, ce qui faisait qu'on ne pouvait pas le considérer tout à fait comme un émigrant indésirable entré clandestinement ou un marginal entraîné dans quelque affaire crapuleuse.

Klaus est ressorti de la cabine et a salué l'inspecteur. Ce dernier semblait vouloir s'en tenir à une sorte de rituel excluant toute parole, tout geste inutiles, tout ce qui aurait pu signifier un drame réellement vécu.

Il n'y avait personne sur la place ni aux abords des kiosques des autobus. Aucune circulation, aucun trafic en contrebas sur le canal. Une lumière étrange isolait au centre du terre-plein quelques cars en station pour les premiers départs vers la terre ferme dans deux ou trois heures, alors que le jour ne serait pas encore levé. Pourquoi ai-je pensé à ce moment à cet homme attendant le verdict du tribunal militaire dans cette prison de Mestre ?

— Tu viens dormir chez nous, m'a dit Klaus. Magda t'a préparé un lit... en haut, sur le toit.

Avant de s'éloigner, le policier :

— Vous pourrez le voir demain. Je vous verrai également.

Revenu vers nous, il a ajouté :

— J'ai là un motoscafo. Puis-je vous déposer ?

Mais, au lieu de la nocturne remontée du Grand Canal parmi des lumières dansantes, ce fut une course dans les ténèbres achérontiques du réseau intérieur, comme si nous étions lancés à la poursuite de trafiquants cherchant à esquiver la prise.

XXVIII

Je n'ai pas voulu que Klaus m'accompagne. La ville n'était pas encore sortie de cette torpeur prolongée, vide encore à cette heure. Pas de boutiques ouvertes. Tout juste quelques personnes aux abords des églises et là justement, entre la grande statue équestre et la façade de l'hôpital civil. J'ai traversé l'immense salle à colonnes de l'ancienne Scuola. De même ordonnance que la chapelle basse de San Rocco, elle m'a rappelé ma visite à celle-ci, la première matinée de ce séjour qui, dans mon idée, devait être si bref. Un simple aller et retour. Comment imaginer que les termes allaient en être ces deux *Scuole*? L'illumination du début dans la salle haute de l'*albergo* et cet énigmatique dénouement, cette plongée dans les ténèbres.

Dans cette salle des pas perdus circulaient des infirmières, des personnes attachées à des services de garde ou de nettoiement, d'autres qui, comme moi, venaient de franchir le guichet, et qui, par dérogation spéciale, devaient avoir la permission de rendre visite à certains malades le matin.

J'ai commencé à tourner, à me perdre. A l'*Accettazione Malati* personne n'a pu me renseigner. Le nom ne semblait pas figurer sur la liste. Et au service des accidentés, le seul qui avait été amené dans les heures précédentes était un jeune garçon tombé d'une barque et qui, comme beaucoup de Vénitiens, ne sachant pas nager, s'était noyé devant le Palazzo Labia.

J'ai aperçu en passant cette étrange piscine intérieure qui

307

communique directement avec le rio dei Mendicanti par lequel arrivent toutes les urgences. On a du mal à imaginer le transfert de la civière. Et je n'ai pu m'empêcher de penser à la vedette ramenant du Lido Stavro encore dans le coma, passant sous cette voûte et retenue là par des gaffes pendant qu'on remontait le blessé.

J'avais malheureusement tout mon temps cette fois pour arriver jusqu'à lui. Même si, une fois de plus, il avait effacé ses empreintes et refusé de livrer son signalement. J'ai recommencé à suivre des couloirs — vastes et voûtés parfois comme ceux de quelque Escurial —, à traverser des cours entourées d'arcades, à entrer dans des pavillons plus récents, *Urologia, Servizio di Radiodiagnosi, Divisione di Radioterapia...* Là, un jeune carabin, après avoir écouté ma demande — et l'avoir accueillie sans marquer ni étonnement ni curiosité comme si c'était chose courante qu'on trouvât des blessés au petit jour le long de la mer du côté des Alberoni —, s'est proposé pour me piloter. Nous avons continué de tourner dans les couloirs, mais c'était maintenant lui qui s'informait à ma place, sur un ton enjoué, répondant de façon sans doute amusante aux remarques qu'on lui envoyait. Prenant ça plutôt comme un jeu puisque j'avais dit que je n'étais pas un parent.

Finalement, l'indication lui a été fournie et elle tenait en un seul mot : *sottosuolo.* Suffisamment explicite pour que quelqu'un du bâtiment n'ait pas à demander d'information plus précise.

De fait, après être descendus, nous nous sommes trouvés devant une porte et il a fallu sonner. Une fois franchie celle-ci, la température a brusquement descendu de plusieurs degrés. Cela m'a fait penser à la salle des coffres dans cette grande banque du boulevard des Italiens où ma grand-mère Géraldine, après s'être fait ouvrir le sien, assise devant une petite table, découpait les coupons de ses titres avec des ciseaux à ouvrage qu'elle avait pris dans son sac. Quelqu'un a tiré une sorte de tiroir, et cette forme rigide sous les bandelettes, c'était en principe Stavro. Je ne pouvais que m'en remettre à ce qu'indiquait — à condition d'être en mesure de la lire — la fiche qu'on m'a mise sous les yeux. Pour le reste, et à bien y réfléchir, il ne pouvait s'agir que d'un déguisement, d'un épisode un peu plus énorme que les autres dans la saga de l'ami perdu.

XXIX

Les bancs ont été peints en vert, en jaune, en rouge et en bleu, ce qui donne à cet espace entre les bâtiments un certain aspect psychiatrique. Une incroyable quantité de chats entre les massifs, prêts à se disputer un semblant de soleil, refusant de répondre aux invitations qu'on leur fait, quelque peu léthargiques dans ces émanations de phénol et d'éther. Ces chats m'ont fait penser à ceux qu'on voit à Rome dans les ruines, trop nourris eux aussi, servis par les superstitions locales, mais là-bas somnolents du fait de la chaleur.

— *Buon giorno Signore, scusate... il mio ritardo. Scusi.*

L'inspecteur s'est assis sur le banc lui aussi, et a posé son chapeau à côté de lui. Peut-être parce qu'il s'est un peu pressé pour venir jusque-là et me trouver et que cela lui a donné chaud, ou bien, peut-être, par une politesse un peu compliquée : pour ne pas s'adresser à quelqu'un sans chapeau en gardant le sien sur la tête.

J'attendais la mise en route du questionnaire. Au lieu de cela :

— Vous entendez ? m'a-t-il demandé.

J'entendais bien un concert assourdissant d'oiseaux dans les arbres autour de nous, mais que l'interrogatoire commençât ainsi m'a paru tout à fait surprenant de la part d'un fonctionnaire qui s'extériorisait aussi peu.

— Ils viennent trop tôt ; peut-être cela annonce-t-il un printemps précoce. Vous avez des enfants ? Vous êtes marié ?

Les choses ont continué sur ce ton. Le travail que je fais chez Campra avait l'air de l'intéresser. Ensuite il m'a demandé comment était le ravitaillement à Paris et comment les gens supportaient d'avoir toujours des tickets de rationnement. Tant et si bien que j'aurais pu me demander s'il se souvenait de la raison qui m'avait amené là ce matin et qui nous mettait en présence. N'avais-je pas affaire à un finaud qui avait quelque idée derrière la tête et essayait de m'endormir ? Finalement, c'est moi qui ai pris l'initiative et lui ai posé une question directe sur ce qui avait entraîné cette mort. Il a tiré un papier de sa poche et me l'a lu, lequel établissait le cheminement et la position des projectiles ; l'un d'eux avait pénétré sous la boîte crânienne. L'opération n'avait pu être pratiquée à temps.

— Le blessé n'avait pas de papiers sur lui, mais quelques coupures suisses dans un porte-billets... Il a été néanmoins facile de l'identifier... un Slave... les paupières...

— Mais les causes, ai-je demandé... par qui et pourquoi a-t-il été tué ?

Sans doute ma question lui a-t-elle paru naïve, et même un peu trop insistante, comme si cette pénible affaire, en fait très marginale, me donnait à penser que la police locale ne faisait pas son travail et que la sécurité n'était pas assurée aux abords immédiats de la ville.

— Bien sûr nous ferons tout pour le savoir, mais... et vous ne l'ignorez pas... ils sont des milliers à être venus et à rester encore, dans une situation à présent irrégulière. Nous vivons une période de cruels règlements... Dans quelques semaines des milliers d'Italiens qui vivaient à Pola quitteront la ville et leurs biens : l'Italie devra les accueillir, les absorber...

J'ai essayé de le ramener à ce qui avait pu se passer l'avant-veille entre le Lido et les Alberoni. Le *chi lo sa ?* habituel. Toutefois nuancé par un souci de déférence que je devais moins à ma qualité de Français qu'au fait que les jours précédents j'avais été en contact avec des officiels et que mieux valait assourdir et limiter mes réactions.

— Les trois autres, que sont-ils devenus, où sont-ils passés ? ai-je demandé.

— Ils se sont embarqués à Gênes, très régulièrement, pour le Venezuela. Nous les connaissions... enfin nous connaissions leur groupe. Pourquoi l'autre, le quatrième, n'est pas parti avec eux ?... On peut se le demander. Peut-être a-t-il voulu retarder son départ ?... Ou bien envisageait-il une autre solution pour lui ?... Il a laissé à l'hôtel, chose assez surprenante, une somme assez importante... Peut-être gérait-il une caisse pour organiser ces départs ? Il est très difficile d'y voir clair... ces histoires entre Yougoslaves sont si compliquées.

C'était là à coup sûr le mot de la fin. Mais la complication, c'était moins d'avoir été Yougoslave ou tout ce qu'on voudra que d'avoir eu vingt ans quand s'était déclenchée cette sale guerre et que le délire avait commencé à tout emporter.

Ce que je lisais nettement dans l'attitude de ce policier si courtois, c'est que ni lui ni personne ne feraient beaucoup d'efforts pour éclairer ce qui s'était passé cette nuit-là. Une de ces affaires que la police ne retient pas et que la presse laisse filer, même si elle en est informée. Effectivement, bien d'autres questions se posaient à son pays que celles engagées par ces sortes de règlements marginaux. Le dossier, aussitôt refermé, n'eût même pas été ouvert si nos deux destinées, celle de Stavro et la mienne, et par le plus pur des hasards, ne s'étaient rejointes et frôlées, là, une dernière fois, à Venise.

L'inspecteur s'était levé et, d'un geste qui devait lui être familier, a tapoté le cadran de sa montre. Sans doute était-il temps pour lui de reprendre le cours normal de ses occupations. A ce moment, il a eu un autre geste très singulier, prouvant une sorte de génie dans l'économie des moyens pour faire comprendre ce qu'il voulait exprimer, un geste du doigt vers les dessous de l'hôpital, les antres froids du bâtiment. Et moi j'étais censé savoir ce qui s'y trouvait en ce moment, dûment étiqueté, sans confusion possible.

— Ne vous inquiétez pas pour votre ami...

Pouvais-je encore m'inquiéter pour Stavro ?

— ... Nous ferons le nécessaire. San Michele... le coin des Grecs orthodoxes et des Russes... le carré des princes, a-t-il ajouté, pince-sans-rire.

Nous nous sommes salués. Il s'est éloigné sous les arcades. Il y avait de l'ordonnateur dans la politesse et la présence d'esprit de ce fonctionnaire de police. Le concert était toujours aussi assourdissant. Les oiseaux si nombreux sur les arbres qu'on voyait à peine les feuilles. Et pourquoi, en effet, le printemps qu'ils annonçaient ne serait-il pas précoce ?

Klaus et Magda m'attendaient devant la petite entrée de l'hôpital qui donne sur la Fondamenta nuova. Magda m'a pris le bras et nous avons fait quelques pas en bordure du quai. Resté un peu en arrière, Klaus nous a crié qu'il allait faire un tour à l'atelier et qu'on se reverrait plus tard.

— J'ai prévenu Guisa. Je lui ai dit ce qui s'était passé. Est-ce que j'ai eu tort ? Est-ce que j'aurais dû ne pas le faire ?

— Non tu as bien fait... tu as bien fait...

— Elle a dit qu'il fallait que tu restes... que tu devrais être là quand on enterrerait ton ami.

— Quand ? ai-je demandé.

— Demain, peut-être même aujourd'hui... ici on fait toujours tout cela très vite... de toute façon, entre l'hôpital et San Michele... c'est le plus court trajet. Marc, je ne t'ai pas demandé, as-tu prévenu Janet ? Faut-il la prévenir ?

Nous avons continué à marcher le long du bord. Je me suis arrêté et je n'arrivais pas à détacher mes yeux du profil de l'île avec son enceinte de briques roses et ses cyprès. L'idée que dans quelques heures Stavro reposerait sur cet affleurement au centre de la lagune avait quelque chose d'inconcevable, d'entièrement irréel, de merveilleux aussi. Oui, et je n'aurais su dire pourquoi, j'en éprouvais une sorte d'orgueil, le sentiment d'une sorte de privilège qui n'avait de sens que pour Stavro et moi, et qui, définitivement, remettait tout en place.

D'une porte de fer qui venait de s'ouvrir et qui donne directement sur la lagune un canot peint en noir venait de sortir de l'hôpital et on le voyait s'éloigner du quai pointant droit vers l'île. Le canot le plus humble, sans fioritures ni anges de la mort. Nous nous tenions la main, Magda et moi, émus, bouleversés par la parfaite sérénité de ce glissement sans sillage. Ce pouvait être Stavro ou quelque autre, mort dans la nuit — peut-être le jeune noyé de la veille repêché en face du Palazzo Labia. La chose revenait au même. De toute

314

façon il n'y aurait pour Stavro que ce passage d'une île à l'autre. Et pour lui, comme pour Bertrand, pas d'annonce, pas de rubrique, pas de service religieux.

Le canot a disparu derrière l'appontement de San Michele. J'ai répondu à la question posée par Magda. Il ne fallait pas arrêter Janet sur sa lancée. Il ne fallait pas l'obliger à regarder en arrière. Il ne fallait pas l'obliger à se pencher sur un problème qui ne pouvait être le sien.

XXX

Je savais que lorsque je serais à San Michele je me demanderais, comme chaque fois que je me trouve dans un cimetière, ce que je foutais là et me redirais que c'était perdre mon temps que de venir muser entre des tombes. Ce n'était pas un geste essentiel, pour moi chargé de signification réelle, mais il me semblait difficile de quitter Venise sans l'avoir fait. Peut-être voyais-je là une sorte d'achèvement à une aventure que je n'arrivais pas à cerner.

Après un jour et demi sans sommeil, l'aller et retour Venise-Milan, j'avais bien dû recourir à un somnifère pour échapper à cette sorte de surexcitation léthargique qui me tenait éveillé. J'avais l'impression de vivre une interminable journée qui avait commencé par des discours sous la pluie et m'avait entraîné d'un événement à l'autre sans m'accorder de répit.

Treize heures de sommeil avaient ramené un peu d'ordre. Les voix des jumeaux m'ont réveillé et le bruit d'une sirène du côté de la Giudecca. Il était plus de onze heures du matin, je prenais le train au début de l'après-midi ; il ne me restait que peu de temps pour me rendre à San Michele, déjeuner quelque part, et retrouver Klaus et Magda à la gare. Il était entendu que Klaus m'y apporterait le sac contenant les quelques affaires que j'avais amenées de Paris et un autre sac contenant le linge que j'ai dû acheter sur place à mesure que le séjour se prolongeait.

317

Cette navigation ouatée, la plus imprévisible de toutes les séquences qui m'ont amené là en fin de compte. Devant moi, cet étrange domaine, cerné par une similitude de l'Au-Delà, dont je m'étais contenté jusqu'à ce jour d'observer le profil en marchant le long du quai ou encore du bateau de Torcello.

Un devoir que je n'avais pas encore songé à rendre à mon père — peut-être parce qu'on ne le rend qu'à l'amitié, à l'amour, à la jeunesse — mais que je rendais à Stavro. J'ai fini par trouver le carré en question : en m'orientant sur une croix grecque piquant une petite coupole byzantine.

Et c'était là. Sous mes yeux. Une trace à peine plus lisible dans l'univers des signes que celle laissée par Bertrand. Et de même, dans les deux cas, à la suite d'une incertaine randonnée et d'une chute brutale dans le néant. Deux destinées foudroyées — en vérité les plus dissemblables — mais qui chacune, de quelque façon, rendait l'autre lisible.

La tombe qui aurait été sans doute celle de Stavro s'il était tombé là-bas au cours d'un des nombreux engagements auxquels il a dû participer. Le monticule de terre fraîche n'aurait pu être différent au pied d'un grand arbre, quelque part en Bosnie. Mais sans doute n'y aurait-il pas eu autour de lui une société comparable à celle dont je relevais les noms dans cette parcelle réservée aux orthodoxes. *Princesse Bagration, juin 1857. Nina Sloutzky, Nata in Siberia, morta in Venezia, Gennaio 1886. Princesse Troubetzkoy, née Pouchkine, 1897...* Enfin l'étrange lanterne de la tombe de Serge de Diaghilev abritant un chausson de danse que Guisa aurait pu venir déposer quelques jours plus tôt.

Aux magnificences de cet armorial, Stavro ne pouvait apporter que celles d'une jeunesse à qui l'horreur de ce temps n'a guère donné la possibilité de s'épanouir et de déboucher réellement sur une vie d'homme. Cependant une étrange ironie du sort l'a ramené finalement parmi les siens. Lui aussi était un des produits curieusement sélectionnés de cette émigration qui, encore entre ces deux guerres, aura donné un de ses visages à l'Europe. Mais c'est un signe assurément que le dernier à rejoindre cette diaspora soit un garçon de trente ans et qui restera anonyme au milieu de tant de destins achevés et proclamés.

En revenant vers le quai je repensais encore aux circonstances inexplicables de cette fin qui renvoyait dans les brumes tout notre passé d'enfant, cette jeunesse quelque peu dépondérée que nous avions eue, et me remplissait d'une douloureuse amertume. Nos verts paradis n'avaient jamais été cernés que de terrifiantes menaces que seul notre peu de souci de l'avenir nous avait permis d'ignorer.

Je voyais bien aussi à quoi j'avais échappé, à quel arbitraire de la destinée. Pour Ghiberti, pour moi aussi, plus modestement, la voie était toute tracée, le choix sans ambiguïté. Alors que, pour des êtres comme Bertrand ou Stavro, leur royaume, leur espace moral avaient toujours été ceux de l'ambiguïté, dans cette marge étroite où la confusion des événements fait des uns des héros et des autres des soldats perdus ou des réprouvés.

Comme je devais me féliciter de m'être maintenu sans effort et mérite particulier dans cette voie moyenne, de ne pas avoir été désigné depuis le début pour un de ces destins, triomphants et fascinateurs, voués à la chute.

Chaque fois que je repenserais à Stavro je buterais contre la même question : quel autre choix eût-il pu faire ? A moins de choisir l'autre camp et, étant l'homme qu'il était, d'y être éliminé en fin de compte.

Pour la dernière fois je venais de le raccompagner. De cet épisode final d'une existence qui n'a plus de trace qu'en moi je n'emportais qu'une réponse sans doute limitée à toutes les questions qui s'étaient présentées à mon esprit les jours précédents : l'énigme de cette mort éclaire l'incertitude de toutes les sentences.

XXXI

La dernière vision pour cette fois, c'est celle de Klaus et de Magda suivant le train déjà en marche, et puis, à l'extrémité du quai, continuant à agiter les bras et à lui faire des signes. Ces deux visages fraternels, presque indiscernables l'un de l'autre à distance, où se reflétait un bonheur intact alors que leur image allait s'effacer.

Parmi les questions bêtes qu'on pose ainsi à des amis qui viennent vous accompagner au train et qu'on va cesser de voir pour un bout de temps, il leur a demandé ce qu'ils allaient faire pour la soirée. Rester chez eux ! Il suffisait de les regarder l'un et l'autre pour comprendre qu'ils ne pouvaient rien faire de mieux. Magda a ajouté qu'ils attendaient son père, que son père venait dîner. Celui-là même qui avait été emprisonné et qui pour un temps l'avait rejetée. On n'en parlait plus. Ou peut-être n'abordaient-ils pas les questions qui auraient pu les séparer de nouveau. Chacun avait droit à son passé. Ils avaient enterré la hache de guerre. Il était inutile de se déchirer. Même si Magda n'était pas d'accord avec ce que son père pouvait penser, elle ne se reconnaissait aucun droit de refuser à ses parents le droit de voir les jumeaux.

L'employé du wagon-lit a demandé à Marc son billet et son passeport afin de ne pas le déranger plus tard, puis il a refermé la porte.

Le plan d'eau n'était signalé, dans cette brume violette, que par le reflet des balises et sans doute, là-bas, sur la droite, par les lumières de Murano. Comme on sort vite de cette ville sans faubourgs, sans banlieue, et qui, dès qu'on file sur ce pont de la liberté, redevient aussitôt une île, retrouve son profil estompé !

Le poids de ces dernières heures est retombé, une écrasante fatigue, l'impossibilité de lier entre eux tous ces événements, ces vérités jetées vers lui dans le désordre.

Il allait leur échapper certes, reprendre ses occupations habituelles, retrouver la femme qu'il aimait, mais l'intensité des moments qu'il venait de traverser lui laissait l'impression d'avoir été emporté dans un flot tumultueux qui parfois l'empêchait de refaire surface et de reprendre son souffle.

Il repartait sans avoir vu cette fameuse toile. Les deux fois où il s'était rendu à la Madonna dell'Orto il avait trouvé porte close, ce qui est assez courant à Venise du fait des changements d'horaires pour l'ouverture des églises. A croire, néanmoins, qu'un hasard pervers, lui avait refusé, jusqu'à la fin de son séjour, l'ultime sagesse de ce *Jugement,* de cet *Ultimo Giudizio Universale* chargé de tant d'énigmes.

Demain Campra voudrait savoir ce qu'il avait décidé à propos de la lettre : la publierait-on à la fin de l'ouvrage et peut-être en fac-similé ? Puisqu'il n'avait pu voir la toile il était urgent de relire ce qu'en dit Ghiberti. Dans des dispositions d'esprit certes bien différentes de celles dans lesquelles il se trouvait quand il s'était contenté de la parcourir après l'avoir reçue des mains de Toinon elle-même.

Dans la poche intérieure de son sac, il y avait maintenant deux enveloppes. L'enveloppe épaisse de couleur brune où Ghiberti au dernier moment avait glissé son message pour le protéger des déchets du vide-ordures. Et l'autre enveloppe, virginale, où Renata avait glissé la photographie de Bertrand.

Deux stratagèmes qui, comme dans une authentique saga, ne pouvaient avoir été imaginés que par deux femmes.

La détente espérée, la satisfaction profonde qu'il avait trouvées pendant ces deux semaines en reprenant le manuscrit et en l'annotant, il pouvait les attendre de ces lignes à lui destinées, et au moment où il rejoignait la terre ferme.

Que Ghiberti les eût écrites de sa propre main, et qu'il n'existât à cette heure aucune copie dactylographiée, donnait à ce qu'il avait là dans les mains une valeur assez bouleversante, mais en même temps, prêtait un accent encore plus personnel et persuasif à cette voix. Seul dans ce compartiment, c'était comme si le vieil homme qu'il n'avait fait qu'entrevoir, assis en ce moment en face, s'adressait à lui, directement.

Deux stratagèmes qui, comme dans une authentique saga, ne
pouvaient avoir été imaginés que par deux femmes.

La détente espérée, la satisfaction profonde qu'il avait
trouvées pendant ces deux semaines en représentant le manuscrit et en l'annotant, il pouvait les attendre de ces lignes à lui
destinées, et au moment où il rejoindrait la terre ferme.

Que Ghiberti les eût écrites de sa propre main, et qu'il
n'existât à cette heure aucune copie dactylographiée, donnait
à ce qu'il avait là dans les mains une valeur assez bouleversante, mais en même temps, prêtait un accent encore plus
personnel et persuasif à cette voix. Seul dans ce compartiment, c'était comme si le vieil homme qu'il n'avait fait
qu'entrevoir, assis en ce moment en face, s'adressait à lui
directement.

XXXII

« Vous irez donc à Venise — j'ignore quand, dans quelles conditions et sous quels auspices — mais quand vous irez je vous demande d'aller voir et de regarder en détail, à la Madonna dell'Orto, cette étrange et surprenante composition, d'une confondante verticalité, qu'est le *Jugement dernier*.

Vous trouverez cette toile dans le chœur où elle fait pendant au *Veau d'or* — singulier rapprochement dans la perdition et la chute. Elle occupe tout le mur de droite, des stalles à l'ogive, sans le moindre rétrécissement de surface. Et derrière ce mur de brique montant tout droit jusqu'à la voûte, il y a une chapelle latérale où, sous une dalle, repose Robusti.

Excusez-moi de toutes ces précisions, mais je serais étonné que lors de vos séjours précédents — le dernier étant en 1938 — vous soyez allé vous perdre de ce côté, au-delà du ghetto. Si même vous êtes passé un jour devant cette délicate façade gothique, je ne suis pas certain que l'idée vous soit venue d'entrer.

A vrai dire, je connais peu d'endroits plus merveilleux et plus bouleversants que ce quartier un peu à l'écart. Robusti, à cinq siècles de distance, continue à l'investir, à l'éclairer de son énigme. Vous y verrez sa maison et, à côté de celle-ci, cette étrange *casa dei Mori* avec ses naïves statues enturbannées ponctuant le bâtiment. Ce qu'il y a de troublant, c'est de penser que le trajet qui va de cette maison à l'église, par le *campo dei Mori* et ensuite le petit pont en dos d'âne, n'est pas différent de celui qu'on fait aujourd'hui de l'une à l'autre ; que cela aura été son dernier itinéraire terrestre, et que, étant donné la proximité, il aura certainement été porté en terre à mains d'homme — je me plais à le penser, par les jeunes élèves de son atelier —, ce qui fait qu'il est sans doute un des seuls Vénitiens à ne pas avoir achevé son parcours par une navigation.

Je reviens à cette toile, gigantesque par ses proportions. Quand vous l'aurez devant vous — je ne dis pas sous les yeux, car elle échappe tout à fait à cette prise directe — la guerre sera terminée. Mais je ne serai pas à vos côtés pour m'en réjouir avec vous et saluer l'aube attendue devant cette image de fin du monde qui pourrait être celle du Déluge et nous renvoyer de ce fait aux genèses.

Je ne serai pas là pour vous dire ce qu'elle représente pour moi — bien au-delà de toute représentation. Et comme le temps ne m'a pas permis d'écrire ce dernier chapitre, laissez-moi vous donner quelque aperçu de ce que j'aurais voulu exprimer dans cette conclusion.

Nous ne sommes pas nombreux à ce jour à avoir pleinement reconnu la singularité de cette œuvre où Vasari n'a vu qu'un désordre mal dominé, un tumulte, une épouvante, et excusez du peu, une « plaisanterie ». Eh bien ! mon cher garçon, c'est presque le contraire que cette confusion apparente m'a toujours suggéré.

Et d'abord, tout en haut de l'immense composition, ce Christ replié sur lui-même, déstabilisé sur sa cime malgré cette garde d'élus, ce frileux moineau réfugié sous une poutre, comment reconnaître sa transcendance au-dessus de cet écroulement, de cette terrifiante précipitation cosmique ?... Loin d'exercer son privilège de justice, d'opérer le suprême règlement, le grand partage final des justes et des réprouvés, ne marque-t-il pas son hésitation, une sorte de vertige comme s'il allait lui-même être emporté ? Mieux, comme s'il mesurait tout à coup, devant ce magma de souffrances et de contradictions inextricables, l'impossibilité de tracer une frontière, de séparer le mal et le bien.

Je ne sais si Robusti a clairement eu conscience de ce qu'il suggère là : un enchevêtrement de causes et de volontés adverses interdisant de lire à livre ouvert les destinées et d'opérer la sélection des élus. A part ceux qu'on aperçoit, dans un cercle déjà tumultueux, brandir les instruments de leur martyre et s'en faire, d'une façon un peu trop voyante, les armes de la bonne conscience — nous connaissons cela dans le clan justicier —, la confusion règne au-delà.

Le paradis, à la rigueur on peut s'en faire une idée. Les ciels heureux n'ont pas d'histoire. Dans ce théâtre à l'italienne, la hiérarchie des mérites propose des architectures étagées. Le chant des séraphins ne peut que s'exalter dans une lumière indivise. Mais le *Jugement dernier,* comment en poser le principe dans un monde qui n'est fait que d'alternances, de vérités recoupées, se détruisant les unes les autres, d'instances indéfiniment renvoyées ?

Il y a là quelque chose de difficile à entrevoir et à accepter, même pour des gens qui, comme moi, ont le sentiment d'avoir lutté pour une cause juste. Ce qui suit les victoires l'est souvent moins décidément, tout revenant assez vite aux intolérances, aux délations, aux procès et à la noire éloquence des inquisiteurs.

Ne croyez pas que je veuille blanchir les bourreaux. Ce sont presque les seuls à ne pas amener de confusion et devant lesquels on n'ait pas à s'interroger. Mais pour tous les autres, le doute existe et je ne vois pas sur quoi, pour certains, pourrait se fonder notre conviction. Voilà à quoi m'amène cette étrange vision, et ceci dans l'ampleur de présages qu'il vous sera sans doute possible de vérifier.

Lorsque vous vous trouverez là, devant cette toile, essayant, difficilement, d'en approfondir le message, le monde revenu à la paix connaîtra cette même difficulté d'équilibrer les sentences, les châtiments assurément nécessaires, et surtout les responsabilités de chacun quand il s'agit de dire qui a pris la bonne voie et qui a pris la mauvaise. Beaucoup ne se jettent dans l'action que pour n'avoir pas à se le demander et franchir ainsi d'un bond cette ambiguïté. Mais qui, étant entré dans la lutte, ayant prouvé sa valeur, son courage, le bien-fondé de son action, la force de ses analyses, pourrait affirmer, s'interrogeant par la suite, qu'une justice absolue était le terme de l'enjeu ?... Et que dire de l'intolérance des justes, de la violence des humbles, et de cette part d'idéalisme et de générosité qu'on peut découvrir même chez les esprits les plus pervertis ?... Il me semble que c'est ce trouble, cette perplexité qui transparaissent à travers cette vision enfermée dans un devenir implacable écartant toute sérénité.

Plus qu'un *jugement,* qui, par on ne sait quel artifice de procédure ou de doctrine, voudrait se faire passer pour le *dernier,* c'est bien l'impossibilité de ce *jugement,* que ce malheureux démiurge, tout là-haut, en équilibre instable, et bien différent de l'Olympien musclé de la Sixtine, semble tout à coup constater, ce qui justifie de sa part ce mouvement de retrait.

Décidément, je me sens mal accordé à ces théologies. Je déclare préférer cette justice des hommes que nous savons faillible, temporelle, appliquée à des objectifs limités, enfin, suprêmement réversible. Il y aura une paix, voyez-vous, et elle ne sera pas juste. Il y aura des jugements, et tous seront à reprendre. Indéfiniment.

C'est là ce que j'aurais développé, et sans doute nuancé, si le temps m'en avait été donné. J'en ai terminé de ce que je voulais vous dire à propos de cette toile. En un mot, ce que je vois, dans cette colère qui mêle et dresse les figures, c'est moins le *Jugement dernier* que ce que je voudrais nommer la *Contestation des réprouvés.*

Merci, cher Marc, de m'avoir aidé à combler l'attente de cette nuit et de m'avoir permis aussi de penser que quelqu'un recueillerait ce message.

A ce moment, et attendant ce que j'attends, prêt à aborder ce monde rapetissé où je n'aurai d'autre lien avec la réalité que la souffrance des autres, l'abjection de nos juges et de nos bourreaux, je me plais à imaginer que ce compagnon mystérieux dont j'ai passé une partie de mon existence à étudier les empreintes ouvrira devant moi les portes d'une réalité autre que carcérale et continuera jusqu'au bout de plaquer sur ces ténèbres une vision détachée de l'horreur. Mais surtout, et comme dans cet immense tableau que je vous demande d'aller saluer de ma part, une vision effaçant jusqu'en ses fondements mêmes l'idée de faute à jamais désignée et non rachetable.

Pour le reste, reportez-vous désormais au texte. La porte de l'immeuble vient de claquer. Ils montent. Avant de clore l'enveloppe, un dernier vœu, un dernier signe à l'extrémité du môle : *Bon voyage. Pax tibi, Marce.* Et quand vous irez à Venise... »

*Achevé d'imprimer en juillet 1983
sur presse CAMERON,
dans les ateliers de la S.E.P.C.
à Saint-Amand-Montrond (Cher)
pour Julliard,
éditeur à Paris*

Nᵒ d'Édition : 4696. Nᵒ d'Impression : 1436-1067.
Dépôt légal : août 1983.
Imprimé en France